小学館文庫

菜種晴れ

山本一力

小学館

菜種晴れ

序章

三日続けて、春の嵐を思わせる暴風雨が江戸に吹き荒れた。

文久《ぶんきゅう》三（一八六三）年四月三日、五ツ（午前八時）。砂《すな》村から大島《おおじま》村にかけて広がる畑に降り注ぐ陽は、前日までの荒天を埋め合わせするかのようにやわらかだった。

「ようやっと、気持ちよく晴れてくれたねえ」

菜種畑の真ん中で二三《ふみ》と行き会ったおかねが、上機嫌な口調で話しかけた。おかねは砂村の農婦で、しかも大地主である。

「ひどかった風もおさまってくれたから、今朝は菜の花も気持ちがよさそう」

応える二三の声も弾んでいた。

五尺三寸（約百六十センチ）の上背がある二三には、濃紺の腹掛け・股引《ももひき》がよく似合っていた。門前仲町の紺屋が、念入りに染めた股引である。

五ツを過ぎて勢いを増した陽が、染めの艶を引き立てていた。

「朝ごはんも食べずに、ずっとここにいたのかい？」

問われた二三は、目を三日月の形にしてこくっとうなずいた。

「ほんとうに二三ちゃんは、菜種が好きなんだねえ」

呆《あき》れたような物言いをしながらも、おかねは嬉しそうに日焼けした顔をほころばせた。朝日がおかねの顔にあたっている。顔のしわが、際立って見えた。

「初めて二三ちゃんに言われたときは、正直なところ、なかなか本気にはできなかったんだけどさ。ほんとうに菜の花ってのは、強いんだねえ」

毎日の畑仕事で、おかねの腰はエビのように曲がっている。その腰に手を当てて背を伸ばし、畑を見渡した。朝日がまぶしいのか、ひたいに手をかざしていた。

おかねは、このあたりで一番の土地持ちである。北の端が小名木川《おなぎがわ》に面した、一町歩《ちょうぶ》（約三千坪）の広大な畑が、緑と黄色に埋もれていた。

植わっているのは菜の花である。周囲の農家がだいこん、青菜、にんじんなどの野菜を育てているなかで、おかねは二三の勧めを受け入れて菜の花を植えていた。

三日続いた暴風雨は、砂村の畑にも容赦のない爪あとを残して去った。

横殴りの雨は畝《うね》の土を押し流し、育ち盛りのだいこんを土から剝《む》き出しにした。青菜もにんじんも、土のころもを剝《は》がされて威勢を失っていた。

ところが菜の花畑は様子が違った。

緑色の茎は、土にしっかりと根を張っていた。葉は一枚もちぎれておらず、元気に朝日を浴びている。

ときおり小名木川から、前日の名残のような強い風が吹き渡ってくる。風を浴びて、黄色い菜の花と緑の葉が揺れた。遠目には、花と葉の色味が溶け合って、黄緑色に見える。

風を浴びた菜の花畑は、黄緑色の海原がゆらゆらと揺れているかのようだった。

「畑は平気のようだからさ」

おかねが二三に目を移した。またもや、腰が二つに曲がっていた。

「今朝はあんたがおかずを作ってくれないかね。ごはんは炊きたてが用意できるからさ」

「分かりました。まかせといて」

二三が声を弾ませた。今年で三十三になったというのに、喜ぶさまはお年玉をもらったこどものように素直である。

「あんたのその顔を見ると、あたしもごはんの炊き甲斐があるよ」

おかねは腰を曲げたまま、母屋へと向かい始めた。一町歩の畑の端とおかねの暮らす農家とは、道幅二間（約三・六メートル）の農道を挟んで向かい合っていた。三、四歩歩いたところで、おかねが二三に振り返った。

「厚かましいことを言うようで、きまりがわるいんだけどねえ」

おかねの腰が伸びた。

「うちの菜の花を使って、てんぷらを拵《こしら》えてくれないかい」

「おやすいことですけど……」

二三は戸惑い顔で、おかねに近寄った。

「朝からてんぷらなんか食べて、おかねさんは平気ですか」

「朝だから食べたいんだよ」

おかねの目に力がこもった。二三の物言いが、心外だといわんばかりの口調である。

「あたしらは、朝飯が一番大事なんだよ。しっかり食べとかないと、一日の仕事がきちんとはかどらないからさ」

だからおいしく食べるために、朝は炊き立てのごはんを用意するという。

「ごめんなさい、ばかなことを訊《き》いたりして」

二三は素直に詫びた。あたまを下げると、おかねの顔に笑みが戻った。

「ほんとうに二三ちゃんは、謝り方も気持ちがいいねえ」

菜の花を摘むという二三を残して、おかねは先に母屋に戻った。

なによりも朝飯を大事に食べる。

これは二三の実父亮助《りようすけ》が、ことあるごとに口にしていたことだ。おかねに言われて、二三は久しぶりに亮助の言葉を思い出した。

三千坪の畑一面に、菜の花が咲いている。これほどの規模で咲いているのは、二三の生まれた勝山《かつやま》でもまれだった。

二三は畑のなかに構えられた、物見のやぐらの階段に足をかけた。地べたから一丈(約三メートル)の高さで、畑全体が見渡せるやぐらだ。

杉板の階段が十段、昨日までの雨をたっぷりと吸い込んでいる。

二三は足元を気遣いつつ上り、やぐらの上に立った。小名木川から吹く川風を頬に受けながら、周囲を見渡した。

高さの揃った菜の花が、頬に浴びる風に調子を合わせて揺らめいた。

春の朝日が、少しずつ空を昇っている。陽を浴びた花と、まだ陽の届いていない花とが、黄色の濃淡をまだらに描いていた。

菜の花の香りに満ちた風を胸いっぱいに吸い込み、二三は目を閉じた。身体が花に包まれて、彼方に過ぎ去ったこどものころを思い出した。

一

天保《てんぽう》二（一八三一）年一月二十三日。房州《ぼうしゅう》勝山の空には、朝から分厚い雲がかぶさっていた。雨も雪も降ってはいないが、海から吹く風は強い凍《こご》えをはらんでいた。

「亮太《りょうた》、みさき」

父親に呼ばれて、庭で遊んでいたこどもふたりが土間に飛び込んできた。寒さで頬が真っ赤だ。

「お前らで、釜いっぱいに湯を沸かしとけ」

「わかった、すぐにやるから」

九歳の亮太が小さな胸を張った。

十畳の座敷では、朝から産婆のうめが母親のよしに付きっ切りである。弟か妹が間もなく生まれると分かり、長男の亮太は落ち着かなかった。

父親に手伝いを命じられて、気持ちがわずかに鎮まった。

「お前は焚《た》きつけを拾ってこいよ」

妹のみさきに用を言いつけたあと、亮太は手をこすり合わせた。土間に立つと、足元から底冷えがまとわりついてきた。

「いっぱいいるの？」

「赤ん坊の産湯《うぶゆ》を沸かすんだから、いっぱい薪《まき》を燃やすんだよ」

「あたいが持てるだけで、焚きつけは足りるのかなあ」

四歳のみさきが心配顔を拵えた。

「大丈夫さ。おれ、火熾《ひおこ》しはうまいから。そんな顔してないで、早く集めてこいよ」

「わかった。あたいが拾ってくるまで、おにいちゃん待っててね」

みさきも、年下の兄弟ができることを喜んでいる。赤い鼻緒の下駄を鳴らして、土間から出て行った。へっついの前にしゃがみ込んだ亮太は、灰をかき回した。種火が残っているのが確かめられて、顔つきが明るくなってゆく。

冬でも暖かな勝山だが、今日は冷え込みがきつい。ふうっと小さく漏らした亮太の吐息が、口の周りで白く濁った。

火種を確かめた亮太は、流しのわきへと移った。二荷《か》（約九十二リットル）入りの大きな水瓶《みずがめ》が置かれている。裏庭の井戸から毎日水を汲《く》み入れるのは、亮太の役目だ。

冷え込みのきつかった今朝は、亮太は水桶に一回だけしか汲み入れていなかった。冬場は夏に比べて、水の使い方が少ない。水瓶には、まだ半分以上も水が残っていた。が、そのほとんどは昨日の水だ。

煮炊きには、火を通して使う。ましていまは真冬だ。水瓶の残り水でも、傷んでいる気遣いはない。

しかし亮太は、天秤棒《てんびんぼう》の両端に水桶を提げて肩を入れた。生まれてくる兄弟の産湯には、真新しい水を使いたかったからだ。

井戸端《いどばた》に出ると、目の前に広がっている畑が見えた。季節になれば、一面に菜の花が咲き乱れる畑だ。真冬のいまは土色だ。

その畑のなかを、みさきが白い息を吐きながら走り回っていた。焚きつけに使う枯れ草を集めているのだ。

半月ばかり、ひと粒の雨も降ってはいない。土は固く乾いており、みさきが駆けると下駄が鳴った。

正午が近かった。晴れていれば、正面の小山の真上に陽が見える時分だ。曇り空の今日は、陽は見えない。が、小山の上空は周りよりも明るかった。

ふうっと両手に息を吹きかけてから、亮太は井戸に釣瓶《つるべ》を落とした。深さが三丈（約九メートル）もある深井戸だ。はるか下で水面にぶつかり、釣瓶が音を立てた。

冬の井戸から水を汲み上げるのはつらい。縄を掴《つか》んだ亮太の手のひらが、真っ赤になっていた。

「もうじき生まれるらしい。早く湯を沸かせ」

亮助が大声で指図をした。亮太は息を弾ませながら、釣瓶を引き上げた。

「おにいちゃん、これだけあれば足りるかなあ」

みさきは両手いっぱいに、枯れ草やワラを抱えている。凍えた風が、ワラの先を揺らして吹き過ぎた。

「そんだけあれば平気さ」

亮太はもう一度釣瓶で汲み上げてから、妹と一緒に土間に戻った。汲み入れた水を手早く釜ふたつに移してから、へっついの火熾しに取りかかった。

みさきが集めてきた焚きつけは乾きがよく、すぐに炎が立った。小枝をくべて火を大きくしてから、亮太は小さく割った薪をくべた。

脂をたっぷりと含んだ赤松の薪である。火にくべると、ぶすぶす音を立てながら脂が浮き上がった。炎が脂にからまり、一段と大きく燃え立つ。

「女の子だと嬉しいなあ」

みさきは、妹の誕生を望んでいる。新たな赤松を投げ入れてから、亮太は妹を見た。

「おっかさんのおなかの膨らみ具合は、男の子だっておとっつぁんが言ってたぜ」

「おにいちゃんは、男の子がいいんだ」

「そりゃあそうさ。一緒に小山に行けるもんな」

「おにいちゃんばっかり、ずるい」

まだ生まれてもいない赤ん坊のことで、みさきが拗《す》ねた。

「あたいだって女の子が生まれたら、一緒にお店屋さんごっこをしたいもん」

「どうせ、泥まんじゅうを作って売るんだろう。かわいそうだよ、それじゃあ」

「そんなことないもん」

みさきが口を尖《とが》らせたとき、湯が沸いて釜のふたがゴトゴト鳴り始めた。

「お前、たらいを持ってこいよ」

亮太が妹に言いつけたと同時に、奥の座敷から赤ん坊の泣き声が聞こえてきた。家中に響き渡るほどに、元気のいい泣き声だ。

「きっと男の子だよ。早くたらいを持ってきな」

泣き声の元気のよさから、みさきも男の子だと察したようだ。気落ちしたような顔で、たらいを取りに行った。

「湯はどうだ。しっかり沸かしたか」

上気した顔の亮助が、せわしない声を発した。

「お釜ふたつに沸いてる」

亮太が答えているところに、みさきがたらいを抱えて駆け戻ってきた。

「お前に妹ができたぞ」

亮助の笑顔を見たみさきは嬉しさゆえか、たらいを土間に取り落とした。

「よかったじゃないか、泥まんじゅうの相手ができてさ」

亮太が妹に笑いかけた。誕生した赤ん坊が元気で、亮太は妹でも嬉しそうだ。

「一貫（約三千七百五十グラム）以上もありそうな、女の子だぞ」

母子ともに元気だと聞いて、こどもふたりが土間で飛び跳ねた。

天保二年一月二十三日、正午過ぎ。亮助・よしの夫婦は三人目のこどもを授かった。

目方一貫百匁《もんめ》（約四千百二十五グラム）もある、丸々とした女の子だった。

「一月二十三日生まれだからよ。一二三《ひふみ》という名はどうだ」

布団に横たわって乳を飲ませているよしに、亮助がいい名前だろうと話しかけた。

「語呂はいいと思うけど、ひふみはよしにしてちょうだいよ」

「どうしていけねえんだ」

「うちは菜種油を商いにする家だもの」

「そうか」

得心した亮助が膝を叩いた。

「火はうまくねえか」

「一《ひ》をどけて、二三《ふみ》にしましょう」

「いいなめえだ。二三に決めよう」

一月二十三日生まれの元気な女児は、二三と名づけられた。

二

天保五（一八三四）年四月五日、四ツ（午前十時）下がり。房州勝山の菜の花が、潮風を浴びて揺れていた。空は青く晴れ渡っており、ひと切れの雲も浮かんではいなかった。

四月の陽は、まだ空の真ん中までは昇っておらず、斜め上にあった。が、陽光をさえぎる雲は皆無である。惜しげもなく降り注ぐ陽は、房州の蒼い海を照らしていた。

吹く風につれて、海の表面が動いた。そして、柔らかな陽の光を弾《はじ》き返した。

「おねえちゃん、海がキラキラしているよ」

菜の花畑の南端に立った二三は、春の海に見とれていた。

「ほんとうだ、まぶしいぐらいに光ってる」

妹のわきに並んで立っているみさきは、眼下に見える小さな岬を指差した。

「あの、とんがっているところが岬だよ」

「みさきって……おねえちゃんの名前でしょ」

今年の正月で四歳になった二三は、すでに口が達者である。みさきは妹に顔を向けてうなずいた。

「あたしが生まれた日は、今日みたいに空が真っ青に晴れてたんだって」

「風も吹いてたのかなあ」

潮風を浴びて、二三の前髪がふわっと揺れた。

「それはわからないけど。おにいちゃんのあとに女の子が生まれたんで、おとうちゃん、すごく喜んだんだって」

「あたいは、一月生まれだよね」

「いまはおねえちゃんの話をしてるんだから」

すぐに話を自分のことに持っていこうとする妹を、みさきはたしなめた。二三はわるびれもせず、話の続きを聞きたがった。

「いまとおんなじように、海がキラキラ光ってたって、おとうちゃんから聞いた」

妹の肩に手を載せて、みさきは海を見た。そよ風が菜の花を揺らし、姉妹の髪をなびかせた。

みさきが生まれたのは、文政十一（一八二八）年四月二日の五ツ半（午前九時）過ぎである。その日も、今日と同じように空は青く晴れ上がっていた。

「おめさが欲しがってた通り、女の子だがね」

赤ん坊を取り上げた産婆が、声を弾ませた。誕生前から、今度は女の子が欲しいと亮助が言い続けていたのを、産婆は知っていたからだ。

「でかしたぞ、よし、よし」

六歳になっていた長男と一緒に、亮助は産湯をたらいに汲み入れた。

「湯加減はちょうどいいからよう」

産婆に大声で伝えてから、裏庭に出た。晴れ渡った空には、ひとかけらの雲もない。望んだ通りの女児を授かった嬉しさが、身体の芯からこみ上げてきた。誕生を祝うかのように、空は高く晴れ渡っている。

気持ちの昂《たか》ぶりが抑えきれず、亮助は畑に出た。海からの潮風が、咲き揃った菜の花をゆらゆらと揺らしていた。

亮助の菜の花畑は、小山の中腹を切り開いた二町歩（約六千坪）である。小山の端から端までが、丈の揃った菜の花で埋まっていた。

「女の子が生まれたぞおう」

菜の花に向かって、喜びの叫び声をぶつけた。花は茎を揺らして亮助に応えた。嬉しさのあらわし方が分からない亮助は、思いっきり駆け出した。畑の南端まで全力で走ったら、息が切れた。

身体を二つに折って、息を整えた。落ち着いたところで、目いっぱいに伸びをした。

ふうっと大きな息を吸い込み、目を眼下に転じたら……。

海に突き出した小さな岬が、斜めの空からの陽光を浴びていた。岬を取り囲んだ海が、春風を受けて小刻みに揺れていた。海面が動くと、照り返しが揺れる。海も岬も、女児の誕生を祝っているかのようだった。

みさきがいい。みさきと名づけよう。

長女は、まだ産湯につかっているうちに、みさきと命名された。

「だからあたしは、春の海が大好き」

妹の肩においた手に、力がこもった。

「いいなあ、おねえちゃんは四月生まれで。あたいも菜の花と一緒に生まれたかった」

姉の聞かせた話が、うらやましかったのだろう。二三が小さな口を尖らせた。

「お前だっておとなになってもずっと菜の花と一緒に毎日いられるから」

「そうかなあ……」

得心のいかない二三は、姉の手を払いのけて畑の道を歩き始めた。三尺（約九十センチ）の小さなこどもが、肩を落として歩いている。妹のさまが哀しそうに見えたみさきは、足を速めて二三の前に回り込んだ。

「お店屋さんごっこをやろうよ。あたしがお客さんになるから、お前は好きなお店をやっていいよ」

「ほんとう？」

二三の顔が明るくなった。

「あたい、油屋さんがいい」

機嫌の直った二三は、江戸の親類が営む商いを口にした。

「ほら……おねえちゃんが言った通り、やっぱりお前は菜の花と一緒にいるじゃない」

妹の機嫌が直って、みさきは嬉しそうだ。二三が元気になったのを、畑の菜の花は喜んだ。そよ風が収まっても、花の茎が揺れていた。

三

みさきと二三が光り輝く房州の海を見ていた、四月五日の朝。江戸も上天気に恵まれていた。

大川から枝分かれした大横川《おおよこがわ》は、川幅が二十間《けん》（約三十六メートル）もある。数多くの堀や川が流れる深川でも、はしけやいかだが行き交う大横川はとりわけ大きな流れだった。

「いい天気だなあ」

「よすぎて、ため息がでるぜ」

「なんでえ、それは」

「仕事をするのが、やんなるてえんだ」

川ですれ違ったはしけの船頭ふたりが、川面の照り返しを浴びながら言葉を交わした。

「おめえのその荷は、どこに運ぶんでえ」

醤油樽を本所に運んでいた船頭の仙助《せんすけ》が、川に棹をさして船の流れをとめた。

「荷を見りゃあ分かるだろうが」

応えた太吉《たきち》は、はしけに山積みになった荷を指し示した。

黄色い俵が、三段重ねで山積みになっている。が、米ほどには重たくないらしい。はしけの喫水《きっすい》はさほどに深くはなかった。

「勝山屋さんか」

俵の色味を見て、仙助は荷主に気づいた。

勝山屋は、大横川に架かる黒船橋たもとの油問屋である。はしけが三杯横付けできる自前の船着場を持っており、油造りの仕事場と店とが同じ敷地にある大店《おおだな》だ。

菜種油ひと筋の問屋で、大川の東側では抜きん出た身代《しんだい》の大きさを誇っている。油造りの元になる菜種は、房州勝山が主な仕入先だった。

「いってえ何俵の菜種を積んでるんでえ」

「十五俵だが、今日はあと二回も佐賀町から運ぶ段取りだ」

「まったく、てえした羽振りのよさだぜ」

乱暴に物言いを残して、仙助は棹に力を込めた。醬油樽を満載したはしけが、流れに乗って動き始めた。大横川は、川幅が広い割には流れの速い川だ。棹使いの巧みな船頭は、大きなはしけを棹一本で動かすことができた。

菜種を運ぶ太吉は、深川でも一、二といわれる棹使いの名人である。十五俵の菜種を積んだはしけを、長さ二間（約三・六メートル）の棹一本でやすやすと船着場に着けた。

「へい、お待ち」

太吉は威勢のよい声を仲仕《なかせ》に投げてから、舫《もや》い綱《づな》を杭《くい》に縛りつけた。三月下旬から晴れが続いており、川水は澄んでいる。荷揚げが始まると、はしけが揺れた。大横川にさざなみが生じた。

波が、照り返しを揺らした。光が乱れて、仲仕と船頭の顔を照らした。

「大きな注文がへえったらしくて、仕事場は殺気立ってるようでさ。太吉あにいも、しっかり運んでくだせえ」

仲仕頭《なかせがしら》が、勝山屋の仕事場を指差した。奉公人が総出で、油造りに励んでいるあかしだった。白煙を勢いよく吐き出している。昼までにあと二回、佐賀町とここを行き帰りするからよう」

「がってんだ。昼までにあと二回、佐賀町とここを行き帰りするからよう」

「よろしく」

仲仕頭が軽くあたまを下げた。舫い綱をほどいた太吉は、またたく間に黒船橋をくぐっていた。

四

「湯気の立ち方が弱いじゃねえか。もっとしっかり薪をくべねえな」

仕事場差配の長太郎《ちょうたろう》は、釜番の小僧に強い口調で指図した。いつもは穏やかな長太郎だが、昨日からはひとが変わったかのように、物言いがきつかった。

「この誂《あつら》えには、うちののれんがかかってるんだ。くれぐれも、気を引き締めて仕事を進めてくれ」

二日間で、釜番の小僧は五度も同じことを言われた。薪をくべながら、ぷうっと頬を膨らませた。

「なんだ、その顔は」

長太郎は小僧のあたまを、拳骨《げんこつ》で小突いた。大して強い拳骨ではなかったが、いつもはやさしい長太郎から小突かれて、気持ちが動転したらしい。

仕事場に響き渡るような大声で泣き始めた。

「ちょいと、長太郎さん……」

長太郎の袖を引いた蒸し番のおきねが、仕事場の外に連れ出した。

「気が急《せ》くのは分かるけど、みんなだって、はばかりに立つのも惜しんで働いているんだからさあ。もうちょっと、いつもの長太郎さんらしく、おっとり構えて笑っていてちょうだい」

むずかしい顔をして動き回られると、かえって仕事のはかどりがわるくなるから……。

おきねは一気に言い終えたあと、長太郎の顔の前で手を合わせた。

「心配しなくたって、みんなが力を合わせれば、きっとうまくいくからさ」

「わるかったよ、おきねさん。気持ちばかり焦って、どうかしてた」

おきねにあたまを下げた長太郎は、釜番小僧のわきに戻った。小僧の泣き声は収まっていたが、まだひくっ、ひくっと声を漏らしていた。

「わるかったな。勘弁してくれ」

長太郎が詫びると、張り詰めていた気配が、ふうっとゆるんだ。

長太郎は親しみをこめて、小僧のあたまを尖らせた中指でグリグリッと押した。小僧が悲鳴を上げて飛び上がった。

いまはもう、仕事場のだれもが笑顔で長太郎と小僧のやり取りを見ていた。


おととい の午後、いきなりの大口注文が、日本橋の田島屋から舞い込んできた。田島屋は、加賀藩御用達の薪炭商人である。

「いきなりの話で申しわけないが、勝山屋さんなら引き受けていただけるのではないかと……」

勝山屋をおとずれた田島屋の番頭は、八日の納めで菜種油十石（約千八百リットル）を誂えてほしいと申し出た。

「加賀藩の油御用を一手に請け負っていた田中屋さんが、先《せん》の火事で丸焼けになりましてなあ」

田島屋の番頭から、大きなため息が漏れた。

およそ二ヵ月前の二月七日。昼過ぎに神田佐久間町から出火し、折りからの風に煽られた火は、たちまち日本橋にまで燃え広がった。

火勢は夕刻になっても収まらず、芝居小屋の中村座・市村座も焼け落ちた。幸いにも、田島屋は類焼をまぬがれた。しかし、田島屋経由で加賀藩の油御用を請け負っていた田中屋は、店の油樽に飛び火を浴びて全焼した。

田島屋は、田中屋の代わりを務める油問屋の手配りに追われた。白金《しろがね》村や北品川の大店とも談判した。が、加賀藩上屋敷の御用を預かる田島屋の手代は、どの店の油にも首を縦に振らなかった。

「油の質が、田中屋さんよりも数段落ちます」

駄目を出した手代は、深川の勝山屋の評判を番頭に伝えた。

「房州勝山産の菜種を選りすぐり、菜種油ひと筋の商いを営んでいるそうです」

「だったら明日にでも、お前が出向いて吟味してみなさい」

番頭の許しを得た手代は、身分を隠して勝山屋の油を二升（約三・六リットル）買い求めた。一升は揚げ物作りに使い、残りの一升を行灯《あんどん》の油に用いた。

「田中屋さんの菜種油よりも、質がよろしゅうございます」

手代は目を輝かせて、ぜひとも勝山屋さんの油を買いつけてほしいと番頭に頼み込んだ。番頭にも異存はなかったが、大きな心配事がひとつあった。

加賀藩との約定で、四月八日までに十石の油を納めなければならないことだ。

火事に遭ったという事情があるだけに、藩も納期遅れを咎《とが》めることはないだろう。

しかし田島屋はこれまでただの一度も、たとえ大火事の直後といえども、納期を違《たが》えたことはなかった。それが田島屋ののれんの重さであり、日本橋表通りで商いを営む商人《あきんど》の矜持《きようじ》でもあった。

「ここで思案ばかりしていても、埒《らち》があかない」

番頭はみずから勝山屋に出向いて掛け合うことを決めた。

田島屋の話を聞き終えた勝山屋新兵衛《しんべえ》は、掛け合いの場に差配の長太郎を呼び入れた。

「田島屋さんが、よくよくお困りのご様子だ。うちで請け負うことはできるか」

できるかと問いはしたが、新兵衛の目はすでに誂えを引き受けていた。わけはふたつある。

ひとつは、納め先が日本橋田島屋で、客は加賀藩上屋敷だという、素性のよさである。一度に十石の納めは、途方もなく大きな商いだ。しかも加賀藩が勝山屋を気に召せば、この先も商いは続くという、願ってもない話だった。

もうひとつのわけは、勝山屋の菜種油の質のよさを、田島屋が認めたということだった。品物の吟味では、江戸で一番厳しい田島屋である。そこの番頭直々《じきじき》に頼み込まれた新兵衛は、長太郎を呼び入れたときには、気持ちはすでに誂えを請け負っていた。

「納めまでは、まだ三日あるんだ。昼飯はのんびりと楽しんでくれ」

肚《はら》をくった長太郎は、顔つきが穏やかなものに戻っていた。

「それでこそ長太郎さんだよ」

おきねの弾んだ声に、高い空から届いたヒバリの鳴き声が重なった。

五

深川の油問屋勝山屋は、良質の菜種油だけを商うことで名が通っている。

「よそに比べて、一合（約〇・一八リットル）あたり二文も高いけどさあ。明かりの具合がまるで違うからねえ」

「煤《すす》がまったく出ないから、行灯の手入れの楽さ加減が大違いなのよ」

勝山屋の油を使う者は、他の店の品とは違うと胸を張った。油の質がいいとの評判は、大川の東側では本所の先にまで知れ渡っていた。

長屋暮らしの庶民が使う明かりは、行灯と瓦灯《がとう》だ。油皿にいぐさや木綿糸などを撚《よ》り合わせた灯心を浸し、それに火をつけて明かりを求めた。

行灯は灯心が太くて明るいが、油を多く使った。

瓦灯は素焼きの器が油皿を兼ねており、灯心は短い。行灯に比べて安価な明かりが得られたが、瓦灯の周りをぼんやりと照らすのみである。

灯心を浸す油は、イワシを搾って拵える魚油がもっとも安かった。瓦灯に使うのは、ほとんどが魚油である。この油を燃やすと、生臭いにおいと煤があたりに満ちた。

長屋の台所の明かりは、瓦灯がほとんどである。

「どうしたんだよ、今夜はばかに明るいじゃないか。生臭いにおいもしないしさあ」

「うちのひとの手間賃が上がったから、白油《はくゆ》を張り込んじゃったのよ」

綿花から造る綿実油《めんじつゆ》が白油である。魚油のようなにおいを出さず、しかも明るい。

実入りがよくなると、女房連中は魚油を白油に変えた。

さらに懐具合がよくなれば、『種油《たねあぶら》』『水油《みずあぶら》』とも呼ばれた菜種油を用いた。魚油に比べればおよそ十倍、綿実油よりも四倍も明るく、しかも質のよい菜種油は煤をほとんど出さない。

とはいえ魚油は一合八文で買えたが、菜種油は一合でおおむね二十四文である。灯心を太くして目いっぱいに明るくすれば、一合の菜種油が四刻（八時間）しか持たない。

同じ量の魚油で三晩は持つ瓦灯に比べれば、菜種油の行灯はぜいたくな明かりだった。しかも勝山屋の小売値は、一合につき二十六文である。他店より二文も高いのに客が途絶えないのは、それだけ油が良質だったからだ。

「てまえどもの行灯には、深川勝山屋の油を使っております」

勝山屋の菜種油を使う旅籠《はたご》は、そのことを自慢にするほどだった。

菜種油は明かりのほかに、てんぷら油としても使われた。軽くてくせのない勝山屋の油は、てんぷらの材料の旨味を際立たせた。

深川は埋立地で、海に接する浜が幾つもある。

蛤《はまぐり》町、中島町、門前町などは、公儀から許しを得た漁師町である。漁師たちは官許を得た返礼として、カレイ、キス、サヨリ、ハゼ、エビなどを季節ごとに献上した。

「深川の漁師が獲《と》る魚は、まことに美味である」

評判は、武家御用達商人にも聞こえた。

「深川蛤町に出向いて、漁師からじかに仕入れてきなさい」

大店のあるじは奉公人を深川に差し向けて、獲れ立ての魚介を買い求めた。

勝山屋と深川の浜とは、目と鼻の先だ。良質な菜種油と、その日に獲れた魚介とで拵えるてんぷらは、他所《よそ》では口にできない美味さである。

「深川に行ったら、なにを措《お》いてもてんぷらの屋台に座らなくちゃあ、江戸っ子の名折れだぜ」

てんぷらを食べるためだけに、大川を渡って深川にくる客もめずらしくなかった。

「そんなに、深川のてんぷらはうめえのかよ」

「うめえのは間違いねえが、どの屋台でもいいてえわけじゃねえ、見分けるコツを知らねえと、妙なモノを食う羽目になるぜ」

「なんでえ、コツてえのは」

「軒先に杉の札がぶら下がってるかどうかが、味の別れ道てえことよ」

勝山屋は杉板に『勝山屋菜種油御用』の焼印を施して、菜種油を買い求める商人に配った。

明かりにもよし、揚げ物にもよし。

勝山屋の屋号は、深川では路地の隅々にまで知れ渡っていた。名が通っているのは、油のよさだけではない。

油を搾るために、勝山屋は水車を使った。仕事場には大横川の流れを引き込んでおり、船着場のわきには、高さ一丈半（約四・五メートル）、幅三間（約五・四メートル）の水門を構えている。

地元ではだれもが「水車と水門の勝山屋」と呼んでいた。

加賀藩から十石の菜種油を請け負ってから四日目の、四月六日朝六ツ半（午前七時）。東空に昇り始めた朝日が、朱塗りの水門を照らしていた。

六

勝山屋の仕事場は、二百坪と広い。庭に続く出入り口のそばには、焚き口が三つ連なった大きなへっついが五基も据えつけられていた。

いつもの朝であれば、へっついは使ってもせいぜいが三基だ。しかし十石の油を請け負ったいまは、すべての焚き口に火が入っていた。

火力の強い赤松の薪が、炎をあげて燃え盛っている。釜に載せられたどの蒸籠《せいろ》からも、力強い湯気が噴き出していた。

蒸籠の向かい側には、小型のへっついがやはり五基連なっていた。載っているのは、蒸《ふ》かし終わった菜種を炒《い》る大鍋である。

「種が足りねえよう」

炒り方の職人が、大声で菜種を催促した。まだ朝の五ツ（午前八時）だというのに、仕事場の気配が大きく張り詰めている。

「もうじき蒸かし終わるからさあ。煙草でも吹かして待ってなさいよ」

おきねが口にした、蒸かすと吹かすの掛け言葉に仕事場がどっと沸いた。

「おきねさんにはかなわねえ」

苦笑いを浮かべた炒り方の職人は、首に巻いた手拭《てぬぐい》で汗を拭った。

「彦八《ひこはち》さん……」

菜種の炒り具合を見定めた長太郎が、水門番に呼びかけた。土間の隅で煙草を吸っていた彦八が、キセルを叩《はた》いて立ち上がった。

「開いてもいいかい」

毎日、重たい水門を開け閉めする彦八である。今年で四十六だが、腕の力こぶの膨らみ具合は二十歳の若者にも勝っていた。

「半開きにしてくだせえ」

「あいよう」

差配の指図に短く応じた彦八は、水門開閉の把手《とって》を摑んだ。差し渡しが三尺（直径約九十センチ）もある、樫材の把手だ。回す彦八のこめかみと腕に血筋が浮いた。

堰《せ》き止められていた大横川の水が、仕事場に勢いよく流れ込んできた。ガタン、ガタンと音を立てて、水車が回り始めた。

享保《きょうほう》の初めごろまでは、ほとんどの油屋が人力で菜種を搾った。屈強な大男の搾り方が五人がかりで、一日およそ一石二斗《こくと》（約百八十キロ）の菜種を搾ることができた。

一日とは、明け六ツから暮れ六ツまでの六刻（十二時間）である。

菜種一石（約百五十キロ）から、どれだけの油が得られるか。その割合を『油垂口《あぶらたれぐち》』で示した。油屋や土地によって異なるが、勝山屋では二割五分を人力による油垂口と定めていた。一石の菜種から、二斗五升（約四十五リットル）の菜種油を搾る勘定である。

水車に目をつけたのは、先代の勝山屋当主だ。

享和《きょうわ》二（一八〇二）年に上方を旅した先代は、大坂の油問屋で水車を用いた搾り方を目にした。大坂は縦横に堀が走る『水の都』である。

「水車をつこうたら、油垂口が五分もようなりましたわ」

問屋のあるじは、江戸の同業者に胸を張って水車の自慢をした。先代は辞を低くして、水車の使い方の教えを乞うた。

「そこまで言われて教えんとあっては、浪速《なにわ》の商人《あきんど》の名が廃《す》たるいうもんや」

油問屋の当主は、仕事場普請絵図の写しを先代に手渡した。江戸に帰り着くなり、先代はすぐさま普請を始めた。

深川も水に恵まれた町である。目の前を流れる大横川に水門を構え、差し渡し一丈（直径約三メートル）もある巨大な水車を拵えた。

大坂の当主が口にした通り、油垂口が三割にまで向上した。のみならず、搾る量も大きく増えた。

それまで五人がかりで一日一石二斗だったのに、水車はその三倍、三石六斗もこなした。

水門の開き加減で、水車の回り方は変わる。彦八が水門番に就いて以来、水車の回り方が際立って滑らかになった。そして元々上質だと評判の高かった菜種油が、さらに出来栄えを高めた。

江戸には数多くの油問屋がある。しかし搾りに水車を用いているのは、勝山屋だけだ。水車を使いたくても、他の店は仕事場に川水を引き込むことができなかった。

「回り方が一段と滑らかじゃありやせんか」

「昨日のうちに、水の流し方を細工しといたからよ。これで夜通し回せば、日に十二石（約千八百キロ）の菜種を搾れる」

「そいつあ、ありがてえ」

長太郎の顔がほころんだ。六日から八日まで、余すところ二晩三日である。職人たち全員が、交代で夜通し仕事を覚悟していた。

水車が一日十二石の菜種を搾れば、油垂口三割として、毎日三石六斗（約六百四十八リットル）の油が得られる。すでに二石の油を搾り終えていた。

「彦八さんのおかげで、田島屋さんとの約定の八日には、十石を間違いなしに納められやす」

残り八石の目処《めど》が立った長太郎は、彦八に深々とあたまを下げた。

「まだ、油ができたわけじゃねえ。礼は八日に納めたあとで、たっぷりと聞かせてもらうぜ」

彦八は長太郎を見ようともせず、水門の開き加減に目を凝らした。

七

四月七日、四ツ（午後十時）。大横川沿いの各町に、木戸を閉じる拍子木の音が流れた。

江戸のおもだった町は、町と町との境目に木戸を構えていた。毎朝明け六ツ（午前六時）に開かれる木戸は、夜の四ツに閉じられた。こうすることで、深夜に盗賊や不審者が町に忍び込むのを防いだのだ。

ひとたび木戸が閉じられると、行き来ができなくなる。四ツ以降は相応のわけがない限り、木戸番に追い返された。

「これが今夜の、替えの者でございます」

勝山屋の番頭が、十二枚の半紙をあるじに差し出した。書かれている名は、いずれも一刻後の九ツ（午前零時）に仕事を終えて帰宅する者である。

奉公先のあるじが印形《いんぎょう》を押した半紙を差し出せば、木戸番は潜《くぐ》り戸から通した。そして隣町に伝えるために、送り拍子木を打った。

「毎晩いやな顔もせずに九ツまで働いてくれるとは、ありがたいことだ」

新兵衛は十二枚の半紙に勝山屋の印形を押し、一枚ずつ気持ちを込めて署名をした。

「それで、はかどり具合はどうだ」

十二枚目におのれの名を書き終えてから、番頭に問い質《ただ》した。

「残すところ一石半（約二百七十リットル）でございますので、明日の八ツ（午後二時）過ぎには十石すべてが仕上がるかと存じます」

「そうか……そこまでこぎつけたか」

新兵衛が安堵《あんど》の吐息を漏らした。

「明日のお納めを成し遂げたあとは費《つい》えを惜しまず、みなを存分にねぎらってやりなさい」

「うけたまわりました」

あたまを下げた番頭の目元がゆるんでいた。

「旦那様のお言葉を、仕事場の面々に伝えさせていただきます」

「みなの元気が出るように、お前からうまく話してくれ」

番頭が辞去したのと入れ替わりに、内儀のみふくが茶を運んできた。五日から、夜鍋仕事が続いている。当主も内儀も、交代の者が帰宅する九ツまでは寝ないでいた。

夜も更けての茶である。みふくは昼間の上煎茶ではなく、ぬる目の焙《ほう》じ茶をいれていた。茶請けには、紀州有田名産の梅干が添えられている。硬さが残った、小粒の梅干だ。

焙じ茶をひと口すすってから、新兵衛は茶請けを口にした。カリカリッと小気味よい音がした。

「田島屋さんとのお取引がかなえば、うちの商いは一段と大きく伸びる」

「ありがたいことでございます」

みふくが声をはずませた。が、新兵衛は目元を引き締めていた。

「そうなれば……お前にはつらい言い方になるが、尚更のこと跡取りを心配しなければならない」

新兵衛は四十一歳、みふくは三十九歳である。祝言を挙げてすでに二十年を過ぎているが、子宝には恵まれなかった。

「五月になれば房州への乗合船が出る」

「それでは、勝山へ？」

新兵衛が小さくうなずいた。みふくは申しわけなさそうな顔で、目を伏せた。

だれか、町木戸の潜り戸を通されたらしい。チョーン、チョーンと送り拍子木の乾いた音が、新兵衛の居室に流れ込んできた。

八

天保五（一八三四）年五月五日。朝から空は青く晴れ上がり、五ツ（午前八時）を過ぎると二三が遊ぶ庭にも陽光が届いていた。

「くろ、そっちに行ったら駄目だって」

庭を駆け回る犬を、二三が呼び止めた。走っていた犬が立ち止まり、二三に振り返った。

くろは二三の誕生に先駆けて、父親の亮助が浜の漁師からもらった犬だ。

「犬は安産のお守りだからよう」

二三誕生の数日前にもらってきた子犬は、二三の誕生までは名なしだった。が、鼻が真っ黒で黒目の大きい子犬を見た亮太とみさきは、勝手にくろと呼んでいた。

丈夫な二三が誕生したあと、子犬はくろと命名された。

二三と同い年の四歳だが、くろはもはや成犬である。それでも犬なりに、二三とは格別の間柄であることをわきまえているらしい。まだこどもの二三には、ことのほか従順だった。

「柏の葉っぱを踏んだら、おかあちゃんに叱られるでしょ」

大きな犬が、子犬のようにクウンと鼻声で鳴いた。

「ほんとうに分かったのかなあ」

二三は首をかしげながら、くろのあたまを撫でた。

今日は端午の節句である。亮太はもう十二歳で、しっかりと菜種作りの家業を手伝っていた。

「亮太はほんまによう働くのう。亮助さんが、うらやましいがね」

村の農家の女房は、亮太の働きぶりをうらやましがった。周りからは一人前だとみなされている亮太だが、端午の節句の柏餅を、だれよりも楽しみにしていた。

柏は、新しい葉が出ると、古い葉を落とす。そのさまは、あたかも跡継ぎができたのを見定めて、家督を譲るかのようである。

端午の節句に柏餅を食べるのは、この柏の葉のありさまに、代々の一家繁栄祈願を重ね合わせて祝うのが、興りのひとつとされた。

とはいえ、亮太が柏餅をだれよりも喜ぶのは、甘い物好きだからである。が、たとえそうであっても跡取りがすこやかに育っているのは、亮助とよしにはこのうえない喜びだった。

それゆえよしは、毎年一家五人では食べきれないほどの柏餅を拵《こしら》えた。庭に干してあるのは、これから餅をくるむ柏の葉である。

この朝早く、よしは庭にむしろを敷き、百枚の葉を並べた。家族と一緒に、くろも甘い餅にありつくことができた。干された葉が、柏餅に使われることも知っているのだろう。

二三に何度叱られても、くろは葉が気になって仕方がないようだ。

母親のよしは、台所であずきの餡を拵えている。七歳のみさきが、台所の隅で糝粉《しんこ》を練っていた。粳米《うるちまい》を水に浸《つ》けて柔らかくしたあと、風で乾かしてから粉にしたものが糝粉である。これをよく練ったものを、柏餅の生地に使うのだ。

亮太の好物を拵えるのは、よしとみさきの仕事だった。あずきの餡《あん》が、出来上がりつつある。甘い香りが、庭にまで漂っていた。

二三とくろが、一緒に鼻をひくひくさせた。

「お昼過ぎには、柏餅ができるんだって。お前も楽しみでしょう?」

ワン、ワンと続けて吠《ほ》えて、くろが尻尾《しっぽ》を振った。二三は、わざと顔をしかめた。

「おかあちゃんが蒸かしてくれるのは、おにいちゃんとおとうちゃんが、畑から帰ってきてからだよ。ちょっと畑を見に行ってみようか」

立ち上がった二三が、先に駆け出した。くろがあとを追い始めた。

小さな坂道を登った先には、一面の菜の花畑が広がっている。五月五日のいまは、花はすっかり落ちていた。花を落としたあとには、菜種が実を結んでいる。

畑の西端近くで立ち止まった二三は、一本の茎に近寄った。くろが二三のわきで尾を振っている。

「ここの菜種は、あたいが種まきしたんだよ」

くろに自慢してから、二三が立ち上がった。手のひらを強く握り締めている。くろがぺろぺろっと二三の握りこぶしを舐《な》めた。

「くすぐったいよう」

くろから離れたあと、二三はこぶしを開いた。手のひらには、菜種がしっかりと握られていた。

天保四（一八三三）年十月二十日の夜、亮助たち一家五人は庭に立って夜空を見上げていた。晴れ渡った晩秋の夜空を、星が埋めていた。

西空をじっと見詰めていた亮助は、わきに息子を呼び寄せた。

「おれの人差し指のずっと先に見える、大きな星が分かるか」

「赤くて、ひとつだけおっきい星のこと？」

「それだ。あの星をしっかり覚えておくだ」

いまは赤く見えるが、いつもは白い。あの星がいまのように赤く見えたら、三日後には雨が降る……。

父親の教えを、亮太はしっかりうなずいて胸に刻んだ。

「明日、種まきをするだ。おっかあ、頼んだぞ」

「あいよう」

よしが明るい声で応じた。

その夜あずきを水につけたよしは、二十一日の朝早くから赤飯を拵えた。種まきの祝いである。蒸かし立ての赤飯を朝飯としたあと、全員が畑に出た。

一ヵ月がかりで、広い畑は隅々まできれいに耕されていた。

「一反（約十アール）当たり、二合（約〇・三六リットル）の種をまくだ。お前はもう、要領を分かってるだな」

父親の顔を見詰めて、亮太がきっぱりとうなずいた。妹ふたりが、敬いに満ちた目で兄を見た。

「みさきと二三には、お前が種まきを教えれや」

「はい」

胸を張った亮太の返事には、威勢がこもっていた。

「お前たち、おれと一緒にこいよ」

妹ふたりとくろを引き連れて、亮太は畑の西端まで進んだ。坂道を下れば、すぐ先が家である。

「みさきはここ、二三はこっちだ」

兄の指図で、種まきの場所が決まった。

「とうちゃんが言った通り、一反に二合だぞ」

「おにいちゃんのいうこと、あたいには分かんないよう」

三歳の二三は、一反だの二合だのと言われても、量の見当がつかなかった。

「そうだよなあ……ごめんよ」

亮太は、二三が一歩、歩くごとに一粒の種をまけばいいと言い直した。見当が分かった二三は、兄に笑顔を向けた。そして、小さな指に菜種を摘《つ》むと、一歩ごとに一粒を土に落とした。くろが不思議そうな目で二三を見上げた。

「あたいがまいたところに、近寄ったら駄目だよ」

犬にしっかりと言い聞かせてから、二三は種まきを続けた。兄よりも姉よりも、二三は念入りに種まきをした。一反まき終わらないうちに日が暮れた。

「種まきって、おもしろいね」

「芽が出たら、もっと楽しいぞ」

「早く出ないかなあ」

二三の両目が輝いた。

種まきの二日後に、亮助の見立てた通り雨がきた。一日降り続いたあとは、気持ちよく晴れた。ほどよい水と陽光に恵まれて、種は十日後に芽を出した。

二三の歩幅通りに、小さな芽が土から顔を出している。畑に這《は》いつくばるようにして、二三は一列に並んだ芽に見とれた。

「うまいまき方をしたじゃないか。大したお手柄だぞ、二三」

一歩の歩幅で一粒ずつまいた種が、畑の果てまできれいな列をなして芽を出している。亮助は、心底から感心していた。

四歳になった正月の二日に、二三は父親と一緒に水肥《みずごえ》を施した。三月には、大きく育った茎の根元に追肥《おいごえ》をした。

かけたのは、効き目は確かだが強い異臭を放つ下肥《しもごえ》である。二三はにおいにいやな顔もせず、父親のあとをついて回った。いつも一緒のくろは、においに閉口して近寄ってはこなかった。

二三が気持ちをこめて育てた菜種は、時季になると色鮮やかな花を咲かせた。散ったあとは、たっぷりと菜種を実らせていた。

畑道の彼方に、兄と父親が見えた。亮太のにおいを感じたらしく、くろが勢いよく駆け出した。亮太が早く帰れば、柏餅も早く食べられる。

畑道を疾走するくろは、思いっきり前足を上げていた。

九

山里の夜は足早に更ける。そして、農家はどこも早寝だ。端午の節句の日も、亮助一家はいつも通りの暮らしを営んでいた。

まだ明かりがたっぷりと残っている七ツ半（午後五時）過ぎから、囲炉裏端《いろりばた》で夕食が始まった。囲炉裏の真上の茅葺《かやぶ》き屋根には、明かり取りが構えられている。赤味を増した夕暮れ時の光が、五人の箱膳を照らしていた。

柏餅を楽しんだあと、よしは岬近くの魚屋で形の揃った五尾の小鯛を買い求めてきた。ウロコを落とし、わたを除いた小鯛にたっぷり塩をあたり、七輪の炭火でていねいに焼いた。その尾かしらつきが、銘々の膳に載っていた。

亮太の節句を祝う小鯛である。

「おさかな、おいしいね」

「おっかあが、わざわざ岬まで買いに行った鯛だ。うまくてあたりめえだ」

家族が舌鼓をうった鯛の残りは、くろが平らげた。

器を片付けて洗うのは、みさきと二三の役目だ。

こどもが食器を洗うわきで、母親は翌朝の米をとぎ、裏庭から薪を運び入れた。

亮太は庭に出て、風呂釜の焚き口の前にしゃがんだ。台所のへっついから種火を運び、釜の焚きつけに火を移した。小枝に炎が立ったのを見定めると、木っ端《こっぱ》を焚き口に投げ入れた。

風呂を沸かすのは、長男の仕事だ。炎が大きくなったところで、薪をくべた。亮助が拵えた松と杉の薪は、どれも乾きがよくて火の回りが早い。

焚き口の炎は威勢がよく、薪の束ふたつで丁度の湯加減に風呂の湯が沸いた。

あるじが入ったあとは、母親、亮太が入り、仕舞い湯はみさきと二三である。湯殿の外の籠《かご》には、よしがこどもふたりの寝巻きを用意していた。

農家の母屋は、さほどの豪農でなくても広い。亮助も、太くて黒光りのする梁《はり》が剝き出しになった、見るからに堂々とした母屋を普請していた。

七十坪の母屋には、土間、台所、囲炉裏の間のほかに、客間、夫婦の部屋と、三人のこどもそれぞれの小部屋が構えられていた。

しかし四歳の二三は、まだひとり寝ができない。湯に入ったあとは、みさきの部屋でひとつの布団にくるまった。

亮太は土間に近い六畳間に、ひとりで寝起きしている。五ツ半（午後九時）には、母親のよしがこどもたちの部屋を回り、行灯《あんどん》の明かりを落とした。

「はように寝なさいよ」

決まり文句を言い置いて、よしは夫婦の部屋へと戻った。

好物の柏餅と、小鯛の塩焼き。いつもは口にできないふたつを食べた亮太は、気持ちが昂ぶってうまく寝つけなかった。

四ツ（午後十時）を過ぎたころ、亮太は部屋を出て土間におりた。寝返りを繰り返しているうちに、小便がしたくなったのだ。

かわやは、裏庭に構えられている。土間に明かりはないが、暗さには目が慣れていた。履物《はきもの》をつっかけて、台所の戸を開いた。戸口に寝そべっていたくろが、暗がりのなかで鼻を鳴らした。

亮太は犬には構わず、かわやに向かった。

五日の月は、もう細い。光も頼りない。しかし、かけらの雲もなく、空の根元にまで星がちりばめられていた。水肥に使う小便の壺には屋根がない。亮太は星空を見ながら用足しを終えた。

五月初旬といえども、山里の夜は冷える。ぶるるっと身体を震わせた亮太は、急いで部屋に戻ろうとした。が、部屋の板戸に手をかけたまま、動かなくなった。

亮助とよしが寝起きする部屋は、板戸ではなく障子戸である。部屋にはまだ、明かりが灯《とも》っていた。その光が障子戸を突き抜けて、廊下を照らしていた。

ふたりが交わす小声も、廊下に漏れている。親の話し声に尋常ではないものを感じた亮太は、足音を忍ばせて障子戸に近寄った。

「江戸のほうからは、末っ子が欲しいと言うてきとるけんど……」

亮太には、母親は怒り気味にものを言っているように感じられた。末っ子なら二三だ。

江戸に妹が貰われて行く話なのかと思った亮太は、凍えた廊下で息を呑んだ。しかも母の声は、まだ続いていた。

「どの子だって可愛いのは、親なら当たり前だべさ」

よしの声は、わずかに大きくなっていた。

「そっただこと、言うまでもねって」

父親が即座に応ずると、よしはさらに声を張った。

「あんたはそう言うけんど、あっちのひとは」

よしは江戸をあっちのひとと呼んで、さらに続けた。

「末っ子がええだ、なんてよう。娘っこさ出さねばなんね親の気持ちもつらさも、まるでわがってねえだ」

よしはひときわ強い口調で言い切った。

廊下で立ち聞きする羽目になった亮太は、ぶるるっと身体の芯から震えを覚えた。

強い口調で言い放ったことで、怒りもわずかに鎮まったらしい。声の調子を落ち着かせて、よしはあとを続けた。

「どうしても末っ子が欲しいっつうなら、江戸に出すしかねえだろけんど」

いまの物言いには、静かさが戻っていた。

立ち聞きを続けている亮太は逆である。母親が二三を江戸に出す気なのかと、親の言い分には哀しさが込み上げてきた。

亮太が聞いているなど思いもせず、よしは話を続けた。

「いくらなんでも手紙だけで、ことを運ぶっつうのは、あんまりでねっか」

真っ暗な廊下に、よしの声がこぼれ出た。子を想う母の情愛の深さが、物言いを重たくしていた。

その声の調子を聞いて、亮太は母親もつらいのだと察することができた。が、二三がいなくなると思うと、瞬時に哀しさがぶり返した。そのとき、父親が口を開いた。

「おめの言う通りだ」

亮助の重たい口調は、よしと同じ思いだからだろう。

「いっぺん勝山にけえってこいって、からが返事ば書くだ」

亮助の言い分を聞いたよしは、深いため息をついた。もはや話は進めるしかないと、覚悟したのだろう。

「江戸のひとと、あんたとで」

よしからまた、ため息が漏れた。が、口は閉じなかった。

「ようようく、話し合ってくんなせ」

廊下にいる亮太にはこれを聞いて、二三は江戸に行くのだと、こどもながらに覚悟を決めた。漏らした吐息が凍えにまとわりつかれて、白く濁っていた。

言い終わった亮助が、部屋のなかで立ち上がった。亮太は大慌てで部屋に駆け戻った。布団にくるまっても、身体の震えはひかない。

裏庭で、くろが哀しげな声で遠吠えをした。

十

端午の節句の夜、亮太は思いもよらない話を耳にする羽目になった。

二三が、江戸にもらわれて行くかもしれない。

楽しかった一日が、ひどい締めくくりになった。布団をあたまからかぶっても、身体の震えがとまらない。亮太はどうしていいか分からず、何度も寝返りを繰り返した。

その都度、昼間たらふく食べた柏餅だの、夕食の鯛の塩焼きだのが、胃ノ腑から逆流しそうになった。

どうすればいいんだよう……。

小さい亮太が、大きな悩みを抱え込んだ。幾ら思案しても、答えが出てこなかった。とはいえ、まだ十二歳のこどもである。悶々としながらも、眠気には勝てない。四半刻（三十分）もしないうちに亮太は眠りに落ちた。

「おにいちゃん、手を離さないで……あたい、江戸になんか行きたくない」

無理やり乗せられた乗合船の船端で、二三が泣いている。おにいちゃんと声を張り上げて、二三が右手をいっぱいに伸ばした。が、その手が届かない。

亮太は妹の手を摑みたくて、身体を前に出そうとした。ところが金縛りにあったのか、身体を思うように動かせない。

船頭が棹を操り、船着場から船を離した。二三は声を限りに泣いている。亮太は動けない。乗合船の客は、そのさまを見て笑っている。

ふみい……亮太は大声で妹の名を呼ぼうとした。

しかし声が出なかった。

身体もまったく動かない。

遠ざかる妹に、なにもしてやれない。亮太は懸命に力を振り絞って、腕を動かした。

「なんだ、亮太。どうかしたか」

呼び声で目覚めた。目を開くと、父親の顔が間近にあった。

「妙な声さ出して……どうかしたんか」

亮太は返事をせず、土間に駆け下りた。外に飛び出すと、東の空が明け始めていた。

「どうしたんだ、亮太」

尋常ではないこどもの様子を案じて、父親があとを追って庭に出てきた。

「さっきからお前に問いかけてるのに、聞こえねえってか」

返事をしない亮太に焦《じ》れて、父親の声が大きくなった。

目覚める直前まで見ていた夢を、亮太はまだ生々しく覚えていた。乗合船に、無理やり乗せられた二三。妹が江戸にもらわれる羽目になったのは、父親が断らないからだ。

胸の内に怒りを抱え持った亮太は、父親から大声で問われても、答える気にはなれなかった。さりとて、いつまでも逆らうことはできない。亮助が苛立《いらだ》っているのは、声の調子で分かった。

寝巻きの前をはだけた亮太は、小便壺に近寄った。夜通し溜まっていた小便が、勢いよく飛び出した。

「なんだ、しょんべんが溜まってたんか」

顔つきを元に戻した亮助は、長男のわきに立って連れ小便を始めた。

「思いっきりひり出したら、まだおめえには負けねえさ」

むきになって、父親が小便を飛ばした。亮太は悲しい思いを抱えたまま、先に小便壺から離れた。

前夜の盗み聞きを、両親には話せない。かと言って、ふたりの妹にも話すことはできない。

五月六日の朝、亮太はだれにも話せない秘密を胸の奥底に抱えた。話せない代わりに、飛脚のおとずれを気にするようになった。

勝山の岬のわきに、一軒の飛脚宿がある。屋号は大和屋で、五人の飛脚人足を抱えていた。飛脚が走ると腰にぶら下げた鈴が、チリン、チリンと鳴る。

飛脚が届けるのは、勝山から江戸に出た者が在所の家族に送ってくる、書状と小荷物がほとんどだ。ゆえに飛脚の鈴の音《ね》を聞くと、浜や村の家からひとが出てきた。

飛脚は、江戸の香りを運ぶ使者だ。どこの家でも、鈴の音を喜んだ。が、亮太は違った。

鈴が聞こえたら、二三が江戸に攫《さら》われる。

鈴を鳴らして走る飛脚のにいさんが、亮太は大好きだった。いまは違った。

鈴を聞いたら、小石を投げて追い返そうかと思ったりもした。

自分の手で江戸からの書状を受け取り、人目のない菜種畑の真ん中で破り捨てようかとも思った。

が、どちらも亮太にはできなかった。

五月下旬、菜種の収穫を終えた広い畑は土だけになった。だいこんの種まきが始まるのは、六月下旬である。それまでのおよそ一ヵ月、畑は丸坊主だ。

畑には、三ヵ所の物見やぐらが構えられていた。広大な菜種畑を見渡すためのやぐらである。もっとも高いやぐらは、地べたから二丈（約六メートル）の高さがある。

亮太の村に飛脚がくるのは、八ツ（午後二時）から七ツ（午後四時）の間と決まっていた。昼過ぎには、船橋から勝山への乗合船が着く。江戸からの書状や小荷物は、その船で運ばれてきた。

大和屋で仕分けされたあと、村に届くのは八ツから七ツごろなのだ。

六月早々に、勝山はいつもの年よりも五日遅れて梅雨《つゆ》入りした。

「おにいちゃん、また物見やぐらに立ってる」

二三が母親に言いつけた。

「なにがおもしろいんかねえ」

「いいべさ、ほっとくだ。なんも、わるさしてるわけでねっからよう」

亮太が飛脚のおとずれを見張っているとは、家族のだれも知らない。小さな蓑笠《みのかさ》を着た亮太は、降り続く雨を浴びながら目を凝らしていた。

江戸からは便りがないまま、梅雨が明けた。広い畑の一部には、夏だいこんの芽が吹いた。それでも飛脚はやってこなかった。

十月に入ると、菜種の種まきが始まる。鈴の音は気がかりだが、亮太は家業に追われた。五月下旬から気を張り続けてきたが、なにごとも起こらない。

菜種の芽が出たころには、亮太は飛脚のことを忘れていた。江戸から便りがないまま、天保六（一八三五）年の正月を迎えた。

元日の祝い膳では、歳《とし》の数だけ黒豆を食べるのを亮助は慣わしとしていた。

「お前は五粒だ」

二三の小鉢に、亮助は五粒の黒豆をいれた。亮太は十三粒、みさきは八粒である。

亮太の小鉢は、黒豆で底が見えなくなっていた。

「来年はあたいも、おにいちゃんみたいに黒豆がいっぱい入るかなあ」

「ばかいってる。無理に決まってるって」

みさきが妹の言い分をはじき返した。みさきの小鉢は、まだ底が見えている。

「おねえちゃんなんて、嫌いっ」

淡い夢を砕かれて、二三が拗《す》ねた。頬をぷっと膨らませた二三を見て、亮太は不意にあのことを思い出した。

二三はいつまで、うちにいられるんだろう……。

大好きな甘い黒豆なのに、亮太はいきなり口のなかに苦味を感じた。

二三の誕生日を翌日に控えた、天保六年一月二十二日。曇り空の下で、飛脚の鈴が鳴った。

十一

二三の五回目の誕生日、夕食の膳には甘味を利かした玉子焼きが載った。刻みネギが入った、厚焼きである。

ごはんは鶏肉とこんにゃく、油揚げ、短冊に切っただいこんとにんじんを醤油味で炊き合わせたまぜごはんである。油揚げの味噌汁には、そうめんが入っていた。

いずれも二三の好物ばかりだ。

「おかあちゃん、すごくおいしい」

厚く切った玉子焼きを頬張るなり、二三がはしゃぎ声をあげた。

「お前の誕生日だがね」

応えた母親のよしは、二三ではなく、連れ合いの顔を見ていた。亮助は茶碗を膳に戻してから、二三を見た。

「二月に入ったら、江戸からひとがくる。二三にはいっぱい、おみやげを持ってくるぞ」

「ほんとう？」

二三が目を輝かせた。

「なんで二三だけなの」

みさきが口を尖らせた。

「おにいちゃんとあたしには、江戸のおみやげはないの？」

「みさき、つまんないこと言うなよ」

亮太は妹を叱りつけた。どんな用で江戸からひとが来るのか、亮太には分かっている。妹を攫いにくる者のみやげなど、欲しくもなかった。

みさきには、兄が抱え持つ思いなど分からない。

「おにいちゃんは欲しくないの」

みさきは兄にまで食ってかかった。兄妹のやりとりを黙って見ていた亮助は、区切りを見計らってみさきにたしなめるような目を向けた。

「お前にも亮太にも、みやげはあるべさ」

「そうなんだ……」

ついでに言われたような気がしたのか、みさきの返事は不満そうだった。

「あたいのおみやげ、おねえちゃんにも分けてあげるから」

まぜごはんに箸をつけた二三は、呑み込んでから自慢げな口をきいた。みさきは食事の間、不満顔を続けた。

「くろが鳴いてる……」

亮太がぼそりとつぶやいた。

江戸からひとが来ると、二三は連れて行かれるかもしれないと亮太は思っている。くろは、犬の本能で二三との別れが迫っていることを察していたのだろう。

気持ちがはしゃいでいる二三と、ふくれっ面《つら》のみさきは、兄のつぶやきとくろの鳴き声とを、気にもとめてはいなかった。

十二

二三の誕生日を過ぎると、夜空の月は日を追って細くなった。

「亮太、行くぞ」

「はい」

夕食を終えるなり、亮助・亮太の父子はそそくさと座を立った。

「おにいちゃん、また納屋に行くの？」

ふたりが揃って座を立つのは、これで三日目である。兄の行く先が納屋なのは分かっているが、なにをしているかが分からない。何度たずねても、父親も兄も教えてくれなかった。

「あたいも一緒に行く」

二三は兄と一緒に座を立とうとした。昨日、おとといの二日は、なんとか我慢をした。三日目の今夜は、もはやこらえきれなくなっていた。

「お前は片づけがあるべさ」

「そうよ、二三。おねえちゃんだって、一緒に行きたいのを我慢してるんだから」

母と口を揃えて妹をとめたみさきは、食器を盆に載せて立ち上がった。二三は姉のたもとを引いた。

「おねえちゃん、ずるい」

「なにがずるいのよ」

「おにいちゃんがなにをしてるか、おねえちゃんは知ってるんだもん」

「知らないわよ」

「嘘ばっかり。おねえちゃんの嘘つき」

姉に向かってあかんべえをしてから、二三は土間に飛び降りた。父親と兄とが、小さな提灯《ちょうちん》を手にして納屋に向かっている。

西空に見えるのは、糸のように細い月だ。二月一日の山里には、凍えに近い夜気が居座っていた。澄み切った夜空には、無数の星がまたたいている。

おにいちゃん……。

台所の戸口に立った二三が、小声でつぶやいた。納屋には近寄るなと、亮助からきつく言われている。あとを追うことのできない二三は、つぶやきを漏らすことしかできなかった。

クウンと鳴いて、くろが二三をなぐさめた。

二月三日は節分である。夕食の献立には、格別の趣向はなかった。しかし膳を片づけ終わると、いつもとは様子がガラリと変わった。

食事部屋の行灯《あんどん》の明かりを、母親が落とした。板の間が闇になった。

「おかあちゃん、どうしたの」

暗がりに怯《おび》えて、二三が声を震わせた。みさきも同じらしい。闇のなかで、姉妹ふたりが小さな手を握り合った。

いきなり板の間の戸口が明るくなった。二十匁ろうそくが灯された提灯が、二三とみさきのほうに突き出されたからだ。

闇のなかの、突然の明かりである。光は安堵を呼ぶはずなのに、姉妹はさらに怯えた。

「鬼は外じゃあ」

提灯の後ろから、蓑をまとった鬼があらわれた。四晩がかりで拵《こしら》えた面を、亮助がかぶっていた。提灯を持っているのは、兄の亮太だ。

みさきと二三は身動きができず、甲高い悲鳴をあげた。二三の叫びを聞いて、くろが板の間に飛び込んできた。

ひと声吠えたあと、くろは鬼に飛びかかった。

「あほ、やめんか。お前の飼い主じゃ」

亮助が怒鳴っても、くろは蓑に噛みついたままだ。

くろに怒鳴り声を投げる父親。

板の間で泣き続ける、みさきと二三。

せっかく二三を楽しませてやろうとした趣向が、滅茶苦茶になっている。亮太は泣き笑いの顔で突っ立っていた。

十三

二月四日の朝飯は、いつもより四半刻（三十分）ほど遅くなった。釜に載せた蒸籠《せいろ》から、強い湯気が噴出している。朝飯が遅くなったのは、赤飯の支度に手間取ったからだ。

「二三と亮太を呼んでおいで」

よしに言われて、へっついの火加減を見ていたみさきが立ち上がった。

「おにいちゃん、二三……ごはんだよう」

台所の戸口から、みさきが大声で呼びかけた。ふたりが返事をする前に、くろが鳴いて応えた。くろも朝飯はまだだった。

今日も上天気で、朝の光は威勢がいい。少しずつ丈が伸び始めた庭の雑草に、まだ赤味の強い朝日が降り注いでいた。

「おにいちゃん、ごはんだって」

「分かった。いま行く」

返事をした亮太は、卵の入ったザルを手にしていた。庭には、十羽のニワトリが放し飼いにされている。毎朝裏庭を見回って卵を集めるのは、亮太の役目だった。

「はら減ったよ」

ザルには七個の卵が入っていた。飼っている十羽のなかで、雌鳥《めんどり》は七羽である。どのニワトリも、律儀に一個ずつの卵を産んでいた。

「今朝はお赤飯だって、おかあちゃんが言ってた」

「知ってるよ」

「その卵、どうするのかなあ」

炊き立ての飯に生卵をかけるのが、亮助一家の朝飯の決まりだ。赤飯に卵は無用である。

「あたい、ゆで卵にしてもらおうっと」

「駄目だよ」

「どうして」

「江戸からひとがくるじゃないか」

「そうかっ」

二三の顔が、大きくほころんだ。

「あたいに、おみやげをいっぱい持ってきてくれるんだよね」

二三の声がはずんでいる。妹を見る亮太の目が、わずかに曇った。

「おにいちゃんとおねえちゃんにも、おみやげがあるっておとうちゃんが言ったもん」

兄の目の曇りを、二三は勘違いした。

「そうだよな」

顔つきを元に戻した亮太は、妹の肩をポンと叩いた。ザルの卵が揺れた。

亮助、よし、亮太、みさき、二三の五人は、二月四日の九ツ半（午後一時）前に、勝山湊の船着場に出向いた。江戸からの客、勝山屋新兵衛の出迎えのためである。

二月初旬は、江戸から房州に向かって潮風が吹く。勝山屋新兵衛は、船橋から勝山までの乗合船利用でやってくることになっていた。

勝山湊は、両側を岬に囲まれた入り江の良港だ。房州路の入口でもあり、江戸に向けて菜種・切り花・米などを積み出す湊でもある。入り江は、大小さまざまな船で賑わっていた。

「おとうちゃん、あの船おっきい」

二三が指差した方角に、一杯の大型船が見えた。

「ほんとに、おっきい」

みさきも目を見開いていた。入り江の船が、わきに逃げて進路をあけている。湊に向かってくる船は、千石の弁才船《べざいせん》を改造した乗合荷物船だった。

帆柱の高さがおよそ九丈（約二十七メートル）で、帆の大きさは二十反大もある。船着場に近寄るなかで、船は帆を畳み始めた。

「あんな船、初めて見た」

湊にくる道々、ずっと機嫌のよくなかった亮太が、弁才船を見て声を弾ませた。大型船も毎日のように出入りする勝山湊だが、千石船はまれだ。

「さすがは江戸からの船だ……」

亮助たち一家五人は、初めて見る千石船の入港風景に見とれていた。

「行くぜ」

掛け声とともに、船首に立った水主《かこ》（船乗り）が、太い舫い綱を投げた。湊で待ち受けていた仲仕は、綱の端を摑むなり、杭《くい》に巻きつけた。

巨大な糸巻きのような杭を、大男の仲仕が三人がかりで回し始めた。綱がピンと張り詰めて、杭が軋《きし》み音を発している。

千石船が、ゆっくりと船着場に近寄った。

「あのひとにちげえね」

船端に立った旅人を見た亮助は、ひとりごとのようにつぶやいた。こころの底では、来て欲しくないと思っていたからだ。

一緒に船着き場を見ていたよしは、亭主のつぶやきにうなずいた。

菜種農家の自分たちとは、旅人はまるで身なりが違っていたからだ。しかも明らかに年長者に見えた。

宿での話し合いでは、相手を敬わねばならない。年長者を大事にするのは、土地の習わしの、一番の根っこにあった。

手紙でしか知らなかった相手を、よしはいま、初めて目の当たりにした。

長年の菜種作りのなかで、よしは相手に気後れを覚えたことは一度もなかった。だれよりも出来のいい菜種栽培には自負があった。

ところが桟橋に降り立った男をひと目見ただけで、まだ口もきいていないのに、よしは深い気後れを感じてしまった。

相手が江戸者だからでも、身なりが違うからでもない。

言葉にはできぬが、器量の大きさの違いを漂わせていたからだ。

あのひとに先々を託したほうが、二三の幸せにつながる……哀しいことでもあったが一瞬のうちに、よしはこれを感じ取っていた。

桟橋から向かってきながら、旅人は亮助とよしを見た。よしは内に覚えた哀しさを押しのけて、手を大きく振った。

旅人も気づいたようだ。かぶりを取った笠を大きく振って、よしに応えてきた。

よしはさらに大きく、手を振り返した。しかし旅人との談判の、先を思ったのだろう。

相手が近寄ってくるにつれて、手の振り方が弱まっていた。

船が桟橋に近づくにつれて、旅人が手にしている包みの大きさがはっきりと分かった。二三の目が大きく見開かれた。

「あのなかには、おみやげがいっぱい詰まってるんだよね」

二三は声を弾ませた。

よしは曇った目で二三を見た。

二三は息を詰めて、顔つきをこわばらせた。ものをほしがるようないやしいことをすると、よしからきつい言葉でたしなめられたからだ。

ふうっ。

吐息を漏らしただけで、よしは二三を叱ることはしなかった。

五人の後ろには、くろが寝そべっている。陽で暖まった湊の地べたが、よくよく心地よいのだろう。千石船が接岸されても、くろは前足にあたまをのせて動こうとはしなかった。

十四

母屋には、八畳の客間が普請されていた。隅に大きな仏壇が据えられた部屋は、普段は使われることはない。去年の暮れに表替えをした畳には、まだ青さも香りも残っていた。

「この部屋が、おいちゃんの寝るところだって」

母親に言いつけられて、二三が新兵衛を案内した。

「ありがとう。ほんとうに二三ちゃんは、かしこい子だなあ」

湊からの道々、新兵衛は亮助・よしの夫婦よりも、こどもたちと話しながら歩いてきた。会話を交わすなかで、三人の名前をしっかりと覚えたようだ。

誉《ほ》められた二三は、ちょこんとあたまを下げた。

「着替えをしたら亮助さんの居間に出向きますと、おとうさんに伝えておくれ」

「はい」

「二三ちゃんには、いっぱいおみやげを持ってきたからね」

新兵衛が笑いかけると、二三は戸惑い顔になった。

「おねえちゃんと、おにいちゃんにも？」

「もちろんだよ。たくさんあるから、心配しなくてもいい」

「嬉しい」

明るい声になった二三は、勢いのよい辞儀をして部屋を出た。兄姉を思う二三の心情が伝わったのだろう。二三が亮助の居室に入るまで、新兵衛は慈しむような眼差《まなざ》しでこどもの後ろ姿を見ていた。

「うわあ、こんなお人形さんは見たことない」

みさきは、身の丈が六寸（約十八センチ）の人形を手にしていた。歌舞伎の『義経千本桜』の芝居人形で、静御前《しずかごぜん》はあでやかな赤い着物を着ている。

「あたいのも、きれいでしょ」

二三が持っているのも、同じ大きさの人形である。顔は同じだが、清姫はみさきの人形とは違う色味の着物を着ていた。

亮太には、筆・すずり・墨が文箱に納まった書道の道具一式が用意されていた。すぐにも始められるように、手習いの独習本が添えられている。

「ありがとうございます」

亮太の礼には、気持ちが強くこめられていた。

江戸とのやり取りをするなかで、よしは息子が手習いを始めたがっていることに、軽く触れたことがあった。

勝山にも紙屋はあるが、筆やすずりのいいものがないと、書き添えた。新兵衛から、こどもたちへのみやげはなにがいいかと、手紙で問われていたからだ。

新兵衛が持参したのは、尾張町の嶋屋で買い求めた道具一式である。いままで見たこともない上物のすずりと墨を手にして、亮太は気を昂ぶらせた。

「どうもありがとうございます」

両親と一緒に礼を伝えてから、こどもたちはみやげものを手にして居間を出た。亮助の居室の戸が閉じられ、カタンと音を立てた。

書道の道具を手にしたまま、亮太が立ち止まった。このあと部屋の中で、どんな話が交わされるかを察してのことだ。ふすまと柱がぶつかった音が、亮太の胸に痛みを感じさせた。

「どうしたの、おにいちゃん」

「はやくお部屋に行こうよ」

すぐにも自室で、人形遊びを始めたいのだ。二三とみさきが、焦れたような顔で兄を見上げた。

「分かったよ」

亮太の声は、もう弾んではいなかった。

十五

新兵衛を迎えた夜。板の間には、脚の低い大きな卓が出されていた。

「なにが始まるのか、趣向が楽しみですなあ」

世辞ではなく、新兵衛は正味で夕餉《ゆうげ》になにが始まるのかを楽しみにしている様子だった。

最初に運ばれてきたのは、真っ赤に炭火が熾た七輪である。両手で抱えて、亮太が運んできた。空の深鍋を手にした二三が、兄のあとに続いた。

七輪が、卓の真ん中に載せられた。

「これを置くために、脚を低く造ったでよ」

卓は亮助の自作である。五寸（約十五センチ）もある、分厚い杉の一枚板である。勝山の山には杉が群れているが、卓に使われた杉は樹齢百年を超えた古木だった。

その極上物の卓に、こどもは七輪をじかに置いた。新兵衛は目を見開いて驚いた。

「卓は、メシを美味《うま》く食う道具だでよ。立派なもんでも、気軽に使えなくちゃあ、しゃんめえだ」

「なるほど……それは道理ですなあ」

新兵衛は感心したような口調で応じた。

二三が深鍋を置いて下がると、みさきが口の大きい瓶を運んできた。かすかな香りが漂い出ている。新兵衛が表情を動かした。

「これは……」

問いかける新兵衛に、亮助がうなずきで応じた。瓶の中身は、自家製の菜種油である。新兵衛も、毎日かいでいる香りだ。

深鍋を七輪に載せてから、亮助は瓶の菜種油を鍋にあけた。たっぷりと、深さ五寸の鍋の、上部一寸半のところにまで油が注がれた。

「てんぷら……ですか」

問われた亮助の顔に笑みが浮かんだ。

「てんぷらは、女房の自慢だでよう」

うちわを手にした亮助は、答えながら七輪に風を送った。

「江戸にはなんぼでも美味いもんはあるだろうが、女房のてんぷらはちょっとしたもんだでよ」

亮助が小鼻をぴくぴく動かしているとき、みさきと二三が大ザルを運んできた。

みさきのザルには、魚介が載っている。イカ、エビ、アジ、セイゴが、きれいに下拵えをされていた。

セイゴはスズキの当歳魚で、いまの季節の勝山では豊漁が続く。いわば旬の魚である。イカ、エビも、冬から春先の勝山近海では毎日水揚げされた。

二三は野菜をザルに盛っていた。村の畑で、この朝に摘んだ春菊。根の部分には、甘味すら感ずる勝山ネギ。山の杣人《そまびと》が小屋で育てている、肉厚のしいたけ。

魚介も野菜も、江戸では見ることができないほどに色味が鮮やかで、しかも真新しかった。

鍋の菜種油が熱せられて、特有の強いにおいを放ち始めた。

「おっかあ、油が沸いたど」

「あいよう」

流しから威勢のよい声が返ってきた。

こどもたちが、卓の周りに集まった。もらった人形が、よほどに嬉しかったのだろう。二三は新兵衛の隣に座った。

「おろしを拵えるのは、お前の仕事だろ」

亮太がつよい声で二三に用を言いつけた。

「分かった。いまやるから」

立ち上がろうとした二三を、亮助が引き止めた。

「二三は座っててい。今夜はお前がおろしを作るだ」

「はい」

明るい返事を残して、みさきはだいこんおろしの支度で流しに向かった。新兵衛が口にする江戸の話に、二三は浮き浮きとした顔で聞き入っている。

みさきを手伝いに板の間を出るとき、亮太はこどもながらも眉間にしわを寄せていた。

夕食が始まってから、半刻（一時間）後。板の間は油のにおいで満ちていた。ザルに載っていた材料は、六人ですっかり平らげていた。

「こんな美味いてんぷらは、いままで一度も食べたことがない。大した腕前だ」

新兵衛の物言いには、かけらの世辞も含まれてはいない。心底からの喜びを感じ取ったよしは、材料がいいからだと謙遜した。

「そんなことはない。これはあんたの腕だ」

「あたいも、てんぷら作れるよ」

二三が口を挟むと、新兵衛が相好《そうごう》を崩した。

「二三ちゃんは、よしさんの娘だ。さぞかし上手に揚げられるだろう」

「二三はほんとうに、てんぷらを揚げるんですよ」

新兵衛に向かって、よしは真顔で応じた。

「自分の箸も、ちゃんとは握れないのによう。菜箸の使い方は、妙にうまくて呆れてしまうだよ」

「それは驚いた」

目元をゆるゆるにした新兵衛が、二三を見た。

「大きくなったら、二三ちゃんは江戸でてんぷら屋をやってみるか」

うん、やりたいと二三が答えたとき、亮太は板の間を出て土間におりた。

おとっつぁんもおっかさんも、二三を江戸に出したいんだ……。

水瓶のひしゃくに口をつけて、亮太はじかに水を呑んだ。それをやると、母親からきつく叱られる。分かっていながら、亮太はしでかした。

口に含んでも、ちっとも水は美味くなかった。

十六

勝山屋新兵衛は、亮助の農家に二泊した。滞在二日目、二月五日の九ツ半（午後一時）。亮助、よし、新兵衛の三人は、母屋裏庭の腰掛けに座って話し込んでいた。

勝山の山里には、春の盛りを思わせるような陽が降り注いでいる。遠目には、あたかも三人が日向《ひなた》ぼっこをしているかのような、のどかな眺めだ。しかし交わされている話は、相当に重たいものだった。

「二三を騙《だま》すみてえで、気乗りがせんがよう。やっぱり、ほんとうのところは黙ったまま、船に乗っけるのもしゃんめえな」

「そうだねえ……」

よしの語尾は、消え入りそうだった。

「早合点を言うわけではないが、あの子ならいずれ婿取りをして、勝山屋をしっかりと継いでくれるに違いない」

命にかけても、二三の行く末はわたしが守る。なにとぞ、お任せいただきたい……。

新兵衛は膝に両手を載せて、あたまを下げた。とはいえ、江戸でも名の通った菜種油問屋の当主である。あたまの下げ方にも風格があった。

「あの子たちは、なんも知らねで遊んでるがね」

よしが目を細くして遠くを見た。二月の陽光を浴びて、育ち盛りの菜種が緑色に輝いている。亮太、みさき、二三の三人は、歓声をあげて菜種畑の周りを駆け回っていた。

「養女に出すと決めたことだから、いまさらぐずぐず言うことはねえけんど……」

よしが言葉に詰まった。

「泣くのはやめれ。こどもたちに見られるど」

嗚咽《おえつ》を漏らしそうになったよしを、亮助がたしなめた。が、口調は亮助も湿っていた。

畑からくろが駆け戻ってくると、よしも亮助も顔つきを元に戻した。犬を追って、二三が戻ってくるのが分かっていたからだ。

「二三のこと、よろしく頼みますだ」

亮助が辞儀をしたとき、二三が息を切らして戻ってきた。

「おかあちゃん……」

二三が甘えを含んだ声で、母親に呼びかけた。よしは笑顔を拵《こしら》えて、わが子を見た。

「今日も、岬の魚屋さんに行くんでしょ」

「そんだね。新兵衛さんには、美味い魚をたんまり食べてもらいてえもんね」

「あたいも行く」

「それは感心だ」

新兵衛は、目元をゆるめて二三を見た。

「だったらわたしも、農家へのあいさつ回りの道々、一緒に岬まで連れて行っていただこう」

「おいちゃんも？」

二三が目を輝かせた。江戸の香りに満ちた新兵衛と歩くのが、こどもには嬉しいのだろう。

「勝山の魚屋さんには、江戸の魚河岸《うおがし》よりもはるかに活《い》きのよい魚が並んでいるようだ」

「うおがしって、なんのこと？」

勝山には、魚市場はなかった。漁師が獲った魚は、岬そばの魚勝がじかに買いつけるからだ。魚勝は土地の者に小売りをするだけではなく、近在の料理屋や旅籠《はたご》にも納めていた。

「ここには、魚市場はありませんのか」

「漁師たちは、銘々が船を走らせて木更津《きさらづ》まで売りに出っからよ」

勝山湊には、十数軒の漁師がいた。海が時化《しけ》ていない限りは、漁師は全員が海に出た。その魚をすべて魚勝が買い取るわけではない。

漁師の多くは、漁場からじかに木更津湊へと船を走らせた。一部の漁師が魚勝に納めるのは、市場に卸すよりも高値で買いつけてもらえるからだ。

ゆえに魚勝の店先には、飛び切り活きのよい魚が並んでいた。勝山村の住民は、ほとんどが菜種と野菜農家である。菜種は、勝山屋が一手に買い取った。

新兵衛は、菜種の買いつけにカネを惜しまなかった。亮助ほどに大きな畑を持っていなくても、菜種の実入りが三十両を下回る農家はない。

勝山の菜種農家は、どこも豊かである。魚勝の商う魚介が少々高くても、文句をいう客はいなかった。

「岬に出かけるなら、わたしは着替えさせていただきましょう」

腰掛けから立ち上がった新兵衛は、着替えのために客間へと戻った。

新兵衛が勝山をおとずれたのは、二三の養子縁組のためである。加えて、菜種農家へのあいさつ回りも、旅の目的のひとつだった。

客間に戻りかけた新兵衛は、戸口に立ってよしと二三を見た。

「厚かましいことを言うようだが、できれば今夜もてんぷらを食べさせていただきたい。あれほど美味いてんぷらは、江戸では口にできません」

「お安いことだがね」

よしが弾んだ声で応じた。てんぷらを誉められたのが、よほど嬉しかったからだろう。ついさきほどまでの湿った様子は、すっかり失《う》せていた。

「あたいも揚げる」

二三が甲高い声を発した。なにごとかと、くろが二三のそばに寄ってきた。

十七

夕食の支度は、いつもより半刻（一時間）近くも早かった。よしが三人のこどもに庖丁使いを教えようとしたからだ。

小さな水瓶と、杉の台が裏庭に出されていた。陽のあるうちに下拵えを進めたくて、よしは八ツ半（午後三時）過ぎから支度を始めていた。

「おっかさんの手元をようく見てなさい」

杉板の台のうえで、よしはアジをさばき始めた。小ぶりの魚のエラのあたりに、出刃庖丁の刃先を入れた。手にグイッと力を込めると、魚のあたまが外れた。

生臭いにおいが、台の周りに漂い出た。においが気になったらしく、くろが二三の足元に寄ってきた。

あたまを外したアジの腹に庖丁を入れたよしは、指を使ってわたを取り除いた。軽くひしゃくの水をかけて洗ったあと、身の両側のぜんご（刺《とげ》に似たウロコ）を取り除いた。

「ぜんごをとるときは、指に刺さらないように気をつけてちょうだいね」

母親の手元に見入っている三人は、器用な庖丁さばきに気がいって返事を忘れた。

「二三……ちゃんと聞いてるの？」

「うん、聞いてるよ。指に刺さらないようにするんでしょ」

二三の言ったことに、亮太とみさきもしっかりとうなずいた。見とれてはいたが、三人とも母親の言ったことは耳に入っているようだ。

得心したよしは、アジの背から庖丁を入れて三枚におろした。

「アジは全部で九尾もあるから。ひとり三尾ずつ、ていねいにおろしなさい」

三人に下拵えを言いつけてから、よしは台所に戻った。母親の物言いが、いつになくていねいである。まるで、江戸者のような話し方をした。

「おっかさんに、江戸のひとのしゃべり方がうつったのかなあ」

「あたいもおんなじことを思ってた」

姉妹が顔を見合わせて笑った。

「でも……どうして急に、おっかさんはアジのおろし方を教える気になったのかなあ」

よしは岬近くの荒物屋で、こどもたち銘々に出刃庖丁を買い求めた。みさきが手にしている出刃庖丁は、刃渡りが四寸（約十二センチ）の小型である。

刃をアジのエラにあてながら、みさきは首をかしげた。いままで戸外で母親が魚をさばいたのは、一、二度ぐらいだ。ましてや、こどもだけで庖丁を手にしたことなどは皆無である。

いきなりアジの下拵えを言いつけられたみさきは、ことの始まりからいぶかしげな顔をしていた。

「あたいが明日っから江戸に行くからだって、おかあちゃんが言ってた」

二三が自慢げに小さな胸を張った。

「江戸に行くって、なんのことなの」

みさきと亮太は、魚の買い出しにはついて行かなかった。出かけたのは、よし、新兵衛、二三の三人である。岬までの行き帰りに交わされた話を、兄と姉は知らなかった。

「新兵衛おいちゃんが、あたいに江戸のお店《たな》を見せてくれるって。日本橋というところにある、魚河岸にも連れて行ってくれるんだって」

二三の話を聞いているうちに、みさきの目が険しくなった。が、二三は話をやめられなくなっていた。

「おいちゃんのお店は菜種油をいっぱい拵えてるから、好きなだけあたいは、てんぷらを揚げてもいいんだって言われた」

「二三ばっかり、ずるい」

我慢ができなくなったみさきは、強い口調で妹の話をさえぎった。強い目で妹を睨《にら》みつけている。姉の顔を見て、二三の手から小型の出刃庖丁がぽろりと落ちた。

亮太は黙ったまま、ふたりの様子を見ている。

気配が変わったことに戸惑ったくろが、二三の足元で尻尾《しっぽ》を垂らした。

十八

二晩続きのてんぷらだった。魚介も野菜も、前日以上に材料に恵まれた。

「こんなぜいたくを、二日続きで味わうことができるとは、まことにわたしは果報者だ」

新兵衛は相好を崩しっぱなしである。とりわけ二三が揚げたてんぷらは、形がいまひとつ整っていなくても大皿に盛られるなり、新兵衛は真っ先に箸を伸ばした。

食事の間、みさきは不機嫌さを隠そうともしなかった。なにを話しかけられても、生返事しかしない。二三とは、目を合わせようともしなかった。

亮助とよしには、みさきの腹立ちのわけが分かっているのだろう。いつもなら見逃さない無作法を、この夜はたしなめようとしなかった。

新兵衛も、あえて気づかぬふりをしていた。

二三はときどき、途方に暮れたような目で兄を見た。亮太はみさきのことは気にするなという顔つきで、妹の目を受け止めた。

新兵衛は心底から、てんぷらの美味さに舌鼓を打った。が、前夜とは異なり、どこか弾まない気配に包まれたまま、夕食が終わった。

「みさきと二三は、片づけを手伝いなさい」

よしは、まだ余所行《よそゆ》きの物言いを続けている。娘ふたりは食器だの、冷めた油が入ったままの鍋だのを手にして台所へと立った。

亮太はいつも通り、風呂釜の番についた。燃え盛る赤松の薪に見入っていると、しょげ返った顔で二三が兄のそばに寄ってきた。

「おねえちゃんが、あたいと口をきいてくんない」

みさきは妹だけにではなく、二三の江戸行きを許した両親と、二三だけを連れて行こうとする新兵衛とも口をきこうとはしていなかった。

「みさきはどうしてんだよ」

「なんにも言わずに、お部屋に入った」

「そうか……」

それ以上のことを言わず、亮太は釜の火加減に見入った。兄のわきにしゃがみ込んだ二三も、口を閉ざして炎を見詰めた。

夜空は高く晴れ渡っている。が、月はまだ小さかった。空から蒼い光が届かない山里は、闇が深い。風呂釜のなかで燃え立つ炎が、亮太と二三の顔を真っ赤に染めていた。

薪が燃え尽きたところで、亮太が立ち上がった。

「畑を歩こうぜ」

「おねえちゃんは？」

「あいつが本気で怒ったときは、なかなか機嫌が直らないのはお前だって知ってんだろ」

二三がこくんとうなずいた。

姉妹の口争いは年中やっているが、みさきが本気で妹に腹を立てるのは滅多になかった。しかしひとたび怒ると、二、三日は元に戻らない。そのことは二三にも亮太にも分かっていた。

「お前が明日船に乗るのを見たら……」

　自分で言いかけておきながら、亮太はあとが続かなくなった。薪が燃え尽きて、闇がおおいかぶさっている。二三は不安げな目で、兄を見詰めた。

「明日みんなで湊に行ったら、みさきだって機嫌を直すさ」

「そうかなあ……」

「決まってるだろう。お前が船に乗ったら」

　寂しくて泣きそうになって、拗ねてなんかいられないさ……続けて言いたかったことを、亮太は胸のうちでつぶやいた。

「江戸に行く前に、お前が自分で種をまいた畑を見ておけよ」

「おにいちゃん、どうしてそんなことをいうの？」

　いきなり兄が言い出したことに、二三は得心できないのだ。それに江戸に行くことには、本能的な不安も感じているのだろう。二三はめずらしく、強い目で兄を見詰めた。

「だって……お前が行っている間に、花が咲くかもしれないいじゃないか」

「あっ、そうか。お花が咲くのはもうすぐだよね」

　暗がりのなかで、二三の顔が明るくなった。

湯の支度ができたことを伝えてから、亮太は妹を連れて畑に出た。手には、二十匁ろうそくが灯された提灯を提げていた。

空の根元にまで、星が散っている。月が小さいだけに、またたく星の美しさが際立った。

「あたいのとおねえちゃんのと、おんなじぐらいだよね」

提灯の明かりが、菜種の群れを照らし出していた。二三の畝とみさきの畝とは、隣り合わせである。どちらの菜種も、しっかりと育っていた。

「帰ってきたときには、おねえちゃんと一緒に菜種が取れるよね」

返事に詰まった亮太は、提灯を妹に手渡して岬のほうへと向きを変えた。

いまは夜釣りの時期ではない。海も岬も、闇の中に溶け込んでいた。朝が早い漁師の宿は、すでに明かりを落としている。

見えるのは、空を埋め尽くした星だけだった。

十九

東の空がぼんやり明るくなると、放し飼いにされているニワトリが、やわらかな草むらへと動く。そして卵を産んだあとで、周りのおんどりがときをつくる。

ニワトリの警護役のくろは、あたりの気配によくない動きがないかと気を配っている。が、動きは存外のんびりしていた。

立春を過ぎたとはいえ、二月六日はまだ朝の冷え込みはきつい。生みたての卵を狙いにくるイタチ、野ネズミ、蛇などはまだ動きが鈍いか、冬眠のさなかのいずれかである。

外敵が襲ってこないと分かっているくろは、ゆるんだ顔つきで前足に伸びをくれた。

二月六日も、亮助の農家はいつも通りの朝を迎えた。だいだい色の光の筋が、東空の根元から上空に向かって放たれている。今日一日の上天気を請け合うような、気持ちのよい夜明けだ。

土間の内側で、下駄を履く物音がした。わずかな音なのに、庭の端からくろが駆け寄ってきた。

「おねえちゃん、まだ怒ってるのかなあ……」

ザルを手にした二三が、亮太と一緒に庭に出てきた。朝の卵を集めるのは、亮太の役目である。が、この朝は二三がザルを大事そうに抱えていた。

「あいつのことは、気にしなくていいよ」

亮太の返事がぶっきら棒だ。昨夜から拗《す》ね続けている妹に、兄はいささか腹を立てていた。

「おねえちゃん、あたいだけが江戸に行くのが、そんなにいやなのかなあ」

「そりゃあそうさ。おれだっていやだぞ」

亮太がわざと顔をしかめた。

「そうなんだ……」

二三の声が沈み、肩が大きく落ちた。

「嘘だよ。おどけて言っただけさ」

妹の肩をポンと叩いた亮太は、草むらに向かって駆けた。ザルを手にした二三が、急いであとを追ってゆく。くろは二三から三歩離れて走った。

低い空から、朝の光が届いている。亮太と二三がザルに収めた卵は、真新しくて殻がざらざらである。その殻が朝日を浴びて、黄金の卵のように光り輝いていた。

「今朝はお前が選んでいいよ」

「ほんとう?」

二三が目を見開いて兄を見た。亮太は妹の目を見詰めてうなずいた。

「だったら、このおっきい卵をおねえちゃんにあげようっと」

二三はザルのなかの一番大きな卵を、端に選り分けた。その朝ニワトリが産んだ卵を、どれをだれに供するかを決めるのは、毎朝亮太がひとり占めにしてきた楽しみである。

卵の配り方には、亮太はほとんどえこひいきをしなかったが……。

「はやく風呂に入れよ」

「もうちょっとだから、そんなにはやくはやくって言わないで」

湯をせかしても妹たちが言うことをきかなかった翌朝は、わざと小さな卵や、糞がこびりついた卵を回すこともあった。

種まきや刈り入れで、亮太が喜ぶような手伝い方をしたときは、翌朝は飛び切り大きな卵が供された。みさきと二三は、朝の卵の大きさで兄の気持ちを察していた。

今朝は二三が卵を集めていることは、みさきも知っている。

「その卵を見たら、みさきも機嫌を直すにきまってるさ」

二三が選んだのは、殻の大きさがほかの卵の倍近くもあった。

「双子の黄身が入ってるかもしれないね」

「きっとそうさ。みさきがどんな顔をするか、楽しみだよな」

亮太と二三は、互いに笑顔を見交わした。

炊き立てのごはんが茶碗に盛られて、六ツ半（午前七時）前から朝飯が始まった。いつもより四半刻（三十分）近く早かったのは、この日の午後に勝山屋新兵衛と二三が、江戸に向かって旅立つからだ。

その旅支度を早く始めるために、朝飯は六ツ半前に始まった。

よしは煮干しで味噌汁のダシをとっていた。具は裏庭に植えただいこんと、分厚い油揚げの短冊切りだ。煮干しのダシは、具と味噌の美味さを一段と引き立てた。

強い湯気を立ち上らせている飯は、ひと粒ひと粒が茶碗のなかで立っている。新兵衛は生みたての卵を器に割った。黄身がぷくっと膨らんでいるのが、真新しいあかしだ。

「今日のはまたひときわ、大した卵だ」

新兵衛の口から出た言葉は、世辞ではなく正味の思いだったのだろう。醬油を垂らして箸で黄身をほぐそうとしたが、強い黄身は箸を逃れて器の端に逃げた。

「いやはや……」

うまく卵を溶くことができず、新兵衛は照れ隠しのような吐息を漏らした。

「こんなぜいたくな朝飯を毎朝いただいている二三ちゃんが、果たして江戸を好きになれるだろうか」

さしたる考えもなしに、新兵衛は思ったままを口にした。

みさきは卵を割ったまま、器に手を伸ばそうとはしなくなった。まだ小さなこどもが、眉間にしわを寄せている。

器の中には、双子の黄身が浮かんでいた。

二十

朝飯の後片付けを母親と二三に任せて、亮太はみさきを連れて畑の道に出た。亮助もよしも、外に出るふたりを止めなかった。

昨夜からのみさきは、振舞いのわるさの度が過ぎている。それをいさめるのを、息子に任せようと考えたのだろう。

嫌がるみさきの手を強く握り、亮太は畑につながる小さな坂を上った。上りきると、菜種畑の外れにまで朝の光が届き始めていた。

「お前、拗ねるのもいい加減にしろよ」

朝日を顔に浴びながら、亮太は大声でみさきを叱りつけた。みさきは、ふてくされて返事をしない。

「お前、ちゃんと聞いてるのか」

兄に強く迫られたみさきは、返事の代わりに小石を蹴った。

「二三がどうして江戸に行くのか、お前はなんにも知らないくせに……」

亮太がぼそりつぶやくと、みさきの表情が大きく動いた。

「なんにもって」

みさきは亮太の前に回り込んだ。そして兄の目を覗き込んだ。

「おにいちゃん……おにいちゃんってば」

みさきは亮太の肩を強く揺り動かした。

「二三が江戸に行くのって、なにかよくないわけがあるの？」

みさきの顔から、ふてくされの色は消し飛んでいた。代わりに、妹を案ずる思いが顔つきに出ていた。諍《いさか》いを続けてはいても、姉は本能的に妹のことを案じているのだろう。

「おにいちゃん、ちゃんと答えて」

みさきは両手で兄の肩を押した。亮太は真正面からみさきを見詰めた。

「二三は……」

亮太が言葉を詰まらせた。話そうとは思っても、言葉がうまく浮かばないのだろう。みさきはさらに強く肩を押して、話を続けてと迫った。

「二三は、江戸からきたひとの家に、もらわれて行くんだよ」

「もらわれるって、どういうことなの」

みさきが声を震わせた。

「あたし、おにいちゃんの言うことが分からないもん。ちゃんと分かるように聞かせて」

みさきは甲高い声で兄に迫った。

どういうことなのと問いながらも、みさきはよくないことが起きていると感じているのだ。亮太は怯えた目をした妹を、しっかりと見詰め返した。

「今日の昼過ぎに、二三は江戸のひとにもらわれて行くんだよ」

「もう帰ってこないの？」

「おっかさんから聞いたわけじゃないから、おいらには分からない」

「二三は、そのことを知ってるの？」

「そのことって」

「もらわれて行くってこと」

「知ってるわけないさ。お前だって、いままで知らなかったんだもんな」

亮太の答えを聞いて、みさきは地べたにしゃがみ込んだ。顔から血の気が引いて真っ青だ。

その顔に、朝日がさしている。が、光を浴びても蒼白な顔にぬくもりの色は戻らなかった。

二十一

五ツ半（午前九時）過ぎに、みさきは亮太と一緒に母屋に戻った。

土間で片づけを続けていた母親は、こども部屋を指差した。みさきは板の間に駆け上がった。履物の片方が裏返しになっていた。

「二三はどこ？」

音を立てて廊下を走ってから、みさきはこども部屋の杉戸を開いた。二三は旅の支度も進めぬまま、部屋の真ん中にぼんやりとした顔で座っていた。いきなり姉の顔を見て驚いたのだろう、二三は目を丸くして膝元の人形を抱きしめた。

「なにしてるの？」

問いかけるみさきの声には、まだ昨日からのわだかまりが残っている。二三は返事ができずに姉を見詰めた。

「あたしはいやだけど……二三がしたいっていうなら、仲直りしてもいいよ」

強がりを言うみさきの物言いのなかに、二三は姉の思いを感じ取ったのだろう。人形を手にしたまま、素早く立ち上がった。

「あたいだけがお江戸に行って、ごめんなさい」

ずっと口にしたかった詫びを、二三はやっといま言うことができた。

「いいよ……ゆるしてあげる」

みさきがぶっきら棒に答えた。姉に近寄った二三は、右手に人形を手にしたまま、左手を差し出した。その手をみさきがしっかりと握った。ふたりとも、涙をこぼしながら笑いあった。

「ちょっとだけ、畑に行こうよ」

「うん。あたいも行きたかった」

元々が仲のよい姉妹である。わだかまりを解いたあとのみさきは、妹の手を離そうとはしなかった。

「ちょっとだけだから、二三と畑に行ってきてもいいでしょう?」

姉妹が仲直りをしたと分かり、よしは大いに安堵したようだ。

「好きなだけ行ってきていいよ」

ふたりの後ろ姿を見送るよしは、目の底に潤《うる》みを宿していた。

妹の手をしっかりと握ったみさきは、ゆっくりとした歩みで岬の見える場所へと向かった。くろは二三の真後ろを歩いている。

少しずつ空を昇っている二月初旬の陽が、姉妹とくろの影を地べたに描き出していた。

「二三の乗るお船はうんとおっきいから、ここからでもすぐ分かる……きっと、あのお船だよ」

みさきは船着場を指差した。一杯の大型船が舫《もや》われているが、まだ帆を畳んだままである。それでも大きくて高い帆柱と、反り返った船の艫《とも》は、はっきりと見ることができた。

「あのお船に乗って、二三は船橋っていう湊まで行くんだって」

「それって、お江戸のこと？」

問われたみさきは、大きく首を振った。

「そこからもっと小さい船に乗り換えて、お江戸の木場っていうところまで乗るのよ」

亮太から聞かされた道程《みちのり》をなぞり返して、妹に聞かせた。

「そんなにいっぱいお船に乗って、今日のうちにお江戸に着けるのかなあ」

「そんなの、無理よ」

「だったら、どこかに泊まるの？」

「船橋の湊に泊まって、明日の朝早くに小さなお船で江戸に向かうんだって」

「おねえちゃんとじゃなしに、江戸のおいちゃんと一緒に寝るの？」

江戸の手前で一泊すると聞いて、二三はいきなり不安を覚えたらしい。

「あたい、やっぱりひとりで行くのはいや」

二三は、手にしていた江戸みやげの人形を草むらに置いた。そして力いっぱい、姉にしがみついた。心配そうな顔をしたくろが、二三の背後で尻尾を垂らした。

「そんなことをお前が言ったりしたら、みんなが困るじゃないの」

しっかりと抱きしめながらも、みさきは二三をたしなめた。

「だって……おねえちゃんと一緒じゃないと、あたい眠れないもん」

喧嘩したまま横になった昨夜は、よく眠れなかったと二三は訴えた。みさきも同じだった。二三だけが江戸に行けると、強い腹立ちを抱えていたものの、やはり妹と喧嘩をしたままだと眠りが浅かった。

「だいじょうぶよ、二三」

妹の手を引いたみさきは、菜種畑へと歩いた。二三と一緒に種まきをした畝から、一本の菜種の茎を五寸（約十五センチ）の長さに手折《たお》った。

そして二三が手にした人形の帯に、手折った茎を差し入れた。

「この菜種は、おねえちゃんがお前を守る御守《おまもり》だから」

思いを込めてみさきが差し入れた茎に、陽が斜め上の空から降り注いでいた。

二十二

部屋で旅支度を始めた二三が、ふっと手をとめた。部屋にいるのは、二三ひとりだけである。膝元には、つい先ほど姉が菜種の茎を帯に挟んだ、人形が寝かされていた。姉のみさきは、母親と一緒に台所で弁当作りのさなかである。玉子焼きを拵《こしら》えているのだろう、砂糖を利かせた甘い玉子焼きの香りが、ぼんやりとした顔で座っている二三の元にも届いていた。

勝山湊に舫《もや》われている大型船は、九ツ半（午後一時）の出帆である。新兵衛と二三は、潮風に吹かれながら船上で昼食を摂る段取りとなっていた。それを言い出したのは二三である。

昨日の夕食前に、新兵衛は船橋まで乗船する大型船の話を二三たちに聞かせた。

「帆柱は、差し渡し一尺（直径約三十センチ）の杉の大木でね。高さは九丈（約二十七メートル）もあるから、てっぺんは空に突き刺さっている」

帆の大きさは二十反大で、艫の手すりは海面から二丈（約六メートル）の高さだ……いかに船が大きいかを新兵衛が聞かせると、二三は目を輝かせて身を乗り出した。

「お船の尻尾《しっぽ》に立ったら、海からおうちの畑が見えるかなあ」

「見えるかもしれないが……どうしてそんなことを訊くんだね」

「おねえちゃんと一緒に、何度も岬と船着場を見たから。おねえちゃんの名前は、畑から見える岬からつけたって言ってたもん。そうだよね、おねえちゃん」

「知らない」

二三ひとりが江戸に行くと分かって以来、みさきは物言いに愛想がなかった。

「そうか……それで、船から畑が見えるかと思ったのか」

新兵衛は黙り込んだ。一緒に話を聞いていた母親のよしも、言葉に詰まったような顔になった。

「おかあちゃん、どうかしたの？」

二三に問われたよしは、とっさに言葉が出てこなかった。

「なんだか、涙が浮かんでるみたい」

「そんなことはないさね」

よしは思いっきり明るい声で応じた。

「明日のお昼に、なにを食べてもらおうかと、それを思案していたところさ」

よしは思いつくままの言いわけを二三に聞かせた。明日の昼と聞いて、二三は母親の手を握った。

「あたい、おっきなお船の上で新兵衛おいちゃんと一緒に、お弁当を食べてみたい」

船の艫に立ったら、きっと家の畑が見える。少しずつ菜種は茎を伸ばし始めていた。その菜種を見ながら、握り飯を食べてみたい……。

二三の思いつきに、新兵衛は手を叩いて喜んだ。みさきは弁当の話を聞いたあとで、一段と機嫌をわるくした……。


玉子焼きはみさきが拵えていた。甘味の強い厚焼き玉子は、二三の大好物である。きれいに焼き上げるために、よしは去年の夏に岬の荒物屋で、銅製の玉子焼き器を買い求めていた。

いつもはよしが厚焼きを拵えた。いまは、てんぷらにかかりっきりである。

新兵衛はことのほか、よしの揚げたてんぷらを気にいった。それゆえ、船で食べる弁当には、てんぷらを添えようとして、よしは揚げ物にかかりきりになっていた。

「あたしの拵えた玉子焼きを、二三は気に入ってくれるかなあ……」

みさきが不安そうな声で母親に問いかけた。てんぷらを揚げる油の音が大きくて、よしにはみさきの問いが聞こえない。

「おっかさん……おっかさんったら……」

「なにか言ったかい？」

「あたしの言ったことが、聞こえなかったの？」

「言ったことって、なんだい」

「もらわれて行く二三に食べさせる玉子焼きが、あたしが拵えたものでいいのかなあって思ったの」

油の音に負けないように、みさきが大声で母親に話しかけた。

「もらわれて行くだなんて、そんなことを大声で言うんじゃないよ。二三に聞こえたら、かわいそうじゃないか」

娘を叱ったよしは、なにか気配を感じたのだろう。みさきを見ていた目を、土間の上がり框《かまち》のあたりに転じた。

二三が、いまにも泣きそうな顔で立っていた。

二十三

二三は泣きながら、畑の道を駆けた。二三の様子を心配したくろが、三歩後ろについている。本気で駆けたら、犬のほうがはるかに速いだろう。

しかしくろにとっては、二三が一番のあるじなのだ。後ろについて、あるじを守っていた。

「二三、待ってくれよ」

追ってきた亮太が、二三に追いつくなり肩に手をかけた。

「あたいにさわらないで」

二三はその手を振り払いのけた。いつもの二三とはまるで違う尖った声を、兄にぶつけた。

「おにいちゃんもおねえちゃんも、あたいに嘘をついた」

兄を睨みつけたあと、二三はさらに走った。立ち止まったのは、みさきと一緒に種まきをした畝《うね》の前だった。

「おにいちゃんもおねえちゃんも、あたいがお江戸にもらわれて行くって、知ってたんでしょう」

「おれは知ってたけど、みさきは知らなかった」

「どうして、おにいちゃんだけが知ってたのよ。おとうちゃんは、おにいちゃんにだけ話をしたの？」

二三の目には、強い怒りの色が浮かんでいた。信じていた兄が、こんな大事なことを隠していた。そのことに対する哀しみが、怒りに変わって二三の瞳を燃え立たせているのだろう。

「だれもおれに話をしたわけじゃない」

「だったらどうしておにいちゃんは、あたいがもらわれて行くって知ってたの」

「おとっつぁんとおっかさんが話しているのを、部屋の外で聞いた」

去年の端午の節句の夜、亮太は話を聞いてしまった。その日から今日まで、亮太はだれにも話すことができず、ひとりで胸の内に隠し通してきた。

「お前とみさきに言えないのは当たり前だけど、おとっつぁんやおっかさんにも言えなかった……」

去年の五月からずっと苦しかったと、妹に打ち明けた。

二三は黙って兄を見詰めた。目に宿していた怒りの色が、徐々に薄らいだ。兄がどんな想いで隠し事を抱えてきたか、二三なりに得心できることもあったのだろう。

「おにいちゃん、ごめんね」

二三は亮太の手に自分の手を重ねた。

「あたい、ちゃんとお江戸に行くから」

二三の両目は濡れていたが、物言いはしっかりしていた。

「おにいちゃんは先に帰って、そのことをおかあちゃんに言っといて」

いきなり台所から飛び出したことで、みんなが心配しているのは二三にも分かっていた。

「お前ひとりで、どうする気だよ」

「もうちょっとだけ、菜種を見ていたいから」

「だったら、おれも一緒にいるよ」

「駄目……あたいをひとりにして」

二三は渋る兄を追い返した。

親が決めたことに、こどもは逆らえない。そのことは、二三にも理解できた。こどもではあっても五歳なら、その分別は次第に備わりつつあった。

江戸に行きたくないとぐずったりすれば、両親も新兵衛も途方に暮れるだろう。それだけはしてはいけないと、二三はあたまでは分かっていた。

しかし江戸には遊びに行くのではない、もらわれて行くのだ。それを知らされたのは、つい先刻のことだった。

親が決めたこととはいえ、わずかな間にすべてを呑み込めというのは、二三にはまだ荷が重すぎた。

妹がもらわれて行くことを、みさきは今朝まで知らされてはいなかった。知ったあとで、姉がどれほどつらかったか……妹の二三にはよく分かった。

みさきがどんな想いで、菜種の茎を手折って人形の帯に挟んだのか。

御守だと口にしたとき、二三には言えないつらい想いを、みさきは隠し持っていた……。

事情が分かったいま、二三は兄と姉の胸中を五歳のこどもなりの知恵で察していた。両親が、とりわけ母親が身を切られる想いでいるだろうということも、察することができた。

みんなの前では、もう泣けない。

それが分かっているがゆえに、兄を先に帰した。そしてくろしかいない畑で、思いっきり泣こうとした。目の前の菜種の茎に、陽が当たっている。風が出てきたらしく、茎がゆらゆらと揺れていた。

二三の目から、涙がとめどなく溢《あふ》れ出た。が、泣き声を漏らすのは、懸命にこらえた。もしもだれかに聞かれたら、みんなが困ることになるからだ。

声を漏らすのを我慢したら、背中が震えた。

くろは背中に寄り添って、間近に迫った二三との別れを惜しんでいた。

二十四

湊までの道々では、だれよりも二三がはしゃいで歩いた。旅の荷物は亮太とみさきが手分けして持っている。身軽な二三は、真昼の陽光が降り注ぐ道を飛び跳ねるようにして歩いた。

「くろ、おいで」

ときどき、二三はくろをわきに呼び寄せようとした。しかし犬は、二三の背後から前に出ようとはしなかった。

岬の近くまでは、そこそこ急な下り坂が続く。もしも二三が坂道から転げ落ちそうになったら、くろは着衣をしっかりと銜《くわ》えて守る気なのだろう。坂道を下りながらも、くろは二三の背中から目を離さなかった。

「おにいちゃんもおねえちゃんも、なんだか顔が怖いよ」

むずかしい顔つきのまま、亮太とみさきは妹の荷物を抱えていた。二三からそれを言われると、ふたりは作り笑いを浮かべた。しかしすぐにまた、顔がこわばってしまう。

そんな兄と姉を、二三は明るい声でからかった。

「怖い顔をしてたら鬼がついてくるって、いっつもおかあちゃんが言ってるじゃない」

「何度も言われなくても、分かってるって」

亮太は邪険な物言いをして、二三の言葉を払いのけた。先を歩いている母親が、振り返って亮太を見た。物言いを、よしの目が咎めていた。

亮太は唇を噛んでうつむいた。坂道を一歩下るごとに、妹との別れが近づいてくる。

それを思うと、歩みがのろくなり、顔つきが険しくなった。

二三は懸命に明るい声を出している。妹が無理をしているのが、亮太には痛いほどに伝わってきた。

無理すんなよ。悲しかったら、泣きながら歩けよ。

亮太は本気でそう思っていた。ゆえに二三が明るい声でまとわりついてくるのが、たまらなくつらかった。つい、こころにもなくきつい物言いをしてしまう。そんな自分を持て余しながら、亮太は坂道を下った。


新兵衛たち一行が湊に着いたときには、もう乗合船への乗船が始まっていた。

岸壁よりも、乗合船の船端のほうが高い。岸壁から渡された幅一尺五寸（約四十五センチ）の板には、船に向かって上りの傾斜がついている。船客は渡し板を一歩ずつ踏みしめながら、両手に荷物を提げて乗船した。

「船が出るよう……」

艫に立った水主《かこ》が、大声の触れを発した。船着場へと向かってくるひとが、大慌てで足を速めた。

新兵衛と二三は、船客の列の後尾についた。亮助、よし、亮太、みさきの四人は、渡し板のわきへと移った。二三が並んでいる場所から、家族が立っている渡し板のところまでは、およそ十五間（約二十七メートル）の隔たりがある。

家族がばらばらになったのは、二三には生まれて初めてのことだ。つい今し方まではしゃぎ回っていた二三の顔が、ひどく沈んでいた。

ひとの列が前に進み、次第に二三と家族との間が詰まってきた。

そして……。

ついに、家族との別れが目の前に迫った。

船客はまだ、長い列を作っている。あとがつかえていることに、水主は気が急《せ》いているのだろう。

「とっとと乗ってくんねえな」

渡し板の手前で立ち止まった二三に、水主は尖った声をぶつけた。うろたえた二三は、別れの言葉もろくに交わせぬまま船に乗った。

家族はすぐさま、船の真下へと移った。

「みんなで、お江戸にきてね」

二三が涙声になっている。別れを目前にした二三は、もう我慢するのをやめていた。

「きっと行くからよう」

父親がきっぱりと約束した。

「いつくるの」

「夏には行くから。かならず行くから」

交わした言葉はこれだけで、あとは両親、兄、姉の四人は、黙ったまま二三を見詰めた。二三も潤んだ目で見詰め返した。

出帆したあとも、帆柱が見えなくなるまで四人とくろは、入り江の彼方を見詰めていた。

二十五

勝山を出た大型船は、風に恵まれて滑らかに走った。とはいえ勝山から船橋までは、湾をまたぐ海路である。船橋湊の入り江に差しかかるのは、勝山出帆の二刻半（五時間）後、暮れ六ツ（午後六時）どきだ。

船は途方もなく大きな帆を膨らませて、音も立てずに海面を滑って行く。空には、ひとかけらの雲もない。夏に比べれば低い空から、二月の陽が船に降り注いでいた。

多くの船客が船端の手すりに寄りかかり、潮風を浴びて湾の様子に見入っていた。

魚の豊かな海には、無数の漁船が浮かんでいる。どの船も帆を畳み、錨《いかり》を投じていた。

釣り糸を垂れている船もあれば、ふたりがかりで網を投じている漁船もある。

「エイヤーサー、エイヤーサー」

威勢のよい掛け声とともに、網が引き上げられた。目の細かな網のなかで、魚の銀鱗がキラキラと光っている。船橋に向かう乗合船は、大漁を喜ぶ漁船のわきを走り抜けた。

「晴れていれば、船の心地よさは格別だねえ」

船客たちは、晴天に顔をほころばせた。弾んだ気配が甲板に満ちているなかで、二三は目元を曇らせて船の後方を見ていた。

「よしさんとみさきちゃんが、拵《こしら》えてくれた弁当だ。気持ちのいい海の上でいただこうじゃないか」

新兵衛が包みをほどいても、二三は弁当には見向きもしない。気持ちを込めて拵えたみさきのためにも、ひと口だけでも食べたらと、新兵衛は強く勧めた。

が、二三は黙ったまま、すでに海原の果てに消えた勝山の湊を見続けた。

低い空を動く二月初旬の陽は、夕暮れが迫れば足早に西空へと沈んで行く。大型船の舳先《へさき》に船橋湊が見え始めたときには、空には星がきらめいていた。

湊が近くなり、船客の多くが船端に集まった。前方には船橋湊名物の、高さ三丈（約九メートル）の常夜灯、石灯籠《いしどうろう》が見えている。

灯籠最上部の真ん中では、上質の菜種油が燃やされていた。海を行き交う船に、湊の場所を知らせる明かりである。

「あれを見ると、船橋に帰ってきた気分になるよ」

「灯籠番のとっつぁんは、燃やす菜種油をおごってっからよう」

「ほんとうだがね。灯籠の明かりが、ここからでも真っ白く見えてるべさ」

野良着《のらぎ》のふたりは、船橋が在所なのだろう。そのふたりが、常夜灯を見ながら声高に話を続けた。手に提げた風呂敷は、勝山で仕入れた品物で大きく膨らんでいた。

「湊までは、まだ五百尋《ひろ》（約七百五十メートル）はある見当だけんどよう。菜種油がいいから、明かりはしっかりと見えるだ」

「やっぱり、船橋の石灯籠は違うべさ」

ふたりはさらに声を大きくして、石灯籠と菜種油の自慢を続けた。黙り込んでいた二三が、目を舳先へと移した。

三丈の高さの石灯籠など、勝山のどこにもなかった。生まれてから一度も在所を離れたことのない二三は、正面の彼方で白く光っている灯籠の明かりに目を奪われた。

「なんたって、菜種油をおごってっからよう」

野良着のふたりは、ふたことめには菜種油がいいと自慢をする。それを聞いているうちに、二三の目には涙が溢れてきた。

こどもなりに名残を惜しんできた勝山の菜種畑を思い出したからだろう。菜種油に重なって亮太とみさきの声と姿が、二三に襲いかかってもいた。こらえても、こらえても、溢れ出る涙がとまらない。

ひくっ、ひくっと肩を震わせながら、二三は涙をこぼした。

「かわいそうに……」

「ほんとうにそうだ」

「ごらんよ、あの背丈を。まだ、ほんのこどもじゃないか」

声を抑えて涙を流す二三を見て、船客たちは思い違いをしていた。

勝山から船橋まで、二三は新兵衛とひとことも口をきいていない。弁当を勧められても、首を振って口にしようとはしなかった。

「あんな小さな子を買って、どうしようというんだろうねえ」

「女郎に売り飛ばすに決まってるだろう」

「鬼だね、まるで……」

船客たちは、新兵衛を女衒《ぜげん》(田舎を回って、遊女となる女を仕入れる者)だと思い込んでいた。客が小声で交わす声が、新兵衛の耳にも届いた。

なんという無礼なことを。

新兵衛は胸の内で怒りを募らせた。が、船客の口を咎めて言い争いになったりすれば、さらに二三を怯えさせることになる。湧き上がる業腹な思いを、新兵衛は懸命に抑えつけた。

船橋は、江戸と安房《あわ》とを行き来する船がひっきりなしに立ち寄る湊だ。大型船が舫《もや》えるように、四町（約四百三十六メートル）もある石垣造りの岸壁が拵えられている。

船端から岸壁に渡された板は、勝山湊の倍の幅があった。新兵衛は二三の手をしっかりと摑み、ふたり並んで板を渡った。

灯籠の先の東空には、上弦の月が浮かんでいた。

二十六

船橋宿の晴天は、二月七日の深更になって崩れた。晴れているときはほどほどに暖かかったが、二月初旬はまだ春になりきっていない時季である。

ひとたび降り始めると、雨は底冷えを連れてきた。新兵衛は、七ツ（午前四時）過ぎに目を覚ました。今年四十二歳の新兵衛は、まだ夜中に何度も小便に起き出す歳ではなかった。

目覚めたのは、肌寒さゆえである。ぶるるっと身体を震わせたら、急に小便がしたくなった。旅籠《はたご》賃をはずんだことで相客なしに、新兵衛は二三とふたりで一部屋をもらっていた。

二階の階段わきの八畳間で、表通りに面して障子窓が構えられている。二月の七ツはまだ闇だ。窓に差す明かりは皆無だったが、雨音が聞こえた。二三を起こさぬように、新兵衛は忍び足で窓に近寄った。わずかに戸を開くと、屋根を打つ雨音が強くなった。風が、雨の凍えまで運び込んできた。

寝巻きの前をきつく閉じ合わせた新兵衛は、慌てて窓を閉じた。

今日の出立《しゅったつ》は、見合わせたほうがいいかもしれない……。

胸の内でひとりごとをつぶやきながら、階段下のかわやに向かった。部屋に戻ったあと、新兵衛は暗がりのなかで二三の寝顔を確かめた。

船橋の旅籠潮屋《うしおや》は、泊まり客に掻巻《かいまき》ではなく掛け布団を用意していた。二三が寝息を立てていることに安堵した新兵衛は、掛け布団をかぶってもう一度眠りについた。

身体がしゃきっと目覚めたのは、六ツ半（午前七時）を過ぎたころだった。

「わたしとしたことが、うっかりした」

未明に一度起きたことで、新兵衛はすっかり寝過ごした。目覚めたときには、二三は窓際の手すりに寄りかかっていた。

雨は小止《こや》みなく降っている。大して強い降りではないが、北風が吹いていた。風に乗った雨が時折り吹き込んでいるのに、二三は窓を閉じようとはしなかった。

ぼんやりと見ているのは、勝山の方角である。しかし窓の外は雨に煙っており、湊の常夜灯すら見えてはいなかった。

「そんなところで雨に濡れたら、風邪をひくよ」

新兵衛は急ぎ窓を閉じてから、二三の顔を見た。顔色がわるく、唇は紫色に変わっている。窓の周りは、吹き降りの雨ですっかり濡れていた。

「どうした、二三」

動転した新兵衛は、二三を呼び捨てにして強く抱きしめた。

「ここの雨って、うんと冷たい」

昨夜潮屋に投宿してから、初めて二三が小声でつぶやいた。

「雨に濡れたのがよくないんだ」

手拭を手にした新兵衛は、やさしい手つきで二三の顔を拭った。胸元の湿り気も、同じ手拭で拭き取った。新兵衛の腕に身体を預けた二三は、全身から力が抜けていた。

新兵衛は右の手のひらを二三のひたいに当てた。湯たんぽに触ったときのようにひたいが熱い。新兵衛の顔色が変わった。

両腕に抱えて布団に寝かせてから、新兵衛は階段をおりた。音を立てて駆け下りることをしなかったのは、大店《おおだな》の当主としての矜持だった。

「娘が大層な熱を出している」

番頭を相手に話すとき、新兵衛は『娘』に力を込めた。昨夕の下船時に見せつけられた、他人の勘違いの不快さ……新兵衛はそのことを、いささかも忘れてはいなかった。

船橋宿は、成田参詣の旅人で賑わう大きな宿場である。幸いにも潮屋から五軒先の表通りに、腕のいい医者がいた。新兵衛は二三を背負って医者をたずねることにした。

「おらがついて行くから」

飯炊き婦が二三の容態を案じ、大きな番傘を差しかけて医院までついてきた。二三と同い年の女児がいる女中には、ひとごとには思えなかったのだろう。

雨降りの早朝で、医者はまだ往診には出ていなかった。

「まだまだ頑是無《がんぜな》いこどもだというのに、身体の内には強いしこりのようなものができておる」

二三の熱は身体の不調というよりも、こころに抱えた屈託から生じていると医者は診立《みた》てた。

「そなたにはなにか、心当たりはござらぬか」

養女の一件はなにも話していないのに、診立ては正鵠《せいこく》を射ていた。新兵衛は居住まいを正して、医者と向き合った。

「勝山の遠縁の子を、養女として迎え入れることになりました。いまは江戸に帰る途中です」

新兵衛は、ありのままを話した。

「さようでござったか」

委細を聞き取った医者は、こどもが好む甘い飲み薬をみずからの手で調合した。

「朝と夕、食事の四半刻（三十分）あとに盃《さかずき》一杯を服用させなさい」

暖かい布団にくるまり、眠ることがこどもには一番の治療だと新兵衛に言い置いた。

「滋養のつく物と甘い物とを、存分に食べさせてやればよろしい」

最初の盃一杯を医者の手で飲まされた二三は、見る間に唇の色が赤くなった。

雨は二月八日の午後にやんだ。分厚い雲が流れて、八ツ半（午後三時）過ぎには、陽が差し始めた。

二月八日の夕刻には、すっかり二三の熱は引いていた。

二十七

二月九日、正午前。船橋湊から佐賀町河岸に向かう乗合船は、中川船番所に差しかかった。

中川船番所の設けられている小名木川は、江戸城に行徳から塩を運ぶ大事な水路である。そのため公儀は、小名木川と大川が交わる川口に『深川口人改之御番所』を構えた。この番所において、江戸に出入りする川船を取り締まった。

しかし小名木川の反対の川口（中川口）は、中川・小名木川・船堀川の三筋と交わっている。そこが自由に行き来できては、検問の実が上がらない。ゆえに公儀は深川口人改之御番所を中川口に移し、新たに『中川船番所』を設けた。

江戸から出ようとする船の女性客に対しては、厳しい吟味がなされた。身分を偽った大名の内室が、江戸から逃亡するのを防ぐためである。

江戸に向かう船は、乗船客が武器（銃刀槍）を隠し持っていないかを徹底して改めた。

朝の五ツ半（午前九時）に船橋湊を出帆した乗合船には、二十七人の船客と、船頭ふたりが乗っていた。帆を畳んだ船は長さ一間半（約二・七メートル）の櫓を操り、船番所前の桟橋に横付けされた。

「前の者に遅れることなく、一同すみやかに下船いたせ」

船番所役人に指図をされて、新兵衛と二三も船着場に降り立った。船客たちは杉板の階段を上り、船番所の庭へと向かっている。

役人のいかめしくて武張《ぶば》ったさまを見て、二三が怯えた。勝山では、役人の吟味を受けることなどは皆無だった。

「心配しなくてもいいから」

二三に小声で言い聞かせてから、新兵衛は先に階段を上った。こどもの手を引いて上るには、幅が狭すぎた。

階段を上り切った先には、二百坪の庭が広がっていた。庭の奥には、船番所の母屋が建っている。庭に面して、およそ五十畳の座敷が構えられていた。

座敷の先には奥行き一尺五寸（約四十五センチ）の濡れ縁が、五十畳の座敷の横幅いっぱいに造りつけられている。濡れ縁のなかほどでは、三人の同心が床几《しょうぎ》に腰をおろして庭を見ていた。

「立ち止まらず、ゆるゆると歩きなさい」

六尺棒を手にした役人が、大声で指図を与えた。

「あのおいちゃん、怖い」

二三が小声でつぶやいた。

「いつも通りにしていればいいんだよ」

二三はうなずいたものの、顔から不安の色が消えていなかった。高熱がやっとひいた翌日、いきなり役人の吟味を受けることになったのだ。五歳のこどもには、荷が重すぎたのだろう。

船客たちは銘々が手荷物を提げて、同心に見詰められながら庭を歩いた。三人の役人の厳しい目つきが怖くなった二三は、新兵衛の手を強く握った。

「待ちなさい」

床几に座った真ん中の同心が、新兵衛と二三とを呼び止めた。二三の足がもつれて、前のめりにつんのめった。

船番所の裏庭で、犬が吠えた。

二十八

二月も九日になれば、陽が差している限りは暖かい。小名木川を目の前に臨む中川船番所の庭にも、ぬくもりに満ちた陽光が降り注いでいた。

つぼみの膨らんだ梅の幾つかは、すでに花を咲かせている。陽を浴びた紅梅は、二百坪もある番所の庭に淡い香りを放っていた。

小名木川を通って江戸に入ろうとする者は、船番所の庭を歩いて船に戻るのが定めである。広間に座した三人の同心は、庭を行く者の立ち居振舞いを吟味した。

そして挙動の不審な者を呼び止めて詮議をした。

新兵衛と二三は、吟味役同心のひとりに呼び止められた。

「やっぱり、お役人様の目についたのさ」

「どうも様子がおかしかったものねえ」

船に乗り合わせていた客の何人かが、新兵衛に横目を使い、ひそひそ声を交わした。

六尺棒を手にした警護役の役人は、新兵衛と二三を手招きで呼び寄せた。

足をもつれさせた二三が、怯え顔になった。

「大丈夫だ、安心しなさい」

小声で言い聞かせた新兵衛は、二三の手を握って役人に近寄った。二三は力を込めて、新兵衛の手を握り返していた。

二三が近寄ると、役人は六尺棒を力いっぱいに地べたに叩きつけた。棒の先が玉砂利にぶつかり、小石が弾き飛ばされた。

小石が、二三の左手にあたった。

「痛いっ」

二三はその場にうずくまった。役人は顔色も変えず、二三を見下ろしている。新兵衛は急ぎ二三のわきにしゃがみ、小石のあたった手を撫でた。

「早く吟味役の前に進みなさい」

役人はこどもに詫びも言わず、あごをしゃくって進めという。新兵衛はこみ上げる怒りを抑えつけるような顔つきで、警護役を見た。が、すぐさま目を二三に戻すと、やさしく抱き上げた。

二三はけなげにも、泣き声を漏らすのを我慢していた。五歳のこどもながらに、船番所では泣き声をあげるのはまずいと察していたのだろう。

抱えられたとき、二三は小さな手で新兵衛の肩を強く摑んでいた。

「行ってよろしい」

一部始終を見届けていた吟味役は、格別の詮議もせずに通過を許した。新兵衛は拍子抜けしたような顔つきになった。そのあと、すぐさま大きな安堵の色を浮かべた。

「失礼いたします」

二三を抱いたまま、新兵衛は吟味役にあたまを下げた。警護役の役人は再びあごをしゃくり、船に戻れと指図をした。

新兵衛は儀礼として、軽くあたまを下げた。

二三は新兵衛に抱かれたまま、警護役にあかんべえをした。

警護役は、内から湧き上がる笑いをかみ殺すような顔つきになっていた。


「小石をこどもに弾き飛ばすのは、お役人の得意技でね」

乗合船の船頭が、船に戻った新兵衛に説き聞かせ始めた。

「親子の様子がおかしいと判じたときには、吟味役のお役人は人買いか、かどわかしじゃないかと疑ったりするのさ」

見た目が十歳よりも年上の女児であれば、たとえ女衒《ぜげん》に買われて行く子でも、船番所は取り立てての詮議はしなかった。しかし明らかにまだ幼児に近い女児の場合は、呼び止めて仔細を質《ただ》した。

吟味役から目配せをされた警護役は、六尺棒でわざと小石をこどもの手に向けて弾き飛ばした。実の親子や、血縁の者であれば、すぐさまこどもの様子を気遣う。ときには警護役をも恐れず、食ってかかる親もいた。

ところが女衒やかどわかしの場合は、こどもを気遣うことはしない。女児が泣き顔になったりすると役人から詮議を受けるのを嫌って、きつい声音でこどもを叱りつけた。

女児を連れたおとなの振舞いを見定めてから、吟味役はその者を別室に引っ立てた。幼児売買を咎める定めも法度《はっと》もない。しかし頑是無《がんぜな》いこどもが売られて行くのを、吟味役は不憫《ふびん》に思ったのだろう。かどわかしだと判明したときは、その場でおとなを取り押さえた。

「無体《むたい》な振舞いはいたすなよ」

人買いのときには、女衒にきつく言い置いたうえで、女児には飴玉を与えた。船番所役人がこどもに示すことのできる、せめてもの心遣いだった。

「この子は、わたしの娘です」

話を聞き終えた新兵衛は、膝の上に座らせた二三の髪を撫でていた。

二十九

二三が江戸で初めての一夜を過ごした翌朝、二月十日の明け六ツ（午前六時）。気持ちよく晴れた春まだきの深川に、永代寺が撞《つ》く『時の鐘《かね》』が流れていた。

二三は寝床のなかで鐘の音を聞いた。あまりにその音が大きいことに、目を丸くした。

ゴオーンと余韻をひいて響く鐘は、いままで二三が聞いたことのない音色である。

二つ目の鐘が鳴ったとき、敷布団の上に正座した。そして、流れてくる鐘を指折り数えだした。

勝山に鐘撞き堂ができたのは、二三が三歳を迎えた年の春である。山の中腹の農家にも、岬の近くで撞く鐘の音は届いた。それが嬉しくて、姉のみさきと鐘を数えたりもした。

ふっと、そのことを思い出したのだろう。指を折る二三の目が潤んでいた。

勝山には、海と山とが同居していた。

湊の近くには、漁船持ちの漁師が暮らしている。晴れた日には、干し網が浜を埋めた。

切り開かれた山の中腹には、菜種や野菜、それに陸稲《おかぼ》を作る農家が集まっていた。二三が生まれ育ったのも、この集落である。

さらに山を登った先には、棚田で米作りに励む農家があった。棚田のほかには、竹《たけ》藪《やぶ》に入って孟宗竹《もうそうちく》と、たけのこをとって暮らしていた。勝山の孟宗竹もたけのこも、上物として江戸では高値がついた。

勝山は海と山とに、多くのひとが暮らしている。温暖な気候が、海の幸も山の幸も、そして畑の幸までも、漁師や農家に惜しみなく授けた。収穫に恵まれて、勝山の住民はふところ豊かに暮らした。

勝山の住民に時を報《しら》せるのは、岬下に構えられた鐘撞き堂である。長らく勝山には、鐘撞き堂がなかった。

「わしらの村にも、時の鐘が欲しいべさ」

浜の長老と山の肝煎《きもいり》とが、顔を見交わしてうなずきあった。

七年前の文政十一（一八二八）年に、近隣の木更津の浜には鐘撞き堂が普請された。浜の漁民たちが藩と掛け合い、費《つい》えの大半を漁師が負担して仕上がった鐘撞き堂である。

勝山の船着場わきには、天道《てんとう》の影でおよその時が分かる『日時計』が構えられていた。が、冬と夏とでは影の位置が異なるため、多くの住民は日時計をあてにしなかった。

「おめら、あてになんねえ日時計なんぞで、ようこそ暮らすことができるなや」

木更津の漁師は、ことあるごとに鐘撞き堂を自慢し、勝山の日時計をからかった。勝山の住民は、口惜しさを胸のうちに抱えていた。

「みんなでゼニ出しあってよ。江戸から鐘撞きを雇うべえよ」

「それはええ。ゼニっこなら、木更津の連中にも負けはしねって」

住民のだれもが、長老と肝煎の言うことに異を唱えずに従った。

鐘は勝山で鋳造することができた。さほどに大きな鐘ではなかったが職人の腕がよく、響きにはだれもが満足した。

時の基となる時計は、江戸・京橋の田中屋から買い求めた。田中屋の当主善次郎《ぜんじろう》は、代々が時計造りの名人として江戸中に知られていた。

そのうわさを江戸から遊びにきた漁師を通じて、浜の長老が耳にしていた。

「おめら、江戸さ出張《でば》って時計を買ってくるだ。ついでに、鐘撞き役も頼んでこい」

長老から指図をされた若い衆は、時計を手にし、田中屋が口利きした鐘撞き役を連れ帰った。

二三が勝山を離れたその日も、岬の鐘は時を報せた。が、山の中腹に建つ母屋のなかで聞く鐘は、音色はぼんやりとかすんでいた。

明け六ツを数え終えた二三は、手早く寝巻きを普段着に着替えた。寝巻きも普段着も、母親のよしが仕立てた木綿物である。

紅帯をきゅきゅっと音を立てて締め上げてから、ふすまに手をかけた。部屋の仕切りは勝山の板戸とは違い、上物のふすまである。新兵衛は二三が寝起きする部屋のふすま紙を、わらべの絵に経師《きょうじ》替《が》えをさせていた。

ふすまをそっと開いたら、女中が廊下で待っていた。

「おはようございます」

ていねいに朝のあいさつをされて、二三は戸惑い顔になった。

「お口すすぎに行きましょうね」

女中は先に立って、二三を賄《まかな》い場へと連れて行った。二十坪の土間には、奥用のへっついと流しが構えられていた。

奉公人の賄い場と、奥の賄い場とは拵えが別である。女中に連れられて二三が賄い場に顔を出すと、すぐさま飯炊き婦が釜の湯を手桶に注ぎいれた。

二三は女中に手を取られて土間におりた。

昼間は暖かだが、夜明けどきの水はまだ冷たい。二三の洗顔には、釜の湯が用意されていた。

「どうぞ、お嬢ちゃまはこのお湯で、お顔を洗ってください」

手桶から、強い湯気が立ち昇っている。どうぞと勧められても、二三は桶に手をつけることができなかった。

勝山で暮らしていたときは、真冬の寒さのなかでも顔は水で洗った。湯を使えるのは、大事な器を洗うときに限られていた。

「あたい……お水のほうがいい」

「どうして？」

「お湯を使ったりしたら、おかあちゃんに叱られるもん」

二三がつっかえながら口にすると、女中たちは目を細めて二三を見た。勝山屋で迎えた初めての朝、女中たちは正味の好意を二三に寄せていた。

三十

勝山屋の奉公人の朝餉《あさげ》は、六ツ半（午前七時）から五ツ（午前八時）の間に交代で摂るのが慣わしである。奥の食事は、奉公人が終わってから始まった。

「しっかり食べなさいね」

深川で二三が初めて摂る朝餉は、内儀のみふくが手ずから給仕をした。

膳には干物、焼き海苔《のり》、佃煮《つくだに》、それに漬け物と味噌汁が載っている。干物は、二三が座る直前に焼き上げられたアジだ。ぜいごをきれいに取り除いた皮には、美味そうな焦げ目がついている。

アジが好物の二三は、醬油を垂らした。ジュジュッと干物が音を立てた。

味噌汁の具は、蛤町の川漁師が毎朝売りにくるしじみだ。蔵から大横川にこぼれ落ちた米粒を食べているのか、しじみは二月のいまでも粒が大きい。

干物のあとでしじみに箸をつけた二三は、貝の美味さに顔をほころばせた。

「二三ちゃんの笑顔って、とってもいいわね」

みふくは持って回った物言いをせず、真正面から二三を誉めた。兄にも姉にも、そして両親からも二三はそんな誉め言葉をもらったことはない。

箸に挟んでいたしじみの貝殻が、ほろりと椀に落ちた。

照れくさそうな二三を見て、みふくの目尻が下がった。今年の正月で、みふくは四十になった。二三の実母のよしよりも、はるかに年上である。

しかし二三に笑いかけたみふくは、まだ三十路《みそじ》前に見えた。

「みふくさんと並んで歩くことだけは、なにとぞご容赦くださいな」

「こちらが、大きに割をくいますものね」

深川の商家の内儀たちは、みふくの若さを称《たた》えたし、真顔でうらやましがったりもした。

「過分のお世辞を頂戴しまして……」

若さを言われる都度、みふくはあたまを下げて礼を言った。が、胸のうちでは泣いていた。

いつまでも若く見えるのは、あたしが石女《うまずめ》だから。

こどもが授からない身を思い、みふくは何度も陰で涙を流した。なにとぞこどもを授かりますようにと、新兵衛にも内緒で、安産で名高い神社に願掛けもした。

子宝を授かることはかなわなかったが、勝山の遠縁から二三を迎えることができた。

「お嬢さまは、大層しつけの行き届いたお子です」

湯ではなしに水で洗顔した二三を見て、女中たちはわきまえのある子だと称えた。

多くの不安を小さな胸の内に抱えているだろうに、二三は懸命に顔つきに出さぬようにと踏ん張っている。それが痛いほど分かるがゆえに、みふくは二三の笑顔を愛《いと》しく思った。

この子の行く末を守れるのは、あたし……。

みふくは四十歳の春になって、生まれて初めてこどもを授かった母親の気持ちを味わっていた。

勝山屋の飼い犬には、犬好きの二三が分かったらしい。奥の賄い場を見ている犬は、尻尾をピンと立てていた。

賄い場の先には、畑があった。勝山で見慣れていた菜の花畑である。

朝の陽を浴びた畝は、まだ丈の短い菜の花の茎で埋もれていた。

二三は畑に向かって駆け出した。硬い地べたを二三の下駄が叩くと、カタカタと音が立った。音と二三の動きの両方につられて、飼い犬が尾を立てて近寄った。

畝の前にしゃがんだ二三は、両手で土をすくいとった。鼻に近づけると、勝山と同じにおいがした。

二三の両目が、涙で膨れた。

飼い犬は前足を立てて、二三を見詰めていた。

三十一

二三が深川で暮らして三日が過ぎた、二月十三日。大横川が川船で賑わい始めた四ツ（午前十時）に、手代風の男が勝山屋をたずねてきた。

「浅草橋久兵衛《きゅうべえ》の手代で新五郎《しんごろう》と申します。お誂《あつら》えのお話を頂戴しまして、参上いたしました。御内儀様にお取次ぎいただけますでしょうか」

久兵衛の手代は奥の玄関ではなく、店先で来訪を告げた。人形問屋の老舗《しにせ》として、久兵衛の名は江戸の商家には知れ渡っている。

小僧が相手でも、手代はていねいな物言いを崩さない。そのしつけのよさからも、久兵衛の格式の高さのほどがうかがえた。

「うかがっております」

勝山屋の小僧は、本所割下水《わりげすい》から奉公にきている竹次《たけじ》である。まだ十歳ながらもきちんとした口がきけると、界隈でも評判の小僧だ。

竹次は久兵衛の手代新五郎を、路地に面した奥の玄関に案内した。大きな風呂敷包みを肩に背負った新五郎は、足元を気遣いながら竹次のあとを歩いた。

「浅草橋の久兵衛さんがお見えでえぇす」

甲高い声を投げ入れると、奥付き女中のおみのが玄関先に顔を出した。

「お待ち申し上げておりました」

玄関先で三つ指をついて、おみのは久兵衛の手代を迎えた。新五郎には、思いもよらない応対だったのだろう。厳しくしつけられているはずの手代が、戸惑い顔で風呂敷包みの結びを握っていた。

久兵衛の手代だからということで、格別ていねいな応対をしたわけではない。三つ指をついて客を迎えるのは、おみのの流儀だった。

おみのは深川冬木町木兵衛店《きへえだな》の仕立て職人、元助《げんすけ》夫婦のひとり娘である。祝言を来年夏に控えたおみのは、二年の年季で去年の夏から奉公に励んでいた。

勝山屋は当主もみふくも、仕立物一切を呉服屋ではなく、じかに元助に頼んできた。元助の腕のよさは、深川で広く知れ渡っていたからだ。

元助はおみのがまだ小さいころから、仕立て上がりの納めに連れて回ったりもした。そのおみのが、いつの間にか祝言を控える歳にまで育っていた。

「厚かましいお願いではございますが、花嫁修業ということで、二年間だけ娘を奉公にあがらせていただきたく存じまして……」

口下手な元助は、書き物を棒読みするような口調で、娘の年季奉公を頼み込んだ。

「おみのちゃんなら、うちのほうからお願いしたいくらいだ」

相好を崩した新兵衛は、ふたつ返事で年季奉公を受け入れた。

二三を養女に迎えた二月十日からは、その世話もおみのが受け持つことになった。

今年で十六になったおみのは、ひとり娘で兄弟姉妹がいない。年下の子への接し方が分からず、初対面の日は一日中、戸惑っていた。

しかし生来の気立てのよさは、二三にはすぐに通じた。丸一日が過ぎた二月十一日は、二三は朝からおみのの後ろについて動いていた。

十三日の四ツ。久兵衛の手代を迎えているときも、二三はおみのの後ろに立っていた。竹次はその二三に向かって、竹次が手を振って笑いかけた。

竹次は今年で十歳である。勝山の亮太よりは年下だが、顔つきも背丈もよく似ていた。勝山屋に暮らして五日目だが、二三はまだ一度も店には出ていない。ゆえに小僧の竹次を見たのは、このときが初めてだった。

竹次を見て、二三は息を吞んで棒立ちになった。

たちまち、顔を朱色に染め始めた。なぜ二三の様子が変わったのか、竹次にはわけが分からない。戸惑い顔で、二三を見詰めた。

背後の様子がおかしいと気づいたおみのは、上がり框《かまち》に座ったまま振り返った。うろたえたような顔の二三と目があった。おみのが口を開く前に、二三は奥に駆け戻ろうとした。前を確かめずに動いたがために、奥から出てきたみふくにぶつかった。

「どうしたの?」

問われた二三は、さらに顔を赤くして廊下を駆け出した。みふくとおみのが、顔を見交わした。

久兵衛の手代は、風呂敷包みを背負ったまま、奥の玄関に突っ立っている。庭では飼い犬が、甘えたような吠え方をした。

二三に笑いかけたことで、いきなり様子が変わったのだ。竹次はばつのわるそうな顔をして、店先へと戻って行った。

三十二

久兵衛の手代が案内されたのは、内儀みふくの居室だった。中庭を望む十畳間で、目の前の庭には桃が植えられている。あと一月《ひとつき》も過ぎれば桃の時季で、薄紅色の五弁の花を咲かせる。

「なにぶんにも野島屋様からお話をうかがいましたのが、昨日の八ツ（午後二時）でございますので」

久兵衛の手代新五郎は、言いわけを口にしながら風呂敷包みを解《ほど》いた。風呂敷には、十数個の桐箱が包まれていた。

「取り急ぎ、てまえどもの蔵に仕舞ってございました人形のなかから、上物だけを選りすぐって持参いたしました」

新五郎が背負ってきたのは、いずれも桃の節句に飾る雛人形《ひなにんぎょう》である。

これより百四十年ほど前の元禄年間初期から、江戸では雛祭に飾る人形を『節供人形』とか『雛人形』という名で呼び始めた。

内儀のみふくも勝山屋に嫁ぐ前の実家では、桃の節句には人形を飾っていた。が、嫁いでからは子宝に恵まれず、雛人形を新調する折りもないまま今日に至っていた。

「随分とお人形は顔も形も、着ているものも変わりましたのね」

桐箱を開いたみふくは、軽い吐息を漏らした。形も色味も、実家で親しんだ人形とはまるで別物だったからだ。

「御内儀様がご存知の人形は、いつの時代の品でございましょうか」

「享保のころのものだと、わたしは母から聞かされていました」

「それはまた、さぞかしご立派な顔をした……なんと申しましょうか、年代物の人形でございましたのでしょう」

享保時代の人形なら、顔も色味もいまとは大きく違っているはずだと、新五郎はひとりで何度もうなずいた。


みふくがこども時分に飾った雛人形は、『雛遊び』と呼ばれたころの人形である。遊びの道具ではなく、神事を執り行うための人形だった。

授かった女児のすこやかな成長を願い、神を迎えて災厄を祓《はら》う神事。それが雛遊びだった。

みふくの実家は、日本橋の乾物問屋の老舗である。上に兄がふたりいたことで、みふくはいずれは他家に嫁ぐものとして育てられた。両親ともに信心深く、雛祭は華美な飾りではなく、厳粛な神事として執り行った。

元禄のころから、雛人形を飾る雛段が裕福な商家では流行した。時代とともに、雛段の数は増えた。みふくがこども時分を過ごした寛政の頃には、五段の雛段も、めずらしくはなかった。

二月の中旬を過ぎれば、日本橋商家の女児は雛人形の飾りつけを競った。飾りの豪華さは、身代の大きさを誇示する商人の見栄である。

「大した飾りではございませんが」

口では謙遜しながらも、商家の内儀は雛段の豪華さを誇示した。他の商家の雛祭に招かれたとき、みふくは飾りつけの華美なことに目を見開いた。

しかしみふくの母親は、周りがどれほど華やかな雛段飾りを始めても、昔ながらの神事を続けた。

「当家には当家の流儀があります」

母親にきっぱりと言い置かれたみふくは、黙ってうなずいた。しかし胸の内では、違うことを思いめぐらせた。

おとなになってお嫁さんになったら、自分のこどもと一緒に……。

きれいな雛段飾りを楽しもうと、思い定めた。

嫁ぐことはしたが、女児を授かることはかなわなかった。

雛段飾りを諦めていたとき、二三を迎えることができた。

勝山を思い、二三は一日に何度となく塞《ふさ》ぎこんだ様子を見せた。ところが話しかけると、顔つきをあらためて平気を装う。そんな二三の胸中を思い、みふくはやるせなくて言葉を失った。

そうだ、雛段飾りを誂えればいい。

雛人形を部屋いっぱいに飾れば、二三も元気を取り戻すに違いない……。

そう思い至ったのは、十二日の朝だった。庭の桃の木を見ているとき、ふっと思いついたのだ。みふくは足を急がせて、仲町の米問屋、野島屋に出向いた。

野島屋の内儀とは、十日に一度の茶席で常に隣り合わせに座る仲だった。

「ぜひにも娘に、江戸の雛段飾りを見せてやりたいのです」

『娘』に力をこめて、みふくは人形の手配りを頼んだ。娘ふたりを育てている野島屋の内儀は、雛人形にも、雛段飾りにも通じていた。

浅草橋には、雛人形を取り扱う老舗が軒を連ねている。野島屋の内儀は、人形屋の老舗数軒と付き合いがあった。

「そんな急な話を受けられるのは、浅草橋の久兵衛さんぐらいでしょう」

雛人形の多くは、前年のうちに客から注文を受けて拵える、いわば誂え品である。出来合いの人形を抱えるのは、よほどの大店に限られた。

「すぐに使いを出して、明朝には勝山屋さんに顔を出すように、久兵衛さんに頼みますから」

「ありがとう存じます」

みふくは満面に笑みを浮かべて礼を言った。その喜びが、野島屋の内儀にもうつったらしい。

「飾り初《ぞ》めの日には、わたしもうかがわせていただきます」

野島屋の内儀も、目元を大きくゆるめていた。

「三段飾りでございましたら職人を差し向けまして、四日のうちに飾りつけをさせていただきます」

五段を願っていたみふくには、三段は不満だった。しかし、二月十三日になってその年の雛段飾りを請け負ってくれる店は、久兵衛をおいてほかにはない。

「飾りつけの職人の手間賃まで含めまして、五十三両二分のお勘定でございます」

飛び切り腕のよい大工職人の一年の稼ぎが、ざっと十両だ。新五郎が口にした勘定は、大工五人の一年の稼ぎを上回っていた。が、みふくは勘定を聞いても、眉ひとつ動かさなかった。

「来年にはきっと、五段をお願いします」

「うけたまわりまして、ございます」

久兵衛の五段誂えであれば、百両を下らない大商いである。新五郎は、畳にひたいをくっつけて礼を言った。

障子戸が開かれており、庭を渡る風が座敷に流れ込んできた。そよ風は、春近しを告げていた。

三十三

二月十七日の四ツ（午前十時）に、雛段飾りが仕上がった。浅草橋久兵衛が手配りした飾りつけ職人たちは、見事な働きぶりを示した。

新五郎が提示した費《つい》えを、みふくが諒としたのが二月十三日。その翌日の朝五ツ（午前八時）に、飾りつけ職人三人が奥の勝手口に顔を揃えた。

「十七日の昼までには、仕上げやす」

差配役の職人がきっぱりと請け合った。

初日の八ツ（午後二時）まで、三人は念入りに寸法取りをした。

畳から天井までの高さ。濡れ縁の端から、客間の壁までの奥行き。飾りつけをする客間の、端から端までの幅。

ひとつの寸法を二度ずつ測り、それを帳面に書き留めた。八ツにおみのが出した茶菓子を平らげると、職人たちは帰り支度を始めた。

「これから、飾り台の拵えに向かいやす。十六日の昼過ぎには、板を運んでまいりやすから」

差配役が請け合った通り、十六日の九ツ半（午後一時）に、三人は大八車を引いてあらわれた。

飾り台の板は桐でできていた。その板に一本の釘を打ち込むこともせず、すべてを臍《ほぞ》と、臍穴の組み合わせで仕上げた。

臍の造りがしっかりとしており、組み立てたあとは職人が載ってもびくともしなかった。一段の横幅は二間（約三・六メートル）、奥行き一尺五寸（約四十五センチ）、三段の高さが三尺（約九十センチ）の堂々とした飾り台である。

台を組み立て終えたあとは、緋毛氈《ひもうせん》を敷き詰めた。台にピタリと張り付くように、緋毛氈の随所を米粒で拵えた糊でとめた。

みふくは飾りつけが仕上がるまで、二三には客間への出入りをしないようにと言いつけていた。

二月十七日の朝五ツに、漆塗りの荷物箱を載せた久兵衛自前の大八車が到着した。客間まで運んだのは、久兵衛の手代たちである。大小取り混ぜて四十七個もの箱を開き、飾りつけ職人三人が仕上げを始めた。

「もう入ってもいいですよ」

みふくの許しを得て、二三は客間のふすまを開いた。二月中旬の柔らかな光が、客間の雛段飾りを照らしている。ぼんぼりには、ほんとうのろうそくが灯されていた。息を呑んだ二三は、ふすまのそばから動けないでいた。

三十四

みふくの願いが通じたのか、二月十八日は夜明けからきれいに晴れ上がった。

「それでは今日一日、よろしくお願いします」

六ツ半（午前七時）に台所に顔を出したみふくは、女の奉公人十二人に軽くあたまを下げた。内儀から先に辞儀をされて、奉公人が戸惑い顔になった。が、だれもがすぐさま戸惑いの色を消して、心底からの笑みを浮かべた。

みふくは仲町の紙屋、日立屋で買い求めた色紙を細工して、ポチ袋を手作りしていた。その袋を、十二人全員に手渡したからである。

ポチ袋に入っていたのは、一匁の小粒銀が五粒。じつに五百四十文相当の祝儀が、銘々に配られていた。

「おかみさんは、よっぽど二三ちゃんがきたのが嬉しいんだねえ」

店の奉公人たちが早く娘に馴染《なじ》むようにと、新兵衛は二三と呼ぶことを許していた。

「いまさら、なにを言ってるんだよ」

年かさの飯炊き婦が、油絞り役に向かってあごを突き出した。

「おかみさんは、蔵前の人形屋に費えは構わないからとそう言って、三段の雛人形を飾ったんだよ。嬉しいに決まってるじゃないか」

「へええ……おかみさんは、そんなことを言ったんかね」

今年で四十になった菜種の炒り方が、飯炊き婦に近寄った。

「あたしも死ぬまでにいっぺんでいいから、費えは構わねって言ってみてえだがね」

炒り方は川漁師が多く住む大島村の生まれで、声が大きい。台所にその声が響き渡ると、何人もの女が笑いながらうなずいた。

「とにかく、あたしらにもこんだけの祝儀をはずんでくれてっからさあ。目いっぱいに美味い料理を拵えて、おかみさんに喜んでもらおうじゃないかね」

そうだそうだの声が揃い、女たちは気合をいれて料理に取りかかった。

拵えるのは赤飯、玉子焼き、白和《しらあ》え、すまし汁、それに餡のたっぷり入ったまんじゅうである。

「二三ちゃんが勝山で食べていた好きなものって、どんなものがあるの？」

十二人の女たちが拵えようとしているのは、おみのが訊き出した二三の好物ばかりだ。いずれも手のかかる料理ではなかったが、勝山屋の奉公人全員に振舞う段取りである。

昼飯どきまでには、手際よく人数分を拵えなければならない。女たちは無駄話をする間も惜しんで、ひたすら料理を進めた。

夜明けから晴天に恵まれたことで、昼の祝宴は勝山屋の庭で催すことができた。

六十人近い奉公人が、九ツ（正午）の鐘が鳴り始めると一斉に手を止めた。そして庭伝いに客間前に回り、三段の雛飾りを見た。

雛段の端には、髪をきれいに結った二三が座っていた。みふくが手ずから二三の唇に紅を塗り、化粧を施していた。

「どっちがお人形さんだか、分からないがね」

「ほんまにそうじゃ。来年は、もっとべっぴんさんに磨きがかかるじゃろうよ」

勝山屋で働く奉公人は、房州が在所の者も少なくない。勝山とは微妙に異なるが、それでも二三には聞きなれた房州訛りである。生まれ育った土地の言葉で誉められた二三は、両目を潤ませて膝にのせた手に力をこめた。

雛人形と、着飾った二三のお披露目が終わったあとは、庭で祝宴が始まった。赤飯と玉子焼き、白和えの三品がひとつの皿に盛られている。奉公人たちは、皿を手にして好きな場所に座った。

「まさか、庭石に座ることができるとは思わなかったよ」

「座るだけじゃねえ。腰をおろしたうえに、赤飯と玉子焼きを食えるてえんだ。まさしく、二三ちゃんさまさまだぜ」

「ちげえねえ」

男の奉公人たちは、庭石や石灯籠の周りに腰をおろして振舞い料理を楽しんだ。

みふくは、二三に喜んでほしいがために、この祝宴を思い立った。

「なによりの妙案だ。存分に催しなさい」

新兵衛はみふくの思案を後押しした。雛段飾りと祝宴の費えなどで、大きな散財となった。しかし授かった娘が、紅のひかれた口元をゆるめている姿を見て、みふくはこのうえない喜びを嚙み締めていた。


二月十九日の明け六ツ（午前六時）過ぎ。まだ町の木戸が開いたばかりだというのに、二三はひとりで黒船橋へと向かっていた。

「ずいぶん早起きじゃないか」

番太郎（木戸番）から親しげに話しかけられた二三は、照れたような笑みを浮かべて通り過ぎようとした。その二三を、番太郎が呼び止めた。

「こんな早くから、ひとりでどこに行くんだい」

番太郎が案じたのも無理はない。人影もまばらな夜明け直後の町を、二三は女中の供もつけずにひとりで歩いていたからだ。

「あそこ……」

二三は木戸の先に見えている、黒船橋を指差した。日の出とともに、朝日が深川にも届いている。黒船橋のこげ茶色の欄干が、赤味の強い朝の光を浴びていた。

「わしがここから見てるからさ。橋の真ん中から向こうには、行っちゃあいけねえよ」

二三はもう一度笑みを見せてから、朝日の当たっている木戸を通り過ぎた。

勝山の暮らしには、町の木戸はなかった。二三たちが暮らしている山里にも、漁師が暮らす浜にも、見知らぬ者が出入りすることは滅多にない。

ゆえに江戸のような『町ごとの木戸』は、勝山には不要だった。

初めて木戸を見たときには、そのいかめしさに足が竦《すく》んだ。木戸番の親爺さんに声をかけられても、黙ってうつむくことしかできなかった。

そんな二三が勝山屋に暮らし始めて、はや九日が過ぎていた。勝山屋の娘だということで、番太郎も二三にはやさしい声をかけてくれる。いまでは二三も、木戸番の顔を正面から見ることはできた。

が、口をきくのは苦手である。こどもなりに、愛想笑いを拵《こしら》えるのが精いっぱいだ。

「そこいらには、犬の糞がいっぱい転がってるからよ。足元に気をつけて歩きな」

番太郎の声を背中で受け止めつつ、二三は黒船橋へと向かった。橋のたもとで立ち止まると、転がっている小石を三個拾った。

橋は真ん中が大きく盛り上がっていた。はしけや川船が、大横川を行き交うからだ。この流れは五町（約五百四十五メートル）西で、大川と交わっている。深川各町に物を運ぶためには、大横川は欠かせない運河である。

夜明けから間もないというのに、すでに川面を何杯もの船が行き交っていた。川面に見入っている二三の背に、洲崎沖から昇った朝の光が当たっていた。

朝早くから黒船橋に出向いてきたのは、この橋の形と色味が勝山の大田橋によく似ているからだ。

勝山の大田橋も、真ん中が大きく盛り上がっていた。そして欄干は、こげ茶色だった。

欄干は、橋板から三尺（約九十センチ）の高さである。背伸びしても、欄干の上から身を乗り出すのは二三には無理だ。

しかし、一尺五寸（約四十五センチ）の隙間があり、そこから二三は川面を見ることはできる。橋にしゃがみ込んだ二三は、隙間から身を乗り出した。

船は行き交っているが、二三の真下を通ってはいない。たもとから小石を取り出すと、川面に落とした。哀しくてやりきれないとき、二三は勝山の大田橋でも同じことをした。

川面に小さな紋が描かれた。

二個目の小石は、最初に落とした石よりも大きかった。川面には、ひと回り大きな紋が広がった。

昨日の朝からの出来事を思い返すたびに、二三の胸の内には悲しみがこみ上げてきた。しかしそのことは、身近にいるおみのにも言えなかった。ましてや、みふくに言えるわけがない。

それゆえ二三はおみのに断って、ひとりで黒船橋に出向いてきたのだ。大田橋に似ているこの橋なら、ひとりで泣く場所があるような気がしていた。

勝山にいたときも、三月三日にはみさきと一緒に雛人形を飾った。とはいっても飾ったのは、自分たちで拵えた布の人形である。

母親から端切《はぎ》れをもらい、なかに籾殻《もみがら》を詰めて人形を拵えた。そんな手作りの粗末な人形を、壁に寄りかからせただけである。

「おねえちゃんのお人形、なんだかあかんべえをしてるみたい」

「お前の作った顔よりは、ずっとこっちがきれいだもん」

去年の雛祭は、お互いに相手の人形をけなしあって口喧嘩になった。

「どっちもひでえ顔だぜ」

兄のひとことで、みさきと二三は喧嘩の矛先を亮太に向けた。それでうまく収まった。

勝山では見たこともなかった、三段飾りの雛人形。

甘味をたっぷり利かせた玉子焼き。

餡が溢れそうだった、ふかふかのまんじゅう。

どれも勝山とは比べ物にならないほどに、上物である。二三を喜ばせるために、みふくがこころを砕いて用意してくれた、素晴らしい品々だった。

五歳の二三にも、みふくのやさしさが伝わってくる。それゆえに、悲しい顔を見せることはできないと思い、嬉しそうな顔をつくった。

笑っていながら、胸の内には哀しさを募らせた。が、だれにも泣き顔は見せられないのだ。大田橋そっくりの黒船橋でしか、二三は泣くことができなかった。

三個目の石を川に落とした。

涙も一緒に落ちた。

三十五

「二三ちゃん……」

呼びかけたのは、おみのだった。欄干の柱に寄りかかって川面を見ていた二三は、よほどに驚いたのだろう。小さな背筋をびくりとさせた。

「ごめんね、驚かせて」

姉のような口調で語りかけたおみのは、二三のわきにしゃがみ込んだ。たもとから小さな手拭を取り出すと、二三の両目にあてた。

ひとには哀しい顔を見せまいと、二三はここまで踏ん張ってきた。泣くのはひとりのときだけだった。

おみのはひとことも口をきかず、二三の目に残っていた涙を拭こうとした。母親に叱られて泣きべそをかいたとき、姉のみさきが同じことをしてくれた。

それを二三は思い出したのだ。こらえていた思いが、堰《せき》を切って溢れ出した。

二三はおみのにしがみついた。おみのは二三の背中に両手を回した。

二三が泣き出した。大きな声をあげて、はばかることなく泣き出した。この数日、内に溜めていたつらい思いを、泣き声とともに吐き出していた。

「好きなだけ、泣いていいわよ」

おみのも涙声である。二三を抱く手に、力が込められた。

二三が黒船橋にひとりで行きたいと口にしたとき、おみのはその場で受け入れた。内儀のみふくから、あらかじめ言い聞かされていたからだ。

「二三がひとりになりたいと言ったら、なんにも言わずに受け入れてあげて」

雛人形の祝宴の間、みふくは二三から目を離さなかった。嬉しそうな顔の裏側で、つかの間だが深い悲しみを宿した目を見せることがあった。

二三はさらに、哀しさを募らせている。

みふくはそれを悟った。しかし口には出さず、おみのには二三のしたいということを、なんでもさせなさいと指図をした。

みふくがなにを言わんとしているのか、おみのも呑み込んだ。時折り二三が見せる哀しい顔つきを、おみのはおみののなりに案じていたからだ。

黒船橋に二三をひとりで行かせたのも、みふくの許しを得ていたからだ。二三が出たあと、おみのは隔たりを保ってあとを追った。木戸を抜けて橋に向かったのを見定めてから、おみのは番太郎に小粒銀を握らせた。

「あの子の様子を、見守っていてください」

番太郎に頼んでから勝山屋に戻り、みふくに次第を話した。

「泣きたいだけ、あの子に泣かせてあげて」

みふくの言葉を聞いたおみのは、大きな瞳を潤ませてうなずいた。そして頃合を見計らって、黒船橋へと向かった。


「そろそろ、おうちに帰りましょう」

おみのの顔を見て、二三はこくっとうなずいた。ふたりは手を握り合って、橋の北詰までおりた。仲町の木戸のほうから、屋台を担いだ親子が橋に向かって歩いてきた。

『てんぷら　うめの』

屋台の行灯には、屋号が書かれている。かな文字を亮太から習っていた二三は、てんぷらと口に出して読んだ。

「てんぷらって、油で揚げるてんぷらのこと？」

勝山では、てんぷらの屋台など一度も見たことがなかった。

「橋のたもとで、お昼前から商いをするの。とってもおいしいって、評判なのよ」

二三は、おみのの話を聞いてはいなかった。屋台を担いできたのは女で、仕度の所作がよしに似ていた。

三十六

「おかあさ……」

縁側に座った二三は、呼びかけ稽古の途中で口を閉じた。二月二十日の朝、六ツ半（午前七時）。今朝も上天気で空はすでに蒼い。だいだい色の朝の光が、濡れ縁の先の庭に届いていた。

娘が母親に呼びかけるとき、『おかあさん』と呼ぶのが江戸の商家の慣わしである。みふくに言われたわけではないが、二三はこの朝からひそかに呼び方の稽古を始めていた。

生まれてこのかた、二三は『おかあちゃん』と呼びかけて育ってきた。姉のみさきは、母親を『おっかさん』と呼んだ。

「お前も六つになったら、おっかさんと呼ばないと駄目だからね」

今年の元日、雑煮を食べたあとでみさきに言われた。その夜二三は、裏庭でくろを相手におっかさんと呼ぶ稽古をした。周りにはだれもいないのを見定めてから、二三は照れくさそうに小声でおっかさんと口にした。

「おっかさん」

ワン。

二三が呼びかけるたびに、くろは律儀にワンと吠えて応えた。何度も繰り返したが、二三はおかあちゃんと呼ぶほうが好きだった。

おっかさんと口にするたびに、舌がもつれそうになった。

来年のお正月は、まだずっと先だから。

その間に稽古をすればいいと思い直した二三は、くろのあたまを撫でて部屋に戻った。

ところが。

「江戸のお店《たな》では、おっかさんのことを、おかあさんと呼ぶの」

二三の世話を始めてまだ間もない、晴れた日の八ツ（午後二時）下がり。二三と並んで庭石に腰をおろしたおみのは、妹にものを教えるような口調で江戸の仕来《しきた》りを話し始めた。

「二三ちゃんも御内儀様に呼びかけるときは、おかあさんと言ったほうがいいわよ」

そうすれば御内儀様も喜ぶと思う……おみのはやさしい物言いで、二三に教えた。

おっかさんと呼ぶのも照れくさかったのに、おかあさんとは……。聞かされた二三の目が曇った。

「どうしたの？」

顔つきが変わった二三を見て、おみのは案じ顔で問いかけた。

「おねえちゃんには、おっかさんと呼ぶのは六つになってからでいいって言われたもん」

勝山で姉と話し合った次第を、二三はおみのに聞かせた。くろを相手に、おっかさんと呼ぶ稽古をしたことも話した。

「二三ちゃん、えらいわね」

「えらいって？」

「だって、おっかさんと呼べるようにお稽古をしていたんでしょう」

「でも……照れくさくて、すぐにやめた」

「どうして？」

「来年のお正月は、まだずっと先だと思っていたんだもん」

二三の語尾が消え入りそうだった。おみのもあとの言葉に詰まったような顔つきになった。ふたりが黙り込んだとき、勝山屋の飼い犬が二三の近くに寄ってきた。

勝山で暮らした四年間、二三の近くにはいつもくろがいた。そのにおいが、二三に染みついているのだろう。勝山屋で暮らし始めたときから、飼い犬はことあるごとに二三に寄ってきた。

「だれもいないとき、濡れ縁に座っておかあさんと呼ぶお稽古をすればいいわ」

飼い犬は、おみのにもなついていた。おみのがあたまを撫でると、犬は心地よさそうに目を細くした。

「この犬、くまっていうのよ」

六年前に、油搾りの職人が拾ってきた犬である。飼われている間に名前の通りに大きく育ち、黒い毛が身体をおおっていた。

様子のおかしい見知らぬ者を見かけると、くまは容赦なく吠え立てる。いまではすっかり、勝山屋の番犬を務めていた。

「くまを相手にしてお稽古を続けたら、きっとすぐにおかあさんって呼べるようになるわ」

思いつきが妙案に思えたのだろう。おみのは二三を見詰めて、声をはずませた。そのときは二三もうなずき、くまのあたまを撫でた。

が、二三はおかあさんと呼びかける稽古はしなかった。朝早くから、いつもみふくがそばにいたからだ。朝のいっとき、ひとりでいられるようになったのは、雛段飾りが仕上がったあとである。

十九日の朝は、ひとりで黒船橋に向かった。

二十日の朝になって、二三はやっと稽古を始めることができた。

「おかあさん」

なんとか滑らかに言えたとき、庭を飼い犬のくまが駆けてきた。

「お前に聞こえたの？」

ワン。

ピンと立ったくまの尾が、朝日を浴びて艶々と光っていた。

三十七

ひとしきり二三が稽古を続けた、二十日の朝。

朝餉を終えた五ツ（午前八時）過ぎに、みふくは二三と一緒に濡れ縁に座った。

すっかり暖かくなった日差しが、心地よさそうに杉板の縁側に差していた。庭に植わった草花も、日ごとにつぼみを膨らませている。

その春めいた様子を見て、みふくは縁側へと二三を誘った。ふたりが並んで座った膝元に、おみのは茶を出した。

みふくの茶請けは仲町の辻の漬け物屋、原乃屋《はらのや》の梅干である。粒の大きな梅干は、紀州有田からの下り物だ。みふくも新兵衛も、三度の食事のあとには原乃屋の梅干を口にした。

二三の膝元には、伊勢屋の淡雪まんじゅうが出されていた。その名の通り真っ白なまんじゅうで、なかにはほどよい甘さの漉餡《こしあん》が、たっぷりと詰まっている。

まんじゅうには、冬でも緑色豊かな柿の葉が敷かれていた。まんじゅうの白と葉の緑とが色味を競い合う淡雪まんじゅうは、味のよさと色味の美しさで大評判である。土地の者のみならず、深川見物客の多くが、みやげに買い求める一品だ。

伊勢屋初代が思いついた色味の趣向も、漉餡の甘味も、百数十年を過ぎたいまでも変わっていない。深川到着の翌日に口にしたときから、淡雪まんじゅうは二三の大好物となっていた。

みふくは座布団も敷かずに、濡れ縁に座った。よほどに日差しが心地よさそうに映ったのだろう。

「おいしいお茶だこと……」

伊万里焼の薄い湯呑みに口をつけたみふくは、気持ちのこもった言葉でおみのを誉めた。縁側の端に座っているおみのが、顔をほころばせてあたまを下げた。

おみのが大好きな二三は、みふくの誉め言葉をわがことのように喜んだ。

「いただきます」

はずんだ声とともに、二三はまんじゅうをふたつに割った。朝の光が、二三の手元に差している。漉餡の黒味がかった紫色と、皮の白とが、陽を受けて美味そうに輝いた。

庭で遊んでいたくまが、二三のそばに寄ってきた。縁側の下にしゃがむと、まんじゅうを手にした二三を見上げた。

「おかあさん……」

二三の口から、ごく素直におかあさんという言葉が出た。みふくが目を見開いて二三を見た。おみのも驚き顔で二三を見た。

「この半分を、くまにあげてもいいかなあ」

問われたみふくは、声が出せないらしい。二三を見詰めたまま、きっぱりとうなずいた。

「食べていいって、おかあさんが許してくれた」

二三はまんじゅうをくまに差し出した。くまは子犬のような甘えた声を漏らしてから、半分に割られたまんじゅうをぺろりと口に入れた。

両目を潤ませたみふくは、静かに立ち上がると縁側から離れた。あとに従うおみのも、黒い瞳が濡れていた。

ふたりが縁側から離れたあとも、二三はくまを相手にあれこれと話を続けていた。

二三の言葉が分かるのか、くまはときおり顔を上下に動かしていた。

三十八

四ツ（午前十時）を過ぎたころ、おみのが竹次を連れて庭にあらわれた。

「竹どんをお供につけるなら、黒船橋のあたりまで出歩いてもいいって」

昨日の朝、おみのは二三と一緒に黒船橋の欄干に寄りかかった。そのときの二三の様子を見て、おみのは黒船橋のあたりまで好きに出かけさせてやってほしいと願い出た。

「お前か竹次が供につくなら、外に出ても構いません」

女中か小僧の供がつくならと限りをつけたうえで、みふくは願いを受け入れた。とはいえ四ツ過ぎのおみのは、掃除や洗い物、奥の昼の支度に追われるさなかだ。

「御内儀様からお許しをいただきましたから」

番頭に断りを伝えて竹次を借り受けた。そして、外出の許しを二三に伝えた。竹次と一緒に外遊びができると分かり、二三は目を輝かせた。

「お昼ごはんまでには帰ってきてね」

行ってもいいのは黒船橋を渡った先までだと念押しをして、おみのは二三と竹次を外に出した。竹次には、小粒銀ふた粒と、銭で二十文を持たせた。

小粒銀ひと粒で、およそ百八文相当である。一匁銀ふた粒に加えて二十文もあれば、駄菓子屋で二三がモノを欲しがったとしても充分に足りる。

通りに出た二三は、竹次の手を握ろうとした。兄の亮太や姉のみさきと歩くとき、二三はいつも相手の手を握ったからだ。

竹次は目を丸くして、おのれの手を引っ込めた。

「どうしたの。なにか、いけないことでもしたのかなあ」

二三はいぶかしげな顔で、竹次に問いかけた。

先日、竹次の顔を見たとき、二三は兄の亮太を思い出して慌てた。しかし今日はすっかり落ち着いており、兄に似た竹次と外出ができるのを喜んでいた。それゆえ、竹次に手を引っ込められて戸惑った。

「おいらは勝山屋の丁稚小僧だから」

答える竹次も、戸惑い気味の声だった。

「小僧だから、どうしたの」

「どうしたのって……おいらは、二三嬢さまと手をつないだりはできっこないよ」

「ふうん……そうなんだ……」

二三にはうまく呑み込めなかった。しかし竹次と自分とは同じ身分ではないと、おぼろげながらにも察せられた。

「木戸をくぐって、黒船橋に行くから」

昨日の夜明け過ぎに、ひとりで歩いたばかりの道である。木戸番小屋の番太郎に笑いかけてから、二三は軽い歩みで町木戸を通り過ぎた。

黒船橋に向けて、一本の大路が通っている。二三は竹次があとについてきているのを確かめてから、歩みを速めた。ところが黒船橋の北詰が間近に迫ると、いきなり歩みがのろくなった。

竹次が二三に並びかけた。

「どうしたんだよ、こんなところに立ち止まったりして」

橋につながる大路である。ひっきりなしに、荷車や、さまざまな身なりのひとが行き交っていた。二三は、橋のたもとを指差した。

『てんぷら　うめの』

屋号を記したのぼりが、二月の陽を浴びていた。

「てんぷらの屋台がどうかしたのか」

一年を通じて、晴れている限りはほぼ毎日出ている屋台である。のぼりも、てんぷらを揚げている母子連れも、竹次は見慣れていた。なぜてんぷら屋台を指差して二三が足を止めたのか、わけが竹次には呑み込めなかったのだろう。

二三ちゃんは……と言いかけて、慌てて口を閉じた。大きく息を吸い込むと、二三嬢さまはと言い直した。

「二三嬢さまは、てんぷらの屋台を見たことがなかったのかなあ」

「二三嬢さまなんて、へんな呼び方はやめて」

竹次を見詰めた二三は、ふたりでいるときは二三と呼んでほしいと頼んだ。竹次は素直にうなずいた。

「あのてんぷら屋さんは毎日ここに出ているって、おみのねえさんが教えてくれた」

「そうだよ」

竹次は何度も大きくうなずいた。はっきりとものを言うとき、亮太も同じ身振りを見せた。いきなり兄を思い出した二三は、嫌がる竹次の手を取った。

「てんぷらって、ここで揚げて売ってるの？」

「そうだよ……」

手を強く握られた竹次は、うろたえ気味に答えた。

「だったら二三と一緒に、おにいちゃんもあのてんぷらを食べようよ」

二三のあたまのなかでは、竹次と亮太が重なり合っている。手を握られた竹次は、途方に暮れたような顔つきになった。

下拵えを手伝っているうめのこどもが、二三と竹次を見詰めていた。

三十九

翌日の二十一日は、天気が一変した。

分厚い雲がかぶさったままの夜明けである。明け六ツ（午前六時）の鐘の音が永代寺から流れてきても、まだ薄暗いままだった。

奥の流し場でへっついの前にしゃがんだおみのは、空とおなじように顔つきが曇っていた。焚きつけがうまく運び、へっついには小さな炎が立っている。

いつものおみのなら、すぐに松の小割りを投げ入れて、炎を本物へと育てた。しかしこの朝のおみのは、へっついの前にしゃがんでいながら、炎を見てはいなかった。顔はへっついに向いている。しかし考え事にふけっている目には、なにも映ってはいなかった。

焚きつけが燃え尽きそうになり、炎がいきなり小さくなった。そうなって初めて、おみのはわれに返った。

慌ててワラを投げ込み、しぼみかけた火に勢いを与えようとした。ところが間のわるいことに、ワラはたっぷりと湿り気を帯びていた。

ついさきほど、おみのは納屋に積んであるワラを土間に運び入れた。そのとき、うっかりこぼれた水の上にワラをのせていた。そのことに、おみのは気づいていなかった。

湿ったワラは、真っ白な煙を吐き出してくすぶるだけだ。おみのは火吹き竹を手にして、強い息を吹き込んだ。

煙がさらに白くなり、おみののほうに流れてきた。目にしみて、涙が出た。顔つきを一段と曇らせて、おみのは昨夜のことを思い返した。

「お前は竹次と出て行った二三が、黒船橋のたもとでなにをしていたか、聞きましたか」

二十日の夕餉のあとで、みふくが尖った声でおみのを問い質した。みふくがきつい物言いをするのは、滅多にないことだ。おみのは唇を閉じ合わせた顔でうなずいた。

「でしたら、てんぷらを立ち食いした話も聞いたでしょう」

「はい」

おみのは小声ながらも、きっぱりと答えた。都合のわるいことでも返事をごまかすなと、父親には常からきつく戒められていたからだ。

嬉しそうな顔で二三から顚末を聞かされたとき、おみのは心の奥底で「それはよくない……」と感じた。が、そのことはなにも言わず、笑い顔で応じていた。

みふくの声音がきついのは、二三の話を聞き流したおみのを咎《とが》めていたからだ。

「竹次と一緒に外に出ていいと言ったのも、竹次におカネを持たせなさいと指図をしたのも、わたしです。そのことを責めてはいません」

みふくが声を尖らせていたのは、二三が黒船橋のたもとで、てんぷらの買い食いをしていたからだ。

「二三がうちの娘であることは、もう多くの方々がご存知です。二三が勝山の在で生まれ育ったことも、ひとの口にのぼっています」

勝山屋の娘が、橋のたもとで買い食いをするような振舞いをさせてはいけない……そのことを聞かされていながら、おみのは見過ごした。みふくが叱っているのは、その甘さだった。

「勝山屋の娘だから、どうこうと言っているのではありません。所詮は山出しじゃないかと、陰で遠慮のないことを言われては、二三が不憫です」

この先二度と、はしたない振舞いを二三にさせてはいけません……最後までみふくは、きつい口調を変えなかった。

「申しわけございません」

おみのは心底から詫びた。みふくは、勝山屋ののれんを笠に着ておみのを叱ったわけではなかった。むしろ逆で、人目に気を配って振舞わないと、二三がかわいそうだと言っているのだ。

おみのは、二三と仲良くすることにばかり気を使っていた。その挙句、実の姉ならきつく叱るはずのことを、甘く聞き逃した。

いつの間にか、二三ちゃんに好かれたい一心で、あの子におもねっていた……。

みふくに強く叱責されて、おみのはそのことを思い知った。


なんとか、へっついの火熾《ひおこ》しが片付いた。いまは赤松の薪が、強い炎を立てている。おみのは水瓶《みずがめ》のひしゃくで、釜と鍋に水を汲みいれた。

「明日の味噌汁は、しじみにしてください」

昨夜、おみのを叱ったあとで、みふくは今朝の味噌汁の具を指図した。しじみは、当主の新兵衛と二三の好物である。

二三にどうやって、買い食いは駄目だという話を切り出すか。そのことを思ったおみのは、顔つきがさらに深く曇っていた。

四十

深川の空にかぶさった雲は、よほどに分厚かったのだろう。二三が朝餉を済ませた五ツ（午前八時）を過ぎても、空は一向に明るくはならなかった。

「庭で遊んでもいいですか」

箱膳に器を戻した二三は、母親に問いかけた。新兵衛は格別に表情を変えずに二三を見ている。しつけごとは、すべてみふくに任せていたからだ。

「四ツ（午前十時）には、お師匠さんがきます。四半刻（三十分）前には、きちんと支度を済ませていなさいね」

「はい」

しっかりと返事をした二三は、土間におりて駒下駄をつっかけて庭に出た。二三が庭に出たのに気づいたくまが、急ぎ足で駆け寄ってきた。

空は重たいが、風はない。二三は心地よさそうな顔で、庭を早足で歩いた。向かっているのは、庭の東の隅の畑である。ここには、畝《うね》ふたつ分の菜種が植えられていた。

「あたしがどこに行こうとしているか、お前には分かってるの？」

ワンと返事をしたくまは、菜種畑に向かって駆け出した。

今日の四ツから、手習いの師匠が出向いてくる段取りだった。大店《おおだな》の娘は、町場の寺子屋に通うのではなく、師匠を自宅に招いて読み書きと算盤《そろばん》を学んだ。

女中を供に連れて稽古事に出かけるのは、勝山屋に限らず、どこの大店の娘も八歳になってからだ。それまでは、屋敷内に構えられた『手習いの間』で読み書きを学んだ。

二三を迎えると決まってから、勝山屋は八畳間を増築した。二三の『手習いの間』としてである。

「うちにも、手習いの間ができるのですね」

この部屋が普請されるのを、みふくはだれよりも喜んだ。増築普請の間、みふくは毎朝毎夕、富岡八幡宮にお礼参りを続けた。

「おかげさまで、娘を授かることがかないました」

八畳間は、文机と書棚があるだけの質素な拵えである。それでも部屋は南に面しており、障子戸を開くと陽光が八畳間いっぱいに差し込む造りだった。

勝山屋の畑の菜種は、まだ茎が伸びている途中である。二三は畝と畝の真ん中にしゃがみ、伸びつつある菜種に触れた。

茎はしゃきっと強く、威勢よく育っているのが感じられた。

「菜の花が咲いたら、これでおひたしを作ろうね」

一緒に菜種畑を見たとき、おみのから言われたことだ。

「あたいはおひたしよりも、菜の花のてんぷらのほうがいい」

菜の花のてんぷらは、よしの得意料理のひとつだったからだ。

初めて勝山屋の菜種に触れたときよりも、今日のほうが茎は強く太くなっていた。元気に育っている手触りが嬉しくて、二三は菜種の茎を撫でた。

クウン……。

二三に撫でてもらいたいのか、くまが鼻声を出してあたまから擦り寄ってきた。

「お前は、あたしよりも甘えん坊だよ」

くまに話しかけるときでも、二三はもう「あたい」とは言わなくなっていた。

右手で菜種に触れながら、左手でくまのあたまを撫でた。嬉しくなったくまが、強くあたまを二三の手に押しつけている。

「ほんとうにお前は、することがくろとおんなじなんだもん」

菜種から手を放した二三は、両手でくまのあたまを撫でた。撫でているうちに、昨日黒船橋のたもとで食べた、てんぷらの味を思い出した。

エビのてんぷらをなんとか残さずに食べているとき、野良犬が二三の足元に寄ってきた。そして二三を見上げた。野良犬だが、その目はものを寄越せとせがんでいるわけではなかった。

いま、あたまを撫でられて嬉しそうな顔をしている、くまと同じような目だった。それゆえ二三は、くまを撫でているうちに、昨日のてんぷらを思い出したのだ。

「もっと美味《おい》しいてんぷらだと思っていたのに、がっかりだったね」

話しかけられたくまは、返事に困ったような顔でうつむいた。

四十一

「ここのてんぷらは美味しいって、深川で評判なんだよ」

黒船橋のたもとで、竹次は我がことのように屋台のてんぷらを自慢した。

「美味しい美味しいっていうけど、竹どんは食べたことがあるの？」

あまりに竹次が『うめの』のてんぷらを誉めるので、二三はつい強い口調で問いかけた。

てんぷらは実母よしの自慢料理だったし、二三も何度も手伝ってきた。それだけにてんぷらのことになると、どうしても気持ちが昂ぶった。

おいしいてんぷらなら、ぜひ食べてみたい。

おみのから屋台のてんぷらの話を聞かされたときから、二三はそれを強く思った。こうして竹次と一緒に出かけたのも、わけのひとつはてんぷらを食べてみたかったからだ。

食べたことがあるかと問われて、竹次はあいまいなうなずき方をした。

「なあんだ、竹どんは食べたことがないんだ」

二三のからかうような口調を聞いて、竹次は強い目で見詰め返した。

「おいら、二度も長太郎さんに食べに連れてきてもらったんだぞ」

竹次が小さな胸を反り返らせた。長太郎は勝山屋の仕事場差配で、さばけた人柄は小僧たちにも人気があった。食べたことがあったと知った二三は、竹次のあとについて屋台に近寄った。

まだ昼前だというのに、こどもふたりだけで食べにこられる身分を、うらやましいと思ったのだろう。母親の手伝いをしているうめののこどもが、まぶしそうな目で二三と竹次を見た。

「エビのてんぷらをください」

二三は迷わずに、エビを注文した。母親が一番得意にしていたのが、エビのてんぷらだったからだ。

生まれて初めて、屋台のてんぷらを口にするのだ。食べるのは、エビのほかには考えられなかった。

「おにいちゃんは？」

うめのの女主人は、竹次に問いかけた。

「おいらは……」

屋台の担ぎ棒に吊り下げられている品書きに、竹次は目を走らせた。

えび十二文。いか十文。

日によって異なる品書きだが、この日は二種類のタネしか書かれていなかった。

「おいらもエビをください」

ふたりの注文をきいてから、女主人はエビの殻を剝き始めた。母親の目配せを受けて、こどもは鍋のなかのコロモを思いっきりかき回した。

太くて長い菜箸に、粘り気の強そうなコロモがまとわりついている。そのコロモを見て、二三は違和感を覚えた。

「コロモは混ぜすぎては駄目だよ。粘りがでて、まずくなるから」

てんぷらのたびに、よしからきつく言われたことだ。ところが目の前のこどもは、いつまでもかき回している。二三は母親に言われたことが間違っていたのかと思い、こどもの手元を強く見詰めた。

エビの下拵えを終えた女主人は、エビにコロモをたっぷりとつけた。油のなかにいれたあとは、さらにエビの周りにコロモを付け足した。

揚がったエビのてんぷらは、身の何倍ものコロモをまとっていた。

「あんたたち、塩は耳掻きに一杯だけだからね」

大きくうなずいた竹次が、先にてんぷらに塩を振りかけた。二三も同じことをしてから、熱々のてんぷらを口に運んだ。

べったりと重たい油。分厚いコロモ。半分、生のようなエビ。残さずに食べるのが難儀だった。

こんなの、てんぷらじゃない。

言葉には出せないが、心の中で強く言い張った。

「どうだい、美味いだろう」

美味しいを竹次が連発している。

竹どんって、おにいちゃんとは違う……。

胸のうちで膨らんでいた竹次への思いが、音を立ててしぼんだ。

四十二

話をするなら、いまがいい……。

菜種畑にしゃがんでいる二三を見て、おみのは思いを定めた。二三のわきには、くまが前足を立てて座っていた。

二三の両手は、育ちつつある菜種に触れていた。しかし両目は茎を見てはおらず、物思いにふけっているかのようだ。くまは舌を出して、ハッ、ハッとせわしない息をしていた。

五歳の女児が、よほどに深く考え事をしていたのだろう。おみのが真後ろに立っても、二三は気づかなかった。

立ち上がったくまが、おみのに近寄った。犬が動いて、二三がわれに返った。

「どうしたの、二三ちゃん。なんだか、思いつめたような顔つきだけど……」

「おねえちゃんも、どうかしたの？」

二三は答える代わりに、問いを発した。二三はおみのと呼ぶ代わりに、おねえちゃんと呼んでいた。

「なぜそんなことを言うの」

「だって……おねえちゃんの顔が、なんだか怖いから」

買い食いは駄目だと、二三に言い聞かせなければ……おみのは、胸の内で強く思い定めている。それがこわばりとなって顔に出ており、二三には怖く映ったのだろう。

「いろいろと考え事をしていたものだから、つい、顔が怖くなったのね」

ごめんなさいと詫びてから、おみのは二三の様子をもう一度たずねた。

「二三ちゃんだって、なんだか思いつめたような顔をしているけどなあ」

明るい調子で問いかけると、二三はばつのわるそうな笑いを浮かべた。

「昨日食べた、屋台のてんぷらのことを思い出してたの」

二三は自分のほうから、昨日のてんぷらの一件に触れてきた。おみのはふうっと肩から力を抜いて、話の続きを促した。

「竹どんが美味しい美味しいっていうから、すごく楽しみにしてたんだけど」

「美味しくなかったの？」

「うん」

こっくりとうなずいた二三は、どこがおいしくなかったかをおみのに聞かせた。

「コロモがぼそぼそで、エビがこんがりと揚がってなかった。なんだか、まだ生みたいな味だった」

五歳のこどもが、おとな顔負けの吟味をしている。おみのは心底から驚いた。

「二三ちゃんが食べていたてんぷらとは、味が違ったのね」

「おかあちゃんが揚げたてんぷらは、油もあんなにべっとりとはしてなかったもん」

つい、おかあちゃんと言ったことに気づいて、二三はきまりわるそうに舌を出した。

「そうだったんだ……」

二三の言い分にうなずいたあとで、おみのはくまのわきにしゃがんだ。立っている二三と、目の高さが同じになった。

「二三ちゃんは大店のお嬢なの」

「お嬢って？」

「奥の娘ってこと」

二三が言葉の意味を呑み込むのを見定めてから、おみのは話を続けた。

「窮屈に思えても、お嬢にはしてはいけないことが幾つもあるの。外の屋台で買い食いをすることも、そのなかのひとつなのよ」

二三の目を見詰めて、おみのはやさしい物言いで諭した。二三は素直にうなずいた。

「分かってくれて、ほんとうによかった」

聞き分けのいい二三に、おみのは胸を撫で下ろした。二三はおかしそうな顔でおみのを見た。

「美味しくないから、もう食べない」

おみのの諭しの意味とは隔たりがあったが、二三はもう買い食いはしないと決めていた。

ワンとひと声吠えて、くまが従った。

四十三

勝山屋に毎日顔を出す魚の棒手振《ぼてふり》（担ぎ売り）は、冬木町の順平《じゅんぺい》である。今年で二十五歳の順平は、担ぎ売りながらも『魚金』の屋号を名乗っていた。

「三十路に差しかかるまでには、表通りに魚屋を出しやすから」

客先でこう言い切るのが、順平の口癖である。

言うだけでなく、順平は商いにひたむきだった。真冬でも毎朝、冬木町から日本橋の魚河岸まで仕入れに出た。そしてアジ、イワシ、サバなどの安価な魚を念入りに吟味して、活きのよい品のみを商った。

順平の目利きぶりには客だけでなく、魚河岸の仲買人たちも一目おいた。

六ツ半（午前七時）を過ぎても店先に魚が並んでいるのを見ると、多くの棒手振は安く買い叩こうとした。アジ、イワシ、サバはいずれも足が速い。五ツ（午前八時）を過ぎると、店先で傷み始めたりするからだ。

ところが順平は魚の活きさえよければ、六ツ半過ぎでも、店の言い値で仕入れた。そんな順平の商いぶりを、仲買人たちは高く買った。

「今朝はイワシが入り過ぎちまったからよう。いつもの半値でいいから、なんとか丸ごと引き取ってくんねえな」

魚の仕入れを間違えたときの仲買人は、順平を名指しで安値で卸した。順平もふたつ返事で箱ごと引き受けて、客先では破格の安値で売りさばいた。

「うちのは、イワシの煮付けさえ食べさせといたら、ご機嫌だからさあ。魚金さんのおかげで、今夜はいつもの倍も、あのひとを喜ばせてやれるよ」

いつも通りの値で倍のイワシを手にいれた長屋の女房は、顔を大きくほころばせた。いいモノを安く、素早く。

これが順平の商いの姿勢である。素早く売るためには、早足で客先を回らなければならない。ゆえに順平は、真冬の氷雨《ひさめ》降りのときでも、蓑笠の雨具姿で町を駆けた。

「魚金さんがきたから、かれこれ四ツ（午前十時）の見当だわねえ」

順平は扱う魚のモノのよさと同様に、顔を出す刻《とき》の確かなことでも客から大きくあてにされた。

勝山屋は、順平の大事な得意先である。ここに出向くのは、毎日四ツ半（午前十一時）が決まりだった。そのころになると、奥女中のおみのの手がすくからである。

おみのは奥の夕食には、魚金の魚を用いた。勝山屋当主の新兵衛は、ことのほか魚が好きだ。順平は季節ごとに、新兵衛のためにタイ、ヒラメ、カサゴ、キス、スミイカ、ワタリガニなど、江戸前で獲れる魚を仕入れてきた。

「魚金の目利きは大したものだ」

順平が納める魚には、新兵衛も大満足を示した。

「費《つい》えはうるさいことを言わない。いいモノをこれからも吟味するようにと言っておきなさい」

おみのの口から褒め言葉を聞かされた順平は、張り切って新兵衛のための仕入れを続けた。

刻には確かな順平だが、二月二十一日は四ツ半を四半刻（三十分）近く過ぎてからあらわれた。朝から分厚い雲がかぶさっており、陽の光は地べたには届いていない。肌寒さを覚える日だったが、順平はひたいに汗を浮かべて奥の勝手口に回った。

「お待たせしやした、魚金でやす」

声を投げ入れると、おみのと一緒に二三が出てきた。半刻の手習い稽古のあとは、おみののそばから離れないでいた。

「こんにちは」

二三は初対面の順平に、自分から先にあいさつをした。順平は背筋を張って、魚金の順平だと答えた。二三が勝山から養女として迎えられたことは、順平も奉公人の口から聞かされていた。

「すまねえ、おみのさん。顔を出すのが、すっかり遅くなっちまって」

おみのに目を移した順平は、あたまを下げて遅れを詫びた。順平はいつもの盤台《ばんだい》ではなく、一尺四方（約三十センチ角）の木箱を手にしていた。

おみのの顔を見るなり、順平は木箱を板の間に置いた。

「その木箱が、どうかしたの……」

いつもとは担ぎ売りの形が違う順平を見て、おみのは案じ顔で問いかけた。

「じつは……こちらにうかがうのが遅れたわけも、この箱のことなんでさ」

順平は中身がなにかも言わず、木箱のふたを取った。なかには、溢れそうなほどの大鋸屑《おがくず》が詰まっていた。よく見ると、大鋸屑がもぞもぞと動いていた。

「魚河岸で、なんとか引き取ってくれと泣きつかれたもんで箱いっぱいを仕入れやしたが、おみのさんには、なんだか見当がつきやすかい」

首に巻いた手拭でひたいの汗を拭きながら、順平が問いかけた。分かるわけはないだろうと言いたげな、いたずらっぽい口調である。

「なにかが動いているみたいだけど、あたしには分からないわ」

案の定、おみのは分からないと答えた。

「おねえちゃん、なかにいるのはエビだよ」

二三はずばりと言い切った。図星をさされて、順平の目が丸くなった。

「なんだってお嬢は、大鋸屑を見ただけで、中身が車エビだと分かったんで」

「勝山にいたときは、いつもおかあちゃ……おかあさんが、浜からそうやってエビを買ってきたから」

「道理で」

得心のいった順平は、大きく手を叩いた。

「じつはこのエビも、房州の浜から生きたまま魚河岸に届いたんでさ」

房州と聞いて、込み上げる思いを二三は懸命に抑えようとしていた。

仲買人は、両国橋西詰の料亭『よしかわ』に納めるつもりで、生きた車エビ五十尾を仕入れた。ところがよしかわでは昨夜遅くに、店の料理人たちの内輪もめがあって、この日の仕入れにはこなかった。

仲買人は蒼ざめたが、生きた車エビの納め先は容易には見つからない。困り果てていたとき、順平が顔を出した。

「もしも売れ残ったら、冬木町まで届けてくんねえ。多少のことなら、おれが引き受けてもいい」

なにしろ一尾で百文もするエビだ。いかに豪気が売り物の順平といえども、丸ごと引き受けるとは言えなかった。

五ツ半（午前九時）過ぎ、順平は冬木町の裏店で長屋の女房相手に、サバとアジをさばいていた。仲買人はそこまで木箱を持った若い者を走らせてきた。

「うちの親方が、二十尾を一貫文（千文）で引き受けてほしいと言ってやした」

二十尾で一貫文なら、仲買人の卸値の半値だ。朝方、店先でエビの活きのよさは見極めていた。

「喜んで引き受けさせてもらうと、そう言ってくんねえ」

順平は木箱のふたも開かずに買い取った。

「何なの魚金さん、その箱のなかは」

「二十尾で一貫文とは、また随分と豪気な話じゃないか」

女房たちがあれこれ言うことには取り合わず、順平は中身を教えなかった。二十尾すべてを、勝山屋に納めようと決めていたからだ。

新兵衛なら、生きた車エビの値打ちは分かる。竹串を通して塩焼きにすれば、エビの甘さと美味さが引き立つだろう。

おみのにもしもできるなら、勝山屋商売ものの菜種油を使って、エビのてんぷらを拵えればいい。とはいえ順平は、てんぷらには詳しくなかった。

が、妹と暮らす冬木町の裏店には、料理人あがりの年寄り、加治郎《かじろう》が住んでいた。

加治郎はときたまてんぷらを揚げて、長屋の住人におすそ分けしてくれる。その美味さには、毎度妹と一緒に舌鼓を打っていた。

もしもおみのさんがてんぷらには不得手なら、加治郎さんに助けてもらえばいい。

そう思い定めた順平は、商いの一区切りがついたところで、勝山屋へと急いだ。

「生きた車エビなら旦那様もきっとお喜びになると思うけど……」

「どうかしやしたんで？」

「どう料理をすればいいのかしら」

戸惑い顔で順平に問いかけたとき、二三がおみののたもとを引っ張った。

「あたしがてんぷらにする」

二三はおみのの顔を真正面から見詰めていた。

「あたしがてんぷらにするのを、おねえちゃんからおかあさんに話して、お許しをもらって」

二三がたもとを何度も強く引っ張っている。おみのの顔つきが、ますます戸惑い気味になっていた。


「いい趣向じゃないか」

みふくから次第を聞かされた新兵衛は、ぜひやらせてみなさいと即答した。

「そうはおっしゃいますが、熱く沸き立った油を使うのですよ」

「案ずることなど、無用だ」

勝山で二三がてんぷら揚げを手伝うのを、新兵衛はしっかりと見ていた。

「とても五歳のこどもとは思えないような、手なれた揚げ方だった」

「あなたは、お召し上がりになったのですか」

こっくりとうなずいた新兵衛は、あごに右手をあてた。

「あの子が揚げる車エビのてんぷらを、ぜひにも食べてみたいと思わないかね」

みふくを見た新兵衛は、ごくりと音をさせて生唾を呑み込んだ。みふくもつられて、思わず強くうなずいていた。

四十四

二三がてんぷらの下拵えを始めたのは、陽が西空へと移り始めた八ツ半（午後三時）を過ぎたころだった。永代寺の鐘が鳴り終わるのを待って、二三は流し場の土間に立った。

きっと二三ちゃんのおっかさんは、八ツ半の鐘とともに下拵えを始めたんだわ。

おみのはそう察した。が、口には出さなかった。余計なことを言って、二三をまた悲しませたくはなかったからだ。

「おねえちゃんも手伝ってね」

おみのと一緒にてんぷらを揚げられるのが、二三は嬉しくてたまらないらしい。小さな前垂れをかけた二三は、目を輝かせておみのを見た。

「もちろんよ。今日はなんでもいいから、あたしに言いつけて」

二三が勝山屋の娘だからではない。

今日のおみのは心底から、二三の得意だというてんぷら料理の手伝い役を務めようと決めていた。

「おねえちゃん、お箸がないよ」

身支度を終えた二三は流し場をあちこち見て、菜箸を探していた。

「そこにあるじゃないの」

おみのは棚にさしてある、長い菜箸を指し示した。小柄な二三はまだ手が届かないだろうが、見えない場所ではなかった。

「おねえちゃんが言ってるのは、あの長いお箸でしょう？」

二三も棚の菜箸を見ていた。おみのがうなずくと、二三は強く首を振った。

「あんな細いお箸でかき混ぜたら、てんぷらがおいしくなくなるもん」

二三が駄目だと言い切ったのは、いままでおみのがてんぷら揚げに使ってきた箸である。五歳のこどもから駄目を出されたおみのは、手伝い役に徹すると決めていながらも顔つきがこわばった。

「どうして、細いお箸だと駄目なの？」

「お箸が細いと、コロモの粉を混ぜるのにひまがかかるから」

「ひまがかかると、どうしていけないの」

おみのは我知らず、むきになって問いを重ねた。

「ひまがかかったら、コロモの粉がすごくよく、きれいに混ざっちゃうもん」

「だって……粉をよく混ぜないと、おいしくないでしょうに」

「ちがうよ」

二三は気負いなくあっさりと、おみのの言い分をはじき返した。

「粉がきれいに混ざったら、てんぷらがぼてっと膨らむんだよ。黒船橋の屋台のてんぷらも、そんなコロモだったから」

屋台のてんぷらをもう食べないと二三が約束したのは、コロモが分厚くてエビに生の部分が残っていたからだ。


勝山でてんぷらを揚げるとき、母親のよしは太鼓を叩くバチのように太い菜箸を使った。亮助が木の小枝を削って拵えた、てんぷら用の菜箸である。

「てんぷらのコロモは、薄くて軽いほうがおいしく食べられっからさ」

よしが拵えたてんぷらのコロモは、卵と水で小麦粉をざっくりと混ぜただけだった。

「混ぜるときにダマにならないように、小麦粉をしっかりとふるいにかけておくのがコツだから。この手間を惜しんじゃあ、おいしいてんぷらが食えねっからね」

卵の黄身と井戸水とを、よしは大きな鉢のなかでよく混ぜ合わせた。水と黄身とがうまく馴染んだのを見定めてから、二度ふるいにかけた粉を加えて、あたかも切るかのように太い菜箸でさっくりと混ぜた。

「コロモが混ざりすぎて粘りが出ると、てんぷらがまずくなっからさ。揚げるちょっと前に手早く拵えれば、てんぷらがいっちゃんうめっから」

よしはてんぷらのたびに、コロモをかき混ぜるなとこどもに教えた。二三は母親の教えを、身体で覚えていた。

「てんぷらのコロモは濃いほうが楽に作れるんだって、勝山のおっかさんがいつも言ってた。でもそんなコロモだと、てんぷらがカラリとは揚がらないんだもん」

勝山屋に暮らし始めて、今日で十三日目である。五歳のこどもには、まだまだ短い時の流れでしかない。しかし二三は、実母のよしを語るのに、もはやつっかえることなく『勝山のおっかさん』と口にしていた。

みふくのことは『おかあさん』と呼ぶ。

二三は一歩ずつながらも、着実に江戸の暮らしに馴染んでいた。

四十五

七ツ（午後四時）の鐘の手前で、新兵衛は縁側に出た。どんよりと曇ってはいるが、雨はまだ落ちてはいない。濡れ縁に座って庭を見詰めるのは、気持ちを落ち着かせようとするときの新兵衛の決まりごとである。

流し場では、二三とおみのがてんぷらの支度を進めている。それを思うと、どうしても気持ちが落ち着かなくなるのだ。

娘が拵える初めての料理。

それを待つ父親。

落ち着かないながらも、新兵衛はこの状況を楽しんでいるかのようだった。

毎月二十一日は勝山屋新兵衛と浜松町の同業富田屋勘八郎《かんぱちろう》とが、月交替で交互に昼餉を振舞い、商いのすり合わせをする日だ。

二月は新兵衛が昼餉を供する当番月である。ふたりは、『江戸屋』の二階座敷で向かい合っていた。

勘八郎は品川から白金村まで、およそ千六百軒以上の武家・商家・農家・長屋を得意先に持つ、油問屋の大店である。

勘八郎と新兵衛は入用に応じて、互いに油を融通しあってきた。こうすることで、油の売値が大きく上下するのを防いだ。

「明かりの元となる油は、商人《あきんど》がひとり占めにするものではない」

相手がこれを家訓としていると知って以来、新兵衛と勘八郎は胸襟《きょうきん》を開いた付き合いを始めた。月に一度の昼餉は、翌月の油の売値を決める大事なすり合わせといえた。

江戸屋の板長が拵える造りを、勘八郎は大層に気に入っている。ゆえに新兵衛が昼餉を振舞う月は、ほとんど江戸屋を使った。

「どうした、勝山屋さん」

昼餉が進むなかで、勘八郎がいぶかしげな声で問いかけた。

「わたしの様子に、なにか、おかしなことでもありますか」

「せっかくのヒラメの造りだというのに、一向に箸がついていないじゃないか」

勘八郎は新兵衛と同年である。

「これは迂闊《うかつ》でした」

新兵衛が慌ててヒラメの皿に箸をのばした。

寒の時季は終わっていたが、ヒラメにはまだ脂が残っていて格別の味わいである。造りは、江戸屋自慢の一品だった。

「つい考えごとをしてしまって……」

「勝山屋さんが箸の動きを鈍らせてしまう考えごととは、いったいなにごとかね」

勘八郎が物問いたげな顔で新兵衛を見た。ふたりとも、月に一度の会食を楽しみにしている。相手の舌を喜ばせよう、驚かせようとして、毎月、料理には趣向を凝らしていた。

江戸屋の板長は、勘八郎が庖丁さばきを気に入っていることを充分にわきまえている。それゆえ二十一日に用いる魚介は、念入りに吟味を重ねた。

充分に脂ののったヒラメの刺身。二月の昼餉としては、文句のない味覚だった。勘八郎同様、新兵衛も江戸屋の板長は大のお気に入りである。

その新兵衛が、考えごとをして箸が止まっていたのだ。勘八郎がいぶかしげに問いかけたのも、無理はなかった。

「富田屋さんに、わざわざ申し上げるほどのことでもありません」

新兵衛は、なにを考えていたかを口にしなかった。しないというよりは、できなかったのだ。

ヒラメの造りを前にして、新兵衛は二三が夕食に揚げるてんぷらのことを考えていた。勘八郎に問われても、答えられるわけがなかった。

「この美味いヒラメよりも大事な思案かね……」

勘八郎が口を尖らせたが、新兵衛は聞こえないふりを決め込んでいた。

新兵衛は、勝山で口にしたエビのてんぷらの味を思い出していた。二三の母親が揚げたエビだったが、塩で食べたときのエビの甘さは、いまでも舌が覚えていた。

二三が揚げるエビは、どんな味なのか……。

思いめぐらせるほどに、口のなかに唾がわいた。勝山屋当主ともあろう者が、たかが娘が揚げるてんぷらごときに……。

新兵衛は強くおのれを戒めようとした。

娘が揚げるてんぷら……。

これを思うと、目尻が下がった。

四十六

七ツ（午後四時）の鐘が鳴り始めると、空がひときわ重たくなった。

「なんだか、ひと雨きそうだねえ」

裏店《うらだな》の住人たちは、曇り空を見て雨を案じた。

春の足音がはっきり聞こえてはいても、二月下旬の日差しは弱かった。ましてや今日は、夜明けから曇り空である。

朝早くから洗濯物を済ませていたのに、七ツの鐘が鳴ってもまだ乾いていなかった。

「半纏《はんてん》も股引《ももひき》も、たっぷり湿ってるからさあ。降られたんじゃあ、困っちまうよ」

いまにも降りそうな空を見上げて、長屋の女房が愚痴をこぼした。

「まだ七ツ前だというのに、もう明かりがほしいぐらいだよ」

「ほんとうだねえ。こう薄暗いと、仕事着の繕いもできやしない」

「あたしゃあ、一度だけでいいからさあ。表通りの勝山屋さんみたいに、思いっきり明かりに油を使ってみたいよ」

女房たちが口にした通り、勝山屋は陽がかげると店先に明かりを灯した。飾り行灯に早々と灯《ひ》を入れて、商売物の油がいかに上質であるかを客に示した。

勝山屋が油の明かりを惜しまなかったのは、店先だけではない。

「うちは油屋だ。無駄使いは論外だが、明かりの始末は無用だ」

新兵衛の意を受けた奉公人たちは、仕事場でも流し場でも、明かりを灯すことに遠慮はしなかった。

二月二十一日の七ツ過ぎ。一段と雲が分厚さを増して、薄暗さが募っている。しかし勝山屋の板の間では、四張りの行灯が隅々にまで明かりを行き渡らせていた。

当主の新兵衛は、濃紺細縞の結城紬《ゆうきつむぎ》に赤味の強い献上帯を締めて、上座に座っていた。この献上帯は新兵衛のお気に入りで、格別の催しに限り締める一本だった。

内儀のみふくも新兵衛と同じような色味の長着を着て、当主と並んで座っていた。

「お待たせしました」

新兵衛とみふくの前に、ザルを手にした二三が進んだ。板の間の真ん中には木綿の白布が敷かれている。赤く熾《おき》た炭火をいけた七輪が、白布のうえに載っていた。七輪に鍋を載せたのは、おみのである。鍋にはたっぷりと油が注がれている。あらかじめ熱していたらしく、七輪に載ると間もなく油が煮え立った。

「最初は、エビのてんぷらです」

二三が言ったことを聞いて、新兵衛がごくりと生唾を呑み込んだ。

二三が下拵えをしたエビが、ザルにきれいに並べられていた。生きたエビのあたまを外し、殻をむいたのも二三である。

「エビは腹を伸ばさないと、揚げたときに丸くなっちゃうからね」

てんぷらを揚げる前に、よしはかならずエビの腹を指で伸ばした。そのあとはまな板に腹をくっつけて、背中を押して伸ばした。

実母の教えを思い出しながら、二三はしっかりとエビに下拵えを加えていた。

油の煮え立ちかたを確かめるために、二三はコロモをふり入れた。いよいよ、二三の揚げるてんぷらが始まったのだ。

新兵衛、みふく、おみのの三人が、目を凝らして二三の手元を見詰めた。

鍋に投じられたコロモは、底にはくっつかず、なかほどから浮き上がってきた。よしから教わった、てんぷらの揚げごろである。

二三はおのれに言い聞かせるようにうなずくと、エビの尻尾を摑んでコロモにつけた。そして素早く煮え立った油のなかに落とした。

じゅうじゅうと、美味そうな音が立った。新兵衛は立て続けに喉を鳴らした。

六尾のエビを油に投じたところで、二三は手をとめた。

「エビをいっぺんに入れすぎたら、油がぬるくなって、てんぷらがまずくなっからね」

てんぷらを揚げているのは二三である。

その二三は、よしと一緒に揚げていた。

四十七

「あたしが揚げたら、おねえちゃんがお皿に載せてね」

揚げるのは二三で、盛りつけて供するのはおみのの役目。ふたりでそう取り決めてから、てんぷらが始まった。

二三が揚げたエビのてんぷらを、おみのは半紙を三枚重ねにした大皿に載せた。こうすることで、コロモに残った余計な油を落とすことができるからだ。

二三が養女に迎えられるまで、おみのは月に二度はてんぷらを揚げてきた。他家に比べて頻度は高いが、勝山屋は油問屋である。商売物の油を吟味する意味も含めて、新兵衛は月に二度のてんぷら作りをおみのに言いつけていた。

いささかも、油を惜しむな。

新兵衛からきつく言い置かれているおみのは、毎度、鍋いっぱいに新しい油を注いだ。揚げたあとでしっかりと油を切ったが、半紙に載せるとじわっと油が広がった。

新兵衛とみふくの前に供するときには、おみのは半紙を取り替えた。それほどに、油が強く滲《にじ》み出していた。

二三の揚げたてんぷらは、まるで違った。油の切り方は、二三もおみのも同じである。揚がったてんぷらを、金網に載せるだけだ。

ところが二三のてんぷらは、半紙に載せてもほとんど油が滲み出さないのだ。おみののてんぷらに比べて、はるかにコロモが軽かった。

「エビが揚がったら、すぐにおねえちゃんが運んであげてね」

てんぷらを揚げ始める前に、二三は何度もこのことを念押しした。

「勝山のときは、揚げ立てが命だからって、すぐに食べないと叱られたから」

「分かったわ、まかせといて」

おみのは胸を叩いて請け合った。

「二三ちゃんが揚げたら、すぐに油を切って旦那様と御内儀様にお出しするから」

油を切るとおみのが口にしたとき、二三はいぶかしげな目を見せた。おみのは二三の目の色が気になったが、格別に問い質しはしなかった。

二三の揚げたエビのてんぷらを見て、なぜあんないぶかしげな目を見せたのか、そのわけをおみのは察した。

二三の揚げたエビのてんぷらは、油切りなどは無用だった。

「お待たせいたしました」

揚げ立てのエビ六本を、おみのは新兵衛とみふくの前に出した。コロモの軽さは、見た目にもはっきりと分かる。コロモから、エビの赤い色が透けて見えていた。

新兵衛はすぐさま箸を伸ばして、エビを摑んだ。そして小皿に盛った焼き塩に、コロモの端を軽くつけた。半開きになった新兵衛の口には、唾がいっぱいに溜まっている。

てんぷらを頰張ったあとは、真ん中のあたりを歯で食いちぎった。尻尾のついたてんぷらの半身が、箸に挟まれていた。

「ううむ……」

なにか言おうとしているのだが、頰張ったままで言葉にならない。みふくが新兵衛の無作法を目で咎めた。新兵衛は、急ぎ口のなかのてんぷらを呑み込んだ。

「うまいっ」

みふくを見た新兵衛の目は、両端が垂れ下がっていた。

「とにかく美味い。お前も食べなさい」

みふくも早く口にしたかったのだろう。新兵衛に言われるまま、一本のエビを箸に挟んだ。コロモの端に焼き塩をつけたのは同じだが、口に運ぶ所作は作法にかなっていた。

新兵衛と同じように、てんぷらの中ほどに歯をあてた。そして、しとやかに咀嚼《そしゃく》を始めた。最初のひと噛みで、みふくは驚き顔を拵えた。行儀作法にうるさいみふくには、ないことである。

「美味いだろうが」

みふくの顔つきを見て、新兵衛はどうだと言わんばかりに問いかけた。呑み込んだあと、みふくは大きく目を見開いたまま、しっかりとうなずいた。

「コロモが軽いから、エビの美味さがよく分かる」

「揚げ立てでいただくおいしさは、格別ですのね」

「焼き塩が、エビの甘さを際立たせてくれるじゃないか」

一本平らげては、エビのてんぷらの美味さを夫婦であれこれと吟味しあっている。ひたすら揚げている二三の耳には、両親の誉め言葉はまるで聞こえていなかった。

四十八

新兵衛とみふくは、まさしく夢中になってエビのてんぷらを賞味した。

おみのが揚げるてんぷらのときは小皿の端に赤い尻尾が、食べたエビの数だけ並んだ。ところがいまは、新兵衛の皿もみふくの皿も、なにも載っていなかったかのようにきれいだ。

「エビの尻尾をいただくのがこんなに美味しいとは、いままで存じませんでした」

みふくに尻尾を残さずに食べろと教えたのは、新兵衛である。

「上手に揚げたてんぷらなら、エビの尻尾は香ばしくておいしいものだ。残すなどは、もったいない」

新兵衛は、二三の揚げたエビの尻尾をカリカリと音をさせながら平らげた。二三は食べやすいように、庖丁で尻尾の形を整えていた。

こどもたち三人に、実母のよしが買い与えてくれた出刃庖丁である。二三は柳行李《やなぎごうり》の底に、大事に仕舞って持ってきていた。

まだ五歳の子が自前の庖丁を器用に使うさまを見たとき、おみのは驚きで目を丸くしていた。

みふくも尻尾を口にした。新兵衛に強く言われたからではない。愛娘《まなむすめ》の二三が揚げるてんぷらなら、尻尾も残さず食べられそうな気がしたからだ。

食べてみて、その美味さに驚いた。みふくが心底から感心しているわきで、新兵衛はこの日六本目のエビを食べ終えた。もちろん、尻尾まで残さずにである。

「じつはわたしも、勝山をおとずれるまではエビが尻尾まで食べられるとは知らなかった」

二三を迎えに行ったとき、よしはてんぷらで新兵衛をもてなした。そのとき、新兵衛は初めてエビの尻尾が食べられると知った。

「お前とふたりで、なんだか親の敵《かたき》にでも出会ったかのようにエビを食べている」

箸をとめた新兵衛が、きまりがわるそうな物言いをした。みふくも箸をおくと、口元に手をあてて微笑《ほほえ》んだ。

「おみの……」

二三の手伝いをしていたおみのが、急ぎ足で寄ってきた。

「わたしもみふくも、エビは充分に食べさせてもらった。あとは、二三とお前とで食べなさい」

「せっかくのてんぷらですから、冷めないうちにいただきなさいな」

みふくにやさしい口調で言われたおみのは、深々とあたまを下げて下がった。ふたりは鍋のそばに立ったまま、エビを口にした。

三本目のてんぷらを食べたあとで、おみのは新兵衛とみふくに茶を供した。てんぷらには、ほどよい熱さの玄米茶が口にあった。

「余ったエビと青柳の貝柱とで、二三ちゃんがかき揚げを作りたいと言ってますが」

新兵衛とみふくは顔を見交わした。みふくの目元が、大きくゆるんでいた。

「小さめのものを一枚ずつにしてほしいと、二三に伝えてくれ」

新兵衛の言いつけを聞いた二三は、すぐさまかき揚げ作りに取りかかった。

エビを小さく刻み、小柱《こばしら》（青柳の貝柱）と、小口切りのネギを器のなかで重ね合わせた。そのうえに小麦粉をふり入れ、小枝で拵えた菜箸でさっと混ぜ合わせた。

とても五歳のこどもの手つきではない。おみのはただただ、二三の手元に見入っていた。

溶き卵を器に加えたあと、二三はひしゃくですくった水瓶の水を流し入れた。

「ほんとうは、うんと冷えた井戸水を使うのがいいんだけど、深川にはないから」

深川の井戸水は塩辛くて、煮炊きや飲み水には使えない。飲料水は毎日、水売りから買い求めていた。朝方に売りにくる水は、夕方にはすっかりぬるくなっている。

冷水が使えないのを、二三は残念がった。

「かき揚げも、あんまりかき混ぜたらおいしくなくなるっていわれたから」

軽く混ぜたあと、器の中身を小さなしゃもじですくった。そして、菜箸でつついて形を整えた。

「あとは揚げればいいの」

二三は器の中身を菜箸の先につけると、油の鍋に落とした。エビのてんぷらのときと同様に、鍋の底にはくっつかずに途中から上がってきた。

油の熱さはこれでよし……小さくうなずいた二三は、しゃもじに載せたかき揚げのもとを、鍋のふちから流し込むようにして入れた。

ジュウジュウと、強い音が立った。二三は火が通りやすくなるように、かき揚げの真ん中を薄くしている。太い菜箸で挟むと、二度、三度とひっくり返した。

「てんぷらのおつゆと、だいこんおろしはできてるかなあ」

「ちゃんとできてるわよ」

てんつゆ作りと、だいこんをおろすのはおみのの役割だった。新兵衛の注文通り、かき揚げは小ぶりに仕上がっている。

油を切り終わるなり、おみのはかき揚げと、てんつゆの器を運んだ。

「これはまた、きれいな形じゃないか」

しっかりと形を愛《め》でたあと、新兵衛はだいこんおろしを加えていないつゆに、かき揚げを浸けた。

ジュジュジュッと、強い音がした。食べる気をそそる、美味そうな音である。てんつゆに浸したあとも、かき揚げはまだ熱々を保っている。新兵衛はハフハフ言いながら、小さなかき揚げを平らげた。

「五歳でこれほどのものが作れるとは、まことに末が楽しみだが……」

新兵衛の顔つきには、喜びと困惑の色が交じり合って浮かんでいた。

四十九

「そんなに、あたまごなしに決めつけないで、ちっとはおれの言い分を聞いてくだせえ」

二月二十三日の、六ツ半（午後七時）過ぎ。順平は隣に暮らす加治郎の宿《しゅく》で、談判を続けていた。

「加治郎さんが思ってるような、やわなお嬢の遊び半分の稽古じゃねえんだから」

「五歳のガキがてんぷら揚げるのに、おれが稽古をつけろてえんだろうが」

「そうです」

「ばか言うんじゃねえ」

加治郎は、右手を大きく振って順平の話を追い払おうとした。

「そんな話のどこを押したら、遊び半分じゃねえと言い切れるんでえ」

加治郎はまったく取り合おうとはしなかった。

「だからさあ、加治郎さん」

話を聞こうとしない相手に、順平は相当に焦《じ》れていた。年長者に対して、物言いがぞんざいになっている。加治郎は、強い目で順平を睨《にら》みつけた。

「ほかならねえ、おめえの頼みだ。聞ける話は聞くが、これはなんと言われても駄目だ」

加治郎がいつになく、声を荒らげた。その声が、隣にまで届いたのだろう。順平の妹のおゆきが小皿を手にして顔を出した。

「おにいちゃん……」

加治郎の宿の腰高障子戸の前で、おゆきが兄を手招きした。今年で十九のおゆきは、娘にしては大柄で五尺三寸（約百五十九センチ）の上背がある。

格子柄の紺絣に紅帯を締めたおゆきは、立っているだけで町内の若い者が振り返った。

妹に呼びかけられた順平は、大きなため息をついて土間から出た。

路地に立った順平は、小声で妹と話を始めた。しばらく話し合ったあと、おゆきが手にしていた小皿を持って加治郎の元に戻った。

小皿には、二三がこの日の夕刻に揚げたエビのてんぷら二本が載っていた。

「おにいちゃんが言ってたお料理のひとに、てんぷらの揚げ方を教えてもらいたいの」

二三から頼みごとを持ちかけられたのは、この日の四ツ（午前十時）過ぎだった。

先日、多数の車エビを勝山屋に引き取ってもらった。そのきっかけとなったのは、二三がてんぷらを揚げると言ったからだ。話の行きがかりで、順平は長屋に暮らす加治郎の話をおみのと二三に聞かせた。もしもてんぷらが手に負えなかったら、加治郎に料理を頼んでもいいと思ったからだ。

二三はそのときの話を、しっかりと覚えていた。

「御内儀様も、大いに乗り気になっていらっしゃいますから」

加治郎が勝山屋に、てんぷらの出稽古に来てくれるなら……みふくは大いに乗り気だった。二三と一緒に、おみのにも習わせようと考えてのことである。

「分かりやした。今夜にでも訊《き》いてみやしょう」

順平はこの日も、車エビを十数尾仕入れていた。先日の仲買人が、順平に四分の一の安値で卸したエビである。先日、言い値で買った順平への礼だった。

「夕方、もういっぺんきてね」

二三は頼みごとの礼として、順平にエビのてんぷらを用意していた。

「出稽古のことは、とりあえずわきに置いて、これを食ってくだせえ」

順平が小皿を差し出した。二三の揚げたエビを見て、加治郎の目が強く光った。

五十

二月の深川は毎年のように、連日の晴天に恵まれた。上天気が長く続けば、勝山屋の油造りも大いに捗《はかど》った。

晴れていれば富岡八幡宮への参拝客が増える。参道の両側に並んだ商家は、参拝客が増えれば商いが大きく伸びた。

晴れが続けば、だれもが顔をほころばせた。

ただひとり、町内鳶《とび》のかしら政五郎《まさごろう》だけが、案じ顔を拵えていた。

政五郎が当主を務める鳶宿『深川亭』は、火消しも兼ねている。二月二十五日の九ツ（正午）過ぎ。昼飯が終わったのを見計らって、政五郎は配下の鳶十五人を土間に集めた。

火消しに就いていないときの鳶は、普請場で足場を組んだり、古い家屋を壊したりの仕事に従事している。雨降りが少ない割には、深川はこの日まで幸いにも、大きな火事に襲われずにすんでいた。

三日に一度は、深川のどこかで火の手があがった。しかしありがたいことに、火元一軒を丸焼けにするだけで、どの火事も湿ってくれた。

雨が降らなければ火消しには難儀をするが、表の普請仕事はすこぶる捗り具合がいい。深川亭にも、普請場の仕事はひっきりなしに入ってきていた。

稼業が繁盛で、本来であれば政五郎の顔が大きくほころぶところだ。しかし配下の鳶を前にして立った政五郎は、顔つきを引き締めていた。

「正月から二月《ふたつき》近くも、深川にはろくに雨が降っちゃあいねえ」

政五郎の足元には、鉄で拵えた持ち運びのできるかまどが置かれている。かまどのなかでは、古木の廃材が炎をあげて燃え盛っていた。

「そこじゃあ遠すぎる。もっと、かまどの周りに集まってこい」

政五郎に指図をされて、十五人の鳶職人たちはかまどを取り囲んだ。

「おれがいま持ってるのは、黒江町の太助店《たすけだな》（裏長屋のひとつ）から拾ってきた柱の切れっぱしだ」

太助店では、長屋三棟の建て増しのさなかだった。政五郎が手にしているのは、普請場から拾ってきた柱材の切れ端である。

材木は杉の二寸五分（約七・五センチ）の角材だ。

普通の家屋なら、柱に使う材木は細くても四寸（約十二センチ）の角材を使う。しかし粗末で安価な裏店の柱は、どこの長屋でも二寸五分というのが通り相場だった。

「よく見てろよ」

政五郎は二寸五分の柱の切れ端を、足元のかまどにくべた。杉は脂を多く含んだ材木である。しかも晴れ続きの材木置き場で、陽にさらされ続けた丸太を角材に挽《ひ》いたものだ。

かまどに投げ入れられるなり、たちまち柱の切れ端は炎に包まれた。

脂をことのほか多く含んでいたのだろう。杉はかまどからはみ出すほどの、大きな炎を上げた。

「おおっ……こいつあ、あぶねえ」

火には慣れているはずの火消しの鳶が、思わず一歩後ろに下がった。それほどに、燃え立つ杉の炎は大きかった。

「見ての通りだ」

杉の炎が鎮まったのを見定めてから、政五郎は話に戻った。

「いまはどこの家も、柱だの屋根だのが、カラカラに乾いてる。とりわけ長屋の板葺《いたぶ》きの屋根は、乾き切っていて危ねえ」

表通りに店を構える商家は、屋根に瓦を用いた。瓦は火事に襲いかかられても、持ちこたえるだけの強さがあった。

しかし瓦は重たい。それを屋根に敷き詰めるためには、重さに耐えられるだけの柱と梁が求められた。しかも焼き物の本瓦は相当に高価である。

安普請の長屋が屋根に使うのは、杉などの薄板である。政五郎は板葺きに使われている杉板を、かまどの火にかざした。

投げ入れるまでもなく、板は炎の熱に炙《あぶ》られただけで燃え始めた。

「深川の長屋は、どこもこれと似たりよったりだと思ってくれ」

あごをぐっと引き締めた十五人の鳶が、政五郎に向かって強くうなずいた。

「うちのでえじなお出入り先の勝山屋さんには、菜種油の蔵が幾つもある。勝山屋さんは、火の用心には、これっぱかりの抜かりもねえ」

政五郎は親指と中指とをこすり合わせて、パチンと小気味よく鳴らした。

「だがよう……勝山屋さんがどんだけ火の用心に励んでくださっても、周りから火をもらったんじゃあ、防ぎようがねえ」

空気がカラカラに乾いているいまは、いつも以上に勝山屋周辺の見回りを、念入りに果たせ……政五郎は、強い口調でこう結んだ。

「がってんでさ」

鳶たちが、短くて力強い声を揃えた。

「雨が降って地べたと木が湿るまで、今日からは八ツ（午後二時）から真夜中まで、一刻（二時間）ごとに勝山屋さんの町内と、その周辺の長屋を火の用心で回ってこい」

「がってんでさ」

政五郎にあたまを下げた鳶たちは、銘々が持ち場に戻った。

なかの幾人かは、まだ九ツ半（午後一時）前だというのに、はやくも拍子木を取り出して試し打ちを始めた。

五十一

政五郎の指図を受けた鳶たちが、昼間の火の用心を始めたのは、二月二十五日の八ツ（午後二時）どきである。その同じ日の同じ時分に、加治郎は勝山屋の流し場でおみのと二三を前にしていた。

あらかじめ加治郎から言いつけられていたおみのは、三台の七輪にそれぞれ油鍋をのせていた。

「てんぷらの美味いまずいを決める大事なことのひとつは、油の熱さだ」

加治郎から手で指し示されたふたりは、七輪の前へと移った。三台の七輪に炭火を熾したのはおみのである。そのあとで、七輪それぞれの火加減を加治郎は変えていた。

三つのどの鍋も、おみのと二三には油の熱さは同じに見えた。

「どの鍋が一番熱くなっているか、思ったままを言ってみろ」

加治郎は二三に問い質した。二三は鍋を見ずに、七輪の炭火の熾り具合を見比べた。そのあとで、鍋の油に目を戻した。

「これです」

二三は三台並んだ七輪のなかの、右端の一台を指差した。

「その通りだ」

無愛想に応じたあと、加治郎はコロモが入ったどんぶりと、小枝の菜箸を手に取った。

「いまからおれがやることを、しっかりと見るんだ。てんぷらの揚げ方は、学問でおせえることじゃねえ。おめえたちの身体でしっかりと学び取れ。言ったことは分かったな」

「分かりました」

ふたりが返事を揃えた。

出稽古を引き受けると決めたとき、加治郎は幾つかの決めごとをおみのと二三に申し渡した。そのなかのひとつが、問われたらはっきりとした返事をすることだった。

「もっと鍋の近くに寄ってこい」

加治郎はふたりを鍋の前に立たせた。

菜箸をどんぶりにつけて、そのまま持ち上げた。コロモが糸を引いて垂れ落ちた。

「コロモの濃さは、菜箸を持ち上げたときに、たらあっと、こんなふうに、牛のよだれみてえに垂れ落ちるのが一番いい」

「分かりました」

返事をした二三は、ふっと顔をほころばせた。加治郎とまったく同じ言い方で、母親のよしからコロモの濃さの見分け方を教わっていたからだ。

顔つきがゆるんだ拍子に、白い歯が見えた。

「なにがおかしいんでえ」

加治郎は二三の前に立ちふさがった。

「笑っていいとは、おれはひとことも言ってねえ」

目元をゆるめた二三を、加治郎は目の端を険しくした顔で見下ろした。物言いも尖っている。

「ごめんなさい」

深川に来て以来、二三はおとなからきつい口調で叱られたことがなかった。そのことに、知らぬ間に慣れていたのだろう。加治郎に叱られて、二三はうろたえた。

「てんぷらの稽古は遊びごとじゃねえ」

どんぶりと菜箸を卓に戻した加治郎は、険しい目つきのままで二三とおみのを見詰めた。

「てんぷらは煮えたぎった油と、強い火を使う料理だ。少しでも気を抜いたら、大怪我をするだけでは終わらねえ。分かったか」

いきなり厳しい口調になった加治郎に、おみのも二三も竦《すく》みあがり、返事もできなかった。

「返事はどうした」

さらにきつい口調で言われたふたりは、か細い声で返事をした。それをまた加治郎が叱った。

「うるせえことを言うが、ものごとは始まりが肝心だ。勝山屋のお嬢だろうが、容赦はしねえ」

加治郎は強い目で二三を睨みつけた。二三は小さな背筋を懸命に伸ばし、はっきりとした声で「分かりました」と答えた。

「くどいと思うかもしれねえが、もういっぺん言っとくぜ」

加治郎はさらに両目に力をこめて、ふたりを順に見た。

「てんぷらは、熱い油と火を使う料理だ。どんだけ慣れても、料理の間は歯を見せて笑ったりしちゃあならねえ」

「分かりました」

まだ問われぬうちに、ふたりは声を揃えた。

「コロモの作り方のところから、もういっぺんやり直しだ」

加治郎はどんぶりに菜箸をひたし、箸をすっと持ち上げた。さきほどのようには、コロモは糸を引かなかった。

「なにかさっきと違ってるか」

「はい」

二三はコロモの粘り気がなくなっていると答えた。

「てんぷらを揚げるとき、コロモは手間でもその都度、こさえるようにしろ。そのほうが、作りおきしとくよりも、ずっと美味く揚がる」

「分かりました」

おみのも、明るい声で返事ができるようになっていた。

「そいじゃあ、油の熱さの見分け方だ」

加治郎は左端の鍋に、コロモをふり入れた。油の底に沈んだコロモは、なかなか浮かび上がってこない。加治郎はふたりに目を戻した。

「コロモが浮かんでこねえのは、油の熱さが足りねえからだ。こんな油で揚げたら、

「エビも魚も生煮えになっちまう」

言い終わったとき、ようやくコロモが浮かんできた。お玉ですくいとってから、加治郎は真ん中の鍋に移った。そしてさきほどと同じように、コロモを油にふり入れた。

コロモは鍋の底にはつかず、深さの真ん中あたりから浮き上がってきた。それを見定めた加治郎は、一番右端の鍋にも、続けて落とした。

コロモは油のなかには沈まず、表面で四方にパッと散った。

「どの油が美味く揚がるか、分かってるなら指で示してみろ」

加治郎に問われたおみのは、真ん中の鍋を指差した。加治郎は一度だけ、小さくうなずいた。

「いま見た通り、油は熱すぎても、ぬるくても、てんぷらは美味くは揚がらねえ。稽古の始まりは、油の熱さをしっかりと感じ取ることだ。いいな」

ふたりが元気よく返事した声に、鳶が打つ拍子木の音が重なった。昼間から火の用心を耳にしたのは、三人とも初めてである。

なかでも二三が暮らしていた勝山の山里には、真冬の夜といえども、火の用心が回ってくることはなかった。

チョーン、チョーンと乾いた音に続いて、鳶が火の用心を言う。まだ年若いのに、よく通る声だ。

「このところ晴れが続いて、かしらも木の乾き方が相当に気がかりなんだろうよ」

ひとりごとをつぶやいた加治郎は、七輪に目を落とした。陽の光が回りきらない流し場は、八ツ過ぎといえども薄暗い。

土間に置かれた七輪の炭火の赤は、見るからに妖しく光っていた。

「昼間っから火の用心が回ってくるてえのは、勝山屋さんは鳶宿には、よほどに付け届けをしていなさるということか」

「はい」

おみのは、きっぱりと答えた。

勝山屋には油樽を始めとして、燃えやすいものが山積みになっている。自家火を出すのはもちろん厳禁だが、もらい火も断じて防がなければならない。

勝山屋は、月に一度はすべての奉公人を呼び集めて、火消しの稽古に励んだ。その稽古づけをするのが、政五郎と配下の若い衆である。

「どれほど費えがかかろうとも、一両たりとも惜しむな」

新兵衛の厳命を受けて、勝山屋は火消しの稽古にカネを惜しむことはなかった。

てんぷらは火と熱い油を使う……。

拍子木の音を聞きながら、加治郎にきつく言われたことを、二三はしっかりと噛み締めていた。

頬に風を受けた二三は、賄い場から庭に出た。勝山屋の畑に植えられた菜の花が、いまは盛りを迎えていた。

八ツ下がりの陽が、菜の花の黄緑色を際立たせている。丈が伸びた茎は、川風を浴びておおらかな揺れを見せている。

二三が深川で目にした、初めての満開の菜の花だった。

みんなに、菜の花のてんぷらを食べてもらおうっと。

胸の内に思い定めたことを、くまは察したらしい。クウンと、子犬のように鼻を鳴らして二三を見た。

五十二

菜種の収穫が前年に比べて少しでもわるい年は、多くの油屋が売値を上げた。良心的といわれる店でも一割、周辺数町に商売敵のいない店は平然と三割も値上げをした。

「仕入れ値が高いから仕方がないんです。お気に召さなければ、どうぞよそでお買い求めください」

油屋の手代は物言いこそいんぎんだが、あごを突き出して話をした。

日本橋室町や尾張町というような大きな町でも、油屋は町内に一軒しかなかった。なによりも火事を恐れた公儀は、御府内の油屋の数が増えないように、厳しく取り締まったからだ。

いやならよそでといわれても、買う店がない。客は渋々ながらも、高値を呑むしかなかった。

ところが勝山屋は、商いの姿勢が他店とは違った。もともと勝山屋の菜種油は、他の店に比べて一合あたり二文高値の、二十六文である。

「勝山屋の油は、モノが違う」

質のよさが分かっている客は、二文の差にはいささかも不満をいわなかった。しかしいつもは高値だが、よそが値上げをすると、たちまち勝山屋のほうが安くなった。

「ひとさまの暮らしの元を扱う商いだ。よほどのわけがない限り、商いを休んだり、売値を高くしたりしてはならない」

むやみに休まない。

安易に値上げをしない。

このふたつが勝山屋の家訓である。そのことは奉公人のみならず、地元の者もよく分かっていた。

「うちらには、勝山屋さんがついててくれるからよう。なんの心配《しんぺえ》もねえ」

他町から油の値上げ話が聞こえてくるたびに、深川の住人は胸を張って自慢した。

評判を聞きつけて、高橋《たかばし》や本所あたりからも、油を欲しがる客が勝山屋をおとずれた。

本所から勝山屋までは、歩いても半里（約二キロ）近い道のりである。

「油をお持ち帰りいただけますのは、八町（約八百七十二メートル）四方の内側限りが定めでございますので」

他の客の手前もあり、勝山屋の手代は店先では売るのを断った。が、相手は遠く本所や両国橋界隈から出向いてきた客である。

そっと手代から耳打ちをされた客は、勝山屋の裏口に回った。

「てまえどもの油徳利をお求めいただければ、しっかりと封をして油をお分けいたします」

長い道のりを歩いて油を持ち帰るのは、無用心だ。それを嫌っての『八町四方限り』だが、勝山屋が誂《あつら》えた油徳利は丈夫で、口もしっかりと栓ができた。

一升入りが百文、三升入りの大型が二百文である。油徳利としては相当に高値だが、勝山屋は徳利の出来も油同様にしっかりとしている。

「はるばる歩いてきた甲斐がありました」

口に栓をした徳利を手にして、客は何度も手代に礼を言った。

勝山屋は商いのありかたにおいて、多くの客から敬われた。とりわけ深川界隈では

『ひとのためになる大店』として慕われていた。

一・三・五・七・九のつく奇数日が、二三の稽古事の日と決まった。四ツ（午前十時）から半刻（一時間）が、読み書きの手習い。八ツ（午後二時）から一刻（二時間）が、てんぷらなどの料理の稽古である。

手習いの師匠は、汐見橋たもとに暮らす辰巳芸者あがりの『汐見橋の太郎』である。奇数日は師匠の稽古場が休みで、勝山屋まで出向いてくることになった。

勝山屋は大店だ。しかし、たかが五歳の娘のために『太郎』を名乗る師匠が出張ってくるのは、尋常なことではなかった。

辰巳芸者は、羽織を着て男名前の源氏名をつけるのが慣わしである。そのなかで『太郎』は、芸も気性も図抜けた芸者のみが襲名できる、由緒ある源氏名だった。芸者を退いたあとも、太郎は源氏名を名乗ることが許された。太郎の前に、退いたときに暮らし始めた町名をつけるのが定めだ。

汐見橋の太郎は、今年で五十三歳。いまでも多くの芸妓《げいこ》を弟子にとり、舞いと三味線、手習いの稽古をつけていた。

「謝金に糸目はつけない。ぜひともあたしのところに、稽古をつけに出向いてくれ」月に三両という途方もない謝金を示されても、太郎はきっぱりと断った。それなのに勝山屋の申し出を受け入れたのは、地元住民のためを第一に考える商いの姿勢を諒としたからだ。

「手習いは、きれいな墨を拵えることから始まります。すずりに向かうときは、背筋をきちんと伸ばしなさい」

太郎は筆遣いのみならず、二三に習字の心構えからひとつずつ教えた。二三は言いつけをしっかりと守った。

在所の勝山で、太郎のような芸者を見かけたことは一度もなかった。

秋祭りには、木更津から芸者衆が勝山に出向いてきた。浜の漁師たちは目の色を変えて芸者の周りに群がった。が、二三は白粉《おしろい》のにおいが鼻について近寄らなかった。

着物は派手で、襟元をわざとはだけて着付けていた。帯は、すぐにもほどけそうな、だらしない締め方だった。

そんな芸者しか知らなかった二三である。まだ五歳だが、太郎の所作と物言いの美しさは充分に分かった。

「背中が丸くなっています」

ぴしりと言われるたびに、二三は慌てて背を伸ばした。太郎に叱られるのが、なんだか嬉しそうに見えた。

五十三

八ツ（午後二時）になると、火の用心が回ってくる。拍子木の音を背に受けながら、上機嫌の加治郎が勝山屋の勝手口にあらわれた。

夜明け過ぎに長屋を出た加治郎は、佐賀町から乗合仕立ての釣り船に乗った。正午までのおよそ三刻（六時間）、浅草近くの浅瀬で釣りを楽しんでいた。

狙ったのは、マコガレイである。砂地に棲むマコガレイは、上げ潮と下げ潮の変わり目が釣りどきである。

いまの時季は、夜明け直後に潮が入れ替わった。

「これが今日の稽古の魚だ」

加治郎が持参した大きな桶のなかでは、四尾の魚が元気に泳いでいた。背びれが大きく、身体にはまだら模様が描かれている。

マコガレイとは、似ても似つかぬ魚だった。

「なんだか、アユに似ていますね」

おみのが魚の見当を口にしたとき、二三は大きく首を振った。加治郎はいぶかしげな目で二三を見た。

「どうしたよ、首を振ったりして」

「このおさかなは、アユじゃないもん」

「おめえには、この魚がなんだか分かるてえのか」

「アイナメ」

大声で二三は言い切った。加治郎は息の詰まったような顔つきになった。

二三が言い当てた通り、魚はアイナメである。マコガレイを狙って釣り糸を垂らすと、なぜか外道《げどう》のアイナメが針にかかった。

身体をくねくねと動かすアイナメは、引き上げなくても当たりだけでそれと分かる。マコガレイ釣りには外道だが、煮付けても、三枚におろした身をてんぷらに揚げても、冬場のアイナメはすこぶる美味だった。

それほど大きな魚ではないので、おろす庖丁には技がいる。おみのと二三にてんぷらの揚げ方だけではなく、庖丁さばきも加治郎は教える気だった。

アイナメは、それほど名を知られた魚ではない。目方が軽いだけに、仲買人たちは安値で買い叩こうとした。

しかしアイナメは網で獲るわけではない。マコガレイ同様に、一尾ずつ釣り上げるのだ。獲るのに手間のかかった魚だが、値は張らない。

「仲買連中に買い叩かれるぐれえなら、おらっちで食ったほうがええ」

漁師たちは魚河岸にはおろさず、ほとんどを自分たちで食した。ゆえに魚屋が商うことも少なく、ひとに知られることはあまりなかった。

台所を預かるおみのは、アユに似ていると言っただけで、魚の名前は知らなかった。ところがわずか五歳の二三が、見事に言い当てたのだ。

「おめえの言った通りだが……どうしてこの魚が、アイナメだと分かったんでえ」

「浜の源吉じっちゃんが、お正月の海で釣ってくれたし、あたしも釣ったから」

「浜てえのは、勝山のことかい」

二三が小さくうなずいた。遠くなった目は、在所の遠浅の浜を見詰めているかのようだった。

勝山湊の東には、遠浅の浜が開けていた。夏場は潮干狩りの遊び客で賑わうが、冬場は海苔づくりのひびが林を拵えた。ひびとは、海苔を付着させるために海中の干潟に立てた、枝つきの竹のことである。

今年の一月初旬。冬場の朝日が山際にあたまをのぞかせたとき、二三は布団から飛び出した。

「寒いのは嫌いだから、あたしは行かない」

嫌がるみさきを無理には誘わず、二三は兄とふたりで山道を駆け下りた。昇る朝日が勝山の海をだいだい色に照らし始めると、源吉は船を出した。

棹と櫓を使い分けながら、ひびのなかに船を漕ぎいれてゆく。舳先《へさき》に座った二三と亮太は、ぬくい息を吹きかけて指先を暖めた。

源吉のそばには、真っ赤に炭火が熾《おき》た七輪が置かれている。釣り場に着くと、源吉はこどもふたりを艫《とも》に呼び寄せた。

投げ込まれた小さな錨が、海底の砂にうまく噛みついたのだろう。船の動きが止まった。

「四半刻（三十分）もしねえうちに潮の流れが変わるでよう」

源吉は七輪に金網を乗せた。網で焼くのは切り餅である。焦げ目をつけて焼いた餅を、源吉はたっぷり醤油を張った小皿にいれた。ブシュッと音を立てて、餅に醤油が染み込んだ。

自家製の海苔を炭火でひと焙りしたあと、源吉は醤油の染み込んだ切り餅をくるんだ。

「江戸ではこの餅を、磯辺巻きというんだとよ」

出来立ての磯辺巻きを、兄と妹はひびの林のなかで味わった。銚子の蔵元から船で運ばれてきた醤油は、炭火で焙られると香りが際立つ。

「じいちゃん、すっごくうめえ」

　亮太は寒さをすっかり忘れて、磯辺巻きを五個も平らげた。切り餅で腹は膨れた。土瓶の番茶をたっぷり呑んで、口に残った醬油のからさも消えた。

　七ツ半（午前五時）前に起きていた亮太は、七輪のそばで居眠りを始めた。

「おにいちゃん」

　二三が強く身体をゆすったが、亮太は起きる気配を見せなかった。

「寝かしといてやるだ」

　亮太を舳先に移したとき、潮の流れが変わった。

「お前も釣ってみっか」

　問われた二三が、笑顔になった。寒さで赤くなった頰の両側に、えくぼができた。

「強く動かしちゃあ、なんねえど」

「分かった」

　こくんとうなずいた二三は、釣竿を軽く握った。強く持つなと、源吉に言われたからだ。

「じっちゃん、竿が引っ張られてる」

　釣り糸が右に左にと、ぐにゃぐにゃした動きを見せている。強く握らないと、竿が手から抜け出てしまいそうな引き具合だった。

「アイナメだなあ」

源吉は舌打ちをしてから、糸を引き上げた。六寸（約十八センチ）ほどのアイナメが、朝日を浴びてビチビチッと暴れた。海水が亮太の顔に飛び散った。それでも兄は、一向に起きる気配は見せなかった。

「いまはカレイが美味い時季だでよう。そいつを釣ってやろうと思ったけんど、外道が先だったで」

明け六ツ（午前六時）過ぎから一刻あまりのうちに、アイナメが二十尾と、マコガレイが二尾釣れた。亮太は船が浜に戻るまで起きなかった。

「おにいちゃんなんて、おさかなが暴れて水がかかっても、起きなかったんだよ」

二三の話に顔をほころばせながら、よしは二三が持ち帰った八尾すべてを煮魚にした。

「ちっちゃい骨がいっぱいあるからね。お造りにしたり、てんぷらにしたりするのはむずかしっから」

よしは砂糖を惜しまずに使い、薄切りの生姜《しょうが》と一緒に煮付けた。勝山に暮らす者は、だれもが銚子の美味い醤油を使っている。

脂ののりはいまひとつだったが、夜明けの海で釣ったばかりの魚である。甘がらく、強い煮汁で煮付けられたアイナメは、小骨をとるのも億劫《おっくう》に思わないほどに美味かった。

「また、源吉じいさんに連れてってもらおうぜ」

「そんなこと言っても、おにいちゃんは寝てるだけじゃない」

「ちゃんと起きてるからさ」

「今度はあたしも行く」

「おねえちゃん、指切り」

姉と一緒に行きたい二三は、しっかり指切りをした。その約束は、果たせないままとなった。


「アイナメをさばくときは、首のわきに思い切りよく庖丁を入れるんでえ」

おみのと二三の見ている前で、加治郎は魚に庖丁を入れた。まな板の上で魚が暴れた。

火の用心の声が、台所にまで流れてきた。

五十四

天保六（一八三五）年五月五日。よしはいつもの年と同じ数だけ、柏餅を拵えた。

亮助とよしが二個。亮太が四個で、みさきと二三が二個。それに柏餅が大好物のくろに一個。都合、十三個の柏餅を蒸籠《せいろ》二段にいれた。

へっついに載せてから、二三の数が余計だったことに気づいた。二月六日に二三が江戸に出て行ってから、すでに三ヵ月が過ぎている。

よしはいまだに、二三の分も数に加えることがあった。

「平気だよ、おっかさん。余ったらおいらが食べるから」

明るい声で応じようとした亮太に、両親と妹が同時に目を向けた。亮太の物言いには、明るく言おうとする無理が感じられた。

ことあるごとに、家族のだれもが二三を思っていた。しかし口に出すことは、最年少のみさきといえどもしなかった。

なにか言うと、二三がいなくなった哀しさがぶり返すからだ。とはいえ口に出さぬようにと気遣ってはいても、親子四人のこころには、まだしっかりとしたかさぶたはできていなかった。

よしが柏餅の数を間違えたのも、二三のことがあたまから離れていないからだ。

「おいらがほんとうに食べるから」

亮太が言い張っているところに、くろが入ってきた。柏餅の香りを鼻に感じたくろは、土間を横切り、真っ直ぐよしのもとに近寄った。

へっついに載った蒸籠から、強い湯気が噴出している。犬はへっつい横の、邪魔にならない場所に寝そべった。

「そうだ、くろにあげればいいんだ」

みさきが大声を発した。

「くろが嬉しそうに食べたら、二三だってきっと喜ぶもの」

みさきが、二三の名を口にした。だれもが喉元まで出かかっていながら、口に出すのを我慢していた名前だ。それをみさきが、あっさりと言った。

寝そべっていたくろが、むくっと起き上がり、ワンッとひと声吠えた。

みさきが口にした二三の名に応えたのだ。

みさきは、さらりと妹の名を口にした。

亮助・よし・亮太の三人の顔つきが変わった。重たいものが取り除かれたような、晴れ晴れとした顔になっている。

「お前、いいことを言うじゃないか」

亮太は妹に笑顔を向けた。

「くろが食べたら、一番喜ぶのが二三だよ」

もう一度、ウワンッとくろが吠えた。

「二三の分は、くろにあげようかねえ」

よしの声には、心底からの明るさが滲んでいた。

「あいつも江戸で、柏餅を食べてるかなあ」

「二三が食べたいって言ったら、山盛りにして用意してくれるわよ」

「そうだよな。おっきなお店の、跡取り娘になったんだもんな」

亮太とみさきが、ほころんだ顔を見合わせたとき。

「江戸の勝山屋さんから、荷物が届きました」

湊の飛脚宿の小僧が、木箱を届けてきた。

素早い動きで、くろが木箱に近寄った。怯えた小僧は、木箱を土間におろして、後ずさりした。

「平気だよ。くろはおとなしいから」

亮太に言われても、小僧はその場を動かなかった。

木箱のなかに二三のにおいを感じ取ったらしい。くろは杉の箱をひとしきりかいだあと、クウンと子犬のような甘えた鳴き声を漏らした。

小僧がやっと、笑みを浮かべた。

五十五

みさきとくろは、飛脚宿の小僧を大杉の根元まで送って行った。

山を切り開いてできた野菜畑の端に、樹齢百年を超える大杉が一本植わっている。みさきと二三は、この老木のわきに立って湊を見下ろしたものだ。

晴れた日には、帆を張った千石船が海原の彼方に見えることもあった。小僧を大杉の根元で見送ったみさきは、くろと一緒に眼下の岬と湊を見た。

東の空には、鉛色の分厚い雲がかたまりになっていた。杉の枝を揺らして流れる風にも、強い湿り気が含まれていた。

みさきは、家に戻る足を急がせた。くろは尾を立てて、あとを追った。

勝山はまだ晴れていたが、遠からず天気がわるくなる……みさきはこどもながらに、空見《そらみ》ができる。いまの上天気が長くは持たないことを、みさきは母親に伝えようと思ったのだ。

駒下駄をカタカタ鳴らして、土間に駆け込んだ。おっかさんと呼びかけようとしたら、よしに手招きされた。

「お前には、下駄を送ってきてくれたよ」

木箱のわきに、真っ黒な塗り下駄が出されていた。

屋根の明かり取りから差し込む光を浴びて、下駄は黒漆の艶を際立たせていた。鼻緒の真紅と下駄の黒とが、色味を競い合っている。

「すごくきれい」

みさきは空模様を伝えるのも忘れて、下駄を胸に抱きかかえた。二三のぬくもりが、下駄から伝わってくるようだった。

木箱には両親と亮太への品物も、もちろん詰められていた。とはいえ、江戸から送る箱の大きさには限りがある。二三が選んだ江戸からの品は、ひとり一個ずつだった。

亮太への品は、大きな独楽《こま》だ。差し渡しが五寸（直径約十五センチ）もある、黄楊《つげ》細工の独楽である。芯から外縁に向かって、赤と黒の太い同心円が七本も描かれていた。

上手に回せるように、独楽には細身の麻紐がついていた。

「おいらには、文《ふみ》がついてる」

「二三がついてるって、なんのこと」

みさきは文と二三とを聞き違えた。

「お前の下駄にも、ついてただろう」

亮太は四つに折り畳まれた半紙を妹に示した。

「お前にも、ちゃんとあるよ」

よしは風呂敷包みのなかから、みさきあての文を取り出した。みさきは下駄を大事に抱えたまま、母親から四つ折りの半紙を受け取った。

「江戸に出て行ってから、まだたったの三月《みつき》なのにねえ」

かな文字の手紙が書けるようになったとは……母親はしみじみとした口調で感心した。

「そんだよな」

夫婦は同時に吐息を漏らし、顔を見交わした。

「おいらたち、遊びに行っていい？」

「それはいいけど……みさき……」

よしは下駄を胸元に抱えた娘に目を合わせた。

「その下駄は、余所《よそ》行きにとっときなさい」

もとより、その気だったのだろう。みさきは小さくうなずいて駆け出した。独楽の芯をしっかり握った亮太と、形よく尻尾をくるっと巻いたくろがあとを追った。

こどもたちと犬が土間から出て行くと、板の間は静まり返った。よしの膝元には、紺地に赤い格子柄が織り出された紬の反物一匹が置かれていた。

紬も格子柄も、よしの大のお気に入りである。秋祭りのときには、毎年、この柄を着ていた。

亮助には、銀の火皿（雁首）のついたキセルが送られてきた。長さ八寸（約二十四センチ）もある漆塗りの羅宇《らう》（竹管）が、見た目にも鮮やかだ。

キセルには、紙袋に詰まった刻み煙草『薩摩』が三袋も添えられていた。

「おっかあよう、江戸には、薩摩って名のうめえ煙草があるってよ」

去年の暮れに、亮助はよしを相手にこんな話をしたことがある。湊で船乗りから聞き込んだ話だった。口に出した亮助当人が、とっくの昔に忘れていた。が、二三は覚えていた。

限られた大きさの箱に、なにを詰めるか。

二三は懸命にこころを砕き、だれもが喜ぶ品を選りすぐっていた。その思いを汲み取った両親は、胸がいっぱいになったのだろう。

何度も吐息を漏らし、そして黙って顔を見交わした。膝元に置かれているのは、勝山屋新兵衛からの文である。亮助もよしも、まだそれを読んではいなかった。

新兵衛からの便りを読むよりも、娘が選んでくれたこころづくしの品に、身をゆだねていたかった。

外では、亮太が独楽を回しているのだろう。

「おにいちゃん、すっごく上手」

みさきの弾んだ声と、くろの鳴き声が土間に流れ込んできた。

五十六

「いつの間に二三は、そんなことを覚えとったんかのう」

「そんなことって？」

巻紙の手紙を開いたまま、よしは連れ合いに問いかけた。

「魚の名前だとか、てんぷら油の熱さの見分け方だとか……いろいろと、新兵衛さんが書いてきとることをさね」

「ほんまにそうねえ……」

よしから、またもや吐息が漏れた。

亮助とよしにあてた手紙のなかで、新兵衛は二三の近況を細かにつづっていた。

油の熱さの見分け方が確かで、てんぷらの揚げ方が巧みであること。

美味いコロモの拵え方も、理にかなっていること。

二三のてんぷらの揚げ方を見た玄人の料理人加治郎は、舌を巻いて驚いた。

「五歳でこれができるとは、末恐ろしい気がしやす。ぜひともしっかりと仕込んで、女のてんぷら名人に育ててみてはどうでやしょう」

加治郎は、本気で二三に料理の技を仕込みたがっていた。

「ひとには、生まれつき備わっている技がある。あの子の場合は、料理に対する勘が抜きん出ておりやす。庖丁の使い方をいまからみっちりと仕込んだら、十年経《た》ったときにゃあ、江戸中に名を知られた料理人になりやすぜ」

二三にならば、何十年もかけて身につけた料理の技を、残らず伝授したい……。

新兵衛とみふくを前にした加治郎は、損得抜きでこれを申し出た。

「あの子が相手なら、一文の礼もいらねえ。とことん、教え込んでみてえんでさ」

加治郎は、心底から二三を弟子にしたいと望んだ。新兵衛とみふくは、ひと晩考えたのちに、加治郎の申し出を断った。

「やがては勝山屋を継ぐ娘です。せっかくのお申し出だが、二三を料理人にする気はありません」

断られても加治郎には、いささかも気をわるくした様子はなかった。勝山屋の跡取り娘が料理人になるわけがないと、得心がいったからだ。

「そういうことなら、半年がかりで、ひと通りの庖丁遣いを教えやしょう」

新たな申し出は、新兵衛もみふくも喜んで受け入れた。二三と一緒に、おみのも加治郎から教えを受けることになった。

修業が始まって二ヵ月が過ぎた、四月下旬。

二三はだいこんの桂剝きの技を、しっかりと会得した。おみのよりもはるかに小さな手でありながら、おみのよりも早く、そして薄く、一本のだいこんを剝き終えるまでに上達していた。

料理だけではない。手習いも算盤も、太郎が目を見張るほどに筋がよかった。

「二三ちゃんが六歳になったら、三味線の手ほどきを始めさせてくださいな」

二三が算盤を弾く手つきを見て、太郎は三味線の撥《ばち》さばきを仕込みたいと強く思ったようだ。

「身につけた芸事は、二三ちゃんが生きていくうえで邪魔にも荷物にもなりませんから」

料理を仕込みたいという加治郎同様、太郎も本気で三味線と踊りの稽古をつけたがった。

「加治郎さんも太郎さんも、ともにその道を極めた玄人さんだ。そんなおふたりが口を揃えて、二三を仕込みたいと……」

新兵衛とみふくは、勝山の方角に向かって深くあたまを下げた。

長い手紙を読み終えた亮助とよしは、二三が大事にされていることを喜んだ。

「江戸に出て行って、大事にしてもろうて……あの子はほんとうに、果報者よね」

「これでよかったんだわな」

「決まってるでしょうに」

強く言い切ったものの、よしは寂しさを隠し切れない顔つきだった。

勝山の田舎では味わえないことを、二三は江戸で身体に取り込んでいる。生まれつき持っていた才覚のようなものが、玄人ふたりの手助けを得て、大きく花開こうとしているのだ。

養女に出したとはいえ、血を分けた娘である。二三がひとに誉められるのは、たまらなく嬉しかった。が、その反面、胸の内には寂しさが募った。

勝山で娘盛りを迎え、勝山で良縁を得て嫁いだとしても、いまの二三の境遇には至らない。

娘の幸せは、母として無上の喜びである。

江戸ならばこその幸せもある……このことを強く感じたがゆえに、寂しさを胸の内に募らせた。

まだ八ツ半（午後三時）過ぎだというのに、外が暗くなっている。風も出てきたようだ。

「時化《しけ》がきてるだ」

風を浴びて、亮助の髷が揺れていた。

五十七

五月五日の時化は、ときが過ぎるにつれてさらにひどくなった。

雨よりも風が激しい。

「おにいちゃん」

「なんだよ」

「風がどんどんひどくなってる」

みさきは兄のほうに、にじり寄った。ひとりでいるのが怖くなったみさきは、亮太の部屋で暴風のわめき声を聞いていた。

日が長い五月の七ツ半（午後五時）だというのに、外はもう真っ暗だ。菜種油を灯した行灯の明かりが、隙間風を浴びて激しく揺れた。

「おにいちゃん、くろが鳴いてる」

みさきが窓の外を示した。風の暴れる音に混じって、犬の吠える声が聞こえた。

「なかに入れてやろう」

亮太が部屋を出ようとしたら、みさきも一緒に立ち上がった。ひとりで残っているのは怖かったし、くろの様子も気になったのだ。

こどもふたりが廊下に出ると、母親が居間の板戸を開いた。

「かわやに行くんかね？」

農家のかわやは、母屋の外だ。こどもだけで時化のなかに出るのを、母親は案じたのだろう。

「さっきからくろが鳴いてるから、なかに入れてやるの」

閉じられた土間の板戸の隙間から、犬の吠え声が聞こえた。さきほどとは異なり、差し迫ったような吠え方に変わっていた。

「お前たちだけで、出ちゃあなんね」

居間から出てきた亮助が、先に土間におりた。こどもふたりが、父親のあとに続いた。草履をつっかけた亮助は、土間の板戸の心張り棒を外した。

戸を開くと、暴れ風がなだれ込んできた。

へっついに立てかけてあった火吹き竹が、いきなり吹き飛ばされた。

「ものが飛ばねえように、気をつけろ」

「はい」

亮太とみさきは、流し場においてあったザルやひしゃく、手桶などを素早く片付けた。

「くろ、こっちさこい」

亮助がきつい声で呼んでも、犬は風に向かって吠え続けている。

「こっちさ、こいって」

何度呼んでも、くろは動こうとはしない。業《ごう》を煮やした亮助は、暴風のなかに足を踏み出した。

「分かったからよう、くろ。もう、そんなに吠えなくてもいいだ」

亮助はくろを両腕に抱えて、土間に戻ろうとした。抱かれたまま、犬はひときわ強く吠えた。なにかの気配を強く感じたらしく、くろは総毛立っていた。

先に蒼い光が走った。

まばたきする間だけ遅れて、バリバリバリッと轟音《ごうおん》が響き渡った。

蒼い光は、風に揺れる物干し台を浮かび上がらせた。あとに続いた落雷の凄まじい轟音が、犬を抱いた亮助に襲いかかった。

腕の中で犬が暴れたが、亮助はしっかりとくろを抱きしめていた。稲妻と音に怯《おび》えた亮太は、土間にしゃがみ込んだ。

「おかあちゃん、怖い」

幼女のような物言いをしたみさきは、土間から板の間に駆け上がった。そのとき、またもや光った。

蒼い光が、板の間を駆けるみさきの姿を浮かび上がらせた。よしは娘に駆け寄った。

立て続けに稲妻が走っている。轟《とどろ》いた音が消える前に、次の落雷音が重なった。くろが狂ったかのように吠え立てた。

光と轟音は、いきなり鎮まった。

亮助は犬をゆっくりと土間におろした。あたまを撫でられて、くろに落ち着きが戻った。

稲妻と轟音はひとまず収まったようだが、暴風はまだ吹き荒れている。

「雷はもう平気だ。怖がることはねって」

亮助は落ち着いた声で、息子に話しかけた。父親の物言いが、亮太から怯えを拭い去ったのだろう。しゃがみ込んでいた亮太は、立ち上がって父親に近寄った。

「見てみろ、あれを」

亮助は半町（約五十五メートル）先の、松の老木を指差した。菜種畑の真ん中に植わった松は、落雷で幹が真っ二つに裂けていた。

「雷は、松にわるさをしただけでいなくなったがよう。この風は、雷よりもずっとやっけえだ」

収穫前の菜種を、暴風は引きちぎらんばかりに揺らしていた。

五十八

大横川を南に渡った佃町《つくだちょう》は、浜辺のアサリ、大横川のうなぎとしじみ、それに江戸前の魚介を獲る漁師の暮らす町だ。この町では、空見に長《た》けた漁師が代々の肝煎《きもいり》に座るのが慣わしだった。

ところが今年の七月から肝煎に就いたのは、鍛冶屋《かじ》の岡田屋育平《いくへい》である。

「いま、町一番の空見ができるのは、育平とっつぁんだろうがよ」

「ちげえねえ。あの親爺の眼力は大したもんだ」

「この前だって昼から時化がくるてえのを、まだ朝の暗いうちから言い当てたもんな」

「だったら今度の肝煎は、育平さんに頼むほかあんめえがよ」

天気の行方を見定める空見は、漁師にはなによりも大事な技である。荒天と晴天を読み違えて漁船を出したりすれば、命のやり取りにつながりかねない。

ゆえに漁師町の佃町では、空見に長けた者が肝煎に就いた。が、漁師以外の者がその役を担うのはまれだった。

育平は鍛冶屋で、しかも歳《とし》はまだ四十五歳と若い。他町の肝煎の多くが六十近いことから見ても、育平の肝煎就任は異例だった。

しかし育平が座を求めたわけではない。前任の肝煎が心ノ臓の発作で急逝したため、漁師たち全員が育平に就任を頼んだのだ。

前任者に比べて二十も若い育平を、漁師たちは大いに喜んだ。

「育平さんが就いてくれりゃあ、向こう二十年は新しい肝煎を案じなくてすむからよう」

「町のために、なんとか力を貸してくだせえ」

漁師は、岡田屋の大事な得意先である。漁船で使う刃物や女房連中が使う庖丁は、育平が一手に鍛造を引き受けていた。

「おれで町の役に立つなら、引き受けさせてもらいやしょう」

育平が肝煎に就いたのは、天保六（一八三五）年七月三日である。就任後二十一日目に、育平は初の大仕事を果たすことになった。

七月二十三日の朝は、前夜までの雨がすっかり消えて見事な晴天を迎えた。まだ低い空から朝日が差しているとき、浜辺ではカモメが飛んでいた。

純白の翼が、朝日を浴びてだいだい色に染まって見える。明け六ツ（午前六時）の空は高くて青い。

育平は念入りに空を見詰めた。梅雨の中休みのときでも、同じような晴れを迎えることがあるからだ。青空の隅々まで見回したあと、育平は火の見やぐらに上った。

西空の彼方には、富士山が見えた。青空を背にして立つ富士山の周囲には、ひと切れの雲も見えなかった。

ぐるっと見回した、どの空も青い。その青さが、いままでになく力強かった。

よしっ。

おのれに気合をいれた育平は、半鐘を打つ槌を手にした。大きく息を吸い込むと、槌を鐘にぶつけた。

カン。カン、カン、カン。

カン。カン、カン、カン。

一打と三連打の組み合わせを、育平は十回繰り返した。朝日が照らし始めた佃町の路地に、朝飯途中の漁師たちが出てきた。

「ようやく、梅雨が明けたってか」

火の見やぐらを見上げる漁師が、潮焼け顔を見交わした。

「梅雨が明けたと決まりゃあ、のんびりしちゃあいられねえぜ」

「ちげえねえ」

漁師たちは出漁支度で、宿へと駆け戻った。

深川の住人に梅雨明けを報《しら》せるのは、佃町肝煎の役目である。

『梅雨明け十日』の言い伝え通り、肝煎が半鐘を鳴らしてからしばらくは、地べたを焦がす晴天が続くのだ。

梅雨が明ければ、富岡八幡宮や永代寺への参詣客の数が激増する。ゆえに門前仲町では、どの商家も梅雨明けを報せる半鐘を待ちわびた。そして半鐘が鳴った日の夕食には、佃町の漁師から獲れ立ての魚介を買い入れた。

「しこたま、魚を獲ってくるからよう」

佃町の湊を出る漁船は、舵のわきに折り畳んだ大漁旗を置いていた。

青味を増した空を、カモメが群れになって飛んでいる。まるで、今日の大漁を請け合っているかのような飛び方だった。

五十九

「今日の稽古には、この魚を使うぜ」

梅雨明けの八ツ（午後二時）過ぎに、加治郎は手桶を提げて勝山屋の台所に顔を出した。桶を覗き込んだおみのは、うっと息を詰まらせた。

「なんでえ、おみの」

二三とおみのに稽古をつけ始めて、はや五ヵ月が過ぎようとしている。おみのにも二三にも、加治郎は遠慮のない砕けた物言いをした。

「魚の形が気味悪くて、息が詰まったてえのか」

「そんなわけでは……」

口とは裏腹に、おみのは手桶から目を背けた。

魚の皮は、ヒラメかカレイのような色味をしていた。しかし形は小さく、尾と胸ビレとが鋭く尖っていた。

「妙なつらをしてねえで、触ってみねえ」

加治郎に言われて、おみのはこわごわの様子で手を伸ばした。魚の表面はぬるっとしている。手触りが気味悪くて、おみのは素早く手を引っ込めた。

「おねえちゃん、怖くないから」

二三は平気な顔で魚に触れて、裏表をひっくり返した。真っ白な腹が見えた。

「こいつあ、メゴチだ」

加治郎はメゴチの尾をつまみ、ふたりの前でぶらぶらと振って見せた。

「見た目はわるいが、てんぷらにしたら滅法うめえ。白身の美味さで言うなら、形が上品なキスなんぞは、こいつの足元にも及ばねえぜ」

梅雨明けとなったこの日、佃町の漁師たちはメゴチを大量に釣り上げた。五月下旬から八月末ごろまでが、メゴチの旬である。

加治郎がふたりに教えた通り、旬のメゴチは仲町の料理屋が競い合うようにして求めた。形は小さいくせに、ヒレも尾も尖っていて堅い。

料理のむずかしい魚だが、てんぷらで食べる美味さは格別である。

「今日は梅雨明けの祝いだ。晩飯には旦那と御内儀さんに、しっかりとメゴチのてんぷらを食べさせてやんねえ」

「はい」

しっかりと答えたおみのは、もはやメゴチに触れるのを嫌がってはいなかった。

「この魚は刺身じゃあ食えねえ。新しいのにこだわることはねえが、つまんだときにぶよぶよするのは、よしにしねえ」

白い腹が破れているメゴチも、買わないほうがいいとふたりに教えた。

「この魚は、背開きにしてから揚げるのがコツだ」

開きにしたあと、加治郎は背骨と腹骨を取り除いた。この日の昼前に釣り上げたメゴチである。開きにされた身は、白く透き通って見えた。

「魚はたっぷりと買ってある。しくじっても構わねえから、おめえたちが庖丁を入れてみねえ」

加治郎は小さな出刃庖丁二本を、二三とおみののために用意していた。岡田屋育平が拵えた出刃庖丁である。片刃の庖丁は、明かり取りから差し込む光を浴びて鈍く光った。

「この出刃庖丁って、とっても切れ味がよさそうですね」

「玄人の料理人だの、漁師だのを相手にする出刃だからよ。切れ味のよさは請け合うぜ」

「どちらの方が、お作りになるんですか」

おみのは、よほどに出刃庖丁が気にいったらしい。いつになく、加治郎に問いを重ねた。

「佃町の岡田屋だが……拵えるところを見てえなら、いつでも連れてくぜ」

「行きたいです」

「あたしも一緒に連れてって」

二三は目を輝かせて、おみののたもとを引っ張った。おみのの顔に困惑の色が浮かんだ。

「もしも二三坊がどうしてもと言うなら、御内儀さんにはおれの口から頼んでもいいぜ」

「嬉しい」

二三は出刃庖丁を手にしたまま、飛び跳ねた。

「よしねえ、二三坊。その出刃でうっかり切ったら、ただごとじゃあすまねえ」

加治郎が真顔で二三を叱った。

「ごめんなさい……」

「届けもんでやす」

二三の詫びに、町飛脚の声が重なった。

「ご苦労さまでした」

おみのが受け取ったのは、勝山屋新兵衛あての書状である。封書の上書きを見て、二三の顔色が変わった。差出人が、在所の亮助だったからだ。

父親からの書状だというのに、二三の顔には深い不安の色が浮かんでいる。つい今し方までの、弾んだ様子はすっかり消え失せていた。

二三の様子が変わったわけは、ふたつあった。

ひとつは父親からの書状を見たことである。勝山から届いた飛脚便に、二三は得体のしれない胸騒ぎを覚えた。

もうひとつのわけは、岡田屋育平の出刃庖丁を見たとき、われを忘れて喜んだ自分を悔いてである。

よしが買ってくれた出刃庖丁は、いまも大事に手入れを続けていた。が、勝山の鍛冶屋が拵えた出刃と、江戸の名工が打ち出した出刃とでは、こどもの目にも出来栄えの違いがはっきりと分かった。

それゆえ、岡田屋の庖丁に目を輝かせた。

在所から届いた書状を見て、二三はわれに返った。

加治郎の気持ちは嬉しかった。しかしそれ以上に、わが子を想うよしの気持ちを二三は強く思い返していた。

二三のこころの動きを、だれよりも素早く察するのがくまである。いつの間にかくまは、二三の足元に座っていた。

六十

梅雨明けを祝うメゴチのてんぷらは、おみのと二三がふたりがかりで揚げた。

「まさか家の夕餉で、このてんぷらが食べられるとは思わなかった」

旬のメゴチには目がない新兵衛は、心底から喜んで舌鼓を打った。

「加治郎というひとは、大した師匠だ。これほどの庖丁の冴えを、わたしは知らない」

半身のてんぷらを塩で食べるたびに、新兵衛は加治郎の庖丁さばきを誉めた。そして二三とおみのの揚げ方も絶妙だと言って、顔をほころばせた。

「ありがとうございます」

さまを見て、二三は目元をゆるめた。

おみのは神妙な顔で、あるじの誉め言葉を受け止めた。新兵衛が言葉を重ねて喜ぶ
おみのと二三を、みふくは慈愛に満ちた眼差《まなざ》しで見詰めた。

メゴチを揚げた七月二十三日の夕餉は、新兵衛を筆頭に、みふく・二三・おみのの全員が顔をほころばせた。が、声を弾ませながらも、胸の奥底には引っかかりを抱えている。そんな噛み合いのわるそうな表情を、四人それぞれが垣間見せた。

「まことに美味い。これぞ、旬の魚ならではの美味さというものだ」

口に運ぶたびに、新兵衛は魚の美味さ、コロモの味のよさ、揚げ方の絶妙さを誉めた。しかし二三から目を外したときには、ふっと瞳の奥に曇りが浮かんだ。

「大層に上品な味です」

控えめな物言いながらも、みふくもてんぷらの美味さを称えた。母親に誉められて、二三は三日月のような目で母親を見た。母と娘が、笑みを交わした。

しかし笑みの引っ込んだ直後、二三の目には物問いたげな色が浮かんだ。みふくは戸惑ったような顔つきになり、二三から目を外した。

おみのは、メゴチを賞味する新兵衛を見つつ、新たな切り身に粉をまぶした。あるじに揚げ方の上達を誉められると、心底から嬉しそうな顔を見せた。

しかし魚に粉をまぶすために伏せた顔は、心配事を抱えているかに見えた。

勝山の亮助からの書状をおみのが受け取るのを、二三はわきで見ていた。なにが記されていたのか、新兵衛は夕餉になっても、なにひとつ二三に話をしなかった。しない代わりに、新兵衛は上機嫌な様子でメゴチを賞味している。新兵衛が口にしないことを、みふくが二三に話すわけがなかった。

新兵衛とみふくは、ともに明るい顔つきで夕餉の座についている。話す声も弾んでいた。

両親の様子が明るいがゆえに、二三はかえって書状の中身はよくないことだと強く思った。いやな予感は、書状が届いたときに感じていた。

しかし二三は、新兵衛とみふくを喜ばせようとして、けなげにも笑顔でメゴチを揚げ続けた。

二三の胸中を察して、おみのはまた顔を曇らせた。

四人それぞれの思いが、もつれあったのだろう。ふっと言葉が途絶えて、座が静かになった。

メゴチを揚げる音だけが、ジュウ、ジュウと響いていた。

六十一

夕餉が終わったあと、新兵衛はみふくを居室に呼び入れた。みふくがふたりの話し合いを強く望んだがためである。

「お待たせいたしました」

ふたりが新兵衛の居室に入ってすぐに、おみのが茶を運んできた。いつもは居室ではなく、食事を摂ったあとの板の間に茶を出した。この夜は新兵衛の言いつけで、あるじの居室に茶を運んだ。

夕餉のあとに新兵衛が楽しむ茶は、焙じ茶と梅干である。

ふたりの膝元に茶を供したおみのは、すぐに座敷から下がった。新兵衛とみふくが、込み入った話をするのだろうと察してのことだ。

新兵衛は湯呑みに手を伸ばす前に、伊万里焼の小鉢を持った。なかの梅干の身を箸でほぐし、梅肉のひとかけらを口に含んだ。

つい先刻、新兵衛はメゴチのてんぷらを口にした。そのときよりも、さらに顔つきがゆるんでいた。が、みふくが話を始めるなり、グイッとあごが引き締められた。

「せめてもう少しだけでも、ゆるやかな話をしていただけませんか」

「ゆるやかとは、どういう話し方を指すのかね」

新兵衛はいつになく、苛立った口調で問いかけた。

新兵衛とみふくの夫婦仲がよいことは、深川の商家に知れ渡っていた。

新兵衛があたまごなしにみふくに指図をすることは、皆無に近かった。商い向きのことでも、暮らしにかかわることでも、新兵衛は番頭よりも先にみふくに相談をした。

「あなたのお考え通りにお進めになるのが、一番かと存じます」

みふくは常に、こう返事をした。新兵衛があらかじめ抱いている思案に、口を挟むことは滅多になかった。二三を勝山から養女に迎えるという、勝山屋の一大事においても、みふくは新兵衛の考えに従った。

ところがいまは、そんなみふくが新兵衛の判断に異を唱えていた。

「二三がどれほど八月の親兄弟との再会を楽しみにしているかは、あなたもご承知でしょう」

「言われるまでもない」

「でしたら、なぜ亮助さんたちがこられなくなったのか、そのわけを詳しく聞かせてやってください」

「亮助さんは、それはしないでくれと、はっきりと書いてある。お前もそれを読んだだろうが」

「あれは、亮助さんが勝山屋に遠慮をされて書かれた、いわば建前です。ほんとうの思いは、きっと別にあります」

「いや、それは違う」

きつい口調で断じた新兵衛は、湯呑みの茶をすすった。梅干に、箸をつけようとはしない。いかに好物でも、話の成り行きから食べる気を失《な》くしたのだろう。

向かい合わせに座ったみふくは、連れ合いが茶をすするさまを見詰めていた。


勝山の亮助は、八月の深川行きを取りやめにすると伝えてきた。

端午の節句の夜、勝山には暴風が吹き荒れた。雨はさほどにひどくはなかったが、風は収穫前の菜種を根こそぎなぎ倒した。

しかも暴風は一度だけにとどまらず、六月、七月にも襲いかかってきた。

五月の暴風に襲われたときは、よしはまだ気丈に振舞った。が、六月の暴れ風は菜種畑の畝の土まで吹き飛ばした。

七月初旬に吹き荒れた風は、ひどい雨も伴っていた。畑の土を押し流し、野菜畑や陸稲までも散々に痛めつけて走り去った。

菜種が駄目になったからといって、亮助一家が路頭に迷うわけではない。一年や二年、実入りがなくても暮らしはびくともしない蓄えはあった。

しかし七月の暴風雨の折りには、亮助とよしのふたりが揃って怪我をした。なかでも足をくじいたよしの容態はわるく、七月中旬になっても歩くことすらままならなかった。

暴風に真正面から立ち向かった亮助は、身体ごと吹き飛ばされた。転んだ先の石にぶつかり、背骨と腰を強く痛めた。

よしは歩くのも難儀だったし、亮助の腰はうまく曲がらない。両親がともにこんな容態を抱えているがため、八月の深川行きは取りやめにしたいと、亮助は書状で伝えてきた。

『少しずつ二三が江戸の暮らしに馴染んでいるのは、喜びにたえない。そんないま、よしとわたしの容態うんぬんを聞かせたりしたら、やっと寝た子を起こすも同然だ。余計なことを聞かせて、二三に里心をぶり返させるのは愚の骨頂。なにとぞ二三には行けなくなったわけを伏せたうえで、夏祭りは一緒に見られないと、二三に言い聞かせてほしい』

亮助が寄越した書状には、おおむねこれらのことが記されていた。

親の怪我は、ぜひとも伏せてほしい……。

亮助は筆を重ねて、このことを記していた。

「たとえ手紙になにが書かれていたとしても、亮助さんとよしさんは、いまこそ二三に会いたいと強く願っているはずです」

「だからといって、二三を勝山に向かわせることなど、できるはずもないだろうが」

「どうして、できないのですか」

「どうしてとは、また妙なことを言うじゃないか」

新兵衛は膝元の湯呑みと小鉢を、わきにどけた。そして膝をずらして、みふくに詰め寄った。

「二三は、もはや亮助さんやよしさんの娘ではない。うちの総領娘だ」

「それは存じております」

みふくは落ち着いた口調で応えた。

「だとすれば、教えたところでどうにもできぬことを、聞かせるほうがよほどにむごいだろう」

「亮助さん一家がこられないのであれば、二三を勝山に出向かせればいいじゃありませんか」

「どうしてそれほどまで、呑み込みがわるいのかね。いつものお前らしくもない」

新兵衛は大きなため息をついた。みふくは物静かな眼差しで、夫のついたため息を受け止めた。

「うちに限らず商家の丁稚小僧には、一年の間は宿下がり（藪入《やぶい》りの休みに、親元に帰ること）をさせない。そんなことはお前だって、百も千も承知だろう」

「二三の勝山行きと、奉公人の宿下がりとを、一緒にはしないでください」

みふくは、めずらしく語気を強めた。

「いや、ものごとの道理は一緒だ」

新兵衛も強い口調で言い返した。

「五歳の二三が懸命に歯を食いしばって、江戸の暮らしに馴染もうとしている。そんなときに、中途半端な仏ごころを出して里帰りなどをさせては、せっかく二三が踏ん張ってきたことを、台無しにさせるも同然だ」

「半端な仏ごころとは、随分なおっしゃりようですのね」

みふくの冷え冷えとした物言いを聞いて、新兵衛が顔を大きくしかめた。が、それ以上は強くは言わず、煙草盆を膝元に引き寄せた。

銀細工の虎がほどこされた火皿に、刻み煙草を詰め始めた。煙草を吸いたいというよりは、気を鎮めるために一服を詰めているように見えた。

煙草盆ごと手に持ち、新兵衛は種火で煙草に火をつけた。ふうっと吐き出した煙が、みふくのほうに流れた。

新兵衛が吸う煙草は、尾張町の菊水で誂えた『薩摩』である。甘い香りが売り物で、みふくも薩摩が漂わせる香りを好んだ。

ところがいまは、流れてきた煙に顔をしかめた。新兵衛は灰吹きに強くキセルの火皿を打ちつけて、一服を吸い終えた。仲のよいことで知られた夫婦が、むずかしい顔で向き合った。

「亮助さんはわざわざ手紙で、二三には教えないでくれと伝えてきている。余計なことを話したりすれば、亮助さんの気持ちを踏みにじることになる」

「親の容態がよくないと教えるのが、余計なことなのですか」

「危篤で生き死にの境目にいるのならともかく、怪我ぐらいなら、それは余計なことだ」

どれほど言葉を費やしても、みふくとは思いが噛み合わない。そのことに焦れた新兵衛は、背筋を張ってみふくを見据えた。

「男と女とでは、ものごとの断じ方が違う。わたしは亮助さんと考えは同じだ。余計なことを二三に聞かせる気は毛頭ない」

新兵衛は、話し合いを閉じるかのように強い口調で言い切った。

「二三にはなにも教えず、勝山にも見舞いの里帰りをさせないおつもりですか」

「くどい」

声を荒らげた新兵衛が、居室の障子戸を見て顔色を変えた。立ち上がり、障子戸を開いた。

両目を潤ませた二三が立っていた。

六十二

七月二十五日も、朝から強い日差しを大横川が照り返していた。

今日は四ツ（午前十時）から、太郎が手習いの稽古をつけに出向いてくる。四ツにはまだ四半刻（三十分）以上も間があったが、二三はすずりに水を満たした。

「墨をあたっていれば、われ知らぬ間に気持ちが落ち着くものです。いやなことや悲しいことがあったときは、すずりを取り出してごらんなさい」

太郎に言われたことを、二三はこの朝、初めて実践していた。シャキッ、シャキッと乾いた音を立てて、すずりと墨とがこすりあわされている。

小さな手に力をこめて、二三は墨を前後に動かした。墨がとけて、水は随分黒くなっている。しかしまだ、二三の気持ちは晴れてはいなかった。

両親も、兄も姉も、夏には出てこない。

新兵衛から話を聞かされる前に、二三は薄々ながらもそれを察していた。

きっとあれは、悲しい知らせ……。

おみのが町飛脚から書状を受け取ったとき、二三の胸には、わけもなく悲しみがこみ上げた。しかし夕餉の場では、いやな予感をあたまから追い払い、メゴチを上手に揚げることに気を集めた。

「メゴチてえ魚は、揚げるのがほんのちょっと早過ぎても、遅くなっても、味が台無しになる怖い魚だ。こいつを揚げるときは、油鍋から目を離すんじゃねえぜ」

加治郎の教えを、二三はしっかりと守った。

てんぷら鍋と油は、おみのと一緒に片づけた。これも加治郎の教えである。

「一流の料理人は、片づけを人任せにはしねえ。てめえが使った庖丁だのまな板だのを、しっかりと始末してみねえ。そこから分かることが山ほどある」

てんぷらを揚げたあとの油は、億劫がらずに美濃紙で濾《こ》して汚れを取り除く。その油を瓶《かめ》に移しておけば、二度、三度と使い回しができる。

加治郎の教えを、おみのと二三はしっかりと胸に刻んでいた。

入用とあらば、勝山屋なら極上の油が幾らでも手に入る。しかし加治郎の教えを守り、大事に使ってこそ、油の真の値打ちが分かるのだ。

勝山屋の菜種油なら、手入れを怠らなければ、三度揚げ物に使ったあとでも、充分に行灯《あんどん》の油として使うことができた。

おみのと一緒に油濾しをしているさなかに、二三はふっと八ツ（午後二時）過ぎに届いた書状のことを思い出した。

「おかあさんのところに行ってくる」

ほぼ片づけが終わったのを見定めてから、二三は台所を離れた。母親の居室に向かったのは、亮助が手紙でなにを知らせてきたのか、仔細をたずねようと思ったからだ。

いやな予感は、いまも胸の内に覚えてはいた。

しかしもしかしたら、もっと早くくるというような、いい知らせかもしれないとも思った。

台所から母親の居室までの、さほどに長くはない廊下を、二三は一歩ずつ踏みしめて歩いた。

「おかあさん……」

小声で呼びかけたが、返事がなかった。すでに五ツ（午後八時）を過ぎており、みふくがひとりで外出をするような時分ではなかった。

当主新兵衛の居室は廊下を曲がった先の、庭につながる角部屋だ。母親はそこにいるかもしれないと思った。が、いきなり父親の部屋に向かうのは、気持ちがはばかられた。

大店の当主の居室には、家族といえども軽々しくは近寄れない。そのことを、二三は勝山屋の暮らしから学んでいた。

どうしようかと思案しているうちに、胸の内の不安が大きく膨らみ始めた。

おかあさんが部屋にいないのは、きっとよくないことをおとうさんと話し合っているからだ。

そう思うと、すぐに父親の居室に向かいたくなった。小さな胸を不安でドキドキと打たせながら、新兵衛の居室に近寄ったとき。

部屋のなかから、きつい口調で話す新兵衛の声が聞こえてきた。

「くどい」

新兵衛の尖った声が耳に突き刺さり、二三は障子戸の前で立ちすくんだ。障子戸に二三の姿が映っていたのだろう。居室のなかで新兵衛が立ち上がった。二三は障子戸の前から動けなかった。

父親が障子戸を開いた。

「話を聞いていたのか」

問われた二三は首を強く左右に振った。

「いつからそこにいたのだ」

「いま、ここにきたばっかり……」

「そうか」

目元を和らげた新兵衛は、二三を連れて居室のなかに戻った。そしてごまかしのない言葉で、亮助たちが夏祭りには出てこられないことを二三に聞かせた。

やっぱりそうだったんだ……。

いやな予感は図星だった。が、ことの仔細が分かったあとは、二三は落ち着きを取り戻した。深い悲しみは、寝床に入ってから襲いかかってきた。

たっぷりと墨をあたったのに、二三の悲しみは少しも癒えなかった。

親指・人差し指・中指の三本が痛くなるほどに、強く墨を握っていた。そしてすずりの上を、力いっぱいに走らせた。

どれほど墨をあたっても、気持ちはふさいだままだ。二三の目からこぼれ出た涙が、墨を握った手の甲に落ちた。

「そんな握り方をしたら、墨とすずりがかわいそうですよ」

太郎が部屋に入ってきたことに、二三は気づかなかった。

六十三

太郎が好むのは、熱々の玄米茶である。おみのはいつも通り、四ツ半（午前十一時）の見当で、茶を運んだ。

熱湯でいれた玄米茶から、炒《い》った玄米の香ばしい香りが立ち昇っている。菓子皿には、やはり太郎の好物である伊勢屋の淡雪まんじゅうが載っていた。

濃緑色の柿の葉を敷いた純白のまんじゅうで、門前仲町伊勢屋の名物である。

「どんな工夫をすれば、一年中こんなふうに緑色の葉っぱを敷くことができるんでしょうねえ」

客のだれもが、下敷きの葉の色味に感心をするまんじゅうである。太郎は芸者時代から、熱い玄米茶で、この淡雪まんじゅうを口にするのを楽しみにしていた。

いつもであればおみのが茶とまんじゅうを運ぶと、二三は手習いの手をとめ、まんじゅうを見て顔をほころばせた。ところがこの日の二三は筆を手にしておらず、文机には一枚の半紙も、文鎮も置かれてはいなかった。

太郎と二三は、文机を挟んで向かい合わせに座っていた。二三は涙目になっており、太郎は思案に詰まったような顔で二三を見ていた。

「お茶が入りました」

重苦しい気配を払いのけるかのように、おみのはわざと明るい声を発した。太郎の膝元に置いた湯呑みから、玄米茶の香りが漂っていた。

昨夜はことのほか蒸し暑くて、寝苦しかった。明け方近くまで薄い眠りを続けたおみのは、うっかり寝過ごした。

慌てて身づくろいをしたが、髪結いまでは手が回らなかった。仕方なく髪を引っ詰めにして、細く絞った鉢巻を巻いた。本祭で女神輿《おんなみこし》を担ぐときの髪型である。

八月十五日を二十日先に控えた深川なら、この形で町を歩いてもひとは奇異に感じない。今朝の勝山屋でも誉める者はいたが、咎める者は皆無だった。

夜が寝苦しい夏場は、朝を寝過ごす家もめずらしくはない。引っ詰め髪に絞り鉢巻は、寝過ごした深川の女にはうってつけの身づくろいだった。

「あっ……そうだわ」

おみのの髪型を見て、太郎は妙案を思いついたらしい。胸元で両手をポンと叩いた。

「来月の本祭で、二三ちゃん……」

太郎は二三の手をとって、一緒に立ち上がった。

「あなたは、手古舞《てこまい》をおやんなさい」

言ってから、太郎は片目をつぶっておみのの顔を見た。

「どう、おみのちゃん。いい思案でしょう」

太郎が二三に元気づけをしているらしいと、おみのは即座に察した。

「はいっ」

明るく答えたあとで、二三を見た。

「二三ちゃんならきっと、りりしい金棒引きになります」

おみのは二三に微笑みかけた。が、二三には手古舞も金棒引きも、なんのことだか分からない。涙目のまま、いぶかしげにおみのを見詰めた。

二三の目にたまっている涙を見て、おみのは顔つきをあらためた。

「二三ちゃんが今度の本祭で金棒引きをやるなら、すぐに支度を始めないと」

「そんなことなら、あたしに任せなさい」

太郎は右手で、自分の胸元をポンポンと叩いた。

「そう言ってはなんだけど、あたしは汐見橋の太郎ですよ」

「そうかっ」

おみのの顔つきが、芯から明るくなった。

「太郎さんがついていてくれるなら、ぜったいに金棒引きは平気だから」

おみのは二三の両手を掴むと、上下に大きく振った。呆気《あっけ》に取られた二三の目から、いつの間にか涙が引っ込んでいた。

六十四

手古舞は宮神輿・町内神輿とともに、富岡八幡宮本祭の華である。

深川各町の氏子の娘が、伊勢袴・手甲《てっこう》・脚絆《きゃはん》・足袋《たび》で身づくろいをする。そして花笠を背中にかけて、左手に握った金棒で地べたを突く。

金棒の金輪が、チャリンと音を立てる。

右手には牡丹《ぼたん》を描いた扇を持ち、あおぎながら神輿の先駆け役を務めるのだ。

手古舞の金棒引きに名指しをされるのは、下は五歳から上は十五歳までの氏子女児に限られた。深川に暮らす女児には、金棒を握るのはなによりの誉《ほま》れである。

「それができるなら、願ってもないことです」

太郎から話を持ちかけられたみふくは、すぐさまおみのを番頭のもとに走らせた。

「御内儀様が、旦那様に急ぎのご用がおありだそうです」

みふくの言伝《ことづて》は、すぐさま新兵衛に伝わった。

おとといの夜、二三を相手にきつい話をして以来、みふくとの間がぎくしゃくしていた。急ぎの用だと聞かされた新兵衛は、なにごとかと足を急がせてみふくの居室に顔を出した。

部屋では、みふく・二三・太郎の三人が当主を待っていた。二三はまだ、戸惑い顔のままだ。新兵衛は、急ぎみふくの正面に座った。

「なにがあったのだ」

新兵衛は差し迫った口調で問いかけた。みふくは口を開く前に深い息を吸い込み、ゆっくりと吐き出した。

「今年の本祭に、二三に金棒引きをさせてはどうかと、太郎さんからお話をいただきました」

「おおっ」

むずかしい顔で座っていた新兵衛が、たちまち表情を変えた。

気持ちの動きを人前ではあらわさないのが、大店の当主の器量とされている。いまの新兵衛は、そんな作法をかなぐり捨てていた。

「それができればなによりだが、いまはもう七月の二十五日じゃないか」

太郎は涼しい顔で新兵衛を見ている。言葉の途中で、新兵衛にも察しがついたようだ。

「そういうことなら、ぜひにもよろしくお願いしたい」

新兵衛が軽い会釈をした。ものを頼むときの、まことに絶妙なあたまの下げ方である。太郎は表情を変えず、うなずきで新兵衛の頼みを引き受けた。

「勝山屋から手古舞を出せるとは、今日のいままで、思ってもみなかった」

こころの底からこぼれ出た新兵衛の口調が、みふくにも染み透ったのだろう。おとといからのわだかまりを捨てて、こくっとうなずいた。

新兵衛・みふく・太郎の三人は、それぞれが二三の手古舞姿を思い描いているのだろう。三人とも目元をゆるめていたが、二三はまだ得心していない様子である。

「金棒引きがどういうものなのか、お前はまだ聞かされていないのか」

二三は硬い顔つきのまま、小さくうなずいた。

「大丈夫だ、お前ならできる」

手古舞がなにかも話さずに、お前ならできると請け合った。二三はますます困惑の色を深めた。

「詳しいことは、あとで太郎さんからしっかりと聞かせてもらえばいいが、身なりだの金棒だのと、いまから支度で大忙しとなる」

そんな顔をしているひまはないぞと二三に言い残して、新兵衛はみふくの居室を出た。

廊下を歩く足取りは、いままで見たこともないほどに弾んでいた。

六十五

二三が手古舞に加わると聞いて、加治郎は尋常ではない喜び方を見せた。

「深川の女の子にとっては」

二三に近寄った加治郎は、肩に手をのせて両目を見詰めた。

「手古舞に名指しをされるのは、生涯の褒美だ。こんなめでてえことはねえ」

今日の料理稽古は取りやめだと言ってから、加治郎はおみのを招きよせた。

「本祭までは、もう幾らも日がねえ。いますぐ、御内儀様に取り次いでくんねえ」

おみのから言伝を聞いたみふくは、みずから流し場まで出向いてきた。

「ぜひともあっしの手で、二三坊に金棒を誂えさせてもらいてえんで」

出し抜けにいわれてみふくは、戸惑い顔になった。こどもを授かることがなかった新兵衛とみふくは、金棒を拵える慣わしには、耳をふさぎ目を閉じて、あえてかかわりを持たないようにしてきた。

加治郎は、そのことに気づいていたのだろう。

「さしでがましいのは重々に承知しておりやすが、なにしろ日がねえもんでやすから」

みふくに気遣いつつ、金棒誂えの仕来りを話し始めた。

富岡八幡宮には、豪商紀伊国屋文左衛門が寄進した、総金張り三基の宮神輿がある。その三基と、氏子各町の町内神輿が合わさって大川を渡る『神輿連合渡御』が、富岡八幡宮本祭の大きな呼び物である。

町内神輿の手古舞に出られるのは、五歳から十五歳までの氏子女児に限られた。

勝山屋は氏子だったし、二三は今年で五歳である。金棒引きの条件は満たしていたが、太郎が言い出すまでは、だれの口にも二三の名前はのぼっていなかった。

勝山屋の若い衆が担ぐのは、門前仲町の町内神輿だ。その町内神輿を先導する手古舞は、二十人のみである。

限られた人数に比べて、金棒引きの条件を満たす女児は仲町界隈に数多くいた。

「次の次の本祭には、ぜひにもうちの子を金棒引きに名指ししてください」

女児が誕生するなり、町内の肝煎衆に働きかける商家もめずらしくはなかった。

太郎は長らく仲町や木場の旦那衆からひいきにされてきた辰巳芸者である。

「汐見橋の太郎なら、目利きに間違いはない」

仲町の肝煎衆は太郎の器量と人柄を見込み、金棒引きを二名選ぶことを委ねた。それを知っている商家のなかには、娘当人のみならず、奉公人までも稽古に差し向けたいというところもあった。

盆暮れの付け届けにおとずれる者も、半端な数ではなかった。

太郎はそれらの申し出や付け届けを、きっぱりとした口調で断った。

「金棒引きにふさわしいと心底から思った子を、選ばせていただきます」

太郎は弟子でもなんでもない、通りで見かけた長屋の子を選んだこともあった。太郎に選ばれた子は、見事に金棒引きの大役を果たし、他町の肝煎衆を唸《うな》らせた。

「さすがは太郎さんだ、目のつけどころが違う」

いままでは、太郎の名指しに面と向かって文句をつける者は皆無だった。そんな太郎が本祭が二十日後に迫ったいま、おのれの名をかけて、二三を手古舞に選んだのだ。ものに動じない加治郎が目の色を変えて喜んだのも、無理はなかった。

金棒引きに選ばれるのは、生涯でただ一度だけである。地べたに突き立てる金棒は、選ばれた当人にかかわりのある男が、祝いとして誂えるのが最良とされた。

二三は加治郎の『料理の弟子』である。金棒誂えを加治郎が受け持つのは、仕来りにかなっていた。


「ありがとう存じます」

次第を聞かされたみふくは、大店の内儀とも思えぬほどに深くあたまを下げた。

「それじゃあ、あっしの願いを聞き入れてくださるんで……」

「願ってもないことでございます」

新兵衛に問うまでもないと判じたみふくは、母親の一存で加治郎の申し出を受け入れた。

「そうと決まりゃあ、一刻でも早いにこしたことはありやせん」

みふくの承諾を得た加治郎は、二三とおみのを連れて勝山屋の勝手口を出た。

「火の用心、さっしゃりましょううう……」

真夏のいまでも、八ツ（午後二時）の火の用心は続けられている。鳶《とび》の声に応じて、勝山屋の屋根に設けられた風見が、赤い尾を辰巳（南東）に向けた。

六十六

加治郎が二三とおみのを連れて行った先は、佃町の刃物鍛冶屋、岡田屋育平の仕事場だった。

「親方と話をつけるまで、ここで待っててくれ」

岡田屋裏口の炭置き場にふたりを残して、加治郎はひとりで仕事場に向かった。

夏場の鍛冶屋は、灼熱地獄も同然である。戸口に立っただけで、身体中から汗が噴出しそうだ。そんな熱さのなかでも、職人たちは威勢よく槌《つち》で刃金《はがね》を鍛えていた。

職人の息遣いの邪魔にならぬように、加治郎は足音を忍ばせて戸口に立った。それでも気配が違ったことを、職人たちは敏感に察した。

区切りのついたところで、槌音がやんだ。

「急ぎの庖丁誂えでもあるんですかい」

ふいごを弟子に任せて、育平は火のそばから離れた。肌の色は手も顔も赤銅色《しゃくどういろ》に焼けているが、ひたいに汗はほとんど浮かんでいない。炉の前にいても大きな汗をかかないのは、抜きん出た技量を持つ鍛冶屋のあかしだった。

「折り入っての頼みがあって、断りもなしに押しかけてきたんだ」

「なんでやしょう」

育平は首に巻いていた手拭を取り外した。

「加治郎さんにあらたまった物言いをされると、尻のあたりがむずむずして落ち着かねえやね」

用向きが分かっていない育平は、軽口を叩きながらも目は笑っていなかった。

「庖丁の誂えじゃねえんで、言いにくいんだが」

「そんな水くせえことを言ってねえで、すっぱりと言ってくんなせえ」

「分かった」

背筋を伸ばした加治郎は、育平を正面から見た。

「なんにも言わずに手古舞の金棒を一本、誂えてくんねえ」

育平は、江戸でも三本の指に入る刃物打ちである。そんな男に手古舞の金棒を頼んだ者は、いままでひとりもいなかった。

ふっと浮かんだ戸惑いの色をすぐに消した育平は、手拭を手にしたまま加治郎の正面に立った。

「誂えさせてもらいやしょう」

迷いのない返事で、育平は金棒造りを引き受けた。

まだ四十五の若さながら、育平は佃町の肝煎を務める男である。刃物打ちだと承知のうえで金棒を頼んできた加治郎には、相応のわけがあると察した。

それゆえに、わけも問わずに引き受けたのだ。

「今日になって、仲町の金棒引きがひとり決まったんだ」

「そいつあ、随分と押し詰まってからの話じゃありやせんか」

目を見開いて、育平が驚いた。加治郎は大きくうなずいてから、話を続けた。

「おれがてんぷら作りと、庖丁さばきを仕込んでいる子だ」

「てえことは、先だって庖丁を拵えた、油屋さんのお嬢で？」

「あんたは、汐見橋の太郎さんを知ってるだろう」

育平の問いには答えず、逆に問いかけた。

「ここいらに暮らしていて、太郎姐さんを知らねえやつはいねえでしょう」

「お嬢を手古舞に名指ししたのは、太郎さんだ」

本祭を目前にして、いきなり手古舞が決まったあらましを育平に聞かせた。そして加治郎は、自分から金棒を誂えたいとみふくに申し出たことも話した。

「大事な金棒を拵えてもらう鍛冶屋は、おれにはあんたしか思い浮かばねえ」

「ありがとうごぜえやす」

育平は手拭で顔をごしごしっと拭った。炉の前に立っても汗をかかない男が、いまはひたいに大粒の汗を浮かべていた。

「存分に加治郎さんの思いを込めて、金棒を打たせてもらいやす」

仕掛かり途中の仕事をすべてわきにどけて、育平は一本の金棒造りに取りかかった。

「五歳の子の背丈に合わせはするが、見た目には並の金棒と変わらない大きさにするんだ」

弟子とひたいをつき合わせながら、育平は何枚も絵図を描いた。得心できる絵図が仕上がったのは、陽が落ちた暮れ六ツ（午後六時）過ぎの、夕焼けのなかだった。

翌朝、日の出とともに育平は大横川の垢離場《こりば》で水を浴びた。際立って大事な刃物を打つときの育平の慣わしである。

金棒が仕上がったのは、加治郎が誂えを頼んだ翌朝、四ツ（午前十時）だった。

二三が地べたを突いた。

金棒にぶつかった金輪が、風鈴のような涼やかな音を立てた。

六十七

天保六（一八三五）年の富岡八幡宮本祭も、例年通り八月十五日が神輿連合渡御と決まっていた。町内神輿を出すのは、木場町・元加賀町・永代寺門前仲町・佐賀町・西永代町・平野町・海辺大工町・冬木町・霊巌寺門前町の九町である。

神輿の駒番は『深川火消し南組』の組番に従い、木場町が一番で、霊巌寺門前町がしんがりの九番と決まった。

二三が手古舞に加わるのは、三番の『永代寺門前仲町』である。勝山屋の奥玄関をふたりの男がおとずれたのは、八月四日の七ツ（午後四時）だった。

「ごめんくだせえやし」

「仲町の寄合所から、手古舞稽古の知らせを届けにきやした」

格子柄のお仕着せを尻端折《しりっぱしょ》りにした男のひとりは、手に封書を携えていた。使者の声を聞いて、おみのが玄関先に出た。

「御内儀さんは？」

女中が顔を出したことで、使者の口調がぞんざいになった。

「本郷からお見えになったお客様を、もてなしておいでです」

勝山屋が金棒引きを出したのは、この年が初めてである。ゆえにおみのはもとより、新兵衛もみふくも、使者を迎える作法を知らなかった。

勝山屋は、深川のだれもが名を知っている油問屋だ。地元に根付いた勝山屋がよもや作法に暗いなどとは、太郎は考えてもおらず、みふくにもおみのにも、伝授はしていなかった。

「そうですかい」

あからさまに顔つきを歪めた使者は、手にしていた封書をふところに仕舞い込んだ。

「三番組の手古舞稽古は、明日の朝四ツ（午前十時）からでさ」

「集まる場所は、氏子総代の江戸屋さんの玄関先てえことで」

代わる代わるに切り口上に言い放つなり、使者ふたりは勝山屋の奥玄関から出て行こうとした。

「お待ちください」

使者の様子があまりに無愛想なことに、おみのは慌てた。ふたりを待たせたまま台所に駆け込み、紙入れから小粒銀二粒を取り出した。

玄関先に取って返すと、小粒をひと粒ずつ、使者に手渡して礼を伝えた。

「へええ……見ねえな、小粒だぜ」

「さすがは、いきなり金棒引きを出した勝山屋さんだ。豪気にもほどがあるぜ」

使者のふたりは、小粒の祝儀を手にして大げさに驚いた。一匁の小粒銀ひと粒で、およそ百文だ。使いに渡す祝儀としては、決して少ない額ではない。

しかし使者の物言いは、明らかに小粒をばかにしていた。おみのは、額が少な過ぎたのかとうろたえたが、いまさら祝儀を出し直すことはできない。

「ありがとうございました」

礼を伝えたあと、祝儀の足りない分を埋め合わせるかのように、深々とあたまを下げた。使者ふたりはおみのを見ることもせず、肩をいからせて勝山屋から出て行った。

辻を曲がるまで、おみのは後ろ姿を見送っていた。使者のひとりが、玄関先で見送っているおみのに気づいた。急ぎ足で駆け戻ってくると、おみのに笑いかけた。

「でえじな言伝を忘れてたぜ」

ぞんざいな口調で話しかけた男は、唇を舌でぺろりと舐《な》めた。

「明日は稽古の初日だからよう。金棒は入用だが、身なりはまだ、普段着のままでいいぜ」

急ぎの口調で言い置くと、後ろも振り返らずに駆け出した。おみのはその後ろ姿に、もう一度深く辞儀をした。

始まりは無愛想だったけど、おしまいには親切にしてくれた……。

おみのは使者の口上をいぶかしくも思わず、言われた通りをみふくに伝えた。

「ごくろうさま」

みふくはおみのから聞いたことを真に受けた。

八月五日、五ツ半（午前九時）。朝顔柄の浴衣《ゆかた》に紅帯を締めた二三は、右手に金棒を持って奥の玄関に立った。

みふくは二三に鑽《き》り火を打ちかけた。

六十八

八月五日の朝五ツ半前。太郎は足を急がせて、勝山屋に向かっていた。いつになく顔つきが差し迫っているのは、強い胸騒ぎを覚えていたからだ。

この日の五ツ（午前八時）過ぎに、仲町の太物屋内儀と、袋物屋内儀のふたりが連れ立って、太郎の稽古場に顔を出した。

「朝早くから、ごめんなさい」

前触れもなしに顔を出した内儀ふたりは、口先だけの詫びを言った。そののち太郎が招きあげる前に、さっさと稽古場に上がり込んだ。

このふたりともに、格別の付き合いはなかった。が、太物屋も袋物屋も、亭主には芸者時代に大いにひいきにされた。

その恩義があったがゆえに、太郎も邪険に追い返すことはできなかった。

「今朝は出稽古先のお嬢が、手古舞稽古の初日を迎えるものですから」

婉曲ながらも、早く帰ってほしいとふたりに伝えようとした。内儀たちは分かっていながら、知らぬ顔で雑談を続けようとした。

どうして、こんな気ぜわしいときに……。

いきなりの来訪をいぶかしく思いながらも、太郎は失礼のないように振舞った。焙じ茶とまんじゅうだったが、茶菓も出した。

「朝の忙しいときに、あんまり長居をしてもお邪魔でしょうから」

内儀ふたりが腰を上げたのは、五ツ半の間際だった。

稽古の始まり時刻を思えば、二三は五ツ半には勝山屋を出るに違いない。その手前で、身支度の手伝いをしなければと、昨夜からあれこれと段取りを考えていた。

内儀の来訪でときを潰す羽目になった太郎は、急ぎ身づくろいをした。稽古場の戸締まりもせずに、駆け足で汐見橋を渡ったとき。

太郎は、不意にひとつのことに思い当たった。

あのひとたちは、二三ちゃんの稽古の邪魔をしようとして、用もないのに顔を出しにきたのでは……。

太郎の顔色が変わり、急ぎ足になった。

仲町の手古舞稽古は、今日が初日である。こどもたちに稽古をつける師匠は、太郎ではない。しかし肝煎衆から強く頼み込まれて、太郎は稽古の後見役を引き受けていた。

のみならず、手古舞役の名指し枠二名分も太郎は持っていた。これも町の長老たちが、太郎の見識と踊りの技量のほどを高く買っていたからだ。

しかし稽古をつけるのは、太郎ではなかった。

太郎が住む汐見橋たもとの入船町も富岡八幡宮の氏子だが、仲町とは町木戸を接してはいなかった。

「他の町の師匠に頼まなくても、仲町にだって幾らでも踊りの師匠はいますから」

町内の商家の内儀たちは、口を揃えて太郎に依頼することを拒んだ。町違いであることに加えて、二名分もの手古舞名指し枠を太郎に預けていることに、仲町の方々から不満の声が上がっていた。

名指しの一件は、長老たちが束になって対処することで文句を抑え込んだ。

なにしろ仲町の主だった商家の当主たちは、夜の遊びでは、なにかしら太郎の世話になっていた。

大事な取引先のもてなし。

武家用人たちの、宴席の段取り。

跡取り息子への、遊里作法の指南。

これらのことで、当主の多くは太郎の世話になっていた。おのれを主張せず、客のために親身になって手を貸そうとする太郎の人柄に、男たちは心底から打たれた。

ゆえに太郎の眼力に全幅の信頼を寄せて、名指しを任せた。が、手古舞稽古の師匠については、肝煎たちが一歩を譲った。内儀衆との揉め事を大きくしないための判断だった。

「手古舞役が決まったあとの切り盛りには、一切余計な口を挟まないでいただきます」

商家の内儀衆が差配することに、肝煎たちは口出ししないことを約束させられた。太郎を後見役に据えたのは、もしものときには太郎の力を借りられるようにとの配慮からである。

肝煎衆の申し出を受け入れた太郎は、いささかの身びいきも加えず、純粋にこどもの器量と可能性を見極めて手古舞役に名指ししてきた。

本祭の今年は、これはと思えるこどもに出会えず、じりじりと気持ちを焦らせていた。そんなとき、二三に出会った。

のびのびと勝山で育った二三には、ひとの気を惹こうとする小ざかしさが皆無だった。まだまだ荒削りなところは残っているが、芯の清らかさと、強さと弱さとが背中合わせになった気性に、太郎は強く惹かれた。

それでも即断はせず、ときをかけて二三の本質を見極めようと努めた。

「この子しかいない」

二三を推そうと決めたのは、太郎の前にさらけ出された『弱さ』を見てのことだった。

さりとて二三は、ただ単に弱いだけではなかった。肉親が勝山から出てこられなくなったと泣きながらも、悲しみを懸命に抑え込もうとしていた。

弱さと強さのせめぎあいを目《ま》の当たりにして、太郎は二三しかいないと思い定めたのだ。

勝山から出てきて、まだ数ヵ月の子を手古舞役に推したりすれば、きっと土地の者からいじめが起きる。こどものみならず、親も加担したいじめだ。

それを承知のうえで、太郎は二三を推挙した。

手古舞の後見役として、二三のそばにいられる。必要に応じて、手を貸すこともできる。

これを胸の内に思い定めてのことだった。

勝山屋の奥玄関につながる辻が見えてきた。角を曲がれば、勝山屋はすぐ先だ。

どうかまだ、二三ちゃんが出かけていませんように……。

強く念じながら、さらに足を急がせた。曲がり角に差しかかったとき。

チャキン、チャキンッ。

鑽り火の音が、太郎の耳に届いた。

風呂敷包みを抱えた太郎は、下駄を鳴らして駆け出した。

六十九

手古舞装束に着替えた二三が、玄関先で太郎と向かい合わせに立っていた。二三の後ろには、気落ちして伏目になったおみのが控えていた。

「作法をきちんと話しておかなかった、あたしの手落ちです。おみのさんに、落ち度があったわけではありません」

勝山屋にきてから、太郎はこれで三度同じことを口にした。その都度、おみのは小さくうなずいた。が、すぐにまた伏目気味になった。

「今朝は大事な初稽古です。いい縁起を呼び込むためにも、もっと明るい顔になりましょう」

太郎に強くいわれて、おみのは懸命に目元をゆるめようとした。しかしうまくいかず、逆に引きつったような顔になった。

「おねえちゃんの顔って、泣き笑いをしているみたいでおかしい」

二三が明るい調子で笑い飛ばした。みふくも、おみのを力づけるかのように、めずらしく笑い声を漏らした。

ようやくおみのの顔に、いつも通りの明るさが浮かんだ。

鑽り火を浴びた二三が、金棒を手にして玄関から出ようとした。駆け足で近寄った太郎が、その二三を押しとどめた。

「出かける前にもう一度、おうちのなかに戻りましょう」

落ち着いた物言いだが、二三を押しとどめたときの太郎の目は強い光を帯びていた。

その目つきを見たみふくは、なにか過ちがあると感じ取ったようだ。

口を開く前に、息をひとつ吸い込んだ。

「なにかてまえどもが、思い違いをしておりましたのでしょうか」

二三やおみのが心配しないようにと、問いかける口調は穏やかなものだった。

「せっかくの、お稽古初日ですもの。身なりを調え直しましょうよ」

目の光を消した太郎は、二三に笑いかけた。

「着替えは、あたしが手伝います」

太郎は手古舞装束の化粧道具を、風呂敷包みのなかに用意していた。

お座敷に出る芸者衆は、自分の手で化粧をする。太郎は稽古場から持参してきた化粧道具を使い、わずかな間に手古舞の顔を拵えた。

白粉・頬紅・眉墨を使い、玄人の太郎が手ずから施した化粧である。終わったときには五歳の二三が、娘の顔立ちになっていた。

「初稽古を伝えて回るご使者衆には、一分金（四分の一両）のご祝儀を渡すのが仕来りです」

大急ぎの化粧が終わったところで、太郎はみふくに話を始めた。

「そのことを、前もって話しておかなかったあたしの手抜かりです。ほんとうに申しわけないことをしました」

太郎は詫びを言い終わるなり、立ち上がった。

「詳しい話は、道々で……」

みふくをひと足先に行かせてから、太郎と二三が並んで土間に降りた。すでに玄関の外に出ていたおみのが、思い詰めたような顔で太郎たちにあたまを下げた。

装束を調えた二三が、先頭を歩いている。通りを行く親子連れが、二三に見とれた。

「あのおねえちゃん、すごくきれい」

二三よりも年上と思わしき子が、化粧を終えた二三を見て「おねえちゃん」と言う。一歩下がって歩くおみのが、嬉しそうに両目をほころばせた。おみのもすっかりいつもの元気さを取り戻していた。

「このさきも、いろいろと邪魔立てだの、いじめだのが起きるでしょうが、二三ちゃんなら自分の力で乗り越えられます」

みふくと並んで歩く太郎が、小声ながらも力強く言い切った。

「よろしくお願いします」

みふくはくどいことを問わずに、あたまを下げた。太郎もみふくも、二三の強さを信じていた。

手古舞装束で歩く二三は、稽古のつもりで地べたに金棒を突き立てている。

ジャラン、ジャラン……。

金輪がぶつかりあう音《ね》を聞いて、太郎とみふくが笑顔を交わした。

七十

手古舞稽古の三日目は、朝から雨になった。

「お師匠さんのところで、今日の稽古がどこになるかを訊いてきます」

朝餉の支度を終えるなり、おみのは雨の町に飛び出した。番傘を叩いた雨が、周りに飛び散った。

稽古初日に、勝山屋は手ひどいいじめに遭いかけた。それに懲りたおみのは、稽古初日の夜に仲町の師匠をたずねることにした。

「おカネを包むのは、いかにも商人のやり口です。今年の師匠は、人柄の粋なひとですから、おカネはよしにしたほうがいいでしょう」

太郎の助言に従い、菓子箱の底には鼈甲細工《べっこうざいく》の髪飾りをしのばせた。一夜が明けた八月六日の昼下がりに、師匠はおみのを手招きした。

「きれいなものを、いただきました」

師匠はていねいな口調で礼を言った。

「だからといって、稽古に手加減はしませんから」

「もちろん、そんなつもりはありません」

おみのは、こわばった顔で応じた。

「お嬢に足りないところがありましたら、存分に稽古をつけてください」

おみのは真顔でそのことを申し出た。

「奉公人のあなたが、そんなことを言い切ってもいいの？」

「はい」

おみのは師匠を見詰めて、きっぱりと答えた。

「お嬢がしくじりましたら、仲町のみなさまと師匠の顔に泥を塗ってしまいます。そんなことにならないためにも、どれだけ厳しく稽古をつけられても、一切文句はありませんと、てまえどもの御内儀から言い付かっております」

つっかえることなく、おみのは言い切った。

おみのは作り事を口にしたわけではない。みふくからくれぐれもと言われたことを、師匠に伝えたまでだった。

「聞かせてもらいました」

師匠は顔つきを動かさぬまま、小さくうなずいた。おみのの言い分を呑み込んだのか否かは、定かには分からなかった。

稽古二日目は、なにごともなしに終わった。

「今日は八幡宮の本殿下で稽古をします」

手はずを問いに出向いてきたおみのに、師匠は平べったい口調で応じた。

「分かりました。四ツ（午前十時）までに出向きます」

あたまを下げて帰ろうとしたとき、師匠はおみのを呼び止めた。

「地元のこどもたちがいじめを始めるのは、雨降りとなった今日あたりからですよ」

ひとりごとのような調子で言い置いてから、師匠は玄関の戸を閉めた。

七十一

八月初旬にしては、ゆるやかな雨だった。

蛇の目や番傘なしでも、半纏を一枚羽織っていれば気にならない程度の降り方である。風もなく、雨は真っ直ぐ下に落ちていた。

境内に植わっている松や杉は、葉に細かな雨をいっぱいに溜めていた。

「こっちにおいでよ。ここの木の下のほうが、よく見えるからさあ」

手古舞の稽古見物に出てきた近所のこどもたちが、まだ幹が細い杉の下に集まった。

木が若くても、びっしりと生い茂った杉の葉は、雨が落ちるのを防ぐ傘代わりになっていた。

「あんまり、よく見えないよう」

「おいらも……」

背丈の小さなこどもたちが、年長の子に向かって口を尖らせた。

「そんなことはないさ。木に寄りかかって、思いっきり背伸びをしてみな」

「ほうら、こんなふうにするんだよ」

年上の子にいわれて、小さなこどもたちが杉の幹に寄りかかった。そのさまを見定めた年長のいたずら小僧三人は、勢いをつけて杉の幹にぶつかり、すぐさま飛びのいた。

枝が揺れて、葉に溜まっていた雨が真下に落ちた。幹に寄りかかっていたこどもたちは、まともに雨を浴びた。

雨降りの境内で繰り返される、八幡宮地元のこどもたちの『通過儀礼』のいたずらである。

「金ちゃん、ひどいよ」

ずぶ濡れになったこどもたちを木の下に残して、年長の三人は本殿へと駆けた。

富岡八幡宮の本殿は、大きなひさしを四方に張り出している。朝から続いている雨だが、この程度の降り方なら、張り出したひさしが難なく防いだ。

身づくろいを調えた手古舞役たちは、組ごとにわかれて、ひさし下のあちこちで、群れを拵えている。二三が組み入れられているのは、二番組である。五歳は最年少で、二三は背丈も一番小さかった。

「あんたさあ、生まれたのは房州の勝山とかいう田舎の山奥でしょう」

二番組の女児のひとりが、甲高い声を発した。

仲町の小間物屋平川屋のひとり娘、よしみである。よしみは二三よりも五歳年長だが、所詮はまだこどもだ。

ところが横柄な物言いには、奉公人などに指図をしなれている調子が、すでに色濃く滲んでいた。

「勝山なんて、ひとが住んでいない山しかないって、うちの番頭が言ってたわ」

いきなり強い口調でなじられて、二三は面食らったらしい。返事ができずに相手を見ていると、よしみは二三に詰め寄った。

ふたりの歳の差は、背丈にあらわれている。よしみはあごを突き出すようにして、二三を見下ろした。

「勝山生まれのあんたが、なんで八幡様の金棒を持ったりするのよ」

よしみは手にした金棒で、本殿の木の床を叩いた。金輪がジャランと音を立てた。

「この金棒が持てるのは、深川に生まれた子だけなのにさあ。勝山なんていう、聞いたこともないような山奥から出てきたあんたが、どうしていきなり手古舞に入れるのよ」

よしみは、さらに声を甲高くした。

二番組のほかの女児たちも、強い目で二三を見詰めている。四人の子が、二三を取り囲む形になった。

本殿下の玉砂利を踏んで、おみのと太郎は二三の様子を見上げていた。手古舞稽古が始まった日から、ふたりは毎日連れ立って境内に出向き、二三の様子を見守っていた。

四人の子に二三が取り囲まれたのを見て、おみのは駆け寄ろうとして身構えた。太郎はおみののたもとを引いて、動きを引き止めた。

「二三ちゃんにまかせなさい」

「ですが……」

「いじめを仕掛けてくる相手をどうあしらうのかも、手古舞稽古のひとつですよ」

太郎は物静かながらも、きっぱりとした物言いでおみのを制した。

「あなたも二三ちゃんが好きでしょう?」

「もちろんです」

「でしたらここは、二三ちゃんにまかせてごらんなさい」

本殿を見上げる太郎は、その眼差しで二三を強く励ましていた。

七十二

富岡八幡宮本殿の屋根に、鳩が群れになってとまっている。朝から降り続いているが、少々の雨は気にならないようだ。

屋根のてっぺんにとまっている鳩たちは、小雨に濡れつつもじっとしていた。軒下の梁《はり》にとまっている二十羽近い鳩は、クルル、クルルと鳴き声を交わし合っていた。

「どうしたのよ。黙ってないで、ちゃんと返事をしなさいよ」

よしみが一段高く、声を張り上げた。その声がきっかけになったかのように、鳩が一斉に飛び立った。

屋根と軒下にとまっていた鳩は、四十羽を超える数だ。それらが異変の前触れでも察知したかのように、出し抜けに、しかも慌てて飛び立ったのだ。

バタバタバタッと、大きな羽音が立った。

本殿のひさし下にいたこどもたちは、なにごとが起きたのかと、飛び立って行く鳩に目を向けた。

よしみも、二三から鳩に目を移した。

鳩の群れは、飛ぶのが速い。あっという間に、杉の梢の真上を飛び過ぎた。羽音が聞こえなくなるなり、女の子たちは仲間同士の雑談に戻った。

二三に目を戻したよしみは、眉間にしわを寄せた。まだ十歳の子が、深いしわを刻んでいた。

「なんなの、その目は」

心配そうな顔つきに変わっている二三に、よしみは食ってかかった。

「もうすぐ、おっきな雷がくる」

小声ながらもはっきりと言ってから、二三は鳩が飛び去った方角の空を見詰めた。雨をこぼし続けている空全体が、灰色の雲におおわれていた。

「いきなり妙なことを言ったりしないで、あたしの問いに答えてよ」

返事をはぐらかされたと思ったのだろう。よしみは胸がくっつくほどに二三に詰め寄り、目尻を吊り上げて睨みつけた。

「おねえちゃん、こっちにきて」

よしみには答えず、二三はおみのに呼びかけた。おみのは、本殿の階段を駆け上った。

「どうかしたの？」

おみのは、よしみと二三の間に割って入った。

「もうすぐおっきな雷がくるから、木のそばに立っていたらすごく危ないの。あの子たちに、おねえちゃんが教えてやって」

　二三が指差した杉の根元には、手古舞稽古見物のこどもたちが立っていた。

「雷なんて、どこにもいないじゃないの」

　よしみの甲高い声は、ひさし下に響き渡った。

「あんたさあ、手古舞の稽古がきつくて、あたまがどうかしたんじゃないの？」

　よしみの言葉に乗った二番組のこどもたちが、あざ笑いを浮かべて二三を見た。

「そんなことないもん」

　二三のきっぱりとした返事は、こどもたちのあざけりをはじき返した。

「勝山のおつるばあちゃんに何度も聞かされたし、あたいも見たんだもん」

　二三は在所の言葉遣いで、おみのに雷の次第を話し始めた。


　夏の朝、小降りの雨が続いていることがある。空はどんよりと曇ってはいるが、さほどに天気はわるくない。

　ところがもしもそんな朝に、軒下だとか屋根にとまっていた鳥が、羽音を立てていきなり飛び去ったりしたら。

「そんときはおっつけ、でっけえ雷が空から襲いかかってくるでよう。はええとこ、家のなかに飛び込んで、土間の地べたにしゃがんだほうがええ」

高い木だとか太い柱だとかは、雷の大好物だから、絶対に離れていなければいけない。

鉄や銅《あかがね》なども、雷は好きだ。

「ひとたびゴロゴロが鳴り出したら、まだえらい遠くにいそうに見えても、雷はひとまたぎで空を飛んでくるでよ。命が惜しかったら、金目のもんは全部放り投げるだ。そんで高い木だとか柱なんかから離れて、地べたにしゃがめ」

おつるの言った通りだった。

鳥がバタバタと羽音を立てて飛び去ったあとで、大きな雷が鳴り出したのを、二三は四歳の夏に二度も目の当たりにしていた。

高い木や柱から離れる。

金目のものは、身体から離す。

おつるに言われたことを、二三は身体の芯に刻みつけていた。

「分かったわ。あの子たちに言ってくる」

おみのは、すぐさま動いた。そしてこどもたちのみならず、太郎も連れて本殿のひさし下に戻ってきた。

「どこにも雷なんかいないのに、ばっかみたい」

二三が口にしたことに挑みかかるかのように、よしみは強く握った金棒で、本殿の床を叩いた。

ジャラジャラッ。

金輪が音を立てた。よしみの金棒も、腕のいい鍛冶屋が拵えたらしい。金輪の音は澄んでいた。

「どこに雷がいるのよ。いい加減なことを言わないでよ」

目つきを険しくしたよしみは、強い調子で床を叩いた。ジャラッと輪が鳴った。

その直後に、蒼白い稲妻が空を走った。

バリバリッ。

耳の奥に痛みを覚える凄まじい音が、光のあとで轟き渡った。仲町の辻の火の見やぐらの屋根に、雷が落ちた。

金棒を握ったまま、よしみの身体が固まっている。

「おねえちゃん、金棒をどけてっ」

二三の指図で、おみのはよしみの手から金棒をむしり取った。二三は背の高いよしみに飛びつき、床にしゃがませた。本殿の太い柱から離れることを、二三は忘れなかった。

蒼い光が、またもや走った。

黒い雲が、深川の空を横切っていた。

七十三

雨をついて、七ツ（午後四時）の鐘が、町内鳶のかしら政五郎の宿に流れ込んできた。

深川の空で暴れ回った雷は、濃い雨雲を供に引き連れていた。雷は二発を落とすなり走り去ったが、雨雲は居残りをした。

「一向に、雨はやみそうにありやせんぜ」

庭を見た政五郎は、灰吹きにキセルをぶつけた。向かい合わせに座っているかしら仲間の時次郎が、渋い顔のままでうなずいた。

七ツが鳴り終わったいまも、雨は池の水面に無数の紋を描いていた。とはいえ時次郎の顔が渋く曇っているのは、雨のせいではなかった。

「お店《たな》の話を鵜呑みにしたばっかりに、おめえにはみっともねえ話を聞かせちまったぜ」

時次郎もキセルを手にしているが、煙草は詰まっていない。政五郎と話しているうちに、ことの真偽がはっきりと見えた。それゆえに、好きな煙草を吸う気がしなくなったのだ。

時次郎の出入り先の一軒が、仲町の平川屋である。火の見やぐらの落雷騒ぎを片づけたあとで、時次郎は平川屋の前を通りかかった。

「いま、かしらのところに使いを出そうとしていたところだ」

時次郎を呼び止めた番頭は、帳場わきの小部屋に招き上げた。そして女中が茶を運んでくるのも待ちきれない様子で、さっさと話を始めた。

「うちのお嬢が、手古舞の稽古を途中にしたまま、泣いて帰ってきたんだ」

「そいつあまた、なにがありやしたんで？」

「勝山屋の二三とかいう娘に、雷のことでひどい仕打ちを受けたらしい」

番頭は内儀の口から、娘のよしみがどんな仕打ちをされたかを細々と聞かされていた。

「勝山屋さんに出入りするかしらを通じて、二度とこんなことが起きないようにと、先方にしっかりと申し入れをしてくれ」

平川屋は深川でも名の通った小間物屋で、時次郎にとっては大事な出入り先である。番頭の剣幕に押された時次郎は、その足で政五郎の宿に出向いた。

政五郎と太郎は、昔からの馴染みである。二三が小さな身体を使ってよしみを雷から守った一件は、すでに太郎から聞かされていた。

「そいつあ、話がまるであべこべですぜ」

時次郎の用向きを聞き終わった政五郎は、本殿でなにがあったのか、太郎から聞かされた通りを細かに話した。

時次郎も、太郎の気性は知り尽くしていた。

それに加えて、よしみの驕《おご》りたかぶった振舞いに眉をひそめたことも、一再ならずあった。

おれもばかなことを……。

番頭の言い分を鵜呑みにしたおのれに、時次郎は胸の内で強く舌打ちをした。

「それにつけても、その二三てえ子は、てえした器量じゃねえか」

時次郎が、ぼそりとつぶやいた。

「さすがは、太郎さんが見込んだ子でさあ」

政五郎は我知らずに、時次郎に向かって胸を張っていた。池の鯉が、バシャンッと水音を立てた。

七十四

富岡八幡宮の本祭は、八月十五日である。八月七日の雷雨のあとは、幸いなことに晴天が続いた。手古舞稽古も、つつがなく進んだ。

祭本番を翌々日に控えた八月十三日も、朝から空は真っ青に晴れた。

「入道さんが、小さくなってる」

富岡八幡宮の手前で、二三は青空の根元から湧き上がっている入道雲を指差した。

「入道さんのあたまが小さくなったら、夏が終わるっておにいちゃんが言ってた」

「勝山では、そうだったのね」

通りの真ん中に立ち止まったおみのは、二三の顔を覗き込んだ。

「深川では、富岡八幡宮の夏祭りが終わったら、夏がいなくなるのよ」

「お祭りが夏を連れてってしまうの?」

問われたおみのは、二三が手にしている金棒に目を移した。

「その金棒は、深川のひとたちが夏にお別れを告げる、大事な道具なのよ」

「だったら……」

二三は金棒で地べたを打った。ジャランッと金輪が音を立てた。

「お祭りの日にこうやって音を出したら、入道さんのあたまがだんだん小さくなるのかなあ」

「そうかもしれないわね」

おみのと二三は、通りに並び立って入道雲を見詰めた。

「なにをやってるのよ」

二三の背中に、尖った声がぶつけられた。

「手古舞の衣装を着た子が、ぼんやり通りに立ってたりしたら駄目でしょう」

声の主は、よしみの付き添い女中のおたみだった。

「ひとたび手古舞装束を身につけたあとは、どんなときでもしゃきっとしなさいよ」

おたみは、きつい声で二三とおみのを叱りつけた。

よしみは二三に一瞥《いちべつ》をくれてから、女中を残して先に境内へと向かった。背筋をピンと張り、金棒をしっかりと握っている。地べたを突くと、ジャランと金輪が鳴った。

往来の真ん中であたまごなしに叱りつけて、おたみは二三とおみのに恥をかかせている。とはいえおたみの言い分には、しっかりと筋が通っていた。

手古舞装束で町を歩くときは、背筋を張り、前を見て真っ直ぐに歩くこと。

稽古のたびに師匠はこう言って、注意を促した。師匠の注意は、こどもたちだけに向けられているわけではなかった。

手古舞稽古の子は、ほとんどが仲町界隈の大店のお嬢である。ゆえにこどもには、女中が付き添っていた。

こどもがだらしないことをしないように、付き添いの者が気を配っていなさい……背筋を張って歩けというのは、こどもに言い聞かせながらも、じつのところは付き添い女中に向けての注意といえた。

入道雲に気をとられて、おみのは往来の真ん中で立ち止まっていた。

「うっかりしていました。ごめんなさい」

「うっかりではすまないわよ」

おたみは眉間に深いしわを寄せた。

おみのは十六歳で、五尺（約百五十センチ）の背丈である。きつい声で叱りつけてきたおたみは、三歳年上の十九歳だ。おみのよりも年長だし、背丈も二寸（約六センチ）は高かった。

「こどもが山出しだからって、世話役まで間抜けになることもないじゃないの。もっと、しっかりしなさいよ」

おたみは言いたい放題の言葉を、おみのに投げつけた。なにを言われても、おみののほうに落ち度があった。

「ごめんなさい」

おみのは、唇を強く嚙んであたまを下げた。

「ごめんなさい」

大声で詫びた二三は、おみのを促して先に歩き始めた。背筋をピンと張り、作法にかなった形で金棒を突き立てた。

ジャランと鳴った金輪は、よしみのそれよりもはるかに澄んだ音を立てた。

「いい音だこと」

「どこのお嬢なのかしら」

通りかかった新造ふたりが、二三の後ろ姿に見とれていた。

七十五

金棒で地べたを突いたとき、二三の手が滑った。周りよりもひと息早く、二三の金輪がジャランッと鳴った。

手古舞連の動きが止まった。二番組に目を向けた師匠は、文句を口には出さず、目の強い光で二三を叱った。

「ごめんなさい」

二三は、はっきりとした物言いで詫びた。

勝山で暮らしていたとき、こどもたちは親と一緒になって農作業を手伝った。

畑の畝に種まきをするとき。

大きく育った菜種を、刈り入れるとき。

亮太もみさきも二三も、なんでもないことでしくじりをおかした。そのときの亮助は、こどもが黙っている限り、なにも言わなかった。

しかし陽が西空に沈む手前には、過ちをおかした子を畑の隅に呼びつけた。

「しくじりは、だれでもやる。そんなことはしゃんめえが、あやまりもせんと黙っとるちゅう了見は、いまのうちに直しとかんと、先になってからはどえらい目に遭うぞ」

亮助は声を荒らげはしなかったし、こどもに手をあげることもなかった。叱りかたも、物静かな口調である。

しかしこどもを見据える目には、強い力がこめられていた。亮助に睨まれると、くろも尾を垂らして身体を小さくした。

しくじりをおかしたときは、言いわけを口にする前に詫びろ。

口のなかで、もごもご言ってないで、はっきりとした声で詫びろ。

大きな声で詫びれば、相手に伝わる。詫びの言葉を口にしている、自分にも伝わる。

詫びたことをしっかりと自分の身体に取り込んでおけば、同じ過ちをおかさずにすむ。

亮助から言われ続けた戒めは、二三の身体の芯に強い根を張っていた。

「大丈夫よ、二三ちゃん」

「そうよ。あたしだって、いままで何度も手を滑らせたんだから」

両隣の二番組の子が、小声で二三をかばった。私語を交わすこどもに、師匠はきつい目を向けた。

が、すぐに身体の向きを変えた。

二三はふたりにあたまを下げて、礼を伝えた。上背のあるよしみは、列の端から咎めるような目で二三を見詰めていた。

稽古が終わると、おみのは二三のそばに駆け寄った。たもとから汗押さえを取り出して、二三のひたいに浮いた汗を拭った。

本番を翌々日に控えて、二三は気持ちが張り詰めている。ひたいに触れたとき、おみのは二三の緊張ぶりを強く感じ取った。

「背筋もすっきりと伸びていたし、金棒の握り方もきれいだし……」

おみのは、努めて明るい声で話しかけた。

「稽古を始めたころに比べれば、見違えるほどに上手になったわよ」

「そうかなあ……」

金棒の握り方をしくじった二三は、おみのの誉め言葉を素直には受け止められないようだ。

「そんなことないって。ほんとうに、とっても上手になってるから」

おみのが言葉で力づけているわきを、よしみとおたみが通りかかった。

「あんたさあ、今日になってもまだ金棒を滑らしたりして」

「ほんとうにそうよ」

よしみの言葉を引き取って、おたみが二三の前に回り込んだ。

「妙なしくじりをして、うちのお嬢の足を引っ張らないでくださいね」

二三に対するおたみの言葉遣いは、それなりにていねいだ。しかし物言いの調子は、明らかに二三を見下していた。

「しくじりをして、ごめんなさい」

二三は本心からよしみに詫びた。

「明日は、もっとしっかりと握ります」

二三はぺこりとあたまを下げた。

こうまで素直に二三が詫びるとは、よしみは思ってもいなかったようだ。詫びを言われたよしみのほうが、うろたえ気味になった。

「二三ちゃん、とっても上手になったよ」

「明日もまた、一緒にお稽古しようね」

さきほど二三をかばった二番組のふたりが、やさしい声を二三にかけてきた。

去る八月七日に、突然の雷鳴が轟いたとき。二三は身体ごと飛びついて、よしみを雷からかばった。そのさまを見ていた二番組のこどもたちは、翌日から二三への接し方を大きく変えた。

よしみは八日以降も相変わらず、二三にきつく当たっている。しかし二番組のだれも、もはやよしみに同調はしなくなっていた。

ふたりの子に付き従っている女中たちは、二三とおみのに笑みを投げかけた。おたみのわきを通り過ぎるときには、さげすみを含んだ目を投げつけた。

「明日もよろしくお願いします」

二三はよしみに向かって、しっかりとあたまを下げた。よしみは、戸惑い顔で二三を見ていた。

別れ際に、二三はよしみに笑顔を向けた。邪気のない、姉を慕うかのような笑顔である。

思いがけず釣り込まれたのか、よしみも笑みを返した。

き始めた。

ふたりが笑顔を交わしたのを、八幡様が喜んだのだろう。境内のセミが、一気に鳴

七十六

六ツ半（午前七時）を過ぎると、強い朝日が八幡宮の参道を照らし始めた。

宮出しを終えた神輿は、洲崎《すさき》に向かって巡行している。晩夏の朝日は、神輿の真正面にあった。

ジャラン。ジャラン。

調子の揃った音を立てて、金棒引きが神輿を先導していた。

右足を一歩踏み出し、左足があとを追う。両足が揃ったところで、その場に立ち止まる。これの繰り返しが手古舞の動きである。

手にした金棒の金輪は、足を運ぶたびにジャランと音を立てた。

手古舞から三間（約五・四メートル）離れて、神輿が続いた。

梶棒に肩を入れて、神輿を担ぐ者。

周りに立って見守っている、交替の担ぎ手。

一基の神輿の周囲には担ぐ者と控えの者の、数百人の男女が群れを拵えていた。

わっしょい、わっしょい。

神輿にかかわる全員が、腹の底から掛け声を発している。わっしょいの声は、広い参道いっぱいに響き渡った。

「あれでまだ五歳か」

顔に朝日を浴びた、てきやの元締め赤土《あかつち》の傳兵衛《でんべえ》が、感心したようなつぶやきを漏らした。

傳兵衛と太郎は、汐見橋の真ん中に立っている。傳兵衛は、通り過ぎた二三の後ろ姿を見詰めていた。

「あの子の器量の大きさをしっかり見抜いていたとは、さすが太郎さんだな」

「元締めに誉められるとは、身に余る思いです」

太郎がめずらしく、頰のあたりを赤らめていた。

赤土の傳兵衛は、汐見橋のたもとに三百坪の宿を構えるてきやの元締めである。

江戸には四天王と呼ばれる、てきやの親分衆がいた。赤土の傳兵衛はそのひとりで、大川東側の縁日をすべて仕切る元締めである。

背丈は五尺一寸（約百五十三センチ）と短軀だが、五十路《いそじ》を迎えたいまでも肉置き《ししお》にはいささかのたるみもない。

二の腕はこどもの太ももよりも太く、力をこめると太い血筋がくっきりと浮かび上がった。

「若い時分に、元締めは素手で熊と立ち合ったというが……あの話は本当だぜ」

傳兵衛の身体つきを目の当たりにした者は、だれもが傳兵衛の武勇伝を真に受けた。

富岡八幡宮の本祭には、四百を超える物売り屋台が参道に並ぶ。傳兵衛のあたまのなかには、どこの場所には何屋が屋台を出しているか、商いの種類とてきやの名がすべて刻みつけられていた。

てきやは、少しでも人通りの多い場所を欲しがる。その場所取りで、仲間内の争いが絶えなかった。

しかしあらかじめ割り振った場所を、すべて諳《そら》んじている傳兵衛の仕切る縁日では、まったく諍《いさか》いは生じなかった。

「赤土の元締めが見回ってくださるから、縄張り争いに巻き込まれることはねえ」

多くのてきやが、傳兵衛の配下に入ることを望んだ。いまでは傳兵衛が束ねるてきやは、六百人を超えている。この人数は、四天王のなかでも図抜けていた。

四天王たちは、見世物、飾り物、細工物などのように、それぞれが得手とする商いを持っている。傳兵衛が得意とするのは、食べ物屋台である。

なかでもてんぷら屋台と、いなり寿司屋台は、傳兵衛がもっとも得手とする商いである。富岡八幡宮本祭でも、てんぷらは三十台、いなり寿司は二十台の屋台を出していた。

傳兵衛配下のてんぷら屋台は、すべて菜種油を使っている。とはいえ新品の油ではなく、老舗料亭などが一度揚げ物に使った『二番油』である。

しかし縁日の屋台で、菜種油を使っているのは傳兵衛配下の者だけだ。

「大川の東側の縁日に行ったときは、てんぷらを食ったほうがいいぜ」

「知ってるよ。でんべえてんぷらだろう」

『でんべえてんぷら』と書かれたのぼりの屋台なら、安くてうまい……この評判は、大川の西側にも届いていた。

太郎が羽織を着て座敷に出ていたころ、傳兵衛は何度も太郎を座敷に呼んだ。傳兵衛の気性に惹かれていた太郎は、座敷がかかるのを心底から喜んだ。

が、ふたりは『客と芸者』の垣根を一度も越えたことはなかった。

太郎同様に、傳兵衛も相手の気性に強く惹かれていた。互いに尊敬しあっているがゆえに、男女の間柄には至らなかったのだ。

「あの子の料理の筋はどうなんだ」

「加治郎さんが、本気になって仕込んでいます」

太郎は胸を張って傳兵衛に答えた。

「そうか……」

油屋の娘にしておくのは惜しい。

神輿の掛け声にまぎれて、傳兵衛のつぶやきは太郎の耳には聞こえなかった。

七十七

五歳の二三は、手古舞二番組の最年少である。歳だけではなく、背丈も二番組で一番低い。

二列目を行く二番組のなかで、二三は右端を歩いていた。

ひいっ、ふうっ。ひいっ、ふうっ。

この息遣いを繰り返して、金棒を地べたに突き立てた。鍛冶屋の岡田屋が、二三のために気持ちを込めて打ち上げた金棒である。

ジャランと鳴る金輪の音は、仲間のだれの金棒よりも澄んでいた。

まだ五ツ（午前八時）過ぎだというのに、神輿が巡行する沿道には幾重にも人垣ができている。

「ごらんよ、あの子を。まだ小さいのに、大した足の運びじゃないかね」

「金棒の音も澄んでていいねえ」

二三を指差して、見物人が感心している。真っ直ぐに前を見て歩いていても、二三の耳に誉め言葉は聞こえていた。

宮出しを終えてから、一刻（二時間）が過ぎている。昇るにつれて、朝日は強さを増していた。

先頭を行くのは、三基の宮神輿である。洲崎の大門《おおもん》通りを北に入った宮神輿は、強い陽を浴びて屋根の鳳凰が黄金色を際立たせていた。

わっしょい、わっしょい。

総金張りの神輿が揉まれると、周囲にまばゆい光を撒き散らした。

「おうっ」

「さすがは総金張りだ」

キラキラと輝く光を浴びた見物人は、目を細くしながらも神輿の黄金色に見とれていた。

二三たちが先導しているのは、宮神輿のすぐあとに続く仲町の町内神輿である。

前を行く神輿から、わっしょい、わっしょいの掛け声が聞こえてくる。道の両側からは神輿と担ぎ手に向けて、ひっきりなしに水が浴びせられていた。

手古舞には掛けないのが定めだが、神輿にぶっかけた水が飛び散ってくる。宮出しから一刻を過ぎたいまでは、二三たちの手古舞装束も、たっぷりと水を浴びていた。

二三は顔にも水の飛沫を浴びている。

顔に水滴をつけたまま歩いているうちに、二三は勝山の朝を思い出した。


井戸端で顔を洗っていたとき、がまがえるが二三の足元にピョコンと跳んできた。かえるは格別めずらしくはなかったが、そのがまがえるは桁外れに大きかった。

流し場の戸口に寝そべっていたくろが、がまがえる目がけて突進してきた。気配を察したかえるは、大きな身体には似合わぬ敏捷さで跳び逃げた。

くろは二三の足にぶつかった。膝から崩れ落ちた二三を見て、母親が土間から飛び出してきた。

「なんともないもん」

母親の手を借りずに、二三は立ち上がった。が、そのとき二三は、全力で駆けてきてくれた母親の愛情の深さを身体の芯で感じ取った。

顔にはまだ、洗顔途中の水玉がくっついていた。

「平気じゃないべさ。涙を流して」

母親は、水玉を涙だと勘違いしていた。

自分でも気づかぬまま、二三は肉親への思いを胸の奥底に押し込めていた。祭りの水を顔に浴びて、押さえつけていた思いが一気に噴出した。

おかあちゃん……。

胸の内でつぶやいたら、涙が溢れ出した。

隣の子が、手拭を二三に差し出した。

「ありがとう。でも、涙じゃないもん」

「分かってるわよ」

小声で応じた相手は、二三に片目をつぶってみせた。二三の目から、また涙がこぼれ出た。

断章

次々と新しい風が、小名木川を渡ってくる。菜の花が揺れると、黄緑色の海原を見ているような気になった。

あの朝も、同じような思いを抱いたなあ……。

まるで五歳のころに戻ったかのように、こども言葉が二三の胸の内に湧き上がった。

あのとき、二三のそばには勝山屋のくまがいた。犬が前足を立てて横にいたことが、二三をより深く一年前の勝山に連れ戻した。

みさきとかくれんぼをした、黄緑色の菜の花畑。四歳だった二三は、背丈がまだ菜の花を越えてはいなかった。伸びた茎のなかに身体ごと隠れた二三は、みさきに見つからないように息をひそめた。

「どこにいるか、おねえちゃんには分かってるもん」

みさきの声が、少しずつ二三のほうに迫ってきた。

二三は大きく息を吸い込み、音を立てないように、ひと息ずつ吐き出した。

身体がくっついて茎が揺れると、隠れている場所がばれてしまう。肩をすぼめて、茎に触れないようにと気遣った。

しかし茎の群れのなかに深く隠れても、いつもあっけなく姉に見つかった。

「二三、めっけ」

みさきには、ワンワンッと鳴き声を弾ませるくろが、いつも従っていた。二三の隠れ場所を見つけるのは、くろの役目だった。

「おねえちゃん、ずるい」

姉に口を尖らせたあと、二三はくろの尻尾をぎゅっと摑んだ。くろは嫌がるどころか、鼻を二三にすり寄せて喜んだ。

「くろのばか」

かくれんぼのたびに、同じことが繰り返された。

深川に出てきた年の春。二三は勝山屋の庭に咲く菜の花を見て、郷里の畑で遊んだ日を思い出した。

たかだか、一年しか過ぎていない日のことだったのに。

まだ五歳のこどもだったのに。

そして勝山を離れてから、まだ数ヵ月しか経っていなかったのに。

ゆらゆらと揺れる菜の花を初めて見たとき、二三には勝山は手の届かない、はるか遠くの村に思えてならなかった。不意に哀しさが湧き上がった。

しかし哀しさだけではなかった。庭に咲いた菜の花で、てんぷらを拵えたいとも思った。

三十路の峠を越えて、はや数年が過ぎていた。

勝山屋の庭に揺れる菜の花を見た春からは、まぎれもなく長い歳月が過ぎていた。

過ぎ去った日々のなかで、二三は節目ごとに風に揺れる菜の花を見てきた。

そのことに思い当たったとき、おかねの飼い犬の鳴き声が聞こえた。

小名木川の川風が、強くなったのだろう。花の揺れ方が変わっていた。

七十八

弘化二（一八四五）年の元日で、二三は十五歳となった。

商家の跡取りは、十五歳の元日に元服の儀式を執り行う。こどもからおとなへの、大事な通過儀礼となる儀式である。

男子は前髪を剃《そ》って月代《さかやき》とした。そして大店では、名前を幼名から改めたりすることもあった。

二三は勝山屋を継ぐ跡取り娘である。

元日の朝日が、勝山屋の客間に差し込んでいた。

床の間の前には、二双の金屛風が立てかけられている。その屛風を背にして、勝山屋新兵衛とみふくが座っていた。

向かい側には二三が座している。

濃紺無地の五つ紋を着た二三は、畳に三つ指をついていた。髪は髷《まげ》に結われており、髷には純金の笄《こうがい》がささっている。

客間の障子戸は、暮れの三十日に美濃紙に張り替えられていた。その障子紙で和らげられた初日が、客間に差し込んでいた。

二三の髷にささった純金の笄が、金屛風の照り返しを浴びて、黄金色を競い合っていた。

「おとうさん、おかあさん……」

二三は胸の内に湧き上がった思いを嚙み締めて、ひと息おいた。

「明けまして、おめでとうございます」

短い新年のあいさつを、二三は万感の思いをこめて口にした。毎年、元日には口にしたこのあいさつを、暮れから何度も稽古をしていた。

二三の後ろに控えた太郎は、感慨深げな眼差しで、親子の新年のやりとりを見詰めていた。

弘化二年の元日で、二三は元服した。

五歳の二三に、太郎は手習いの稽古をつけた。

それが深いえにしとなり、以来、十年の長きにわたって太郎は二三から離れないでいた。

「なにとぞてまえどもの娘の、しつけ役をお引き受けください」

勝山屋新兵衛から頼み込まれた太郎は、十五歳の春までという約束で引き受けた。

奥付き女中のおみのは、二三が八歳になった天保九（一八三八）年の三月に、深川蛤町の印判屋の跡取り息子と所帯を構えた。

「できることなら、通いの奉公を続けてもらえないだろうか」

おみのを姉のごとく慕う二三を思った新兵衛は、おみのの嫁ぎ先に問いかけた。

「分かりました」

おみのの亭主となった二十二歳の章一郎は、奉公あがりの期日に限りをつけずに受け入れた。ところが二年後に男児を出産したおみのは、その年の四月で奉公をあがった。

以来、二三はことあるごとに太郎から物事の道理を教わってきた。祭りのときには太郎の手元について、手古舞稽古の手伝いもこなした。

元服を翌年に控えた天保十五（一八四四）年十二月二日に、元号が弘化へと改元された。

その夜、新兵衛は仲町の料亭『江戸屋』に太郎を招いた。新兵衛は五つ紋の羽織袴を着用していた。

「次の正月で、二三は元服をいたします」

「さようでござんすね」

新兵衛から言われるまでもなく、太郎はそのことを強く感じていた。二三のしつけ役の御役御免となる日が、目前に迫っていたからだ。

正装した新兵衛を見て、太郎はそのことのねぎらいを受けるのだろうと察した。が、新兵衛は太郎が思ってもいなかったことを口にした。

「つきましては、なにとぞ二三の笄親をお引き受けください」

太郎は返事に詰まった。

男子は前髪を落とし、月代を剃ることで元服する。

女子は垂髪を改めて、結髪とするのが元服の作法である。そして髷を結い、髷に笄をさす『初笄《ういこうがい》』をもって、女子の元服となるのだ。

男子は元服の儀式において、烏帽子《えぼし》をかぶる。祝いに烏帽子を誂える者が『烏帽子親』で、生涯の後見人となった。

同様のことが女子の元服にもあった。初笄の笄を誂える者が『笄親』となるわけだ。

新兵衛は勝山屋の跡取り娘の後見人を、太郎に頼んでいた。長年にわたりしつけ役を担ってきたが、太郎の出自は辰巳芸者である。

しつけ役と後見人とでは、まるで役割も格も違う。それを承知のうえで、新兵衛は笄親を頼んでいた。

太郎はひと息、返事をためらった。

頼みの中身が、尋常のことではなかった。それに加えて、新兵衛が頼みを口にした時期が間際過ぎたからだ。

笄誂えには、相応のひまがかかる。また、笄親を引き受けるからには、受ける者にもそれなりの支度がいる。正月までには、一ヵ月もなかった。

太郎のためらいを見て、新兵衛が口を開いた。

「じつは笄親を頼んでいた親類が、急な病に倒れましたもので」

新兵衛は正直に事情を話した。ほかの親類にあてがないわけでもなかったが、新兵衛は太郎に頼みたいと思いを定めた。みふくもぜひ、太郎にと強く望んでいた。

わけを聞き終えた太郎は、もはやためらうことなく新兵衛に目を合わせた。

「謹んで、受けさせていただきます」

返事をした翌日、太郎は大横川の水垢離場《みずごりば》で沐浴したあと、尾張町の小間物屋老舗、瀧澤に出向いた。

十二の歳から検番に預けられた太郎は、十五歳の祝いに純金の笄を瀧澤で誂えてもらった。その同じ老舗に、太郎は二三の笄誂えを頼んだ。

「正月の元服に使いたいのです」

瀧澤の当主は余計な問いを重ねることをせず、すぐさま二三の様子をたずねた。

「肌の色は日焼け気味ですが、両目はいつも潤いに富んでいます。髪は豊かで、艶があり……」

太郎は二三の様子をしっかりと伝えた。

「あなた様に弁親になってもらえるお嬢は、まことに果報者でございます」

瀧澤の当主は、十二月二十七日の仕上がりを請け合った。そして、二日前には仕上げた。

仕立ておろしの五つ紋は、太郎が着付けを手伝った。濃紺の羽二重が初日の明るさに溢れた客間で、艶々と光っていた。

「おめでとう」

新年のあいさつに応えた新兵衛は、二三の娘ぶりに目を見張った。新兵衛当人が勝山まで足を運んで連れてきた子が、いまは五つ紋の羽二重を着ていた。

こどものころから大きかった瞳は、さらに漆黒の度合いを増している。いつも潤みを帯びた瞳と、細くてくっきりと濃い眉とが、互いに引き立てあっているようだ。

日焼けしたような、艶のある小麦色の肌。

色の白さのみを競い合う仲町の娘のなかでは、陽を浴びて輝く二三の肌は、ひときわ多くの人目を惹いた。

美濃紙に張り替えた障子戸越しに、初日の輝きが座敷に差し込んでいる。濃紺の紋付を着た二三の美しさを、新年の光が引き立てていた。

みふくは両手を膝において、娘のあいさつをしっかりと受け止めた。

「これからも行く末長く、なにとぞよろしくお願い申し上げます」

辞儀をすると、あたまが動いた。髷にささった笄が、黄金色の光を周りに散らしていた。

われ知らぬまま、太郎は膝に載せた手に力を込めて、二三のあいさつを見守っていた。

ついにこの日が訪れたことへの、深い感慨を内に秘めて。

五歳だった二三に初めて接した、あの日。

太郎はすでに、今日の日の二三を思い描いていた。それを感じ取ったがゆえに、ひときわ厳しく芸事、所作をしつけ続けてきた。

新兵衛からの頼みで笄親を引き受けたのも、突き詰めれば、わけはひとつだ。

初に向き合ったときに思い描いた二三の実像を、十五歳の正月に、育ての親とも言える思いを秘めて、確かめたかったからだ。

元日の初日を浴びて、眩い光をあたりに散らしている笄。

長らく思い描いてきた姿を、十五を迎えた二三は大きく超えていた。

深い満足感と、巣立つ二三を見送る切なさ。

ふたつの思いを胸の奥底に仕舞い、太郎はこころを鎮めて二三を見詰めていた。

絆が放つ煌めきの一筋が、太郎にも差し届いていた。

七十九

江戸御府内に、いろは順に四十七組の火消し組が制定されたのは、享保五（一七二〇）年八月七日である。制定したのは、当時の南町奉行大岡越前守忠相《ただすけ》。この火消し組の誕生で、江戸の消火体制は大きく改善された。

いろは組誕生から十年を経た、享保十五（一七三〇）年一月六日。大岡越前守は、四十七組に大改組を加え、十組の大組に編み直した。

それと同時に大川の東側、本所・深川の火消し十六組も、南組・中組・北組の三組に組み直した。改組の目的は、火消し同士の無益な諍《いさか》いを排除することだった。

組が小さいと、先陣争いに躍起になってしまう。人足たちは火消しそっちのけで、まとい振りの屋根獲りに狂奔した。

いろは四十七組が十組に減り、本所・深川十六組が三組に組み直されれば、組の衝突は大きく減るであろう……南町奉行が判じた通り、大改組で火消し人足たちの衝突は激減した。

以来、弘化二年のいまに至るまで、大組十組と、本所・深川三組の仕組みは続いていた。

江戸の油問屋は、この火消し大組に基づいて世話役が定められていた。つまり大川の西側に十人、本所・深川に三人が、それぞれ油問屋の世話役を担っていた。

火消しの深川南組には、小名木川以南の五組が組み入れられていた。

一組には木場町、元加賀町など二十一町。

二組は黒江町、門前仲町など十町。

三組は佐賀町、永代町など二十二町。

四組は材木町、海辺大工町などの二十三町。

六組は海辺裏町、霊巌寺門前町などの四町。

町の数は八十町と、大組三組のなかでは一番多かった。さらに、一組には材木商が集まっており、二組には勝山屋を始めとする大店商家が軒を連ねていた。

三組は佐賀町河岸の蔵が群れをなしているし、四組には神社仏閣と、仏具の老舗大店がひしめきあっていた。

本所・深川とひとくくりに言っても、大川東側の商いは、南組がそのほとんどを占めている。中組と北組は、職人などが暮らす裏店と、武家屋敷が多くを占める町だった。

勝山屋新兵衛が油問屋の世話役を担っているのは、深川南組。まさに商いの中心地である。この大事な土地の世話役を任されるほどに、新兵衛は仲間からの人望があった。

「勝山屋さんは、なんといっても堅い」

「その堅さが、またいいじゃないか」

「あれだけ器量よしの御内儀と跡取り娘がいれば、だれだって堅くなる」

商人が『堅い』と呼ばれるのは、決して誉め言葉ではない。

「遊びも知らない、唐変木の堅物だから」

人柄が堅いだけでは、人望は得られない。商人の仲間内では、『堅い』と『融通が利かない・人情の機微が分からない』は、同じ意味合いだったからだ。

ところが新兵衛は、月に一度の寄合のたびに、人柄の堅さを正味で誉めてもらえた。

そんな世話役は、新兵衛ただひとりである。

新兵衛の評判のよさは、みふくと二三に負うところがまことに大きかった。

月に一度の寄合は、頭取を除く十二人の世話役が月替わりで当番を受け持った。寄合をどこで催すかは、当番世話役の裁量に任された。

寄合の用向きは、四半刻（三十分）もあれば片づく。あとは酒宴である。深川南組が当番となった昨年七月、新兵衛は大横川河岸に張り出し座敷を普請した。

夕涼みを兼ねた寄合という趣向である。

宴席の料理は、深川で獲れる新鮮な魚介を使ったてんぷらとした。夏の温気《うんき》でも、獲れ立ての魚介をその場で調理し、しかもしっかりと火を通すのだ。だれもが安心して箸をつけることができた。

料理人を務めたのは、六十七となっても達者な加治郎である。紅色のたすきがけで、二三も手伝いに入った。

揚げ立てのてんぷらを客に供したのは、まだ座敷には出ていない検番の見習い衆だ。若い妓《こ》の動きは、太郎が差配し、目配りをした。

内儀のみふくは世話人たちに酌をして回った。

「いつも新兵衛にお力添えを賜りまして、厚く御礼申し上げます」

酒宴がお開きとなったとき、みふくは二三をわきに立たせてあたまを下げた。

「勝山屋さんの跡取りさんだったのか」

「玄人の料理人も裸足《はだし》で逃げ出す腕前だ」

新兵衛の評判は、いきなり高まった。この宴席以降、新兵衛が遊びの誘いを断っても仲間たちは文句を言わなくなった。

油問屋の世話役たちは、一年に一度、三月に相模国江島《えのしま》神社に参詣するのが大きな行事だった。

一月と二月は、油が大きく動く時季である。桜の三月を過ぎれば、油の商いも落ち着きを取り戻した。

寒さがゆるみ、ほどよく雨の湿り気が町をおおうようになれば、火事も大きく減った。

ゆえに商いがほどよく落ち着く三月に、世話人たちは毎年、江島神社の弁財天詣でを行った。これも月に一度の寄合同様に、弁財天詣でに名を借りた仲間内の遊山《ゆさん》である。

二泊三日のこの旅では、新兵衛も堅いことはいわず、お楽しみを受け入れた。なにしろ二泊目の江島では、定宿の八畳間を、ひとり一部屋ずつ使うというのが決め事なのだ。

ここで堅いことを言ったりすれば、仲間がしらけてしまう。それが分かっているだけに、新兵衛も遊女を部屋に迎え入れた。

「晴れやかな顔つきから察するに、勝山屋さんもなかなかにお達者じゃないか」

毎年の決まりごとのように、江島の朝飯どきは新兵衛が肴にされた。

この大事な年中行事が、弘化二（一八四五）年は出発間際になって取りやめとなった。

二月二十二日、老中水野忠邦が罷免された。

「しばらくは、派手な催しはよしたほうがいい」

旅の取りやめを、だれよりも新兵衛が惜しんでいた。

八十

水野忠邦が老中を罷免されてから、半月あまりを経た三月十五日。油問屋組合は、二番組の浜松町で寄合を開いた。

江戸火消し二番組は『ろ』『せ』『も』『め』『す』『百』『千』の七組を抱える大きな組だ。いずれも、うるさがたのかしら衆が組を束ねていることで知られていた。

なかでも桜田久保町、神明《しんめい》町、増上寺中門前辺、浜松町、芝口辺などの十数町を守る『め組』は、気風のよさと、誇り高さが売り物だった。

「芝神明に暮らしたいなら、どんなことを頼まれてもいやとは言わないと、しっかり肚をくってもらうことになるが、それでもいいかい」

神明町に移り住みたいという者には、町の肝煎みずからが『達引《たてひき》の強さ』を求めた。そうすることで、め組は守る各町の気風のよさを保ったのだ。

誇りが高いのは、将軍家菩提寺芝増上寺の火消しを、め組が受け持っていたからだ。

「将軍様をお守りするのは、め組の役目でえ」

め組の火消し人足たちは、背筋をピンと張って火事場へと駆けた。

気風がよくて誇り高いのは、火消し人足に限ったことではない。当番月の寄合差配を受け持つ浜松町の富田屋当主も、火消し人足以上に気風のよさを身上としていた。

「ご老中が交代なさるのは、まつりごとにはつきものじゃないか。入れ替わりがあったからといって、年に一度の江島詣でを反故《ほご》にするのは、なんとしても惜しい」

寄合の場で新兵衛が漏らしたつぶやきに、富田屋勘八郎は深くうなずいた。

「まさに、勝山屋さんの言う通りだ」

膝を叩いた勘八郎は、その場に立ち上がった。

今年で五十二歳の勘八郎は、新兵衛と同年だ。しかし四歳から始めたやわらの稽古をいまだに続けている勘八郎は、まだ四十代初めのように若々しく見えた。

稽古で鍛えた身体は、肉置《ししお》きに弛《ゆる》みがなかった。しかも五尺八寸（約百七十四センチ）という偉丈夫で、声も野太い。

鍛え抜いた身体つきに加えて、油問屋組合のために……と頼まれたことには、一度も首を横に振ったことがなかった。

「富田屋さんがそう言うなら……」

周りから一目をおかれている勘八郎の言葉には、異を唱える者はいなかった。

そんな勘八郎が、いきなり立ち上がったのだ。だれもが口を閉じて、富田屋を見上げた。

「水野様のご退陣から間もない今月中というわけにはいかないが、なにも江島詣でを取りやめにすることはない」

言葉を区切った勘八郎は、座の面々を順に見回した。多くの当主が江島神社参詣を楽しみにしていたし、勘八郎当人も二泊の旅を心待ちにしていた。

「月が替わって四月の声を聞いたら、例年通り、江島詣でに出かけようじゃないか」

「わたしは富田屋さんに従おう」

「わたしもだ」

「なんら異議なし」

方々から上がった声は、すべてが江島詣でを強く推していた。一度は取りやめとなった江島詣で二泊の旅が、あっさりと生き返った。

「そうと決まれば、善は急げだ」

奉公人に暦を持ってこさせた勘八郎は、縁起のよい日取りを探した。

「うまい具合に、四月五日が友引だ」

月末と月初を過ぎれば、商家は落ち着きを取り戻す。五日からの二泊三日であれば、どの油問屋も当主が江戸を留守にしても障りはなかった。

「みなさんにもこの日取りで異存がなければ、早速にも道中の手配りをいたしましょう」

「なにとぞ、よしなに」

四月五日出立ということも、その場で決まった。

富田屋は、すぐさま手配りに動き始めた。なにしろ旅立ちまで二十日ほどしかないのに、油問屋の当主ばかりが十三人も旅をするのだ。

旅籠の手配りも道中手形の受け取りも、月番が担うのが決まりである。いつもの年なら、その年の旅を終えた月のうちに、翌年の手配りを始めた。これだけのゆとりがあれば、難なくことを運ぶことができた。

ところが今年は、わずか二十日前の手配りとなったのだ。言い出しっぺの富田屋が手配りを引き受けると請け合ったときは、だれもが大いに安堵した。

勘八郎は八方に手を尽くして、見事に手配りを成し遂げた。しかも、例年以上の内容だった。

高輪の大木戸を抜けたあと、一行十三人は北品川の船宿から、二十人乗りの屋形船に乗船する運びとなっていた。

「選り抜きの船頭が操る屋形船で、神奈川宿まで向かう。旅籠は神奈川、江島のいずれも、ひとり一部屋で相部屋なし」

油問屋の当主は、だれもが四十後半から五十半ばである。富田屋から報せを受けた当主は、仔細を読むなり顔をほころばせた。

新兵衛も、旅を大いに楽しみにした。

ところが旅立ちを三日後に控えた四月二日の昼、石につまずき、足首を捻挫した。

「向こう十日間は、無理な動きは断じて禁物ですぞ。旅などは、もってのほかと心得なされ」

かかりつけの医者は、あごひげを撫でながらきつい診立てを口にした。

新兵衛は案じ顔の娘の前で、深いため息をついた。

八十一

四月五日は、夜明けから天気までも縁起がよかった。

この日の朝日は、深川佃町の彼方の海に顔を出した。四月の天道《てんとう》は、昇り方に勢いがある。六ツ半（午前七時）過ぎには、永代橋の橋杭を強い光が照らしていた。

二三とおみのを乗せた乗合船は、まさにその朝日を浴びながら永代橋をくぐった。

「松林がとってもきれいだこと」

二三は乗合船前方の霊岸島河岸を指差した。

霊岸島と石川島人足寄場《にんそくよせば》とは、大川を挟んで向かい合わせだ。寄場の無宿人たちに妙な里心を起こさせないように、対岸の霊岸島河岸は松林となっていた。風除《かぜよ》けを兼ねた松の群れが、絶妙な娑婆《しゃば》との目隠し役を果たしている。

四月ともなれば、松葉は日ごとに緑を濃くした。朝の光を浴びた松葉の濃緑が、遠目には黄金色に輝いて見えた。

「あたし、目がどうかしたのかしら」

おみのは両手で目の端を強くこすった。

「目が痛いの？」

二三は心配そうな顔でおみのを見た。

「ゆうべの夜鍋仕事のせいかもしれないけど、二三ちゃんが指差した松林が、あたしには山吹色に見えるんだもの」

二泊三日の江島詣でに同行するために、昨夜のおみのは四ツ（午後十時）過ぎまで、章一郎の手伝いを続けていた。

「だったら平気よ」

二三は両目を大きくゆるめた。

「あたしにも、とってもきれいな黄金色に見えているから」

「だったら、安心したわ」

安堵したおみのも、顔つきをゆるめていた。

四月二日に足首の応急治療を受けたあと、新兵衛はみふくと二三を部屋に呼び入れた。

「旅立ちを、わたしのせいでとどこおらせてはならない」

新兵衛は足首の痛みにはひとことも触れず、江島詣でへの障りを案じた。

四月五日の出立が決まったのは、新兵衛のつぶやきがきっかけだった。ひとたび江島詣でを決めたあとは、富田屋が汗を流して手配りを進めた。

北品川からの船旅といい、神奈川宿と江島の旅籠手配りといい、内容のよさは例年以上だった。そこまで富田屋を働かせておきながら、言い出した当人が、おのれの不注意で旅に出られなくなった。

「富田屋さんをはじめ、みなさんにご迷惑をかけることは断じてできない」

思案に詰まった新兵衛は、みふくを名代として差し向けられないかと考えた。しかしすぐさま、みふくに確かめるまでもなく、それはできない相談だと思い直した。

油問屋組合の江島詣では、毎年三月に執り行われた。勝山屋では新兵衛の留守中に、内儀みふくの音頭取りで仲町の得意先を芝居見物に招待した。

ところが今年は、江島行きが取りやめとなった。ゆえに、芝居見物も見合わせとした。

「楽しみにしていましたが、そういう次第では仕方がありません」

大店の内儀たちは老中退陣という事情を察して、芝居見物取りやめを受け入れた。

ところが四月五日の旅立ちが、いきなり決まったのだ。

「もしもいまから手配りが間に合うようであれば、もう一度、芝居見物にお招きしてくれないか」

みふくはすぐさま、日本橋の芝居小屋に様子を問い合わせた。

「四月六日であれば、例年通りに十名様の見物桟敷を用意させていただきます」

芝居見物は四ツ半（午前十一時）から七ツ半（午後五時）までの長丁場だ。幕間には五段重ねの弁当や、茶菓も用意される。勝山屋が招待する芝居見物は、カネに不自由しない大店の内儀衆も楽しみにしていた。

みふくはみずから商家を回り、四月六日の芝居見物はいかがでしょうかと訊いて回った。

「そういうことなら、遠慮なしにうかがわせていただきます」

内儀たち全員が、声をはずませた。

そんな次第を抱えた、四月六日の芝居見物である。二度目の取りやめなど、言い出せるわけがなかった。

「二三に芝居見物のお世話をさせて、お前が江島詣でに出かけるということはできないか」

「二三にはまだ、荷が重過ぎます」

みふくはきっぱりとした口調で断った。

もしも不始末を生じたときには、二三と勝山屋の両方に傷がついてしまう。

「たしかに、お前のいう通りだ」

思案に詰まった新兵衛は、目を閉じて腕組みをした。滅多なことでは顔色を変えないみふくも、深い憂いを色白の顔に浮かべていた。

「あたしに思案があります」

二三の明るい声が、重苦しい気配を押しのけた。

「おとうさんの名代として、あたしが江島詣でに行かせてもらったら、ことはまるく収まると思いますが……」

幸いにも二三は、てんぷら接待の折りに問屋当主たちとは顔見知りとなっていた。

しかも二三は、すでに元服を済ませていた。作法のうえでは、新兵衛の名代を務めても相手に礼を失することにはならない。

「思ってもみなかったが……」

新兵衛は語尾をあいまいに濁した。

「おみのに旅の供を頼むことがかなえば、妙案かもしれません」

条件つきながらも、みふくは二三の思案を受け入れた。

五歳の二三が勝山から出てきたとき、おみのは翌年夏の祝言を控えていた。が、二三の世話を続けているうちに、すっかり情が移ってしまった。

それに加えて、所帯を構えようとした相手が、おみのにこころない振舞いに及んだ。おみのは、詳しいことは一切、口にしなかったが……。

「あと何年か、二三ちゃんのお世話をさせていただけませんか」

申し出を受けたみふくは、ぜひにもと、ふたつ返事で受け入れた。その二年後、二三が八歳になった年に、おみのは地元の印判屋に嫁いだ。

今度は勝山屋がおみのに頼み込み、所帯を構えたあとも奉公が続いた。おみのが勝山屋の奉公を辞したのは、祝言の二年後に男児を出産したときだった。

弘化二（一八四五）年のいま、おみのの長男勘太郎は六歳になった。折りに触れておみのは勝山屋に顔を出しており、付き合いは続いている。

「おみのの長男の……」

「勘太郎ですか」

名前が出てこない父親に、二三は助け舟を出した。

「そうだ、勘太郎だ。あの子は幾つになったんだ」

「六歳です」

みふくが即座に答えた。

「六歳なら、おみのが三日の間留守にしても、父親とふたりで踏ん張ってくれるだろう」

新兵衛もすっかり、二三の名代に乗り気になっていた。

「あたしで役に立つなら……」

亭主の許しを得たおみのは、明るい声でみふくの頼みを聞き入れた。

「妙齢のお嬢が加わってくれれば、旅が一段と華やかになる」

富田屋は相好《そうごう》を崩して、二三の名代を受け入れた。


乗合船は、浜松町の船着場に向かっていた。二三たちは下船のあと、富田屋に向かう段取りである。

二三もおみのも、ともに股引・腹掛け・半纏という職人の身なりをしていた。男衆の足手まといにならぬようにと思案しての装束だった。

「道中、よろしくお願いします」

船着場におりた二三は、ぺこりとおみのにあたまを下げた。

朝の光を浴びて、勝山屋の半纏と股引が艶々と光っている。仕事着とはいえ、極上の木綿物であるのは、濃紺の輝き具合からも見てとれた。

八十二

高輪大木戸を抜けた一行は、北品川の船宿ほていやに向かった。富田屋が二十人乗りの屋形船を手配りした船宿である。

品川宿の細道を海に向かって下ると、一町（約百九メートル）ほど先に赤い欄干の小橋が見えてきた。北品川船着場に渡る橋である。

富田屋を先頭にして、一行は船着場へと向かった。橋のたもとに立っている数人が、富田屋たちに向かって辞儀をした。

「ようこそお越しくださいました」

店先で出迎えたほていやの女将《おかみ》は、濃紺の羽織を着ていた。最上客を出迎えるときの身なりだった。

「今日はいささか風が強いようですが、うまい具合にみなさんには追風《おいて》ですから」

女将は船宿の屋根を指し示した。

大きな風車と、風向きを示す風見鶏が屋根に設《しつら》えられていた。

「あの回りかたは、いささかではない。相当に強い風が吹いているじゃないか」

五番組の世話役、麴町の高田屋喜多郎《きたろう》は、屋根の風車を見て顔をしかめた。紅白に塗られた大型の風車は、色味が溶け合って見えるほどの勢いで回り続けていた。

「なんだね、高田屋さん」

十番組山谷今戸《さんやいまど》の世話役、梅の屋潤兵衛《じゅんべえ》が高田屋の前に進み出た。太った高田屋と、痩身の梅の屋が向き合う形になった。

「これから船に乗ろうというのに、その顔はないだろう」

今戸に自前の船着場を構えている梅の屋は、みずから棹を握るほどの船好きである。屋根の上の風見鳥は船宿の女将が言った通り、追風の風向きを示していた。

「神奈川宿に向かうにはお誂えの風向きだし、ご覧なさい、あの屋形船を」

潤兵衛は、目を細めて屋形船を見た。

屋形船が新造船であることは、陽を浴びた船板の美しさからも容易に察せられた。船の屋根一面に張った銅板も真新しく、朝の陽光を威勢よく弾き返していた。

屋形船は、新しいだけではなかった。船足を速くする工夫も、随所に加えられていた。

艫《とも》に据えつけられた大型の櫓のほかに、左右の舷側に一挺ずつ、小ぶりの櫓が据えつけられていた。

三挺の櫓で漕ぐ、新造の屋形船である。船に通じている梅の屋は、いますぐにもこの新造船に乗りたそうだった。

「猪牙舟《ちょきぶね》と違ってこれだけ船が大きければ、多少の横波を受けても揺れやしない」

「梅の屋さんの言う通りだよ、高田屋さん」

渋い顔を崩さない高田屋のそばに、八番組蔵前の山口屋泉《せん》ノ助《すけ》が寄ってきた。

「猪牙で小便、千両というが、この船なら十両もかからずに小便ができるというもんだ」

大声で言ってから、山口屋は二三とおみのが一緒であることに気づいた。例年の旅とは異なり、今年は女ふたりが加わっているのだ。

「いやはや、口が勝手に滑ってしまった」

山口屋はきまりわるそうな顔で、右手をあたまにあてた。勝山屋の半纏《はんてん》を羽織った二三は、その山口屋に微笑み顔を向けた。

「猪牙で小便千両というのは、どういう意味なんでしょうか」

「これはまた、さばけたお嬢だ」

二三が小便という言葉をさらりと口にしたのを受けて、山口屋は大きく相好を崩した。

「勝山屋さんは、猪牙舟は知っていなさるだろう」

「もちろん、知っています」

答えた二三は、山口屋を真正面から見た。

「旅の間だけでも勝山屋ではなしに、二三と呼んでください」

二三が口にしたことを聞いて、男衆がどよめいた。

「折りをみながら、あたしもそう呼ばせてもらうとして……」

山口屋は、二三に問われたことの答えを続けた。

「知っての通り、猪牙舟は船足は速いが大層に揺れるもんでね。よほどに慣れていないと、走っている舟に立ち上がることすらむずかしい」

猪牙舟は、江戸で造られた川船である。船体は細長くて屋根はなく、舳先《へさき》は鋭く尖っている。その形が猪の牙に似ているところから、猪牙舟と名づけられた。

船足は軽快で速いため、一刻も早く吉原に出向きたい遊び客たちは、この舟を多く用いた。

しかし船体が細いために、波を浴びると大きく揺れる。山口屋が言った通り、立ち上がるだけでも相当に難儀だった。

ましてや船端から小便をするなどは、よほどに慣れていなければ無理だ。猪牙舟に立って小便ができるようになったころには、吉原通いで千両のカネを遣っている……

これが「猪牙で小便、千両」のいわれである。

山口屋も、猪牙舟には相当にカネを遣った口である。二三に説明しながらも、どこか照れくさそうな顔つきを見せた。

「勝山の漁師さんたちが、漁船から……海にしていたのを思い出しました」

二三は微笑み顔で山口屋に応えてから、高田屋のほうに近寄った。

「お邪魔でなければてまえどもを、高田屋さんのおそばに座らせてください」

二三とおみのは高田屋に向かって、軽い会釈をした。眉間にしわを寄せていた高田屋の顔が、見る間にゆるんだ。

八十三

ほていやの新造船『さくら丸』が船着場を離れたのは、四ツ（午前十時）の鐘の始まりの一打が、高輪大木戸から流れてきたときだった。

「行ってらっしゃい」

ほていやの女将や仲居、控えの船頭たちが、赤い欄干の小橋の上で手を振った。

気持ちよく晴れ上がった日の船出である。屋形船の障子戸は、どの戸も大きく開かれていた。

「なんとも心地よい風じゃないか」

あれほど乗船を嫌がっていた高田屋が、いまは二三とおみのに挟まれて満足げである。潮風を顔に浴びて、塩辛声を弾ませた。

潮も風も、誂えたかのように神奈川宿のほうに向かって流れている。江戸前に出た屋形船は、風に押されてぐいぐいと船足を速めた。

「ご覧なさい、あの高田屋さんの顔を」

銀ギセルに煙草を詰め終えた山口屋が、隣に座った梅の屋のたもとを軽く引いた。山口屋たちの向かい側に座った高田屋は、満悦至極の顔つきで、船の外を眺めていた。

「あれほど船はいやだと険しい顔をしていたひとが、そんなことはケロリと忘れて、あのさまだ」

小声で文句を言ってから、山口屋は刻み煙草に火をつけた。甘い香りの煙が周りに漂った。

灘の酒と、薩摩の煙草を味わうのが、なによりの道楽だと広言している山口屋だ。吹かした一服は、薩摩特産の刻み煙草『霧島』である。

「これはまた、なんとも甘くていい香りですなあ」

梅の屋が、鼻をひくひくさせ煙を嗅いだ。

「よろしかったら、梅の屋さんも一服どうですか」

「せっかくのお勧めだが、あたしは煙草はやりませんので……それにしても、煙草を吸わないあたしにも、この香りはうまそうに思えますすなあ」

梅の屋は追従《ついしょう》ではなく、正味から霧島の香りを誉めていた。

「こうして晴れた日の海の上で、富士山を見ながらやる煙草は、まさしく至福の一服です」

灰吹きに吸殻を叩き落とした山口屋は、目を船の外に向けた。高田屋を真ん中に挟んだ二三とおみのも、同じ方角を見ていた。

青空に向かって、富士山が屹立している。山のいただきには、まだ雪がたっぷりと残っていた。

「永代橋の上から見る富士山が、一番きれいな眺めだと思っていたんですが……」

おみのは、富士山に目が吸い付いていた。

「海の上からの姿がこんなにきれいだったなんて、思ってもみませんでした」

「それだけ喜んでもらえれば、神奈川宿まで船旅にした甲斐があるというもんだ」

高田屋が、ぬけぬけと言い放った。

「ウオッほん」

「ウッ、ウン」

山口屋と梅の屋が、わざと大きな咳払いをした。潮の流れをしっかりと摑んでいるさくら丸は、船上を舞う都鳥に負けぬ速さで神奈川宿を目指していた。

船内のあちこちで煙草が吹かされているし、話も大いに弾んでいる。上天気に恵まれて、江戸前の波が静かだからだ。

そっと立ち上がった二三は、艫に出た。船頭がひたいに汗を浮かべて櫓を漕いでいる。軽く会釈をしてから、二三は走り去ってきた品川方面を見た。

四月上旬の海は、すでに初夏を思わせるような深い蒼味を見せていた。その青い海原は、降り注ぐ陽光をキラキラと弾き返している。

菜の花が色づき始めると、二三はみさきと並んで勝山の海を眺めたものだ。

菜の花畑の端から見た、勝山の青い海。

富士山の手前に広がっている、神奈川沖の蒼い海。

二三は記憶をたどって、ふたつの海の色比べをしようとした。ところが勝山の海の色が、うまく浮かんでこないのだ。

両方の手のひらを大きく開き、強くこすり合わせた。みさきと一緒に海を見るとき、二三はいつもそうした。手についていた畑の土を払い落としてから、姉の手を握ったからだ。

しかしどれほど強くこすっても、みさきの手のひらのぬくもりも、思い出せなかった。

江戸に暮らし始めて、はや十年が過ぎていた。

過ぎたときのなかで、多くのことを教わった。

そして幾つも大事なものを、ときの流れにのせて忘れ去っていた。

おねえちゃん、ごめんなさい……。

二三は小声で姉に詫びた。

強い追風が、二三のつぶやきを舳先へと運んで行った。

八十四

神奈川宿では、宿場で一番の旅籠『やはぎ』を富田屋は手配りしていた。熊野杉を惜しまずに使った二階建てで、客室はどの部屋も十畳の広さがある。

富田屋は広い十畳間を、相部屋なしでひとり一部屋ずつ用意させていた。

「あたしとおみのは、同じ部屋にさせてください」

やはぎの番頭に断ったうえで、ふたりは一部屋を使うことにした。

広間の夕餉が終わったのは、五ツ（午後八時）が近いころだった。

「明日は江島まで、五里（約二十キロ）の道を歩くことになるからねえ。早朝の旅立ちに備えて、ゆっくりと眠りなさい」

二三とおみのに話す高田屋の口調は、すっかり父親代わりのようだった。

「ありがとう存じます」

あたまを下げたふたりは、一階奥の湯殿に向かった。四半刻もかけて、ふたりは存分に湯を楽しんだ。

やはぎの湯船は、分厚い檜造りである。やわらかくてサラサラの湯には、檜の香りがたっぷりと染み込んでいた。

「おみのさんとひとつの部屋に寝られるなんて、思ってもみなかった」

「あたしだって、そうよ」

湯上がりの二三とおみのは、ひとつの部屋で寝られることを喜んだ。しかしその喜びのわけは、ふたりはまったくあべこべだった。

二三は、ひとつの部屋でふたりが一緒に過ごせることを喜んでいた。

勝山のころは大雨が降っているからとか、稲光りが怖いからとか言いながら、ことあるたびにみさきの布団に潜り込んだ。

しかし勝山屋の養女となったあとは、今日に至るまで、ずっとひとり寝で過ごしてきた。ひとつの部屋にふたつの布団を敷くのは、十年ぶりだった。

おみのは長男の誕生以来、こどもとひとつの布団で寝ていた。おみのの宿《しゆく》は、旅籠の客間よりも狭い八畳ひと間である。その八畳間に、幾つか家財道具が置かれていた。

ゆえに布団を二組敷くと、ほとんど隙間がなくなってしまった。

冬場は、寝返りを打つのにも気遣った。うっかり大きく身体を動かしたら、こどもを布団から押し出してしまうからだ。

こどもは可愛くて仕方がないし、亭主とひとつ屋根の下で暮らせるのも、このうえなく幸せだ。しかしたまには、一年に一度ぐらいは、のびのびと手足を伸ばして眠ってみたいと思っていた。

それが今夜はかなった。広い十畳間に、布団を二組敷いただけ……おみのにとっては、夢のような広さである。

「こんなにふかふかの敷布団を、ひとりで使えるなんて……」

おみのは、両手を大きく広げて敷布団の上を転がった。

「おみのさん、すごく気持ちよさそう……」

真似をして、二三も敷布団の上を転がった。

ふたりはこどものような声をあげながら、何度も何度も、布団の上を転がった。

「ごめんくださいまし」

ふすまの外から、やはぎの番頭が呼びかけてきた。

差し迫った調子の声を聞いて、二三とおみのは顔つきを引き締めた。

八十五

部屋に入ってきた番頭は、ひとりの旅人を連れていた。

「こちらのお客さまは、今日の夕方七ツ（午後四時）過ぎに高輪大木戸を抜けられたそうです」

旅人は日本橋青物町の雑穀問屋、野崎屋の手代で新五郎《しんごろう》という名だった。

二三もおみのも、野崎屋の名は知らなかった。が、新五郎のきちんとした身なりを見て、大店に間違いないと察しをつけた。

「じつはこの新五郎さんが……」

番頭がさらに話を続けようとしたとき、新五郎が前に出てきた。

「やはぎの番頭さんから、おたくさまがたおふたりは、深川の勝山屋さんのお嬢と、お付きの女中さんだとうかがいましたが」

「わたしは勝山屋新兵衛の娘で、二三と申します」

一緒にいるのが手伝いを頼んでいるおみのだと、二三は素性を明かした。

初対面だが、顔つなぎをしているのが旅籠の番頭である。新五郎に身分を明かしても、間違いは生じないと判じてのことだった。

「やはり、さようでしたか」

新五郎はつかの間、語尾を下げてふっと肩を落とした。が、すぐさま気を取り直したような顔つきで、二三を見詰めた。

「てまえは相州藤沢の在に、豆の仕入れ掛け合いに向かう途中なのですが、高輪に差しかかる手前で大騒動をこの目で見ました」

「大騒動って、なんのことですか」

二三とおみのが、声を揃えて新五郎に問いかけた。

「芝橋を渡った先の、本芝一丁目のあたりから見たことですが」

言葉を区切った新五郎は、ごくんと音を立てて口にたまった唾を飲み込んだ。

「海を隔てた先の丑寅（北東）の方角で、真っ赤な炎が夕暮れ前の空を焦がしていました」

「丑寅の空というのは、深川の方角だということですか」

二三はわれ知らぬ間に、新五郎の膝元ににじり寄っていた。

「そうです」

新五郎は二三から目を逸《そ》らさなかった。

芝橋を南に渡れば本芝一丁目である。ここから高輪大木戸までは、海沿いの道を歩くことになる。

高輪に向かっての南側は、江戸前の海だ。海沿いに続く砂地は、広大な網干し場となっている。

陽が沈むのは、旅人が向かう高輪大木戸の方角である。足を止めて振り返れば、海を隔てた先には佃島と石川島が見えた。

本芝の海岸から眺める、佃島や深川の家並。西日を浴びた屋根は、たとえ板葺きでもキラキラと美しく光って見えた。

目を凝らせば、商家の本瓦屋根も見てとれる。

江戸を出ようとする旅人は、西日を浴びた佃島や深川の光景に見入った。

「かならず、元気でけえってくるからよう」

夕暮れどきの光景に両手を合わせて、旅人は先々の道中の無事を祈願したのだ。

四月初旬の七ツ過ぎは、陽が西空へと移り始めたころだ。いつもであれば西日を浴びた深川の家並が、鮮やかに照り返って見える刻限である。

ところが今日は様子が大きく違った。

なによりも、風が滅法に強かった。

「うっかり開いて歩いたりしたら、飛び込んできた砂で、口の中がザラザラになってしまう」

「口だけじゃあない。目にだって、小さな砂が飛び込んでくるんだ」

「えらい日に旅立ちをしましたなあ」

高輪に向かう旅人の多くは、立ち止まりもせず、口をすぼめ、目を細くして海岸沿いの道を急いだ。

朝方から吹き荒れていた風は、午後に入ると一段と強さを増した。

新五郎が日本橋青物町を発《た》ったのは、昼過ぎだった。芝橋までずっと向かい風の中を進んできたが、さほどに歩きにくいわけではなかった。

芝橋の北詰には、五軒の茶店が軒を連ねている。橋を渡って二町（約二百十八メートル）も歩けば、一里（約四キロ）近くも続く砂道が始まるのだ。

「砂道を歩く前に、少し休もうじゃないか」

まだ高輪にも着いていないというのに、多くの旅人はここの茶店でひと息いれた。

芝橋で団子を食べるのが、藤沢に向かうときの新五郎の楽しみのひとつである。

焙じ茶一杯に、みたらし団子二串で十六文。

「ごちそうさま。ここに置きましたから」

財布からゼニを取り出そうとしたとき、方々の火の見やぐらが一斉に半鐘を鳴らし始めた。

「なにが起きたんだい」

「火元はどこだ」

　旅装束の客が、湯呑みを手にしたまま立ち上がった。　勘定を済ませた新五郎は、半鐘には構わずに芝橋を渡った。

　七ツを過ぎると、高輪の大木戸が大混雑を始める。暮れ六ツ（午後六時）の閉門までに大木戸を出ようとして、旅人たちが押し寄せるからだ。

　強い向かい風を顔と身体に浴びながら、新五郎は網干し場わきの砂道を高輪へと急いだ。遠くで半鐘が鳴り続けていたが、一度も足をとめなかった。

　しかし半里（約二キロ）ほど歩いた先の高台で、こころならずも足をとめざるを得なくなった。五十人近い旅人の群れが、深川方面の空に見入っていたからだ。

　高台の道いっぱいに、ひとが溢れていた。

「大変だ。またひとつ、大きな炎が立ったようだ」

「あの炎は、間違いなく油に火が入ったときの燃え方だよ」

「あんな調子じゃあ、火消しも手の出しようがないだろうよ」

　遠くで半鐘が鳴り続けていた。ひとの気を苛立たせる、せわしない鳴り方だ。

「火元の見当は、どこになりますんで？」

　海を隔てた先の火事に見入っている旅人に、新五郎が問いかけた。

「たったいま駆けてった火消しのにいさんは、深川の門前仲町界隈だろうと言ってた

「この凪に煽られたうえに、油にまで火が回ったんじゃあ、深川のひとには気の毒だがねえ」

「多くの町が丸焼けになるんだろうねえ」

旅人たちは、心底から深川の住民を気の毒がっていた。火事がいつ、わが身に降りかかってくるか、知れたものではなかったからだろう。

新五郎は旅を取りやめにして、日本橋に戻ろうかと迷った。そしてもう一度、丑寅の空を見た。

強く燃えてはいるが、凪は幸いにも大川の西から東に向けて吹いていた。この凪向きであれば、火の粉が大川を西に越える心配はなかった。

一方の藤沢の掛け合いには、七軒の農家が顔を揃える段取りとなっている。収穫を間近に控えたいま、日延べをするのは、大いにはばかられた。

予定通り、藤沢に向かおう。

そう決めた新五郎は、定宿である神奈川宿のやはぎにわらじを脱いだ。

「江戸の深川が、油の火事でえらいことになっていました」

遅い晩飯を食いながら、新五郎は見てきた火事の様子を番頭に聞かせた。

深川の油火事と聞いて、番頭の顔色が変わった。

「うちに泊まっているのが、深川の勝山屋さんのお嬢と女中さんです」

「えっ……勝山屋さんの」

新五郎は、勝山屋の名前を知っていた。江戸の商家の間では、上質な菜種油を商う勝山屋の名は、広く通っていた。

番頭と新五郎は、五ツ半（午後九時）過ぎにもかかわらず、二階への階段を駆け上った。

「ご心配でしょうが、この夜道を江戸に向かうのはとてもお勧めできません」

朝になれば、神奈川宿の湊で江戸までの早船を仕立てることもできる。それまで待ったほうがいいというのが、番頭の判断だった。

異変を聞きつけて、富田屋たちも二三の部屋に駆けつけてきた。

「つらいだろうが、番頭さんの言う通りにするほかはない」

富田屋は、情のこもった眼差しを二三に向けた。

「あたしらも旅を取りやめにして、明日の朝、江戸に帰る」

富田屋がきっぱりとした口調で断じた。

詳細は不明だが、油が元と思われる火事なのだ。世話役のだれひとり、反対する者はいなかった。

二三の顔から、血の気がひいていた。しかし取り乱した様子は見せず、世話役たちの前で両手をついてあたまを下げた。

同じ仕草ながら、おみのは肩を震わせていた。

八十六

二三とおみのは、互いに眠りを勧めていた。

「少しでも目を閉じれば、それだけで二三ちゃんが楽になるから」

「おみのさんこそ、ほんのいっときだけでも横になって」

ふたりは心底から相手を気遣い、横になったらどうかと眠りを勧め合った。

二三は育ち盛りである。おのれの十五歳当時を思い浮かべたおみのは、二三がいかに眠たがりのときなのか、痛いほどに察しがついた。

どれほど眠っても、さらに眠りを欲する。それが十五歳の身体なのだ。

三度の食事のあとでは、立ち仕事をしながら居眠りをしたことも何度もあった。あるときは煮え立った湯をそのままにして、へっついの前でウトウトとした。やけどを負わなかったのは、八幡様のご加護としか言いようがなかった。

今日の二三は、朝から気を張り続けていた。屋形船のなかでは最年少ゆえに、おみのよりも先に立って茶の給仕につとめていた。

やはぎの大きな湯船につかったことで、身体にたまっていた疲れが大きくほぐされた。布団に横になると、心地よさが眠りに誘い込もうとした。

番頭が部屋に顔を出したのは、まさに眠りにつこうとした矢先のことだった。

深川の空が真っ赤になっていたと、野崎屋の手代は口にした。しかも炎には、油が燃えているとき特有の強さがあったとも言った。

新五郎の話の途中から、二三は蒼白となった。そのあとは、顔に血の気が戻った様子はうかがえなかった。

二三がどれほど勝山屋の様子を案じているかは、おみのにも充分に察しがついた。

二三の様子にこころを痛めながらも、おみのは亭主とこどもの様子を案じていた。

章一郎と勘太郎の身が無事でありますようにと、おみのは強く念じた。が、それを口には出さず、ひたすら勝山屋の無事を願っていた。

勝山屋さんに、なにごともありませんように。

勝山屋が無事なら、章一郎も勘太郎も無事……おみのはこれを信じて、勝山屋の無事を願っていた。

おみのに同行を頼んだことを、二三は強く悔いていた。

深川に残してきた章一郎さんと勘太郎のことが、さぞかし心配だろうに……。

二三は今朝の佐賀町河岸の様子を思い浮かべた。

「おかあちゃん、船は揺れても平気だからね」

六歳の勘太郎は、おみのをまだ「おかあちゃん」と呼んでいた。そのくせ、船は揺れても平気だからなどと、母親に向かって生意気な口をきいたりする。

勘太郎の様子を見ながら、二三はいきなりこども時分を思い出した。勝山から江戸に養女としてもらわれてきたのが、勘太郎と同じ年頃だったからだ。

口では生意気なことを言いながらも、二晩の間、母親と離れて暮らすことを勘太郎は寂しがっていた。

浜松町に向かう船が、佐賀町の船着場を離れたとき。勘太郎は両目を潤ませながら、父親の手にしがみついていた。あのときの勘太郎の目は、二三には身に覚えがあった。

こどもに向かって手を振っていたおみのの横顔も、二三はありありと思い浮かべることができた。

すぐわきに立っている二三の手前もあり、おみのは笑顔で手を振ろうと努めていた。が、わずか二晩とはいえ、こどもから離れるのがつらいのは、おみのの横顔にはっきりとあらわれていた。

目元をゆるめて、威勢よく手を振るおみの。しかし目元はゆるんでいるように見えても、両目はちっとも笑ってはいなかった。

二三の頼みを聞き入れて、おみのはこどもと亭主を残して二泊三日の旅に付き合ってくれている。そんな折りも折り、家族を残してきた深川が大火事に遭っているのだ。

さぞかし亭主とこどもが心配だろうに、おみのはそんなことをおくびにも出さない。いまだにおみのは、勝山屋と二三とを、なによりも大事に思っているのだ。

留守宅の両親の身を、二三は案じていた。それと同じぐらいに、おみのの家族のことも気遣っていた。そして案じながらも心配だと口にできないおみのに、二三はこころのなかで深く詫びた。


「少しだけでも横になりましょう」

二三が強く誘うと、おみのも布団に横たわった。

「きっとみんな平気だから」

「もちろんそうです」

おみのが強い口調で言い切った。

言い切ることで、おのれの不安を振り払おうとしていた。

八十七

勝山屋の奉公人恭平《きようへい》は、油搾りの職人である。

今年で三十路《みそじ》を迎えた恭平が旅籠『やはぎ』の雨戸を叩いたのは、まだ夜が明ける前、七ツ半（午前五時）過ぎのことだった。

ドン、ドン、ドン。

こぶしで戸を叩く音が、二階にまで響いた。

「さっきから戸を叩いているのは、ここの玄関先みたいだけど」

「きっとそうです」

二階座敷で、二三とおみのが声を交わした。

「あたしもあの音が、ずっと気になっていたところですから」

旅籠の外には、まだ日の出前の暗さが居座っている。ゆえに明かりを落とした座敷も真っ暗だ。そんな部屋で、二三とおみのは耳を澄ました。

強く叩き続けた音で、旅籠の女中が気づいたらしい。玄関の雨戸が開かれる音が、二三たちの部屋にも聞こえてきた。

戸が開くなり、土間に駆け込んだのだろう。

「あっしは江戸深川の恭平と申しやす」

差し迫った調子の大声が、二階にまで届いた。

恭平と聞いて、二三とおみのは着替えもせずに部屋から飛び出した。

ふたりとも、寝巻きの上に掻巻《かいまき》を着たままである。綿が重たいだろうに、二三はトントントンと軽い音を立てて階段を駆け下りた。

「あっ……お嬢さま」

やはぎの暗い土間に立っていた恭平が、二三を見て甲高い声を発した。応対していた女中には構わず、階段をおりてきた二三のそばに駆け寄った。

「お店《たな》はでえじょうぶでさ」

言うなり恭平は、その場にへたり込んだ。

「しっかりしなさい」

二三は凛とした声音で、恭平を叱った。二三を追って階段をおりてきたおみのが、びくっとして立ち止まった。それほどに、恭平を叱りつけた二三の声は厳しかった。

恭平はびくっと肩を震わせて立ち上がった。

「深川が火の海に包まれて……」

話を続けようとした恭平の口を、二三は右手をあげて閉じさせた。

「足をすすいでから、二階に上がりましょう」

旅籠の番頭だの女中だのが、なにごとが起きたのかと板の間に集まっていた。その耳目を気にして、二三は恭平の口を抑えたのだ。

「ごめんどうですが、すすぎを」

女中に頼んだときの二三は、落ち着いた物言いに戻っていた。

「分かりました」

ひとりの女中が流し場に駆け込んだ。

「明かりをつけなさい」

番頭の指図を受けて、別の女中が五十匁《もんめ》の中型ろうそくに火を灯した。暗かった旅籠の土間が、ろうそくの明かりで照らされた。

恭平は股引・腹掛けの仕事着で、濃紺の勝山屋の半纏を羽織っていた。

「夜通し走ってきたのですか？」

二三は口調をやさしくして問いかけた。恭平は小さくうなずいた。顔の方々が、赤くただれている。小さな出来物が潰れたかのようだ。

「恭平さん、その顔は」

おみのが問うと、恭平は慌てて顔に手をあてた。

「迷い火の粉を浴びたんでさ」

ぼそっと答えているところに、女中がすすぎを運んできた。

「ありがてえ……失礼しやす」

恭平は編み上げの紐をほどき、履物を脱いだ。

勝山屋で働いているときの恭平は、足元が滑らないように底の分厚い草履を履いている。履物がずれたりしないように、編み上げの紐でふくらはぎをしっかりと縛る特注の草履である。

神奈川宿は、品川・川崎に次ぐ、東海道三番目の宿場だ。深川からは、およそ七里（約二十八キロ）の道のりである。

油搾りの仕事場で履いている別誂えの草履は、七里を走り抜いても、底も長い紐もいささかも傷んではいなかった。

「この者は、てまえどもの職人です」

恭平が足のすすぎを続けているわきで、二三は番頭に素性を伝えた。

「すすぎを終えましたら、二階に上げさせていただきます」

恭平がどんな凶報を運んできているか、およその察しはついているに違いない。それなのに二三は、尋常な物言いで番頭に断りを言った。

恭平を叱りつけたときの口調。

番頭に断りを伝えたときの物言い。

ひとは難儀に直面したときに、その正体も真価も透けて見えるという。

自分の知らないところでどれほど二三がおとなになっていたかを、おみのはいま、改めて思い知った。

階段をドンドンと鳴らして、同行の男衆が板の間におりてきた。恭平はすでにすすぎを終えて、二三のあとに従っていた。

八十八

ひとの耳目があるのをはばかり、二三は一階では両親の様子は訊かなかった。が、二階の客間に入るなり、すぐさま様子を問い質した。

おみのの家族の様子を、二三は先に問うた。

「章一郎さんたちの裏店の周辺には、大して火は回っておりやせんでした」

そう答えるのももどかしげに、恭平は勝山屋の話に戻った。

「旦那様と御内儀様は、あっしが深川を飛び出したときは、達者でおいででやした」

「恭平さんは、なんどきごろに深川を離れてこちらに向かったのですか」

「五ツ（午後八時）の見当でやす」

「そのときまで、章一郎さんたちも、うちの両親《ふたおや》も、無事だったということですね」

「町にはすっかり火が回っちまって、手のつけようがなかったんでやすが、旦那様も御内儀様も、やけども負わずに達者にしておいででやした」

　なによりも知りたかった両親の無事と、おみのの亭主・こどもの無事を恭平から聞くことができた。二三とおみのは、大きな安堵の息を漏らした。

「湯が沸きましたから」

　ふすま越しに女中の声がした。立ち上がったおみのが、静かにふすまを開いた。

　廊下には富田屋を始めとする面々が、息を詰めた顔で立っていた。

「二三さん……」

　おみのに手招きされた二三は、急ぎ立ち上がって廊下に出た。

「ご心配をおかけして、申しわけございません」

　深い辞儀をして詫びてから、二三はとり急ぎ、両親は無事のようですと伝えた。

「無事のようとは、随分と歯切れのわるい言い回しじゃないか」

　富田屋の当主は、あいまいな物言いを聞き流しにはしなかった。

「ただいまてまえどもの職人から、仔細を聞き取っているさなかでございますので」

　分かり次第にお伝えに上がりますと言って、二三は言葉を区切った。深川の様子がどうなっているのかを、二三は早く聞き取りたいのだ。そのためには、とり急ぎこの場のふすまを閉めたかった。

「分かった」

富田屋は二三の思いを察したようだ。

「どうなるにしても江島行きは取りやめて、船で江戸に戻る手配りを済ませておこう」

「ありがとうございます」

富田屋の配慮に、二三は心底からの礼を言った。

「仔細が分かり次第、わたしに知らせてくれ」

「かしこまりました」

廊下を戻って行く富田屋たちを見送ってから、二三は恭平の前に戻った。

おみのはすでに、湯呑みに焙じ茶を注いでいた。

「昨日のことを、最初から端折《はしょ》らずに聞かせてください」

二三に向かってうなずいた恭平は、湯呑みの茶をすすった。焙じ茶でも、温かい茶が美味《うま》いのだろう。湯呑みを両手で抱え持つようにして、一気に茶を飲み干した。

膝元に戻した湯呑みに、おみのは新しい焙じ茶を注いでいる。それを横目に見ながら、恭平は昨日の仔細を話し始めた。

「お嬢さまたちが出かけられてから、一刻半ほど過ぎた四ツ（午前十時）過ぎには、深川中に強い西風が吹き始めました」

二三は強くうなずいた。屋形船が北品川の船着場を離れたときから、風の強さは感じていた。

「店先の水桶が吹き飛ばされたのを見て、番頭さんは火の始末をきつく言い始めたんです」

油屋にとっては、火の不始末は命取りである。勝山屋の奉公人には身体の芯まで、火の怖さが染み込んでいた。

そんな奉公人に番頭が念押しをしたというのは、尋常ならざる強さの風が吹いていたから……二三はあたまのなかでそう判じながら、恭平の話に聞き入った。

「七ツ（午後四時）の鐘が永代寺から流れ出したのを聞いて、あっしは残りの束の勘定を始めやした」

油搾りの場は、どこよりも火の気は禁物である。搾り仕事は、日の明かりのある間というのが鉄則だ。七ツの鐘を聞くと、恭平はその日の残り束の勘定をするのが常だった。

「二十三まで数えたとき、いきなり仲町のやぐらが擂半《すりばん》を叩き始めやした」

昨日の七ツ過ぎに聞いた擂半の凄まじかった響きを、恭平は思い出したらしい。火の見やぐらの話になるなり、湯呑みを持った手が、ぶるぶると小刻みに震え始めた。

「慌てなくていいですから、ひと口つけて」

二三は茶を勧めた。

「へい……」

言われるままに茶をすすった恭平は、擂半が鳴ったあとの様子を話し始めた。

火元は汐見橋たもとの料理屋、鈴木屋だった。

「鈴木屋から出た火は強い西風に煽られて、たちまち燃え広がり始めました」

火事の話はまだ始まったばかりなのに、すでにおみのは呼吸を荒くしていた。

八十九

控えめに歩く足音が、二三の部屋の前で止まった。

「富田屋だが……」

足音の主が、ふすま越しに声をかけてきた。二三のうなずきを受けたおみのが、素早く立ち上がった。ふすまを開けると、身なりを調えた富田屋勘八郎が廊下に立っていた。

「わたしにも、ぜひとも深川の仔細を聞かせていただきたい」

富田屋は、心底から勝山屋の様子を案じていた。それを察した二三は、立ち上がって富田屋を招じ入れた。

「あたしたちも、そのことを恭平から聞かされていたところです」

二三は恭平に、話の続きを促した。

「桶を吹っ飛ばすほどに強い、西風が吹き荒れておりやしたもんで……」

二三の顔を見ながら、恭平は話を進めた。


鈴木屋から火が出たのは、深川の商家や長屋が夕餉の支度に取りかかる七ツ（午後四時）前だった。富岡八幡宮から汐見橋につながる道幅六間（約十・八メートル）の大路は、買い物客と荷車で埋まっていた。

買い物客は、夕餉の支度を進める長屋の女房や商家の女中である。棒手振《ぼてふり》の扱い品では品数が足りない魚介・生鮮品・乾物、豆・キビなどの雑穀を、買い物籠いっぱいに詰めて行き交っていた。

佐賀町の蔵を出た荷車は、門前仲町や洲崎、砂村へと向かっていた。日暮れまでには荷車の積み荷を納めて、佐賀町に戻りたいと車力《しゃりき》は考えている。ゆえに七ツの大路を行く荷車は、どれも先を急いでいた。

鈴木屋から火が出たときは、間のわるいことに油樽を満載した荷車と、松と杉の薪を山積みにした荷車とが、縦一列になって汐見橋に向かっていた。

二台とも、洲崎の遊郭に品物を納めに向かう荷車だった。

油樽の車が、縦列の前を進んでいた。梶棒を押す車力は、土ぼこりを避けようとして目を細くしていた。ゆえに前方がよく見えてはいなかった。

油樽を積んだ荷車が汐見橋の西詰に差しかかったとき、鈴木屋から火が出た。

「火事だあ」

風に煽られて、火の粉は四方に飛び散っている。調理場の油に燃え移ったあとは、鈴木屋から延びた炎の舌が、ひとと家屋に襲いかかった。

「てえへんだあ」

「これじゃあ、身体に火が燃え移っちまう」

まだ半鐘が鳴り出す前に、汐見橋周辺ではひとの動きが滅茶苦茶になっていた。逃げ惑うひとの群れが、油を満載した荷車にぶつかった。

目を細くしていた車力は、梶棒をよける間もなく、ひとごみに巻き込まれた。

「危ねえ、よしねえ」

荷車の後押しが怒鳴ったが、火事場から逃げようとしたひとの群れは、暴れ牛よりも始末がわるい。思いっきりぶつかられて、車力は梶棒を放した。たちまち荷台の後ろが落ちて、積み荷は地べたへ転がり出た。

すぐ後ろに続いていた薪の荷車にむかって、樽が転がった。薪を運んでいた車力は、梶棒から抜け出して樽から逃げた。

まばたきする間もなく、荷車の薪が大路に散らばった。

ひとの群れに蹴飛ばされているうちに、転がった樽の鏡が割れた。流れ出した油に足をとられて、尻餅をついたり、滑ったり、つんのめったりする者が続出した。滑った者の何人もが、別の樽にぶつかった。

「うわあっ」

悲鳴と同時に、鏡が割れた。

次々と樽が壊されて、流れ出た油が大路をヌルヌルにした。

「通りから薪をどけろ」

「油を吸ったら、ただじゃあすまねえ」

車力たちが大声を発したが、群集は手伝いもせずにその場から逃げ出した。

「逃げてねえで、樽と薪をどけるのを手伝ってくんねえ」

「このままじゃあ、大火事になるぜ」

車力たちは声を限りに怒鳴った。が、手伝う者は皆無だった。吹き荒れる風は、車力の怒鳴り声を遠くに運び去った。

そして……。

車力をあざ笑うかのように、炎の舌は、地べたに流れ出た油を舐めた。炎に付き従うかのようにして、無数の火の粉が油と薪の上に舞い落ちた。

炎の舌に舐められて、油はあっという間に燃え立った。運んでいたのは、遊郭が使う極上の菜種油だったからだ。

薪もすぐに燃え上がった。そうでなくても火付きのよい松と杉である。もともと脂をたっぷりと含んでいる薪が、さらに菜種油にまみれたからだ。

ぶおっと音を立てて、薪が燃え出した。

菜種油の四斗樽が十樽。油の中身だけで、百九十二貫（約七百二十キロ）の重さである。荷車の車軸を軋ませながら運んでいた十樽の油が、次々と炎を上げた。

薪は赤松が百束、杉は百五十束も積まれていた。それらの薪が、ひと束残らず炎を上げた。その炎を、火消しの手桶を吹き飛ばした強風が煽った。

道幅六間の大路といえども、燃え立った炎はやすやすと通りの両側へと舌を延ばした。そして通りに建つ商家に、猛烈な火勢のままで襲いかかった。

大路両側の商家は、どこも店先には天水桶と、手桶の備えをしていた。しかしどの店も、まさか油まみれの炎の襲撃を受けるとは考えてもいなかった。

手桶も天水桶も、火消しの用はなさなかった。なさないどころか、手桶は炎をあげて火事の手伝いに回っていた。

「鈴木屋から出た火は四半刻（三十分）もしないうちに、深川中に燃え広がっておりやした」

話に区切りのついたところで、恭平は大きなため息をついた。ふうっと吐き出した音の大きさが、深川の火事の惨状をあらわしていた。

「あんたが深川を飛び出したときは、まだ火事は湿ってはいなかったということか」

「へい」

「それで勝山屋さんは、どうしておられたんだ」

問われた恭平は、背筋を伸ばして目を富田屋に合わせた。

「奉公人にもわたしたちにも怪我はないことを、神奈川宿に知らせるようにと言い付かりやした」

恭平は勝山屋の奉公人のなかで、一番の駆け足自慢だった。

「やはぎさんに頼んでおいた八丁櫓の船は、五ツ（午前八時）には船出できるそうだ」

初鰹が神奈川宿近海で獲《と》れたとき、日本橋魚河岸まで運ぶ船が、快速の八丁櫓である。八人の漕ぎ手のほかには五人しか乗れないが、取り急ぎ二三・おみの・富田屋・恭平の四人が乗れればいい。

「お手数をおかけします」

二三の辞儀を受け止めて、富田屋は立ち上がった。ふすまを開けると、朝の光が十畳間に差し込んできた。凪はまだ強いが、今日も上天気のようだ。

九十

八丁櫓の『武蔵丸』は、段取り通り五ツに神奈川宿の船着場を離れることになった。

「くれぐれも、勝山屋さんによろしくとお伝えくだされ」

船着場に集まった富田屋以外の世話役たちは、一列に並んで二三を見送った。だれもが沈痛な面持ちである。

とはいえ、恭平から新兵衛・みふくをはじめ、奉公人にはひとりの怪我人もいないと聞かされていた。

「今後のことは、いかような話でもしっかり相談にのらせていただくと、これもかならず勝山屋さんにお伝えくだされ」

「ありがとう存じます」

情のこもった同業者の言葉に、二三は深い辞儀で応じた。だれもが正味で勝山屋の無事を願っているのは、新兵衛の篤実な人柄ゆえだった。

「船を出しやすぜ」

艫《とも》についた船頭が、船出を告げた。

富田屋がうなずくと、船の舫《もや》い綱《づな》が解《ほど》かれた。

神奈川宿の船着場は、深さ五尋《ひろ》（水深約七・五メートル）の海に構えられている。舫い綱を解くなり、武蔵丸は棹ではなしに櫓を使い始めた。

潮の流れがよければ、神奈川宿と日本橋魚河岸との間を、わずか一刻半（三時間）で結ぶ、快速自慢の八丁櫓である。潮焼けした漕ぎ手八人の二の腕は、いずれも斧を入れる前の薪の丸太よりも太かった。

ギイッ、ギイッと小気味よい音を立てて、櫓が漕がれている。船着場を離れたあとの武蔵丸は、二百を数える前に舳先を品川に向けていた。

強い風は、江戸から神奈川宿に向かって吹いている逆風である。

「艫を見ているほうが、強風に煽られなくて楽だろう」

富田屋の勧めを受け入れて、二三とおみのは舳先ではなしに、艫のほうを向いて座っていた。

つがいのカモメが、気持ちよさそうに二三の真上を飛んでいた。ほとんど羽ばたいていないのに空を滑っているのは、強風を捉えているからだ。

二三はカモメを目で追っていた。が、両親の身を案じている瞳は、定まってはいない。カモメの動きを追っているように見えても、そのじつ、なにも見てはいなかった。

つがいのカモメが、いきなり海面に舞い降りた。舞い上がったときには、二羽とも小型のイワシを咥《くわ》えていた。

イワシを丸呑みしたあとは、翼を上下に振りながら岸辺に向かって飛び去った。カモメが飛び行く先には、富士山が見えている。

カモメの白い翼と、雪をいただいた富士山の白とが重なり合った。濃紺の空が、カモメと富士山の白さと色味を競い合っている。

晩春の陽光が、群青色の海面を照らしていた。風に煽られて立った小波《さざなみ》が、降り注ぐ陽を浴びてキラキラと輝いた。

頂上に雪をいただいた富士山。

富士山を目指すかのようにして飛び去った、白い翼のカモメ。

キラキラと光り輝く、晩春の朝の海。

その海に力強く差し込まれている、八丁の長い櫓。

小波を蹴散らして疾走する、快速船武蔵丸。

こんなときでなければ、船客のだれもが見とれていたくなるような光景である。が、四人の船客は、押し黙ったまま、銘々が思いをめぐらせていた。

五ツ（午前八時）に神奈川宿の湊を船出した武蔵丸は、一刻（二時間）近くかかって羽田沖に差しかかった。向かい風が強く、いつもの半分の速さしか得られなかった。

ふうっ、ほうっ。ふうっ、ほうっ。

漕ぎ手八人の息遣いは、見事に揃っている。

油をたっぷりとくれている櫓は、軋む音を立てない。漕ぎ手が櫓を操るたびに、太い腕には血筋が浮かび上がった。

「旦那様も御内儀様も、きっと先頭に立って町内の後始末をなさってますから」

ふっと顔つきを曇らせる二三を、おみのは努めて明るい声を出して励ました。

「ありがとう、おみのさん……」

二三も顔つきを明るくした。が、強い向かい風を浴びているうちに、顔つきはまた曇っていた。

「勝山屋の蓄えは、日本橋駿河町の大坂屋さんと、仲町の伊勢屋さんに預けてありますからね」

江島神社参詣の旅に出る前夜に、みふくは勝山屋の蓄えの話を二三に聞かせ始めた。

「どうしてそんな話をするのですか」

かつてみふくが勝山屋の蓄えに触れたことは、一度もなかった。唐突に勝山屋の内情を聞かされて、二三は戸惑い顔を拵えた。

「お前が勝山屋の跡取りだからです」

みふくは両目に力をこめて、二三の顔を真正面から見た。

二三はうろたえた。母親のそのような顔つきを見たのは、初めてだったからだ。

「お前と暮らし始めてもう十年ですが、ふた晩も別々に過ごすのは初めてです」

ふた晩はおろか、一夜といえどもみふくと二三は別々に過ごしたことはなかった。

「本来であれば、お前の元服を祝った夜に話すことでしたが……」

言葉を区切ったみふくは、膝においた手の上下を組み替えた。二三を見詰める目に、照れ笑いのような色が浮かんだ。

「あの夜はあまりの嬉しさに、迂闊《うかつ》にも御酒《ごしゅ》をいただき過ぎました」

あの夜のことは、二三もはっきりと覚えていた。

みふくが酒に口をつけるのは、一年を通じて数少なかった。

元日の祝い膳。

二十四節気の、節気変わりの夕餉。

八月十五夜と、九月十三夜の月見の宴。

みふくが盃を手にする姿を見られるのは、一年のうちでもこれぐらいでしかなかった。

「おいしくいただきました」

みふくが飲む酒は、大き目の伊万里焼の猪口に二杯と決まっていた。

ところが二三の元服を祝った今年の正月は、みふくは一合徳利を三本も空にした。

「お前がそれほどにイケる口だったとは、今日の今日まで知らなかった」

新兵衛は呆れ顔を見せたが、みふくの顔から笑みは消えなかった。翌日、みふくはひどい二日酔いに襲われた。

「お前の元服が嬉しくて、身のほども忘れて御酒をいただき過ぎました」

蒼白になりながらも、みふくは笑みを絶やさなかった。母親の情愛の深さが身に染みた二三は、部屋に戻って嬉しさゆえの嗚咽《おえつ》を漏らした。

そのときのことを思い出した二三は、目が潤むのを抑え切れなかった。みふくは慈愛に満ちた眼差しを、十五歳の二三にあてた。

「明日からは、初めてお前と別々に寝起きすることになります」

勝山屋の蓄えを話しておくには、今夜はなによりの折り……みふくはこう前置きして、大坂屋に預けてある蓄えのあらましを聞かせようとした。

話を聞いている途中で、二三はふっと胸騒ぎのような、いやな心持ちを覚えた。

「どうかしましたか?」

二三の顔つきを見て、みふくは話を中断した。

「なんでもありません」

「そんなことはないでしょう。お前はいま、旅立ちの前夜にこんな話を聞くのは、縁起に障ると思っていたでしょう?」

血はつながってはいなくても、十年の暮らしのなかで、みふくと二三の絆は強く結ばれていた。

「ごめんなさい」

二三は感じたままを正直に話して、みふくに詫びた。みふくは菩薩のような顔を二三に見せた。

「なにも案ずることはありません」

この言葉で、みふくは話を結んだ。

「佐賀町河岸まで、あと半刻ですから」

おみのの声を聞きながら、二三はみふくと新兵衛の身を案じ、無事を願った。

恭平は、新兵衛もみふくも無事だと言った。

その言葉にすがりつつも、二三は両親の身を強く案じていた。

九十一

八人の漕ぎ手が櫓を操るたびに、江戸が近づいてきた。

風は相変わらず、強い向かい風である。富田屋に勧められて強風を避けるため艫の方を向いていたおみのと二三だが、案ずる気持ちが勝っていつしか江戸の方に向き直っていた。舳先を見詰めているおみのは、前髪にほつれを覚えた。それでもおみのは、向かい風を正面から浴びた。

前方を見詰め続けることで、少しでも江戸を手繰《たぐ》り寄せたかったのだ。

武蔵丸の正面に、品川沖に碇泊《ていはく》している弁才船が見え始めた。千石船や二千石船の大型船が、帆をおろして海底に錨《いかり》を投じていた。

千石船は、帆柱の高さが九丈（約二十七メートル）もある。その帆柱が、四月の陽光を浴びていた。

二十反大の帆の上げ下げが滑らかに運ぶように、帆柱は毎日磨きがかけられている。陽を浴びた杉の帆柱が、艶やかに光っていた。

空の色味は、今日も紺碧だ。高い空に向かって、杉の色味も鮮やかな帆柱が突き立っている。カモメが純白の翼を広げて、弁才船の真上を舞っていた。高い空へと舞い上がると、カモメの翼は浮かんだ雲と、白の色味が重ね合わせになった。

船の舳先には、本瓦《ほんがわら》葺《ぶ》きの寺社の屋根と、境内の樹木の緑が群れになって見える。その遠方では、ひときわ高い御城の甍《いらか》が、陽を照り返して艶々と黒光りしていた。

品川沖から遠望した江戸は、うららかな春の景観でしかなかった。

「深川が大火事だったなんて、とっても信じられねえような眺めだ……」

恭平が漏らしたつぶやきは、舳先を見詰めるおみのの耳にも届いた。

大火事だったなんて、嘘よね。

おみのは胸の内で、亭主とこどもに話しかけた。

御内儀様も予定通りに、四ツ半（午前十一時）には芝居見物にお出かけですよね
……。

みふくと新兵衛を案ずることばを、二三はひとことも口にしない。あえて言わない
二三の胸中を思うと、おみのは胸が潰れそうに痛んだ。

二三がどれほど母親を慕っているか。

こども時分から長らく一緒に過ごしてきたおみのは、だれよりもそのことを分かっていた。

ところが二三は、ひとこともそれに触れようとはしなかった。

恭平から、深川の様子を聞かされたときも。

慌しかった、船出前の朝餉のときも。

そして、八丁櫓の武蔵丸に乗ってからも。

二三はみふくのことも、新兵衛のことも、ひとことも口にはしないのだ。

あたしに負い目を感じているから、言わないんだ……。

気性を知り尽くしているだけに、おみのは二三の胸中を思って吐息を漏らした。

おみのはすでにふた月、月のものが止まっていた。やはぎの大きな湯船につかったとき、軽い調子でそのことを口にした。

二三の顔色が変わった。

「そんな大事な身体なのに、おみのさんはあたしに付き合ってくれたのですか」

旅に誘ったことを、二三は心底から詫びた。

勘太郎を授かったあと、おみのは二度も流産をした。二三にだけは、そのことを打ち明けた。

「おみのさんの行いがいいのは、八幡様もお見通しです。きっとそのうち、勘太郎の弟か妹が授かりますから」

おみのの流産を一緒に泣き、そして情のこもった言葉で励ましてくれた。二度目の子が流れたときは八幡宮だけでなく、大川を渡り、水天宮にまでおみのと一緒に参詣してくれた。

そんな二三から、一緒の旅をと頼まれたのだ。おみのは妊娠には触れずに、もちろん行きますと即答した。

やはぎの湯殿で明かしたのは、大きな湯船につかって気分がほぐれていたからだ。

「ひょっとしたら、あたしねえ……」

二三が負い目に思わぬようにと、おみのはことさらおどけた口調で話した。が、二三は心底から誘ったことを気に病んだ。

「ごめんなさい、おみのさん」

何度も何度も、二三は詫びた。

「少しでも道中がつらくなったら、すぐに言ってくださいね。おみのさんの帰り支度を、あたしが手配りしますから」

二度の流産の末の妊娠である。おみのも無理をする気はなかった。

「もしもそうなったら、お願いします」

明るい口調で言っても、二三の顔には心配そうな色が張りついていた。

そんな矢先に、恭平が深川から駆けつけてきた。仔細を聞き取ったあとも、二三は両親のことには、ひとことも触れなかった。

「品川沖さえ過ぎれば、佐賀町河岸は、もう目と鼻の先だ」

ここまで口を閉じていた富田屋が、強い口調で言い切った。向かい風が、富田屋の髷を揺さぶった。

九十二

武蔵丸は舳先《へさき》から艫《とも》までの長さが、七間（約十二・六メートル）もあった。船体の長さに比べて、幅は七尺（約二・一メートル）しかない。

「まるで、秋のサンマみてえな船じゃねえか」

初めて武蔵丸を見た者は、だれもが細長い船の形をサンマになぞらえた。

品川沖を過ぎると、めっきり船の数が多くなった。どの船も大川に向かって船足を急がせている。

「大川が近くなったら、焦げ臭いにおいがしてきやした」

恭平のつぶやきを聞いて、二三が顔つきを曇らせた。わきに座っているおみのが、きつい目を恭平に向けた。

滅多なことを言わないで！

おみのの目は、恭平の迂闊な物言いを強く咎めている。恭平は慌てて手を口にあてた。が、不用意な言葉は、すでにこぼれ出たあとだった。

「永代橋がめえてきやした」

居心地わるそうにして座っていた恭平が、舳先を指差した。武蔵丸の右舷には、佃島と石川島が連なって見えている。その前方に、長さ百二十間（約二百十六メートル）の永代橋が見えていた。

流れてくる川風が、一段と焦げ臭くなっている。が、永代橋は焼け落ちず、陽を浴びた杉の欄干はいつも通りに光っていた。

「もうすぐだから」

話しかけられた二三は、右手を伸ばしておみのの手を握った。

九十三

武蔵丸が船着場に横付けされるなり、最初に二三が飛び降りた。

「まことに勝手ですが、取り急ぎ、勝山屋の様子を確かめに行かせていただきます」

「もちろんだ。わたしもこの船を帰したあとは、勝山屋さんに向かわせてもらう」

武蔵丸の始末は任せておきなさいと言って、富田屋は二三たちを先に行かせようとした。

「それではお先に行かせていただきます」

こんなに気が急《せ》いているときでも、二三は富田屋へのあいさつをおろそかにしなかった。

「尋常ではないことが起きたときこそ、気持ちを平らにしていることが大事です。平らに保つためには、当たり前のあいさつを、きちんとすることです」

十年も前に、太郎から言い聞かされたことである。稽古の折りに、五歳の二三に向かって太郎はこれを何度も口にした。二三は身体の芯に、太郎の戒めを刻みつけていた。

佐賀町河岸には、百を超える大小の蔵が建ち並んでいる。二三、おみの、恭平の三人は、蔵の前の道を永代橋東詰へと向かって早足を続けた。

通りには、焦げ臭いにおいが強く満ちていた。が、焼けている家屋は、周囲には一軒もなかった。

「ここまでは、火が襲いかかってはこなかったようでやす」

言わずもがなのことを、恭平がつぶやいた。二三とおみのは返事をするのももどかしげに、足を急がせた。永代橋東詰の橋番小屋の前に着いたときには、二三とおみのは息遣いが荒くなっていた。

「あっ……」

仲町の辻の方角を見た二三は、あとの言葉を呑み込み、その場に棒立ちになった。

家屋がすべて焼け落ちて、町が平べったくなっていた。驚いたことに、永代橋から五町（約五百四十五メートル）も先の黒船橋が、丸見えだった。

二三は胸元で合掌したまま、あとの言葉が出なくなった。

おみのの口は半開きになっている。その口のままで、棒立ちになっていた。

恭平は橋番小屋の前で、腰が砕け落ちた。

油搾り職人の恭平は、韋駄天ぶりと合わせて、力強さも自慢の男だ。ところが仲町が丸焼けになった姿を見たいまは……。

二三もおみのもなんとか踏ん張って立っているのに、ひとりだけ地べたにへたり込んでいた。

強い風が、東から西へと吹いていた。八丁櫓船の行く手を邪魔した風である。二三の髪のほつれが、御城のほうへ流れていた。

深川の町は、焼け爛《ただ》れていた。

永代橋東詰の二丁ほど南から富岡八幡宮に向かって、広い道幅の表参道が延びている。橋をおりてから七町（約七百六十三メートル）ほど進めば、仲町の辻である。

この辻に立つ高さ六丈（約十八メートル）の火の見やぐらは、江戸で一番の高さだと深川っ子の大自慢のタネだ。

その火の見やぐらが、跡形もなく焼け落ちていた。

永代橋の東詰から見て形が残っているものは、仲町の辻近くに立つ石造りの一ノ鳥居と、その南の黒船橋、そして富岡八幡宮ぐらいだ。

町ぐるみが焼け落ちているのに、富岡八幡宮の杜《やしろ》は、陽を浴びていつも通りの濃緑色を見せていた。

商家の蔵は、なんとか形を残していた。しかし純白だった漆喰壁は、煤で汚れて黒ずんでいる。蔵の周囲はすべて焼け落ちており、消し炭のなかに焼け残りの薪が残っているような光景だった。

勝山屋の方角に目を凝らしても、まともに残っている家屋はほとんどなかった。建物の姿がみえない代わりに、大横川が素通しに見えた。

まったく見たことのない眺めを、二三とおみのは息を呑んだような顔で見ていた。

「突っ立ってねえで、わきにどきねえ」

男の尖った声に驚いて、二三とおみのは橋番小屋のわきに飛びのいた。しゃがんでいた恭平も、慌てて立ち上がった。

永代橋は大変な人波で埋まっていた。

西から東に渡る者のほとんどは、深川への火事見舞いである。てんでに手に提げた風呂敷には、当座の着替えなどの、見舞いの品が包まれていた。

「大丈夫よね、新さんたちは」

「野郎ぐれえ運の強いやつはいねえさ。これまでだって、何度も生き死にの瀬戸際を泳ぎ抜いてっからよう」

深川に向かう見舞い客が、声高に話を交わしている。どの顔も心配そうな表情だが、その底には言葉にあらわせないゆとりが横たわっていた。

見舞いに出向く者は、火事の災難に遭ったわけではない。自分は無事だというゆとりが、心配顔の底に座っていた。

永代橋を東から西に渡る者は、どの顔も引きつり気味だった。だれもが火事で焼け出されて、とりあえずの様相で大川を渡ろうとしているからだ。

火事のあとの一夜が明けるのを、だれもが怯《おび》えながら待ち続けたに違いない。おとな・こどもの区別もなしに、持てるだけの品を両手に抱えて橋に向かっていた。

車を手配りできた者は、家財道具を山積みにしていた。急ぎ仕事で荷造りをしたらしく、鍋釜だの布団だののさまざまな品が、剝き出しのまま細綱で縛られていた。

荷物のてっぺんには、杉の大きな屑入れが後生大事にくくりつけられている。なにを運び出せばいいかの判断もつかないほどに、縛った者は気が動転していたのだろう。

晴れた空から降り注ぐ朝の光が、嫌味なほどに明るく、杉の屑入れを照らしていた。

「とにかく行きましょう」

声を発したのは二三である。いつになくきつい声音だったが、そのおかげで丸くなっていたおみのの背筋がピンと伸びた。

二三もおみのも、手甲《てっこう》・脚絆《きゃはん》のいでたちである。わずか二泊三日の江島神社参詣の旅とはいえ、二三は深川・勝山屋の跡取り娘だ。相応の旅支度を調えて、黒漆仕上げの葛籠《つづらこ》に収めていた。

二三とおみののふたり分の葛籠が、合わせて三個。荷物は恭平が振分けに縛り、肩に担いでいた。

深川を目指す人波よりも、永代橋に向かう群れのほうがはるかに多かった。焼け出されて深川から去る者が、それだけ多いのだ。

旅姿の二三とおみの、それに振分け荷物を担いだ恭平の三人は、ひとの流れに逆らいながら仲町を目指した。

永代橋東詰の高台から見たときには分からなかったが、表参道の広い通りは焦げ臭いにおいで埋まっていた。

そのにおいに、深川から逃げ出す者が発散する汗と身体のにおい、さらには壊されたかわやから漏れる糞尿の悪臭が重なり合っている。

二町（約二百十八メートル）も歩かないうちに、二三は手甲をつけたままの手を口にあてていた。口と鼻を手でふさがなければ、悪臭で吐き気を催しそうになったからだ。

「二三ちゃん、平気なの？」

問いかけるおみのも、きついにおいに襲いかかられて顔色が青ざめていた。

「平気です」

二三はなんとか、そう答えた。が、声にはまるで力がなかった。

「気が急くのは分かるけど、通りの端にどいて、ちょっとだけでも休みましょう」

「はい」

二三は意地を張らずに素直に応じた。人いきれと焦げ臭さと、糞尿の悪臭とで、立っているのもつらくなっていた。

こんなところで立ち止まってないで、すぐにも勝山屋に向かわなければ……。

二三の気持ちは、それを急きたてていた。が、八丁櫓の快速船に揺られ続けてきたことが、思いのほか身体の芯にきいていた。

それに加えての人ごみと悪臭である。無理をして歩くと、二三のほうが行き倒れになりかねなかった。

「もうすぐに通りの端だから」

「はい」

おみののあとを、急ぎ足で追った。強いにおいは、手で強く抑えた鼻に容赦なく押し寄せてくる。広い通りを横に移りながら、二三は溢れ出る涙をこらえられなかった。

仲町の辻から永代橋の南までの表参道は、二三のお気に入りの通りだった。辻に立つ高さ六丈の火の見やぐらは、漆黒塗りだ。御城の方角に移った西日が辻を照らすと、黒い火の見やぐらが艶々と照り輝いた。

火の見やぐらが深川の町を守ってくれている。

真っ黒な勇姿を見るたびに、二三は我知らずに胸を張っていた。その火の見やぐらが焼け落ちていた。

表参道の両側には、多くの商家が軒を連ねていた。どの店も、意匠を凝らした看板を屋根に載せていた。唐辛子を商う乾物屋は、唐辛子の形に切り抜いた真っ赤な看板を、屋根に載せていた。深川に暮らし始めた当初から、二三はその看板が大好きだった。

八幡宮の祭りが近づくとどの商家も、一尺五寸（約四十五センチ）の奥行きがあるひさしに、奉納提灯を吊り下げた。

夜になれば、商家は一斉に提灯を灯した。

通りの両側に吊るされた奉納提灯は、五百張りを超えた。それらすべてに明かりが灯された眺めは、奈良・春日大社の万灯籠ほどの美しさだと称された。

深川にしか思いが向かない自分に気づき、二三は愕然となった。

江戸に暮らし始めたあとも、朝日を拝むたびに、二三は在所・勝山を思い浮かべてきた。

ところがいまの脳裏には、いささかも勝山は描かれてはいなかった。

その代わり、火事で焼け失せる前の深川各所が、鮮明に思い出された。

もはやわたしには、深川が在所なの？

二三はおのれに問いかけた。が、答えを得られぬまま、立ち尽くしていた。

火の見やぐらもなければ、唐辛子の看板もない。すべてが灰と化して、焦げ臭いにおいを通りに撒き散らしていた。

大好きな町を歩いているのに、二三は自分の手を口と鼻にあてていた。あれほど好きだった町を、他のだれでもなく、自分が拒んでいるのだ。

そのことに思い当たり、二三の目に涙が溢れた。

ごめんなさい……。

町に詫びて、二三は口と鼻にあてていた手を外した。強いにおいがまた襲いかかってきた。が、二三は二度と、そのにおいを拒もうとはしなかった。

九十四

二三の息遣いが整ったのを見定めてから、おみのは恭平のほうに振り返った。

「吸筒（すいづつ）を出してくださいな」

「がってんだ」

恭平は腰から提げていた、竹の吸筒を取り外した。やはぎの女中が、薄めにいれた番茶の詰まった吸筒である。

おみのは道中着のたもとから、竹を輪切りにした小さな湯呑みを取り出した。大店のお嬢は、たとえ道中であっても吸筒を口呑みにしたりはしない。

おみのがたもとに仕舞っていたのは、吸筒の茶を呑むための道中湯呑みである。

「これを一杯呑めば、気持ちが落ち着くから。それから、お店に向かいましょう」

「ありがとう、おみのさん」

竹の湯呑みを手にした二三は、半分ほど注がれた茶をゆっくりと口に含んだ。

「気が急いているときこそ、お茶はゆっくりと口に含みなさい。喉を静かに滑り落ちてくれるときに、泡の立った心持ちを落ち着かせてくれます。慌てると喉につかえて、さらに気持ちが急かされます」

尋常ではないことが生ずるたびに、二三は太郎に教えられた戒めを思い出した。遠い昔に教わったことが、何度も二三を助けてくれた。

湯呑みに半分の茶を、二三は何度にも分けて飲んだ。竹の底が見えたときには、気持ちが大きく落ち着いていた。

「おかげで落ち着きました」

二三の声を聞いて、おみのも安心したようだ。

「それでは先を急ぎましょう」

竹の湯呑みを、おみのはたもとに仕舞った。

「あっしはひとっ走り先に出て、旦那様と御内儀様の無事を確かめてきやす」

二三の返事を待たずに、恭平は駆け出した。韋駄天が売り物の恭平は、葛籠三個を振分けにしながらも、たちまち人ごみのなかに紛れ込んだ。

二三とおみのは、互いにうなずき合ってから一歩を踏み出した。

仲町の辻に、陽が降り注いでいた。本来ならば商家の家並にさえぎられている風が、いまは野放図に吹き渡っている。

火の見やぐらが焼け落ちた仲町の辻は、まるで見覚えのない光景をさらしていた。

二三はやぐらの建っていたあたりに目を向けた。

火の見やぐらも、やぐら下に建っていた乾物屋も、跡形もない。見えるのは、乾物屋の敷地を囲っている荒縄だけである。

強い風に煽られて、荒縄が大きく揺れていた。縄には長さ一尺（約三十センチ）ほどの、札がぶら下がっていた。

二三が上州屋の唐辛子看板が大好きだったのは、おみのも知っていた。

「上州屋さんもお気の毒に……」

おみのがつぶやくと、一段と強く札が揺れた。

荒縄にぶら下がっているのは『消し札』である。

その場所の火消しを担った火消し組は、鎮火を見届けてから、おのれの組の名を記した札を吊るした。どこの組がそこの消火を担ったかをあらわす、消し札である。

上州屋の焼け跡で揺れていた消し札には『せ組』の名が記されていた。

大川西側の炭町、南槇町、南大工町、鈴木町、大鋸《おが》町、南伝馬町、五郎兵衛町、桶町の火消しを受け持つのが、せ組である。

火消し人足二百八十一人のせ組は、京橋の材木河岸も受け持っていた。材木置き場が深川の木場に移ったあとも、京橋には古い材木商が何軒も残っている。その材木河岸を火事から守るせ組は、命知らずの火消し人足が多いことで知られていた。

油問屋と火消し組とは、日ごろから付き合いが深い。二三もおみのも、せ組の評判は周りから何度も聞かされていた。

仲町界隈を守る火消し組は、本所・深川南組の二組である。しかし二三が目にした消し札は、他町の火消し組の札ばかりだった。

町がまるごと焼失した大火事である。よその町から助けの火消し組が押し寄せてきて当然なのだ。それは二三にも分かっていた。

が、目にする消し札がどれも他町のものだと知ったいま、あらためて火事がどれほど凄まじかったのかを思い知った。

門前仲町周辺の町々が、まるごと焼けてなくなっているのだ。

勝山屋が丸焼けになったとしても仕方がない。それは覚悟したうえで、二三はただふたつのことのみを願っていた。

両親と奉公人が無事であること。

おみのの家族が無事であること。

右手を強く握って歩きながら、二三はこのふたつのことを、呪文を唱えるように願っていた。

仲町の辻を通り過ぎたところで、二三は立ち止まった。先を歩いていたおみのが、気配を察して振り返った。

「どうしたの？」

「あたしはもう平気ですから、おみのさんはすぐに長屋に帰ってください」

「旦那様と御内儀様のお顔を見たら、すぐに帰りますから」

「そんなことを言わず、いまここから帰って……」

ふたりが押し問答をしているとき、恭平が駆け戻ってきた。血の気のひいた顔なのは、息を切らして駆けてきたからではなかった。

九十五

二三に近寄った恭平は、肩を震わせて息継ぎをした。勝山屋から、全力で駆け戻ってきたのだ。

「なにも言わないで」

恭平の口を抑えた二三は、先に立って歩き始めた。仲町の辻を過ぎれば、勝山屋までは三町（約三百二十七メートル）もない。他人の口から事情を聞くよりは、自分の目で確かめたかったのだ。

黒船橋の北詰を、二三は東に折れた。大横川沿いの道を真っ直ぐに歩けば、勝山屋である。

川沿いの道に入るなり、二三の足元がもつれた。気を張っていなければ腰が砕けそうになった。

目の前に広がっている光景が、あまりにも変わり果てていたからだ。

大横川を挟んだ両岸には、旅立つ前までは商家や蔵が建ち並んでいた。つい先日には川沿いの桜並木が、川面を桜の花びらで埋め尽くしていた。

大横川沿いの桜並木の見物には、大川の西側からもひとが押し寄せてきた。川面に映る満開の桜は、深川っ子の自慢だった。

ところがいまは、様子がまるで違っていた。

川沿いの商家は、勝山屋を含めてただの一戸も建家の姿がなかった。焼け残った蔵の壁が、煤けて黒ずんだ姿をさらしているだけである。

昇りくる陽が、容赦なく壁を照らしている。強い光を浴びて、蔵の壁は無様な姿を際立たせていた。

大横川北岸の桜並木は、根こそぎ消え失せていた。それはまさしく根こそぎで、桜の根までが焼けてなくなっていた。

大横川の川幅は、狭いところでも十間（約十八メートル）はある。風向きが幸いしたのか、対岸の火消しが見事だったのか、南岸の桜は焼けずに残っている木が何本もあった。

とはいえ、桜並木が無傷ですんだわけではない。焼失をまぬがれた木も、枝の方々には手痛い焦げ跡を残していた。

勝山屋が近くなるにつれて、焼け跡からは強い油臭さが漂っていた。さりとて、勝山屋の敷地までにはまだ隔たりがあった。

それなのに、焼け跡からは強い油のにおいが立ち上っている。

いったい、なにが起きたというの……。

前に歩こうとする気力が、二三の両足から失せそうになった。

「急ぎましょう」

黙って後ろに従っていたおみのが、目に力をこめて前に出た。二三は静かにうなずき、歩みを速めた。勝山屋の屋敷が建っていたはずの敷地の端まで、あと少しである。

最初に二三に気づいたのは、飼い犬のくまだった。尾をくるっと丸めたまま、二三に向かって駆けてきた。全力で駆けるくまを追って、奉公人たちが走り寄ってきた。

二三も勝山屋に向かって駆け出した。

母屋も仕事場も、なにひとつない。前方に見えているのは、ただの空き地である。

それでも、そこは勝山屋だった。

走る間に、二三の目から涙が溢れ出た。ここまでこらえてきた涙が、とめどなく溢れ出していた。

九十六

昨夜の火事で、勝山屋になにが起きたのか。

事態は恭平が深川を離れたあとで、大きく変わっていた。

「旦那様と御内儀様は、亡くなられたときもご一緒でした」

なににも増して、二三はこの言葉を聞きたくはなかった。佐賀町で八丁櫓船をおりたとき。

ふたりとも、いけないのかもしれない……。

不意に、この胸騒ぎが二三をよぎった。慌てて自分で打ち消したが、その後も息苦しさは続いた。

両親の焼死を二三に伝えたのは、仕事場差配の長太郎である。番頭も焼け死んでいた。

「油蔵に向かう旦那様に、御内儀様は駆け足で従っておいででした」

すでに四十三歳となった長太郎は、ひとことずつ、区切るように話をした。息継ぎをするのもつらそうだった。

二三とおみのの旅立ちを長太郎が見送ったのは、昨日の早朝である。たかだか一日しか経っていないのに、真っ黒だった長太郎の髪には白いものが何本も混じっていた。

焼け跡の大石に腰をおろした二三とおみのに、長太郎は昨夜の顚末を話し始めた。

二三がどれほど強く促しても、おみのは長屋に帰ろうとはしない。

「旦那様と御内儀様のことをうかがったら、すぐに帰りますから」

おみのの目つきを見た二三は、あとの口を閉じて受け入れた。

四月五日の勝山屋は、油蔵に十石（千八百リットル・四斗樽で二十五樽）もの菜種油を仕舞っていた。

毎月の月初には、本郷・向島・両国広小路の油問屋に菜種油を納めていた。いずれの問屋も、地元の料亭や大名の中屋敷・下屋敷を得意先とする老舗である。月末に翌月の油を納めるのが、商いの決め事だった。

ところが三月の晦日に出向いてきた本郷と向島の問屋手代は、同じことを口にした。

「三月は油の売れ行きがいまひとつだったものですから、四月の納めは七日過ぎということにさせてください」

本郷も向島も、地元には桜の名所を多く抱えている。いつもの年の三月であれば、土地の料亭は桜見物の客で大賑わいを見せた。

しかし今年は桜の時季を迎えても、まだ老中水野忠邦の罷免騒動が尾を引いていた。桜は見事に咲きそろった。しかし肝心のカネを使う大尽衆が、派手な遊びを控えた。

「ご時世をおもんぱかるというわけでもないが、今年は花見を見合わせよう」

例年なら花見に十両、二十両の大金を投じた大店《おおだな》が、横並びで自粛を言い出した。

勝山屋が属する油組合も、老中罷免が元で一度は江島詣での旅を取りやめていた。

それだけに勝山屋の番頭は、問屋の手代の言い分に得心した。

商いの仕切りは、番頭の仕事である。番頭の差配に余計な口出しをしないのが、大店当主の見識だとされていた。

「本郷と向島の四月のお納めは、七日以降とさせていただきます」

番頭からそれを聞かされた新兵衛は、黙したまま事態を呑み込もうと努めた。

月をまたいで蔵に大量の油を抱え持つことには、不安を覚えた。

番頭も、そのことを懸念はしていた。

「七日の油納めまで、蔵の周囲には用心土《ようじんつち》をいつも以上に積み重ねておきます」

「ぜひにも、そうしなさい」

職人たちの動きにも万全の気配りを欠かさぬようにと言い添えた。

四月五日には、二三が江島詣での旅に出る。

明けて六日は、みふくがお得意先を芝居見物に招待する段取りである。

油納めの七日までには、大きな行事をふたつも抱えていた。

とはいえ、いまさらそれを口にして、番頭の決めた手筈を変えさせるのは愚かだ。

「万一への備えは、念入りの上にも念入りに」

強い口調で言い置くことで、新兵衛は胸の内に湧き上がる不安を抑えつけようとした。

ところが蔵に油が溢れている日を狙い撃ちしたかのように、汐見橋から火が出た。

仲町の火の見やぐらが擂半《すりばん》を打ち始めるなり、勝山屋出入りの火消し、政五郎が駆けつけてきた。

「いまの風向きでやしたら、お店のほうに燃え広がってくる気遣いはありやせんが……」

風向きを読んだ政五郎は、見当を口にした。しかしかしらの物言いは、いつものようには歯切れがよくなかった。

橋を行く荷車から流れ出た油に火が入ったことで、火事の様子はいきなり変わった。火勢が桁違いに強くなったうえに、炎を強い風が煽り立てた。

「蔵の油を、火除《ひよ》け地に移しやしょう」

政五郎がそう判じたのは、陽が落ちたあとの暮れ六ツ半（午後七時）前だった。

仲町周辺の火除け地は、黒船橋を渡った先の海辺新田《うみべしんでん》である。二万坪近い空き地で、目の前は海。一年を通じて、強い潮風にさらされている土地だった。

たとえ海辺新田にまで飛び火したとしても、消火に使う水は幾らでもある。海から吹く潮風は強いが、火除け地としてはわるくなかった。

が、油を海辺新田に移すには、大きな問題がふたつあった。

ひとつは、油樽を火除け地に運び込むには、町役人の許しが入用だということである。延焼を食い止めるための空き地が火除け地だ。そこに油を運び込んだりしては、火除け地の趣旨に真っ向から反することになる。

運び込むには、町役人の確かな許しが入用だった。

もうひとつの問題は、勝山屋からの道のりが遠いということだった。油の詰まった四斗樽は、樽ひとつで十二貫（約四十五キロ）の重さがあった。酒や醤油よりも樽の拵えが頑丈なだけに、風袋《ふうたい》の目方も増した。

油樽を運ぶには、別誂えの荷車が入用である。勝山屋には三台の荷車があった。しかし一台の荷車に積めるのは二樽が限りだ。それ以上積んで、もしも樽が壊れたら取り返しがつかなくなるからだ。

海辺新田に向かうためには、黒船橋を北から南に渡ることになる。なだらかながらも、南北のたもとに伸びる坂道は油を積んだ荷車には難儀である。

もしも橋につながる坂道で、樽が落ちたら。

もしも橋の真ん中の盛り上がった場所で、油樽が荷車から転がり落ちたら。

新兵衛も番頭も、そして政五郎も、あれこれと思案を繰り返した。それゆえに、油樽を移すという決断が遅れた。

勝山屋の頼みを聞き取った町役人は、その場で答えを口にした。

「火除け地に運んだあとは、樽の周りに男衆を五人、張りつけておきなさい」

もとよりその心積もりだった番頭は、深い辞儀をして町役人に礼を伝えた。

荷車で樽を動かし始めたのは、六ツ半を大きく過ぎた刻限だった。

樽の荷移しが始まったころから、風向きが変わった。勝山屋に向かって、無数の火の粉が飛んでくるようになった。

が、油樽の運び出しはすでに始まっていた。

「なんとか、間一髪のところで大事には至らずにすみそうだ」

「まことに、よろしゅうございました」

当主と番頭が、顔を見交わして安堵の吐息を漏らした。異変が生じたのは、番頭が漏らした吐息が失せる前だった。

「えれえこった。すぐ先の辻で、樽が荷車から転がり落ちた」

政五郎配下の鳶職人が、血相を変えて勝山屋に飛び込んできた。

火除け地に向かっていた荷車の一台が、川沿いの道に転がっていた小石に乗り上げた。車輪の片側が、地べたから三寸（約九センチ）ほど持ち上がった。

しかし道端に小石が転がっているのは、めずらしいことではない。荷車の車輪が乗り上げるのも、日常茶飯事だった。

しかしいまは、あまりにも間のわるいことが重なっていた。

新兵衛は職人の動きには留意せよと、強く指図していた。が、火の手が迫るのを見過ごせず、職人全員が火元へと奔ってしまった。

結果、荷車を押していたのは、油運びに不慣れな鳶たちだけになっていた。

そのうえさらに、早く火除け地に向かわなければと鳶たちは焦っていた。なにしろ一度に運べる樽は、三台合わせて六樽でしかない。二十五樽すべてを運び出すには、四回以上の行き帰りが必要だった。

気ばかり急《せ》いているが、車はうまく進まない。

仲町の火の見やぐらは、擂半をジャラジャラと鳴らし続けている。川沿いの道にまで、火の粉が飛んでくるようになった。

わるいことが群れになって押し寄せたことで、火消しに慣れているはずの鳶たちが、気持ちを大きく焦らせていた。

そんなときに、荷車が小石に乗り上げた。樽を押さえることもできず、荷台から転がり落ちた。

間のわるさがさらに重なった。

落ちた樽は、すぐ後ろについていた別の荷車目がけて転がった。川沿いの道に明かりはない。両岸の商家や民家は、火事に怯えてすべての火を始末していたからだ。

暗がりのなかから、いきなり樽が転がってきたのだ。後ろの荷車を引いていた鳶は、逃げることもできず、まともに樽を身体で受け止めてしまった。

十二貫も目方のある樽が、勢いをつけて荷車引きにぶつかった。

「ギャアッ」

短い悲鳴をあげて、鳶は引いていた荷車の梶棒を放した。ドスンッと鈍い音を立てて、荷台が後ろに落ちた。積んでいた二樽が、転がり落ちた。

荷車の後押しについていた鳶が、ひとつの樽の下敷きになった。が、もう一個はゴロゴロと転がった。川沿いの道は、勝山屋に向けてゆるやかな下り坂になっている。

その坂を樽は転がり、河岸の大岩にぶつかった。樽が割れて、油が流れ出した。

「その油に火の粉が落ちて、燃え上がりました」

話す長太郎は、苦しげに顔を歪めた。

九十七

長太郎を見詰めていた二三の目に、いきなり強い光が宿った。

「あなたは男でしょう」

いままでに聞いたこともないほどに、強い二三の口調だった。十五歳の娘とも思えない、芯に強さを含んだ声である。

「お終《しま》いまで、しっかりと話を聞かせてください」

泣き声になったり、哀しんだりするのは、話をしっかりと聞かせ終えたあとでもできる。二三の強い口調は、言外にそれを長太郎に伝えていた。

言葉に出してそれを言わなかったのは、長太郎の面子《メンツ》を思ってのことだ。どんなときでも、ひとの面子を傷つけることはしない……太郎の教えを、二三はしっかりと身につけていた。

「お嬢のまえで、みっともねえことをしやした」

長太郎は背筋を張り、二三にあたまを下げた。

二三は静かな目で、長太郎を見詰め返している。

ふうっと大きな息を吸い込んでから、長太郎は話の続きに戻った。

転げ落ちた油樽が壊れて、中身が地べたに流れ出した。道は勝山屋に向かってのゆるい下り坂である。極上の菜種油は、じわじわと大横川沿いの道を流れ始めた。

その油の流れに、火の粉の群れが舞い落ちた。

いかに極上の油とはいえ、火の粉が落ちたぐらいですぐに火がつくわけではなかった。が、間のわるいことというのは、双子や三つ子連れで重なり合って起きるものだ。

勝山屋から三軒先には、今回の火元となった鈴木屋同様の料理屋があった。店の裏手には、大横川に張り出した板張りの座敷を構えている店だ。

夏場は夕涼み客で賑わう板張りだが、まだ時季が早かった。ゆえにその店では、物置代わりに板張りを使っていた。

雨に濡れても構わない、樽だの桶だのを野ざらしで置いておく物置だ。板場の下働きの小僧が、この板張りに油鍋を出していた。揚げ物に使った鍋を、冷ますためにである。

わきまえのある板前なら、そんなばかなことはしない。しかし追い回しの小僧は、調理場の外なら油鍋を冷ますのにうってつけだと考えたのだろう。

火事騒ぎが起きたあとは、料理屋は器や家財道具などを外に運び出すことに追われた。油鍋は、川沿いの板張りに出しっぱなしになっていた。

鈴木屋から出た火は、一向に湿らなかった。勝山屋の並びの料理屋も、ついには延焼の炎に襲いかかられる目に遭った。

とり急ぎ、家財道具などを火除け地に向けて運び出すことにした。しかし調理場には、使い途中の油が残ったままだった。

板張り座敷の油鍋も、当然そのままにされた。

料理屋に延びてきた炎は、残っていた油を燃やしてさらに勢いづいた。外に出ていた油鍋からも、大きな炎が上がった。

西に向かって吹き始めた風に煽られて、油をたっぷり含んだ火の粉が料理屋から舞い上がった。

荷車を転がり落ちた樽は、鏡が割れた。中身の極上菜種油が、下り坂を流れ始めた。

大粒で、タチのわるい火の粉が、群れになって菜種油の上に落ちた。

最初はブスブスと音を立てるだけで、油は燃え上がりはしなかった。しかし次から次へと、まるで大熊に襲いかかるスズメバチのように、粒の大きな火の粉が菜種油に舞い落ちた。

油はこらえきれなくなり、炎を上げた。

ひとたび燃え立った油は、もはや止めようがなかった。流れる油を伝って、炎が走った。

転がる途中で、油樽は何樽も壊れていた。どの樽からも、粘り気の強い油が流れ出している。

燃え上がった炎は、新たな油を求めて四方八方に走った。

「半纏を脱ぎ捨てろい」

「油まみれだと、火に抱きつかれるぞ」

火消しには慣れているはずの鳶たちが、いきなり炎にまとわりつかれてうろたえた。

樽から流れ出した油が、火消し半纏に染みついている。刺子《さしこ》仕上げで火には強い半纏でも、油まみれでは、ひとたまりもない。

地べたを走り回っている火は、鳶の刺子半纏にも燃え移った。

「ギャアッ」

刺子半纏が炎に襲われるなどとは、思いもよらなかったのだろう。炎に包まれた半纏を着たまま、鳶は後先も考えずに走り出した。

気が静まっていたなら、目の前の大横川に飛び込んだに違いない。が、川は闇に包まれていた。

炎にあぶられて正気を失っていた鳶は、真っ暗な川ではなしに、火事の炎で赤く照らし出されている勝山屋に向かって駆け出した。

炎の立っている半纏が、油を運び出している蔵に飛び込んできた。地べたに滲《にじ》み出していた油に、半纏の火が燃え移った。

火消しの鳶が炎を持ち込んでしまい、勝山屋の蔵に大きな火の手が上がった。

九十八

炎の立っている半纏をまとった鳶は、勝山屋の敷地内で闇雲に走り回るだけである。

火消し人足が半纏を縛っている帯は、尋常な長さではなかった。

炎が燃え盛っている火事場に出くわした火消しは、素早く帯をほどいて水につけた。

そしてたっぷり水を吸い込んだ長い帯を、塀や壁に叩きつけた。水に濡れている帯は、ぺたりとへばりつく。

火消しはその帯をグイッと摑み、壁や塀をよじ登るのだ。火消しの帯は、ただ半纏を縛るだけではない。火事場では、高い場所によじ登る際の大事な道具でもあった。

ところが炎まみれの半纏を着ている鳶には、長い帯が邪魔をしていた。油が燃えている半纏には、水をぶっかけても炎は消えない。

火を消し止める方法は、ただひとつ。半纏を身体から引き剝がし、炎に布団などをかぶせて火を退治するしかなかった。

しかし半纏を脱がそうにも、長い帯が邪魔をして身体から引き剝がせない。

「助けてくれえええ」

悲鳴をあげて走り回っている鳶を、ただ見ているしかなかった。

「たいへんだ」

短い言葉を発した新兵衛は、捻挫した足を引きながら血の気の失せた顔で鳶に向かって駆けた。あとを追って駆け出した番頭も、血相が変わっていた。

炎にあぶられている鳶が、苦し紛れに二番蔵に飛び込んだからだ。

「あたしも行きます」

短い声を漏らして、みふくも新兵衛のあとを追いかけた。

勝山屋の二番蔵には、油は仕舞われていない。納められているのは貴重品や金銀財産物、それに商いの帳面や印形などである。

しかし新兵衛と番頭が息を詰めた顔で駆け出したのは、蔵に財産物が納められているからではなかった。勝山屋の蓄えのほとんどは、両替商に預けてある。二番蔵には、大した金銀は仕舞われてはいなかった。

日本橋田島屋から預かっている、加賀藩御用の『破裂薬』が二番蔵に仕舞われていた。

田島屋は、十一年前の天保五（一八三四）年から取引が続いている日本橋の薪炭屋である。本郷・加賀藩上屋敷の薪炭御用を一手に請け負っている田島屋の番頭は、天保五年に勝山屋をおとずれた。そして談判の末、加賀藩の菜種油御用の一切を勝山屋に任せた。

以来、勝山屋は本郷の御用を請け負っている。加賀藩上屋敷との商いが続いていることは、仲間内の勝山屋の評価を大きく高めていた。

ありがたい商いを取り持ってくれた田島屋には、新兵衛は大きな恩義を抱えていた。その田島屋の番頭忠兵衛から今年三月に、ひとつの頼みごとを持ちかけられた。

「まことにご面倒でしょうが、向こう一ヵ月の間だけ、これを預かりおきいただきたくて……」

田島屋の忠兵衛が持参してきたのは、桐箱に入った火薬『破裂薬』だった。

田島屋は房州と相州に自前の薪山を保有していた。いずれも松・杉の薪材に加えて、楢《なら》・椈《ぶな》・樫《かし》などの炭焼き材が群生する良質の山である。

田島屋の山は、材木を切り出す杣が山林を守っていた。杣たちは、夏場は斧を使って伐採した。繁忙期を控えた秋には、林の要所に破裂薬を仕掛けて一気に薪材の切り出しを図った。

この時季には、冬ごもりの支度を進める獣と、杣たちは何度も行き遭った。互いに無益な殺生をせぬためにも、秋の伐採は破裂薬で一気に行った。

破裂薬の売買は、公儀の厳重な監視下にあった。

薪炭御用を一手に預かっている加賀藩は、公儀には秘匿していたが破裂薬を特産物としていた。

加賀藩の五箇山《ごかやま》集落は土と気象環境に恵まれた、焔硝《えんしょう》の特産地だった。破裂薬の元となる焔硝製造を公儀に察知されぬよう、藩の公文書には『塩硝』の字を当てるほどに気遣っていた。

敷地十万坪を上回る加賀藩上屋敷では、冬場に使う薪炭は膨大な量だった。そのすべてをまかなうために、田島屋では自前の山のひとつを、加賀藩専用としていた。

「つつがなく藩の薪炭御用に励む姿勢は、まことに殊勝である」

専用の山を用意してまで薪炭御用を請け負っている田島屋を、加賀藩は高く評価した。

「構えて他言は無用である」

きつく口止めしたうえで、藩の薪材伐採用に使うようにと、上屋敷用人は特製の破裂薬を毎年分け与えた。田島屋は恐縮しながら、破裂薬を押し戴いた。

正直なところ、ありがた迷惑でもあった。が、加賀藩用人には、口が裂けてもそんなことは言えない。毎年、使い残しが出た分は、桐箱に仕舞って厳重に保管してきた。

桐箱は軽くて湿気の浸入を防ぐ。破裂薬の保管には、なによりの器だった。

田島屋は今年の三月初旬から、この破裂薬を保管していた蔵の修繕をすることになった。どこかに移さなければならないが、滅多な場所に仕舞うことはできない。

「勝山屋さんに掛け合ってみましょう」

言い出したのは、十一年前に勝山屋と加賀藩上屋敷との顔つなぎをした番頭の忠兵衛だった。

油を扱う勝山屋であれば、燃えやすい品物の保管にも長けている。破裂薬を預ける先としては、どこよりも安心できた。

「てまえどもでお役に立つことなら、蔵が仕上がるまでのひと月、お預かりいたしましょう」

新兵衛は、いささかのためらいも見せずに引き受けた。田島屋には、深い恩義を感じていたのだ。

「このことは、わたしとお前とだけの胸の内に秘めておくほかない」

新兵衛は勝山屋の番頭に固く命じた。

破裂薬は、公儀御禁制の品ではなかった。が、許可なく保有するのは、きつい御法《ごはっ》度《と》である。

田島屋の忠兵衛は、加賀藩とのかかわりも正直に新兵衛に話していた。すべてを承知のうえで預かることにした新兵衛は、内儀のみふくにも、娘の二三にも明かさなかった。

「この箪笥《たんす》であれば、わたしとお前のほかに鍵を持っているものはいない」

破裂薬は二番蔵一階奥の、桐箪笥の鍵つき引き出しに仕舞われた。二番蔵は、拵えが一番しっかりとしていた。

桐箪笥には、勝山屋の帳面や予備の印形が仕舞われている。箪笥の鍵を持っているのは、当主と番頭のふたりだけである。内密に預かる破裂薬の仕舞い場所としては、うってつけの引き出しだった。

炎まみれの刺子半纏を着た鳶は、こともあろうに二番蔵を目がけて走り込んだ。

「たいへんだ」

当主の顔色が変わったのも、無理はなかった。駆け出した新兵衛を、番頭が追いかけた。箪笥の鍵は、いかなるときでも番頭が首から提げていたからだ。

番頭は走りながら、長太郎に急いで破裂薬のことを打ち明けた。

みふくが新兵衛のあとを追いかけたのには、別のわけがあった。

二三の雛飾りが、二番蔵に仕舞われていた。

五歳の三月に初めて雛人形を飾って以来、毎年、少しずつ人形飾りを増やしていた。

今年の雛祭には、漆塗りの大型牛車《ぎっしゃ》を誂えていた。

「車がすごくきれい」

ひと目見るなり、二三は拵えの見事さに目を見開いて喜んだ。牛車の隅には『弘化二年弥生　二三』と、金文字で描かれていた。

二番蔵に火が回ったら、たいへん……。

みふくは、二三の雛飾りを案じて新兵衛のあとを追った。

鳶は一旦入った蔵から出て、入り口で大暴れをしていた。

「お前は、あれを取り出しなさい」

番頭に指図をした新兵衛は、みずからの身体を鳶にぶつけて、蔵に入るのを押しとどめた。駆け込んだ番頭は、首から提げていた鍵を外し、鍵穴に差し込もうとした。が、気が動転しており、うまく穴に差し込めない。

「早くしなさい」

鳶に抱きついている新兵衛が、怒鳴り声を投げ込んできた。番頭はなんとか鍵を外すと、桐箱を取り出した。

両手に抱えて蔵から飛び出そうとしたとき、雛飾りを探しているみふくにぶつかった。身体がよろけたが、蔵の出口までは踏ん張った。

蔵から番頭が飛び出したその刹那、新兵衛は力尽きた。鳶を抱いていた手から、力が抜けた。

炎が熱くて暴れ回る鳶は、番頭にぶつかった。

桐箱が地べたに落ちた。

破裂薬が散らばった。

その破裂薬に、鳶の火消し半纏で燃え盛っている炎が食らいついた。

九十九

勝山屋が、どれほど日本橋の田島屋を大事に思っているか……。

二三は何度も、新兵衛から聞かされていた。

「田島屋さんが顔つなぎをしてくださったおかげで、本郷の加賀様上屋敷と、大きな商いを始めることがかなった」

「加賀様とのお取引が続いていることで、勝山屋は大きな顔をさせてもらえている」

勝山屋が安泰でいられる大きなわけのひとつは、加賀様との商いが年を重ねるごとに、着実に伸びているからだ……新兵衛はことあるごとに、娘にそのことを聞かせていた。

やがては二三が、勝山屋を継ぐ。

そう定めている新兵衛は、勝山屋にとってどこが大事な得意先であるのか、だれが店の恩人なのかを、常から跡取り娘に話していた。

本郷の加賀藩上屋敷。

日本橋の田島屋。

このふたつが、いかに勝山屋にとって大事であるか。二三は身体の芯に、しっかりと刻み込んでいた。

「お取引をいただいている仔細は、この帳面に記してある」

加賀藩上屋敷との取引帳面を、新兵衛は他の得意先とは別に保管していた。

帳面の表紙は、鹿皮の装丁である。見た目からも、加賀様がどれほど大事な得意先であるかが分かった。

田島屋は、その加賀藩との商いを仲立ちしてくれた問屋である。

「田島屋さんへの盆暮れの付け届けは、なによりも先に手配りしなさい」

新兵衛はこのことを、二三にきつく言い置いていた。二三の次の代にも、その次の代にも、勝山屋の身代が続く限りなすべきことだと、新兵衛は念押しをした。

「かならず当主みずから出向くように」

進物の品を持参して、勝山屋当主があいさつに出向くこと……父親の目を見詰めつつ、二三はその指図にうなずいてきた。

田島屋の番頭忠兵衛が勝山屋に顔を出すたびに、二三はみふくとともにあいさつに出た。

田島屋さんのことなら、些細なことまで聞かされている、知っていると、二三は思い込んでいた。

ところがそうではなかった。

破裂薬を預かっていたなどとは、考えたこともなかった。そもそも破裂薬がなんであるかも、二三は知らなかった。

「破裂薬というのは、そんなに凄いものだったの？」

みふくの最期を詳しく聞きたい気持ちを抑え、二三は破裂薬の子細を訊ねた。

いまとなっては、二三が勝山屋の当主だ。大惨事を引き起こした破裂薬については、知り得る限りを知るのが務めと承知していた。

「加賀様の破裂薬を使えば、小匙《こさじ》一杯分で、松の大木でも根元から吹き飛んだそうです」

長太郎は声を震わせた。

加賀藩の拵える破裂薬は、極上の焔硝が原料である。長太郎が口にした威力は、決して大げさではなかった。

幹周り三尺（約九十センチ）もある松が、小匙一杯分の破裂薬で根こそぎ吹き飛ばされた。

そんな凄まじい威力の破裂薬が、桐箱一杯分もばら撒かれた。油まみれの強い炎が、その破裂薬に舌を伸ばした。

「あの頑丈な造りの二番蔵が、跡形もなく吹き飛ばされてしまいました」

二番蔵にいた新兵衛・みふく・頭取番頭の三人と、火消し半纏をまとっていた鳶は、全員が即死の目に遭った。

「破裂薬が巻き起こした猛烈な炎と風とが、運び出していたさなかの油樽に襲いかかりました」

樽のなかには、半町（約五十五メートル）先まで吹き飛ばされたものもあった。油は飛ばされた先で炎を生じた。これで一気に勝山屋の周囲に火事が広がった。

勝山屋からはるかに離れた場所で、二三は油のにおいをかいでいた。

油の樽があんなに遠くまで飛ばされたのなら、破裂薬の目の前にいた四人とも、きっと……。

二三は、唇を強く噛んだ。

唇から血がにじみ出るほどに、強く噛んだ。

噛み方をゆるめると、止処《とめど》もなく涙が溢れ出てきそうだった。

しっかりと気を落ち着けてから、二三は長太郎に目を合わせた。

「番頭さんと鳶さんのほかに、亡くなったかたはいないのですね」

あえて両親のことは口にしなかった。

「へえ……」

つかの間、長太郎はうつむいて口ごもった。が、すぐに二三に目を戻した。

「怪我をしたのは何人もいやすが、命がどうこうという者はおりやせん」

「それはなによりでした」

二三の物言いは、心底から奉公人の無事を安堵していた。

二三を取り囲んだ者のひとりが、嗚咽を漏らした。

すすり泣きが広がった。

二三から強くたしなめられていた長太郎も、こらえ切れずに涙を地べたにこぼした。

おみのと二三は、強く手を握り合っていた。

百

おみのの家族は無事だった。

幸いなことに、火の手は長屋の手前で湿っていた。勝山屋の焼け跡で長太郎から話を聞いているさなかに、章一郎と勘太郎が息を切らせて駆けつけてきた。

気詰まりな顔をしているおみのの背中を、二三は強く押した。そうされても、おみのは亭主と息子に近寄ろうとはしなかった。

「よかった……ほんとうに、よかった」

おみのの手を強く摑んだ二三は、親子三人をひとかたまりにさせた。

「ここのことは気にせずに、とにかく長屋に帰ってください。あとでまた、声をかけさせてもらいますから」

おみの一家を無理やり追い返したあとで、長太郎から話の残りを聞き取った。

「やけどを負った者や、擦り傷・切り傷を拵えた者というなら、みんながそうでやすが、骨を折ったり寝込んだりしている者はひとりもおりやせん」

「それで済んで、ほんとうになによりでした」

あらましを聞き終えた二三は、長太郎と恭平を母屋の焼け跡に連れて行った。そして新兵衛の居室の濡れ縁があった場所に立った。

庭におりる踏み台代わりの大石は、焼け爛《ただ》れていたが、元の場所にどっしりと座っていた。

「ここを五尺（約一・五メートル）掘り下げてください」

二三は大石の右脇を指差した。男ふたりが鶴嘴《つるはし》を使って言われた場所を掘り下げた。穴が五尺に届いたとき、ふたのついた瓶が出てきた。

掘り出された瓶には、一分金と一朱金、それに一匁の小粒銀が詰まっていた。

勝山屋の蓄えは日本橋駿河町の本両替大坂屋と、仲町の両替商伊勢屋に預けていた。母屋の地べたに埋めてあったのは、万一のとき、当座の費えに使うためのカネだった。

一分金が四十枚で十両。

一朱金が百六十枚で十両。

一匁の小粒銀が四千八百粒で八十両。

合わせて百両のカネが、瓶に詰まっていた。すぐに使えるように、ほとんどが小粒銀である。

「とりあえずひとり二両ずつ、このおカネをみんなに分けてください」

大怪我を負った者こそいなかったが、通いの奉公人は全員が宿を焼かれていた。住み込みの奉公人も、住む場所がなくなっていた。

ひとり二両のカネは、当座の費えである。

「おカネさえあれば、とりあえず過ごすことはできるでしょう」

高橋や本所まで出れば、旅籠がある。大川を西側に渡れば、さらに旅籠は数多くあった。

浜町や箱崎町に行けば、長屋の空き店もあるだろう。火事で焼け出された者には、長屋差配もうるさいことを言わずに手配りをした。

なにをするにしても、ひとり二両のカネがあれば当座をやり過ごすには充分である。

「みんなの居場所が分かるように、あなたが差配をしてください」

両親の亡骸を探すことよりも、奉公人の暮らしが立ち行くための算段を、二三は先んじていた。

百一

火事場の後片付けもまだはかどっていない、四月八日。日の出から晴れ上がったこの日の朝五ツ（午前八時）に、奉行所の者が大挙して仲町の焼け跡に出張ってきた。

役人は三十人を超える下働きの下男を伴っていた。下男は全員が、淡い紺色の奉行所お仕着せを着込んでおり、銘々が縄を手にしていた。

「これより火事場吟味を執り行う」

大音声《だいおんじよう》で宣したのちに、役人は指揮杖を振り下ろした。下男が素早く四方に散り、要所要所に綱を張り巡らせ始めた。

焼け跡を片付けていた者は、その場から追い払われた。

「縄の内側には、何人《なんぴと》たりとも立ち入ることを禁ずる。さように周知いたせ」

門前仲町肝煎と五人組を呼び集めた役人は、いかめしい口調で言い渡した。

火事場吟味は、翌日九日も終日執り行われた。勝山屋の焼け跡は、ことのほか念入りに調べられた。焼け焦げた石、丸太や家具の焼け残りを、下男たちは麻袋に詰め込んだ。

そのありさまを、縄の外側に立って見詰めることしか、二三には許されなかった。

「気の毒だとは思うが、事情が事情だけにいたし方がない」

仲町の肝煎はしかし、どこか突き放したような物言いをした。

このたびの火元となったのは、汐見橋たもとの料理屋鈴木屋である。鈴木屋の料理場から出た火が、油鍋に燃え広がったのが火事の元。そのことは、仲町の住民のだれもが知っていた。

勝山屋はそのもらい火で焼けたことも、知れ渡っていた。

しかしここまで火事が大きくなったのは、勝山屋から吹き飛ばされた油樽のせいである。そのこともまた、深川の端にまで、火事をまぬがれた海辺大工町の裏店にまで、うわさとなって流れていた。

「なんでも勝山屋は、蔵のひとつに山ほど花火を隠し持っていたそうだ」

「なんだとう？」

「今年の川開きには、自前の仕掛け花火を佐賀町河岸に組む算段をしていたてえんだ」

「それに火が回ったわけか」

「五貫（約十九キロ）もの花火が、ドカンッといっぺんに破裂したてえんだ」

「道理で、でけえ音がしたぜ」

幸いにも、田島屋から預かっていた破裂薬のことは外には漏れなかった。勝山屋の奉公人全員が、新兵衛を悼んでサザエよりも固く口にふたをしたからだ。

しかし破裂薬が放った音は、尋常な大きさではなかった。それを聞いた住人たちは、勝手な憶測を交わし合った。

「うわさは、そのまま放っておきましょう」

花火だとひとが言うことに、二三はあえて異を唱えなかった。そのことが、肝煎や仲町の町役人の心証をひどくわるくした。

勝山屋が隠し持っていた花火のせいで、仲町がそっくり丸焼けになった。江戸一番の高さが自慢の火の見やぐらが焼け落ちたのも、勝山屋のせいだと陰口を叩く者もいた。

　そんななかで、火事場吟味が始まったのだ。

四月十日と十一日の両日、二三は奉行所に召し出された。そして吟味方同心から、

厳しい詮議を受けた。二三は、なにも知らなかったと口を閉ざした。

田島屋から預かっていた破裂薬のことを、一切聞かされていなかったのはまことで

ある。二三の返答をいぶかしがりつつも、同心は諒とせざるを得なかった。

最後は、与力が直々《じきじき》に吟味をした。

二三の返答は変わらなかった。

四月十三日。朝から強い雨模様となったこの日の八ツ（午後二時）に、月番の南町

奉行より沙汰が言い渡された。

「勝山屋を上がり株（油屋株の没収）に処す」

株を没収し、油屋の廃業を命じられた。しかし、それ以上の咎めはなかった。

火事場吟味からわずか五日目という、前例のない早い沙汰である。

公儀は内々の調べで、加賀藩の破裂薬が元であったことを摑んでいた。しかし加賀

藩前田家は、外様《とざま》ながらも百万石超の比類なき大身大名である。

ことを荒立てるよりは、勝山屋廃業で収束させることを公儀は選んだのだ。

「謹んで御沙汰をお受け申し上げます」

百二

門前仲町は、町ぐるみで丸焼けになった。役人は厳しい吟味ののち、大火事の原因は勝山屋である旨、調書に記した。

『弘化二年四月、深川にて勝山屋大火』

役所の公文書にも、勝山屋大火と記された。町の肝煎を通じて、この公文書のあらましは地元の住民にも伝えられた。

しかし焼け出された者のなかから勝山屋をわるく言う声は、処分が下された今となってはもう、ただのひとつも上がらなかった。

焼死した勝山屋新兵衛は冠婚葬祭のすべてにおいて、充分に地元に尽くしていた。とりわけ富岡八幡宮の祭礼に関しては、三年に一度の本祭のみならず、陰祭の年も寄進を惜しまなかった。

本殿わきに積み重ねられる四斗樽の薦被《こもかぶ》りは、町の威勢・見栄のあらわれである。陰祭の年でも、八幡宮には十樽が積み重ねられた。大半は勝山屋の寄進だったが、新兵衛は屋号の札を掲げることを強く辞退した。

「町会からの寄進ということで、なにとぞよろしく」

勝山屋ではなしに、町の見栄を張ることを新兵衛は望んだ。

「勝山屋さんてえのは、大した器量だぜ」

「さすがは深川の油の元締めだけのことはある」

新兵衛の心意気は仲町だけに限らず、深川のだれもが称えた。

みふくは本祭のときでも、陰に控えて手伝いに励んだ。

「勝山屋の御内儀が、神酒所の雑巾がけを手伝ってたぜ」

「あの御内儀は、そういうひとさ」

祭のたびに、みふくを称える声が起きた。評判のよさは、新兵衛を上回っていた。

門前仲町のための尽力を惜しまなかった新兵衛とみふくが、ともに猛火の餌食になったのだ。わるく言う声が、起きるはずもなかった。

二三のいさぎよい振舞いが、さらに勝山屋の評判を高めた。

二三は連日、役所で詮議を受けた。破裂薬と菜種油が重なりあって、仲町が丸焼けになったのだ。地元の住民はだれもが勝山屋をかばったが、役人の詮議は苛烈をきわめた。

しかし生き残った二三に、いささかの落ち度のないことは、詮議の過程で役人にも分かった。

「勝山屋は上がり株に処す。二三および奉公人は咎めなし」

二三には咎めが及ばぬようにと、だれもが願っていた。役所の沙汰には、焼け出された住民たちが胸をなでおろした。

「まことにご迷惑をおかけしました」

役所の沙汰が定まった翌日、二三は火事に遭った各町の肝煎をたずねて詫びた。

「あんたのせいじゃないよ」

「両親《ふたおや》をいっぺんに亡くして、あんたも大変だなあ」

上がり株の沙汰を知っている肝煎たちは、二三の行く末を大いに案じた。

「ご心配をいただき、ありがとう存じます」

十五歳の二三は、年の上では一人前のおとなである。深々とあたまを下げての詫びを、どの町の肝煎も受け入れた。

一日ですべての町の詫び行脚を終えた二三は、その翌日、勝山屋が口座を持っていた両替商をおとずれた。日本橋駿河町の本両替大坂屋からは蓄えを受け出し、その足で仲町の両替商伊勢屋に運んだ。

「預かり金と合わせて、金貨で一万三千五百三十七両、銀が三十貫（五百両）、銭が五十貫文（十両）ございます」

両替商の頭取番頭は、勝山屋の蓄え額を二三に明かした。

「残された勝山屋の奉公人に、百五十両を遣わせてください。それとわたしの手元には、五十両を遺《のこ》してください。残りの全額を、火事に遭われたみなさんへの償いに充ててください」

焼け出された様子は、町ごとに異なる。町の肝煎を交えての償い談判一切を、二三は頭取番頭に預けようとした。

「まことに……まことに、いさぎよいご判断です」

頭取番頭は、二三の申し出に感服した。いささかのためらいもなく、談判役を引き受けたのは言うまでもない。

頭取番頭との話し合いを終えた日の夕刻、二三はようやく、奉公人たちと膝詰めで向き合うことができた。

「あたしにできることは、なんでもやります」

なつかしい顔を間近に見て、二三は幾日ぶりかで気をゆるめることができた。あとの言葉が出なくなった代わりに、長らくこらえてきた涙が溢れ出た。

「みなさんの当座の費えは、明日、両替屋さんから受け取ってください。今後の身の振り方については、できる限りのことをします」

二三の申し出を聞くなり、座の全員が声をあげて泣き出した。土間に座っていたくまも、クウンと子犬のように鼻を鳴らした。

百三

二三は油問屋肝煎を務める各店に、残らずあいさつ回りをした。

「よくぞ顔を出してくださった」

どこの店でも、二三は奥に招き上げられた。

「あんたを神奈川まで引っ張りだしたばかりに、勝山屋さんの大事なときにも……」

当主はだれもが、言葉を途中で詰まらせた。

「てまえどものせいで、同業のみなさまには大きなご迷惑をおかけすることになりました。なにとぞご容赦のほどを」

回る先々で、二三は心から詫びた。

口調は、とても十五歳の娘のものではない。詫びてはいても、卑屈ではなかった。

詫びを受けるのは、老舗油問屋の当主である。当主であるがゆえに、二三が横死した新兵衛とみふくを誇りに思っていることを、詫びの口調から汲み取った。

「非業の死を遂げたひとに妙な言い方になるが、あんたのような後継ぎがいて、勝山屋さんは幸せだ」

二三から詫びられた当主たちは、手伝えることがあればなんでも言いつけてもらいたいと申し出た。

「お願いしたいことが、ひとつございます」

勝山屋の奉公人を雇ってもらえないか……二三が口にした頼みとは、奉公人たちの行く末だった。

「勝山屋さんで働いておられたひとなら、ぜひにもうちに来ていただきたい。こちらからお願いしたいぐらいだ。何人でも、喜んで引き受けさせてもらいましょう」

二三に同情したわけではなかった。

天保年間の中頃から、江戸に暮らす者は一段と数を増していた。

ひとが増えれば、なによりも入用となるのが水と油である。わけても油は年ごとに、入用となる量が増えていた。

ひとが多く暮らせば、長屋が増える。部屋が増えれば、夜を照らす明かりがその分多く入用となるからだ。

江戸の景気は年ごとにでこぼこしていたが、水と油を使う量は景気の善《よ》し悪《あ》しにはかかわりなく、前年を上回っていた。

さりとて一朝一夕に油の生産量は増えない。油造りを滑らかに運ぶためには、相応の年季の入った職人と、段取りを呑み込んだ下働きが欠かせなかった。

勝山屋は、質がよいことで知られた油問屋である。

何人でも、ぜひにもうちに来ていただきたい……。

当主の申し出は世辞でも同情でもなく、正味だった。

二三は奉公人に成り代わって、給金と住む宿とを当主と掛け合った。

「差し出がましいようですが、勝山屋同様に雇っていただければ幸いです」

「案ずるには及びません。わたしが請け合います」

当主みずから、雇い入れる奉公人の好待遇を請け合った。

「奉公人はもちろんだが、勝山屋さんが仕入れていた菜種農家についても、ぜひともわたしどもにお任せくだされ」

「ありがとう存じます」

二三は菜種農家についても、勝山屋以上の値で菜種売り渡しが運ぶように当主と直談判を重ねた。

奉公人の行く末と、菜種売り渡しの談判は、わずか一ヵ月の間にすべてがまとまった。二三が自分のことには一切構わず、すべて奉公人と菜種農家のために掛け合っているのを、油問屋当主も奉公人や農家もわきまえていた。

掛け合いで、おのれを利するためにごねる手合いは皆無だった。

奉公人全員の行く末が定まってから、二三は木賃宿に移った。

百四

六月一日は、朝から空が重たかった。永代寺が五ツ（午前八時）を撞いたときは、空はまだなんとか持ちこたえていた。

しかし四ツ（午前十時）が近くなると、細かな雨が落ち始めた。

傘がどうしても入用なほどの雨ではなかった。とはいえ、余所行きを着た者は、傘なしでは歩けないだろう。

傘をさすのか、ささないのか。

その見極めがむずかしい、絹雨《きぬさめ》である。多くの者が傘をどうしようかと迷っていた。が、富岡八幡宮大鳥居下に集まった百人の芸者衆は、ひとりも傘をさしてはいなかった。

白地の浴衣に、紺色の朝顔が描かれていた。木綿の浴衣とはいえ、着ているのは辰巳芸者である。上物の手書きの一品物ゆえに、朝顔は茎も葉も、いずれも違う絵柄の染めになっていた。

開花している一輪の朝顔は、薄紫色である。細かな柄は違っていても、色味は同じだ。遠目には、百人の芸者が揃いの浴衣を着ているように見えた。

ゴオオーーン……ゴオオーーン……。

鳴り始めた四ツの鐘を合図に、百人の芸者衆が本殿に向かって歩き始めた。五十人ずつが、長い二列を拵えて敷石を踏んでいる。

先頭に立つ芸者は、まだ若い太郎と弥助。ふたりとも辰巳芸者の大看板である。

四月五日の大火事の後片付けは、四月下旬には終わった。五月に入ってからは、仲町のあちこちから威勢のいい槌音が聞こえ始めた。連日の上天気に後押しされて、町の建て直しは大きくはかどっていた。

が、六月一日の今日は、どこの普請場も仕事を休んでいた。深川に夏を呼び込む『ゆかた参拝』が、六月一日に催されるからだ。

「あれだけの大火事のあとでも、ゆかた参拝は変わらねえってか」

「あたぼうだろうよ。これがなくなったら、そいつはもう、深川じゃねえ」

境内を埋めた見物人が、互いにうなずきあった。

人垣の最後列に立った二三も、きっぱりとうなずいた。うなずいた拍子に、二三の手首が揺れた。

二重《ふたえ》に巻いた数珠《じゆず》が、控えめな音を立てた。

太郎の二つ名は『汐見橋の太郎』である。

名の由来は文字通り、太郎の宿が汐見橋のたもとにあったからだ。敷地数十坪の造りだが、板張りの稽古場も構えられていた。

四月五日に起きた大火事の火元は鈴木屋。太郎の宿とは、汐見橋を挟んで向かい合わせに建っていた。

鈴木屋から出火したとき、太郎は宿で弟子と談笑をしていた。今年で六十三の高齢だが、いまだに太郎を慕って毎日のように辰巳芸者がたずねてきた。

四月五日の出火時にも、太郎の宿には客がいた。

ひとりは太郎で、もうひとりは弥助。ふたりとも、洲崎を背負う若き芸者だ。

毎年六月一日には、辰巳芸者百人が浴衣姿で富岡八幡宮に参拝する。大川の川開きに引き続いて催される、辰巳芸者の『ゆかた参拝』。これを過ぎると、深川には本格的な夏がくるのだ。

太郎と弥助は、ゆかた参拝の相談で汐見橋をおとずれていた。

客人の湯呑みに茶を注いでいたとき、仲町の火の見やぐらが擂半《すりばん》を打ち始めた。半鐘を聞いても、太郎は茶を注ぐのをやめなかった。

『ひとたび羽織を着たあとは、なにが起きても慌てず騒がず。客の無事をなによりも先に考える』

常から言われ続けている辰巳芸者の心構えを、太郎は実践した。茶を注ぎ終えてから、縁側に出た。

汐見橋の対岸に巨大な炎を見たときも、太郎は取り乱すことはなかった。

「火元があまりにも近いから、今日はこのままお帰りなさい」

来客を帰したあとで、太郎は流し場の土間を掘り返し始めた。蓄えを詰めた小さな瓶《かめ》を掘り出すためである。

風は西から東に向けて吹いている。汐見橋の東詰に建っている太郎の宿には、まともに火の粉が飛んできた。

四十数年前に太郎を身請けした旦那は、木場の材木商である。

「火事に遭ったときは、モノを惜しむな」

これが旦那の口癖だった。

「命さえ助かれば、かならずやり直しができる。モノを惜しんで逃げ出すのをためらうのは、モノと命とを引き換えにする、おろかな振舞いだ」

火事に出くわしたときは、これも宿命《さだめ》だと諦める。宿にひとつでも火の粉が飛び散ってきたならば、モノを惜しまずに逃げ出せ。

旦那から言われたことを、太郎はしっかりと身体の芯に刻みつけていた。手早く着替えた太郎は、印形と蓄えを詰めた瓶を布袋に仕舞った。

宿から持ち出したのは、この布袋だけである。着替え一枚、太郎は持ち出さなかった。

飛んでくる火の粉の勢いを見て、かならず火は燃え広がると判じた。火から逃げることのみを考えて、持ち出すものはカネと印形だけに限ったのだ。

ところが金銀を詰めた瓶は、思いのほか重たかった。両手で抱え持つ形で、太郎は汐見橋に足を踏み入れた。

西詰のたもとでは、鈴木屋が炎をあげて燃え盛っていた。火事場から逃げ出そうとする者が、汐見橋を東詰に向かって渡り始めた。

逃げるひとの群れと、太郎はまともにぶつかった。提げていた布袋が、手からむしり取られるようにして橋板に落ちた。無数の履物に蹴飛ばされて、瓶が割れた。

いきなり、金銀が橋に散らばった。

われ先に逃げようとしていた連中が、金貨・銀貨が散らばったのを見て足をとめた。しゃがんで拾い集めていた太郎を蹴飛ばして、目の色の変わった群集は金貨・銀貨の奪い合いを始めた。

下駄や足駄、わらじに蹴飛ばされて、太郎は意識を失った。助けてくれたのは、洲崎検番の下足番だった。

火の粉を見てもうろたえなかった太郎だが、歳はすでに六十を超えた高齢である。散々に蹴飛ばされて、腕と、わき腹の骨を何本も折った。

太郎の大怪我を二三が知ったのは、四月も下旬になってからだった。

常に太郎の行方は気にかかっていた。が、二三当人が奉行所から呼び出されたり、本両替と掛け合ったり、仲町の肝煎衆と談判をしたりで、身動きがとれなかったのだ。

ひと通りの後始末を終えたとき、重態の太郎が洲崎検番で臥せっていることを知らされた。すぐさま駆けつけた二三を見て、太郎は気丈にも微笑みを浮かべた。

「勝山屋の蓄えを惜しまず償いに使ったのは、まことに立派でした」

太郎は病床にありながらも二三を気遣い、耳をそばだててしっかりと聞き及んでいた。

「おカネの使い方を間違えなければ、きっとまた戻ってきてくれます。あなたの振舞いを、亡くなられた新兵衛さんもみふくさんも、さぞかし自慢に思っていることでしょう」

わたしも自慢に思いますと言ったのちに、太郎は満足そうに目を閉じた。息を引き取ったのは、二三が検番をたずねた翌日のことだった。

太郎の手元に残っていた金貨・銀貨は、浴衣の誂え代に使われた。太郎の遺言だった。

本殿に向かう芸者衆を見送りながら、二三は太郎を偲んだ。

新兵衛・みふくには、毎朝毎夕、仏壇に手を合わせて拝んでいる。いまはただ、太郎のことだけを偲んでいようと決めていた。

芸者衆が通り過ぎた敷石は、絹雨を浴びてうっすらと濡れていた。

たとえ百年が過ぎても、形を崩さない敷石。

その敷石の表面に潤いを与えている、六月の絹雨。

敷石も絹雨も、ともに太郎そのものだと二三は思った。

堅さと潤いという、真っ向から異なるふたつを兼ね備えたのが太郎なのだ。

しっかりと生きます。

濡れた敷石に、二三は両手を合わせた。

「おっかさん……あのおねえちゃん、八幡様の敷石に手を合わせてる。おかしいね」

母親に手を引かれたこどもが、二三をいぶかしがって足を止めた。

「なにも言うんじゃないよ」

かかわりになるのを嫌ったのか、母親はこどもの手を強く引いた。こどもは二三から目を離さずに、母親に引っ張られて歩き出した。

目の下を引っ張った二三は、こどもに向かって「あかんべえ」をした。数珠が揺れて、しとやかな音を立てた。

太郎の、穏やかな物言いのような音だった。

百五

深川では絹雨模様だった、六月一日の四ツ過ぎ。

房州勝山では、海から吹き上がってくる暴風が、収穫を終えた菜種畑の周囲で暴れ回っていた。

「なんか、妙な音が聞こえなかったか」

格子戸の隙間から畑を見ていた亮太が、異音を耳にして顔つきをこわばらせた。

二三が深川に養女としてもらわれて行ったのは、天保六（一八三五）年。過ぎた十年の歳月は、兄の亮太の上背を五尺六寸（約百六十八センチ）にまで伸ばしていた。

しかし二三が育った母屋は、十年が過ぎたいまでも同じである。父親の亮助も、二三が江戸に出て行ったときと同じ木槌でわらを叩いていた。

「物見台が吹っ飛ばされたかもしれね」

亮助の物言いは、どこか投げやりである。並んで座っているよしが、ふうっとため息をついた。

「おとっつぁんもおっかさんも、どうしたっていうのよ。もっと元気を出して」

へっついの前にしゃがんでいたみさきが、勢いよく立ち上がった。

「二三だって、あんなひどい目に遭っても、ひとことも泣き言を言ってこないじゃないの」

土間から板の間に上がったみさきは、赤いたすきをほどき、よしの隣に座った。

「あたしのことなら、平気だから」

みさきは母親の肩に手をのせた。平気だと言いながら、みさきの右手は小刻みに震えていた。

去年（天保十五年）の六月。

当時十七歳だったみさきに、富津《ふっつ》村から縁談が持ち込まれてきた。仲人に立ったのは、富津村の肝煎である。

「うちの村の矢崎屋さんが、次男の嫁にどうしてもこちらのみさきさんをほしいと言うとってのう」

肝煎は前触れもなしに、角樽《つのだる》を提げてやってきた。

夏を目前にした五月中旬に、勝山では毎年『浜まつり』が催される。湊には大漁旗を飾った漁船が並び、その朝獲れたばかりの魚介が破格の安値で売られる。夏を迎えるための、縁起担ぎの祭事だ。

木更津や富津からも、多くの見物客が船を仕立てて祭り見物に出向いてきた。勝山に暮らす年頃の娘は、目いっぱいに着飾ってこの祭りを楽しんだ。

夏を迎える祭りということで、娘たちは浴衣を着た。みさきももちろん、よしが仕立てた新調の浴衣を着て湊に出かけた。

おととし、富津村から矢崎屋の次男洋助《ようすけ》が祭り見物に出向いてきた。すっかりみさきにのぼせ上がった洋助は、父親をせっついた。

矢崎屋は、富津村一番の身代の大きさを誇る廻漕問屋である。併せて薪炭屋も商っていた。

洋助の父親洋太郎は、息子の気持ちよりも商いの首尾を先に考える男である。

「菜種農家の娘などをもらっても仕方がない」

洋太郎は、息子の願いにまったく耳をかさなかった。が、洋助は諦められず、去年も浜まつりに出かけた。そして、さらに娘盛りとなったみさきにこころを奪われた。

洋助は、渋る父親を口説きに口説いた。二年越しにせがまれて、洋太郎も重たい腰をあげた。が、話を鵜呑みにはせず、ひとを使って亮助一家を調べた。

そのなかで、養女に出した二三が深川の勝山屋の跡取り娘であることを知った。洋太郎の態度が激変し、縁談は上首尾にまとまった。

みさきも洋助を憎からず思っていたからだ。

縁談がまとまったあとで、亮助は新兵衛に書状を送った。今年（弘化二年）十月の祝言には、二三も寄越してほしい、と。

新兵衛は快諾した。十年が過ぎたいまなら、二三も落ち着いて家族に会うことができると判じてのことだった。

ところが二三には話さぬまま、火事に遭った。

勝山屋が咎めを受けて上がり株になったことは、矢崎屋にもすぐに伝わった。

「身内に、縄つきになるかもしれない者がいる。そんな相手との祝言は断じて許さん」

五月中旬に、十両の詫び金持参で富津村の肝煎が亮助のもとにやってきた。

「そんな不人情な先なら、あたしのほうがまっぴらです」

勝山の湊で教わった江戸弁で、みさきは「よく分かりました。どうぞお帰りください」と言い切った。

洋助を憎からず思っていただけに、みさきはこころに深手を負った。が、なにも泣き言を言ってこない妹の振舞いを見て、みさきはおのれを叱咤した。

「身代も両親《ふたおや》もすべてを失くしても、二三はここには泣き顔を見せにこないんだもの。あたしだって、負けてはいられないわよ」

みさきは、わざと明るい大声を出した。

「そんだべなあ。おめの言う通りだ」

亮助がわらを打った。

「そうは言っても、ひとことぐらいは、おらのところに泣いてくりゃあいいのによう……」

ボコンッとわらを打った音に、亮助のつぶやきは押し潰された。

百六

弘化二年の江戸は、秋のおとずれが早かった。

八月下旬から、雨降りの日が続いた。九月一日の五ツ（午前八時）過ぎ。

海辺橋たもとのうどん屋たまやに、半纏をあたまからかぶった通い大工の徳助《とくすけ》が飛び込んできた。

「まったくよく降りやがるぜ」

ひとり者の徳助は、朝飯はたまやのうどんで済ませていた。

海辺橋から北に十町（約一・一キロ）ほど行けば、高橋の青物市場がある。そこに出入りする棒手振《ぼてふり》の多くは、たまやで腹ごしらえをしてから市場に向かった。

ゆえにたまやは明け六ツから店を開いていた。

開店と同時にうどんをすすり、そのまま普請場に向かう徳助だが、今朝もまた雨で仕事は休みだ。雨降りの朝は五ツどきのうどんが徳助の決まりだった。

「今日で四日も雨だぜ」

うんざりした顔を、たまやの親爺に向けた。

「今年は春の終わりごろに仲町のあたりが丸焼けになっちまって、妙に熱かったしさ。夏は夏で目いっぱいに暑かったからよう。冷てえ雨続きは、それまでが暑かったことの帳尻合わせかもしれねえ」

徳助は熱いと暑いをかけてシャレたつもりだった。が、親爺は尖った目で徳助を見た。睨んだというぐらいに強い目だった。

「どうしたよ、とっつぁん。そんな目でおれを見ることあねえだろうが」

「口に気をつけてくれ」

たまやには、五ツは半端な時分である。ほかに客はひとりもおらず、親爺の物言いには遠慮がなかった。

「なにを気をつけろてえんだ」

徳助も負けずに強い口調で応じた。

「橋の向こう側の旅籠には、勝山屋のお嬢が長逗留してるんだ。雨続きに腹をたてて、なにを言うのもあんたの勝手だが、四月の火事を引き合いにはしねえでくれ」

あんな木賃宿に泊まっているのは、有り金のほとんどを焼け出された仲町の住人と、巻き添えを食った奉公人に分けたからだ。きんたま二両をぶら下げた男にだって、できることじゃない……。

親爺は本気で徳助の軽口を叱った。

「そいつあ、すまねえ。おれがわるかった」

徳助が素直に詫びているさなかに、恰幅のいい五十年配の男が入ってきた。手にしている傘は黒い蛇の目だし、下駄は鼻緒が皮でできた高下駄である。

身なりのよさが、男が大店の番頭格だと告げていた。

「少々ものをうかがいますが……」

「なんでやしょう」

親爺は徳助相手のときとは異なり、ていねいな物言いで応じた。

「このあたりに、ほうずき屋さんという旅籠がございますでしょうか」

「ありますぜ」

親爺よりも先に徳助が答え、腰掛けから立ち上がった。

「そこの海辺橋を、向こうっ岸に渡った根本にありやす」

店の外に出た徳助は、橋の北詰を指さした。

「ちっぽけな旅籠で、軒が傾いてやすんでね。しっかり見てねえと通り過ぎやすぜ」

「お世話さまでした」

男は礼の言葉を残して、橋を渡り始めた。

「どうみたって、ほうずき屋に用がありそうにはめえねえぜ」

腰掛けに戻った徳助は、首をかしげてからうどんをすった。

鰹ダシの香りが、狭い土間に漂っていた。


旅籠の土間に立った喜三郎《きさぶろう》は、「平川屋からまいりました」としか女中に伝えなかった。帳場でやり取りを聞いていたあるじは、急ぎ女中を手招きした。

「あのひとは平川屋の頭取番頭さんに違いない。くれぐれも粗相のないように」

喜三郎の身なりから、あるじは客が頭取番頭だと察した。木賃宿とはいえ、旅籠のあるじである。客を吟味する目は確かだった。

女中は念入りに茶をいれ、自家製の梅干を小鉢によそって二三の部屋まで運んだ。

「こちらの焙じ茶は、とってもおいしいんです」

女中から土瓶と盆を受け取るなり、二三は茶の美味さを褒めた。女中は気恥ずかしそうな顔つきになったが、目元は大きくゆるんでいた。

茶請けの梅干は、平川屋の頭取番頭に対する女中の精いっぱいの気遣いだった。

門前仲町の平川屋といえば、深川に暮らす者ならだれでも知っている小間物屋である。一泊百三十文という格安木賃宿ほうずき屋の女中でも、もちろん平川屋の名は知っていた。

「まことに結構な焙じ茶です」

言葉だけの世辞ではないあかしに、喜三郎は湯呑みの茶を飲み干していた。二三は二杯目を注ぎながら、茶請けを勧めた。しかし喜三郎は小鉢には手を伸ばさず、居住まいを正して二三を見た。

「折りいってのお願いがございまして、ご迷惑を承知で押しかけました」

喜三郎が話し始めるのを待っていたかのように、雨漏りが始まった。二三は素早い動きで手桶を置いて、雨漏りを受けた。

喜三郎は知らぬ顔のまま、話を続けた。

「てまえども平川屋の彼岸法要が、今度の九月二十三日に執り行われる運びでございまして……」

参列者が多いために、法要は平川屋ではなく、菩提寺の深川恵然寺《えねんじ》本堂で執り行われるという。もちろん二三も、恵然寺は知っていた。

「つきましては二三さんに、法要のあとの精進落としの精進揚げを、なんとしてもお引き受けいただきたくて出張ってまいりました」

喜三郎は両手を膝に置き、真っ直ぐに二三を見詰めた。

頭取番頭の目を受け止めながら、二三はよしみを思い出していた。

平川屋のひとり娘よしみは、二三より五歳年長である。すでに婿養子を迎えており、男児まで授かっていることは二三も耳にしていた。

遠い昔、二三が富岡八幡宮の手古舞に選ばれたとき、よしみも一緒に稽古をしていた。初めのころは意地悪もされた。が、いまの二三にはこども時分に受けた意地悪すらも、甘い思い出となっていた。

その平川屋の頭取番頭が、彼岸法要の精進落としを引き受けてくれと、雨の中を木賃宿をおとずれてきた。番頭ひとりの考えではないと、二三は察した。

昔なじみの二三に、なにか手助けをとよしみは考えたに違いない。さりとて、あからさまに金銭を差し出すのではない。店の彼岸法要の賄いを頼むという形での、二三への手助けなのだ。

しかもよしみは表に出てこず、すべてが番頭の差配であるかに装っている。

二三は、よしみの意地っ張りの顔を思い浮かべた。

尖ったあごを突き出し気味にして、知らぬ顔を決め込んでいる。しかし、正味で二三を気遣い、手助けをしたいと願っているよしみ……。

二三はたもとから汗押さえを取り出し、潤んだ目にあてた。

「お引き受け願えますでしょうか？」

「なにとぞ、よろしくお願い申し上げます」

二三は両手を畳について、礼を伝えた。

雨だれが、手桶に落ちてポチャンッと音を立てた。


二三が揚げた秋野菜の精進揚げは、客に大受けした。

よしみは一度も二三の前に姿は見せなかった。しかし下げられたよしみの器には、てんかすのかけらすらも残ってはいなかった。

客のみならず恵然寺の住持も、修行中の雲水たちも、二三の精進揚げを賞味した。そして美味さに感心した。

大満足をした客は、入れ替わり立ち替わり、二三に料理の礼を伝えた。

「わたしどもの法要の折りにも、ぜひとも力を貸してくだされ」

精進揚げを堪能した商家の当主たちは、言葉を重ねて二三に手伝いを頼んだ。

「その折りには、お声をかけてください」

二三は当たり障りのない返事をした。断るのは角が立つが、いまは木賃宿に長逗留の身である。引き受けようにも、確かな答えはできなかった。

片付けが一段落したとき、恵然寺の主事が調理場に出向いてきた。

「二三どのの都合に障りがなければ、この先も当寺の法要において、精進揚げを引き受けてくださらぬか」

「ありがとう存じます。ぜひとも手伝わせてください」

二三はいささかもためらわず、辞儀をして受けた。

勝山の実母は、二三にてんぷら揚げを仕込んでくれた。

深川の養父母は、この地に暮らすひとたちとのえにしを二三に授けてくれた。

そのふたつが重なり合って、いま、大きな実を結ぼうとしていた。

百七

嘉永七（一八五四）年は、年初から激動の幕開けとなった。

前年の嘉永六年六月三日に、米国のペリー提督率いる軍艦四隻が、浦賀水道を無断通過した。

ペリーが乗艦した旗艦サスケハナ号（二千四百五十トン）と僚艦ミシシッピ号（千六百九十二トン）の二艦は、黒煙を吐く蒸気軍艦である。

随艦のサラトガ号とプリマス号の二艦は、いずれも帆船軍艦だった。とはいえ、八百トン超、九百トン超という巨艦である。

「おったまげたもんだ」

「帆柱は、天に突き刺さるんでねえか」

近在の浜の漁師は帆船の巨大さに、肝を潰さんばかりに驚いた。

驚嘆したのは漁師や町人ばかりではない。

「船が吐き出す煙は、あたかも物の怪の吐息のごとくにござる」

船番所の物見は、軍艦の像を捉えた遠眼鏡を何度も拭った。奉行所に常備されていた遠眼鏡は、全部で三台。いずれも役人たちが奪い合って筒を伸ばし、目にあてた。

前触れもなしに来航したペリー艦隊は、半年が過ぎた嘉永七年一月十六日に再び浦賀に来航した。そして三月三日には、『日米和親条約』なる友好条約が締結された。

しかし実態は締結というよりは、武器満載の軍艦を背景にしての、米国の強要そのものであった。

この条約締結後は、まさに「傾《なだ》れを打つがごとく」に、諸国が条約締結を幕府に求めてきた。

「次々に黒船が押し寄せてきてよう。いってえおれっちは、どうなっちまうんでえ」

「青い目の連中とまともに目を合わせたら、八つ裂きにされるらしいぜ」

幕府お膝元の江戸町人は、根も葉もないうわさに怯えた。

七月には得体の知れない疫病が大流行した。

「晦日までに牡丹餅《ぼたもち》を食ったら、はやりやまいにかからねえそうだ」

「そんなこと言われても、おらあ、あんこは大の苦手なんでえ。あれを食うぐれえなら、死んだほうがましだ」

「だったら好きにしねえな、おれは命が惜しいから食うぜ」

牡丹餅を丸呑みしたら、連れの男は吐き気を催したような顔で目を背けた。

だれが言い出したか分からないうわさが、江戸中に広まった。甘いモノが売れにくくなる晩夏に、あんこでくるんだ牡丹餅が方々で売り切れとなった。

十一月四日の朝五ツ（午前八時）過ぎ。駿河から畿内にかけての広域が、大地震に襲われた。四日の夕暮れどきには、船乗りたちが各地の被害の大きさを江戸の住民に聞かせた。

「富士のふもとの清水湊が、町ぐるみで平べったくなったらしいぜ」

「そいつあ大ごとだ」

「おめえの親戚でもいるのかよ」

「そうじゃねえが、清水は甲州の米が集まってくる湊だからよう。あの町が潰れたとなりゃあ、江戸の米が飛びっきり高くなるぜ」

半纏姿の職人が、わけしり顔で唾を飛ばした。

地震騒動がまだ収まっていない、十一月五日。今度は浅草聖天《しょうでん》町から火が出た。炎は木枯らしに煽られて、本所のあたりにまで燃え広がった。

が、幸いなことに深川の手前で湿った。

十一月二十七日に、公儀は嘉永から安政へと改元した。前年から、公儀は災難に見舞われ続けてきた。改元は験直しの意味が強かった。

将軍は十三代徳川家定である。

家定は前十二代将軍家慶の四男だ。家定は前年（嘉永六年）のペリー来航直後に、将軍職を継いでいた。しかし生まれながらに病弱で、政務は幕閣の阿部正弘らに任せていた。

家定はなんとかペリーの不意打ち来航騒動を切り抜けて、幕府の体面を保った。年が明けた今年一月の再来航においても、幕閣の働きで条約締結に至ることができた。

これで一段落かと、老中が吐息を漏らした七月。

江戸は疫病に襲いかかられた。終息をみたのは、十月中旬である。

やれやれと安堵したのもつかの間、十一月には大地震に襲いかかられた。

そして地震翌日には、浅草で大火事が起きた。

息継ぎの間もなしの、災難襲来である。

老中は評定を重ねたのちに、験直しの改元を具申した。家定は即座に改元を受け入れた。

嘉永七年に、二三は二十四歳になっていた。

実母よしと一緒に、深川でてんぷら屋を開業しようとした前々日の十一月二十七日。嘉永七年は安政元年へと改元された。

百八

十一月二十九日は、薄墨を振りまいたような空の色味で明けた。

季節はすでに冬である。とりわけ今年は十一月二十日を過ぎるなり、いきなり冬将軍が江戸に居座りを始めた。

曇り空の夜明けは、気配が凍てついている。

ゴオオーーン……。

夜明けの町に、明け六ツ（午前六時）の鐘が流れた。空は薄曇りである。頼りない冬の朝日は、一重《ひとえ》の雲すら突き破ることはできないらしい。

「早く起きないと、明け六ツが鳴り終わっちまうじゃないかさ」

「分かってるけどよう……おめえが火熾しを終えるまで、もうちっとだけ寝かせといてくんねえ」

十一月下旬の深川では、毎朝、こんなやり取りが交わされていた。ところが二十九日の今朝は、空が薄曇りで長屋の土間が凍えているにもかかわらず、仲町のやぐら下周辺はどの長屋も早起きだった。

二年がかりで準備をしてきた二三の店『かつやま』が、いよいよ今日の四ツ（午前十時）に店開きをする。その開店の景気づけとして、六ツ半（午前七時）の四半刻も前から、店先で灘酒が振舞われる段取りだ。

仕事場に向かう職人たちにも、出がけに祝い酒で口を湿してもらおうという趣向である。まだ明け六ツの鐘が鳴り終わったばかりだというのに、仲町の辻に向かう道はひとで溢れていた。

多くは、厚手の半纏をまとった職人である。

「相変わらず凍え切っているからよう。灘の酒は、さぞかし身体をあったためてくれるだろうぜ」

「ちげえねえや」

濃紺の仕事着姿の男たちが、群れをなしてやぐら下に向かっていた。

二三がてんぷら屋を始めようと思い定めたのは、いまから二年前、嘉永五（一八五二）年の六月上旬である。

二十二歳になっていたこの年の四月に、二三の実父亮助が病死した。享年五十三。心ノ臓が発作を起こしての急逝だった。

たまたま江戸から里帰りをしていた二三は、運がよかったというのも切ないが、父親の臨終の場に居合わせることができた。

三十路を迎えていた兄の亮太は、三人のこどもに恵まれていた。勝山の浜から迎えた嫁は働き者で、姑のよしとも折り合いはすこぶるよかった。

姉のみさきは嘉永二（一八四九）年十一月に、勝山湊の乾物屋に嫁いだ。嫁ぎ先で大事にされており、嫁いだ次の年、さらにその翌年と、二年続けて年子の男児を授かっていた。

亮助の葬儀は、連れ合いのよしが喪主を務めた。そして長男の亮太一家、嫁いだ長女のみさき一家、次女の二三と、亮助の息子と娘が全員顔を揃えて、野辺送りを執り行うことができた。

四十九日が明けた翌日、二三は深川でてんぷら屋を開業したいと、母親に思いを明かした。

「おっかさんはあたしと一緒に江戸に出て、てんぷら屋を手伝って……」

菜種栽培は、亮太と嫁のかおりがしっかりと切り盛りしていた。遠からず、亮太のこども三人も家業を手伝うことになるだろう。

初めての、娘からの頼みごとだ。

「いいさ、しゃんめえ」

よしは明るく軽く答えて、二三の気持ちを軽くした。

亮太が授かったこどもは奇《く》しくも一男二女で、亮助・よしが授かったこどもと同じだった。

「勝山のことはおにいちゃん一家に任せとけば、なんにも心配はいらないでしょう」

亮太の家は、こどものしつけも行き届いていた。毎朝毎夕、仏壇に炊き立てごはんと茶を供えるのは、長男の役目だった。十日に一度は家族全員で、菜種畑の隅に構えた亮助の墓にお参りをした。

墓前に供える花は、こどもが摘んできた野の花である。

よしと二三は、亮太一家が仲良く暮らすさまを見るにつけ、できた嫁に感謝をこめて、何度も深くうなずきあってきた。

嫁は姑のよしも、小姑の二三をも、心底から大事にした。こどもたちも、江戸からきた叔母にはことのほかなついていた。

が、どれほど仲良く過ごしていても、気詰まりに感ずることはある。二三の目には、よしも嫁も、互いに遠慮をしあっているように映った。

勝山の菜種農家は、兄の一家にゆだねよう。

姉は跡取りの男児をふたりも授かって、嫁ぎ先で大事にされている。

母は、わたしと一緒に江戸に出るのがいい。得意のてんぷらを商いにすれば、母も自分の居場所を自分の力で保つことができる。

連れ合いを亡くした哀しみは、この先も癒えることはないだろう。が、自分の力で身を立てることができれば……。

母が揚げるてんぷらを、江戸のひとが喜んで食べてくれれば、生きる張り合いにもなる。

あれこれと思案をめぐらせたのちに、二三は母親を誘った。

「江戸の深川に出て、一緒にてんぷら屋さんを始めよう……」

誘われたよしは、実母である。二三が胸のうちで思っていることを、しっかりと汲み取った。

「お前の言う通りだねえ……」

ためらうこともなく、よしは二三の誘いを受け入れた。まだ嫁いでいない娘の近くにいて、娘の縁談に気を配ろうとも思ったのだろう。

「一緒にいれば、お前の花嫁姿もこの目で見られるだろうからね」

よしの物言いには、娘の良縁を願う思いが強くにじんでいた。

二三が深川でてんぷら屋を開業しようと考えたのは、その場の思いつきではなかった。何年も前から、なにか商いをするようにと強く勧められていたのだ。

二三にそれを言い続けてきたのは、てきやの元締め、二代目赤土の傳兵衛である。

初代赤土の傳兵衛は富岡八幡宮本祭で、まだこどもだった二三を見た。ひとの器量の大きさを見抜くのは、てきや元締めが備え持つ特技だ。

ひと目で器量の大きさを見抜いた傳兵衛は、二三の成長するさまを見続けてきた。ときには太郎の口から、聞き取ったりもした。

勝山屋が大火事の咎めを受けて上がり株になったとき、初代はすでに六十の高齢だった。

「もしもわしがてめえの蓄えを、そっくり償いに回す羽目になったりしたら、きんたまが縮み上がるだろうよ」

二三のいさぎよさを目《ま》の当たりにして、傳兵衛は心底から舌を巻いた。

「あの火事の火元は勝山屋じゃあねえ。それをひとことも言わずに黙って御沙汰を受け入れたのも、見上げた器量の大きさだ」

胸を病んでいた傳兵衛は、臥せっていることが多かった。二三が蓄えのほぼ全額を償いに充当すると聞いたとき、傳兵衛は床から起き上がった。そして跡目を譲ると決めていた代貸《だいがし》を、長火鉢の前に呼び寄せた。

「勝山屋の娘を、深川から出してはならねえ。おめえの目の届くところに住まわせて、おめえが陰からしっかりと支えろ」

二三が商いを始める気になったら、人数を惜しまず若い者を動かして、しっかりと手伝ってやれ。

これを代貸に言い置いた翌日に、初代傳兵衛は息を引き取った。

惜しまず、全力で手伝うこと。

二三を助けろと言い残した初代だが、てきや稼業をおもんぱかり、陰から支えろと付け加えていた。

初代の遺言を二代目はしっかりと守った。

余計な手助けは一切しなかった。が、二三が深川で暮らせるように、四方に細かく目配りをした。

「お嬢がなにか商いをする気になったら、真っ先に聞かせてくだせえ」

年下の二三に、赤土の傳兵衛がていねいな物言いをした。二三は深い辞儀を返した。

勝山を出る半月前に、二三は傳兵衛にあてて手紙を書いた。傳兵衛の返事は、若い者がじかに運んできた。

「お嬢とおふくろさんが商いを始める場所は、四つ五つ、うちの連中が見つくろってありやすんで」

よしと一緒に深川に帰った二三は、やぐら下の空き店に決めた。母親よしも、大いに気に入っていた。

店はすぐに決まったが、開業まではたっぷりとひまをかけた。『かつやま』の屋号で商いをする限り、しくじりはできないと胸に期するところがあったからだ。

江戸にとどまらず、隣国相州にまで足を延ばし、母親と一緒にてんぷらを食べ歩いた。

どんなてんぷらを供する店にするのか。

あらましが決まったのは、今年の夏過ぎである。開業を目前に控えた十一月には、地震・火事・改元と、立て続けに大きな出来事が生じた。どれもしっかりと乗り越えたのは、陰で傳兵衛が支えたからだ。

百九

「もう店先に、ひとが群がってるぜ」

かつやまに向かう職人が、足を速めた。

「押さないでください。お酒はまだ、たっぷりと残っていますから」

灘酒の薦被《こもかぶ》りの前で、二三が声を張り上げ続けていた。四斗樽ふたつの鏡が開かれて、二三とよしのふたりが酒を振舞っている。

二三は差し出されるぐい飲みに酒を注ぎ、手際よく長い列をこなした。

母親のよしも二三と同じように、竹を輪切りにしたぐい飲みに、ひしゃくで酒を注いでいた。ところが手の動きが二三よりも遅い。酒を求めて並んでいる職人の列は、長く延びる一方だった。

「もっと溢れるまで、注いでくんねえな」

仕事場に早く向かいたい客は、長く待たされて苛立っている。よしに対する物言いには、遠慮がなかった。

「振舞い酒があるてえから、回り道までしてここにきたんだ。とっとと酒をくんねえな」

ひとりが声を荒らげると、周りの者もつられて大声を出すようになる。江戸の商いには、これまでほとんど馴染みがなかったよしである。

凄まじいひとの群れにも、怒声をぶつけられることにも、まだ慣れてはいなかった。怒鳴り声と、ひとの群れとによしは怯えた。薦被りの酒を注いでいた手の動きが止まった。

「ばあさん、なにやってんでえ」

よしにぶつける職人たちの声が、さらに尖りを増していた。

「おっかさん、おれが助《す》けるぜ」

よしのわきに、大柄な男が近寄った。傳兵衛配下の若い者、庄次郎《しょうじろう》である。五尺八寸（約百七十四センチ）の上背は、ただそこに立っているだけでも大いに目立った。

早朝の振舞い酒を催すに際して、傳兵衛は念入りな話し合いを二三と重ねた。

「仕事初めの前だから、どれだけのひとが集まってくれるかは分からねえが、備えはしっかりしておくにこしたことはねえでしょう」

今朝の手伝いに、傳兵衛は七人の若い者を差し向けてくれた。いずれも縁日などで、食い物屋台を商っている若い者ばかりである。大勢の客が押しかけても、ひとのあしらいには慣れている者ばかりが選りすぐられていた。

さりとてよくよくのことがない限りは、二三とよしの前に出ることはするなと、傳兵衛からきつく言い含められていた。

庄次郎は振舞い酒の薦被りを運んだり、ぐい飲みを台に並べたりと、下働きに徹してきた。

が、並んだ客からよしが責め立てられるのを見かねて、わきから手伝いの手を差し伸べたのだ。

「酒はたっぷりありやすから、慌てることはありやせんぜ」

庄次郎の明るい物言いを聞いて、客は大いに安心したようだ。しかも大柄な男が酒を注ぐ手つきは、まことに滑らかである。

「いいぜ、にいさん。これで安心して並んでいられるてえもんだ」

「まさにそうだ」

　客同士がうなずきあった。

　庄次郎が屋台で商うのは、冬場は汁粉に甘酒で、真夏は冷水である。いずれも『水もの』。ひしゃくで器に注ぐ商いだ。

「朝早くから並んでくれて、ありがとさんでやす」

　客に礼を言いながら、手早くぐい飲みに酒を注ぐ。滑らかな動きに応じて、客の列がぐんぐんと短くなった。

「今日の四ツから、お店は開いていますから」

　客に呼びかける二三の声も、調子が上がっている。隣で酒を振舞っている庄次郎と、息遣いがピタリとあっているからだ。

「朝からわざわざ並んでくれて、ありがとさん」

「お店にも立ち寄ってくださいね」

　庄次郎と二三の口上が、もつれあって客の耳に届いた。庄次郎が手伝いを始めてからは、四半刻（三十分）も経たないうちに薦被りふたつが、すっかりカラになった。

　呑み損ねた客が、五十人近く残った。

「おっかさん、そのぐい飲みをちょうだい」

　よしから受け取った竹のぐい飲みを、二三は客に配ろうと思いついたのだ。

「これを持ってきてくれたひとには、お店でお酒を呑んでもらえばいいもの」

新規客の呼び込みにもなるというのが、二三のとっさの思案だった。

「いい思いつきだが、それだけじゃあ駄目だ」

庄次郎が異を唱えた。

「すでに酒を呑んで帰った連中のなかには、ぐい飲みを持ち帰った者は幾らでもいる」

その者たちにも、また振舞うことになったら大変だというのが、庄次郎の言い分だった。二三はきっぱりと首を振って拒んだ。

「新しく商いを始めるお店は、最初にどれだけのひとに来てもらえるかが別れ道です」

ぐい飲み一杯の酒で多くのひとに来てもらえるなら、そのほうがずっといいから……二三の物言いに、ためらいはなかった。

「ちげえねえ、おれのほうが浅知恵だった」

小声で詫びたあとは、庄次郎が先に立って残りのぐい飲みを配り始めた。

「いい趣向だ、かつやまをひいきにするからよう」

「今夜にでも顔を出すぜ」

呑み損ねた職人たちは、顔をほころばせて仕事場に向かった。ぐい飲みは、ひとつ残らずかつやまの見込み客の手に渡っていた。

百十

「早くしなさい、二三」

娘が身支度を続けている八畳間に、よしが声を投げ入れた。

「いいんだよ、おっかさん。急《せ》かしたら、余計に遅くなっちまうから」

庄次郎がしゃべると、口の周りが白く濁った。

年の瀬もいよいよ押し詰まった、十二月三十日の朝五ツ（午前八時）過ぎ。かつやまの土間には、真冬の凍えが居座っていた。

今日から正月三日までの五日間、かつやまは商いを休みにしていた。昨日までは朝の六ツ半（午前七時）から、土間に大きな火鉢がふたつ出ていた。朝飯の客に、多少なりとも手を暖めてもらうためだ。

しかし休みの今朝は、火の気がなかった。

「だったら流し場でわるいけど、こっちに入ってきなさいよ。へっついが燃えてて、少しはあったかいから」

よしに強く勧められて、庄次郎は土間から流し場に移った。赤松の薪が勢いよく燃えている。大鍋では、湯が沸き立っていた。

ひしゃくですくった熱湯を、小型の土瓶に注いだ。中にはよしのお気に入りの焙じ茶の葉がはいっている。熱々の湯を注がれて、土瓶から焙じ茶の香りが漂い出た。

熱湯を注いだあと、五十を数えるのがよし流の焙じ茶のいれかたである。何度も茶を振舞われた庄次郎は、よしの流儀をわきまえていた。

五十を数えるのを邪魔しないように、へっついの炎に目を移した。

五十を数え終わると、よしは分厚い湯呑みに茶を注いだ。大型の信楽焼が、庄次郎の湯呑みである。二三と庄次郎が親しい口をきくようになって、はや二十日が過ぎている。

お決まりの湯呑みを用意しているほどに、よしは庄次郎を気に入っていた。

「冬の朝は、熱々のお茶が一番だがね」

正月で、よしは五十路を迎える。気を許した相手には、いまのよしは勝山訛りを隠そうともしなくなっていた。

「おっかさんのいれる茶は、滅法うめえからさあ。ついつい、呑みすぎちまうぜ」

「まったくあんたは、若いのに上手なことを言うもんだって」

よしが顔をほころばせているところに、支度を終えた二三が顔を出した。

髪を引っ詰めにして、こげ茶色の股引と腹掛け、それに真紅の綿入れを羽織ってい仕立下ろしだった。股引・腹掛けも、綿入れも、ともに仲町の太物屋で誂えた品で、どちらも今朝がる。

「よく似合ってるぜ」

湯呑みを持ったまま、庄次郎は二三に見とれた。

「嬉しいっ！」

素直に応じた二三は、急ぎ履物をつっかけて流し場におりた。

「お前も一杯、呑むだろ？」

「うん」

二三の返事は、二十年前のこども時分と同じ調子だった。

振舞い酒の手伝いがきっかけで、二三と庄次郎は互いに相手を気にかけるようになった。

二三は二十四歳で、庄次郎は二十七歳。ふたりとも、定まった相手のいないひとり者である。間柄を詰めることに、ときはまったく不要だった。

富岡八幡宮と深川不動尊の縁日には、江戸中から参拝客が押し寄せる。とりわけ師《し》走《わす》は一年の総ざらい参りで、縁日の参道はひとで埋まった。

かつやまの土間は、腹ごしらえの参拝客で溢れ返った。庄次郎の甘酒の屋台にも、客が群がった。

どちらの商いも滑らかで、ふたりはさらに間合いを詰めた。

師走の二十日、夜の五ツ（午後八時）過ぎ。

前触れもなしに、傳兵衛がかつやまに顔を出した。後ろには、神妙な顔つきの庄次郎が従っていた。

傳兵衛の用向きは、よしへのあいさつだった。

「うちの若い者がこちらさまのお嬢に、すっかりのぼせ上がったようでして……」

傳兵衛は庄次郎をことのほか可愛がっていた。

庄次郎の両親はともに、先代傳兵衛の下で働くてきやだった。庄次郎が三歳の秋に、当時暮らしていた裏店が、近所のもらい火で全焼した。

間のわるいことに、縁日の売上金を宿に持ち帰った夜だった。母親は長屋の住人に庄次郎を託し、亭主とふたりで売上金を運び出そうとした。

縁日の参拝客を相手の商いである。売上金のほとんどは、一文銭だった。ゼニの詰まった布袋が三つ。それを運び出そうとして、両親は逃げ遅れた。

「こどもは生涯、うちで世話をする」

先代傳兵衛は、ふたつの早桶にそれを約束した。

庄次郎の来《こ》し方をかいつまんで話してから、傳兵衛はよしの前で正座に座り直した。

「庄次郎が真っ正直な男であることは、あっしが請け合いやす」

なにとぞお嬢と付き合うことを、許していただけますように……よしの前で、傳兵衛は膝に手を置いてあたまを下げた。

もとよりよしに異存はなかった。

亮太もみさきも、良縁に恵まれた。それぞれに、こどもも授かっていた。

二三だけが、二十四のいまでもひとり者である。商いが滑らかに運ぶこと以上に、娘に良縁が持ち込まれることをよしは願っていた。

富岡八幡宮、深川不動尊に続けて永代寺にも回り、二三に縁談が授かりますようにと、祈願を続けていた矢先である。

願いを聞き届けてくださいまして……よしは胸の内で、神仏に礼の言葉を唱えた。

庄次郎の人柄は二三当人はもちろんだが、よしも心底から気に入っていた。

「ありがたいお話です。こちらこそ、なにとぞよろしくお願い申し上げます」

よしは畳に両手をついた。

あいさつのあと、かつやまの土間で祝いの酒が酌み交わされた。手早くよしが揚げたてんぷらに、傳兵衛は大きな舌鼓を打った。

ふたりの祝言は、かつやまが一周年を迎えたあとの、安政二（一八五五）年師走の吉日ということに定まった。

「一年のゆとりがあれば、庄次郎が担っております役割を、下の若い者に受け渡しができやす」

一年先まで祝言が延びることを、傳兵衛が詫びた。

「急いてはことを仕損じるといいますから」

応じたよしの声音は、二三よりも弾んでいた。

庄次郎さんが二三と一緒にかつやまを商うことを、傳兵衛さんは許してくれている……。

それが分かったがゆえの、声の弾みだった。


「行ってきまあす」

明るい声を土間に残した二三は、庄次郎と連れ立って富岡八幡宮へ向かった。

八幡宮の大鳥居下には、正月飾り売りの屋台が軒を連ねている。深川のみならず、永代橋を渡って大川の西側からも、飾りを求めて富岡八幡宮に客が集まってきた。

お目当ては、傳兵衛一家が拵える『玉飾り』である。真っ赤に塗った泥海老と、こどものこぶし大もあるダイダイが、飾りの真ん中に座っている。

「あすこのお飾りは、ことのほか縁起がいい」

客に大評判の玉飾りを思案したのが、庄次郎だ。

大晦日の一夜飾りは、縁起がわるいとされている。ゆえに三十日は、玉飾りが飛ぶように売れる一日だった。

縁起のいい真紅の綿入れを着た二三は、大鳥居下で玉飾り作りを手伝うのだ。

「おはようっす」

「今朝はまた、姐《あね》さんは一段とおきれいで」

庄次郎配下の者に「姐さん」と呼ばれて、二三は手を叩いて喜んだ。素直に喜びをあらわす二三の気性は、若い者から大いに慕われていた。

手伝いを始める前に、二三は大鳥居の下から本殿に向かって辞儀をした。

「よい年の締めくくりとなりました。ありがとうございます」

口のなかで礼を唱えた。いつの間にか、庄次郎がわきに立っていた。

百十一

安政二（一八五五）年十月二日、暮れ六ツ（午後六時）前。二三は勝山の実家で、亮太一家、みさき一家の全員と、夕餉の膳をともにしていた。

亮太一家は、兄嫁のかおりと九歳の長男健作、四歳の長女なたね、それに三歳の次女やつでの五人家族である。

年の開き方は異なったが、長男と長女・次女の三人兄弟の男女の並び方は、亮太・みさき・二三と同じだった。

みさきは連れ合いの得ノ助との間に、長男得壱《とくいち》六歳、次男得次《とくじ》五歳のふたりを授かっていた。

兄の一家は五人で、姉は家族四人だ。それに二三が加わり、総勢十人が実家の板の間を埋めていた。

「こどものころには、村中のひとが集まってきても充分に座れると思っていたのに……」

二三の口調は、遠い昔を懐かしんでいた。

二三が養女に出たあとで何度も手入れのされた板の間は、およそ十四畳の広さがあった。こども時分に板の間で食事をするたびに、二三は本気で村中のひとが座れると感じていた。

勝山屋の奉公人が食事をする板の間は、もちろんこの実家よりもはるかに広かった。が、二三は実家の板の間のほうが広いと思い続けていた。

いまはその板の間に、兄と姉の家族全員が座っている。あれほど広いと思っていた板の間だったのに、並べられた箱膳がくっつきそうになっていた。

家族が増えるって、ほんとうに素敵なこと……。

板の間の賑わいを見て、二三はそれを強く思った。そして庄次郎と祝言を挙げたあとは、わたしも何人もこどもを授かりたいと願った。

夕餉の献立はてんぷらだった。

兄嫁のかおりは、二三とよしが深川でてんぷら屋『かつやま』を営んでいるのは、もちろん知っていた。それを承知で、あえて献立にてんぷらを選んだのは、二三に賞味してもらいたかったからだ。

「おっかさんが勝山に遺してくれたもののなかで、一番おっきいものがてんぷらの作り方だから」

かおりはよしに教わった通りに、てんぷらを揚げた。タネの下拵えも、油の熱さも、そしてコロモの粉の溶き方も、すべてよしから教わった通りである。

かおりは心底から、義母のよしを大事に思っていた。よしが二三と一緒に江戸に出たあとも、月に三度はてんぷらを揚げてきた。

夕餉が賑やかに始まったあとも、かおりはてんぷら鍋のそばから離れなかった。熱々を食べてもらいたくて、自分は料理番に徹している。

そのあり方まで、よしを見習っていた。

「こんな素晴らしいお嫁さんにきてもらえて、おにいちゃんって果報者よ、そうでしょう？」

二三はみさきに問いかけた。姉はしっかりとうなずき返した。

「かほうものって、なんのことなの？」

得次が母親に問うた。

「いいひとと出会えて、すごく幸せってこと。お前たちのおかあさんだって、得ノ助義兄《にい》さんに出会えたんだから、だれにも負けないぐらいに果報者なのよ」

みさきの代わりに、二三が甥っ子に返事をした。

「だったら二三おばちゃんだって、かほうものだよね」

「やつでがまだうまく回らない舌で、たどたどしく言った。

「やつでが言った通りだよね、おばちゃん？」

やつでとなたねは、すこぶる仲のよい姉妹である。妹が口にしたことを、姉が二三に確かめた。

「二三おばちゃんは祝言の話で、うちにきたんだもん。果報者に決まってるさ」

甥っ子・姪っ子のなかで最年長の健作が、言い切ってから胸を張った。その生意気な仕草がおかしくて、二三はぷっと噴いた。

健作が言った通り、二三は再来月《さらいげつ》に迫った庄次郎との祝言の段取りを煮詰めに、勝山に戻っていた。

「船に乗るには身体の調子がいまひとつだから、お前ひとりで行ってきておくれ」

食べ合わせがよくなかったのか、よしは九月晦日に体調を崩した。店の商いを続けるに支障はなかったが、腹の具合がはっきりしないまま、勝山までの船に乗るのは億劫だった。

日延べをすることも考えたが、実家の兄には十月二日に出向くと、すでに報《しら》せてあった。勝山湊の乾物屋に嫁いでいる姉にも、亮太の口から十月二日の話は伝わっているはずだ。

おねえちゃんは、きっと一家全員でおにいちゃんのところにくるに決まっている……姉の気性を知り尽くしている二三は、日延べをしてみさきに迷惑をかけるのをためらった。

母親も勝山行きの日延べには、強く反対した。

「あたしのことなら、ひとりでもどうってことないさ。みんなには、祝言の日に会えるしね」

「おめえが勝山からけえってくるまでは、おれがおっかさんの手伝いをさせてもらうからよう」

よしと庄次郎に強く背中を押されて、二三は段取り通りに勝山に出向いた。

「深川に行ったら、ばあばのてんぷらが食べられるよね」

健作の目がキラキラと光った。

「あたいも食べる」

「あたいだって食べるもん」

よしが揚げたてんぷらなど食べたことのないやつでも、兄や姉に負けない声で応じた。

「お前たちも、深川のおばあちゃんのてんぷらも食べてね」

かおりおばちゃんにてんぷらを教えたのは、深川のおばあちゃんなのよ……得壱、得次の年子の兄弟は、二三の目を見て強くうなずいた。

よし直伝《じきでん》のエビのてんぷらを、かおりは四半刻（三十分）以上も揚げ続けていた。

かおりが用意したタネは、湊で仕入れた百尾のエビと三杯のイカ、それに大ぶりのさつまいも七本である。それらをきれいに平らげて、賑やかな夕餉がお開きとなった。

「今度は、再来月の深川で」

「庄次郎さんに会えるのが楽しみ。おっかさんにも、よろしく言っておいてね」

「浜屋のお義母《かあ》さんにも」

十月二日の五ツ半（午後九時）過ぎ。姉妹は菜種畑の端で、手を振り合った。夜空は晴れていたが、月は糸のように細い。

月明かりがないだけに、満天に散った星のまたたきはきらびやかだった。

百十二

江戸から叔母が出てきたことで、亮太のこどもたちは大いに気を昂《たか》ぶらせた。

「二三おばちゃん、一緒におふろにはいろうよう」

強くせがまれた二三は、亮太の顔を見た。

刻《とき》はすでに四ツ（午後十時）が近い。こどもが湯に入るには、遅すぎると思ったからだ。

「あんなに喜んでるんだ。お前がいやじゃなけりゃあ、一緒に入ってやってくれ」

「いやなわけ、ないでしょう」

二三がやつでに笑いかけたら、姉のなたねも近寄ってきた。おねえちゃんだとは言っても、なたねもまだ四歳。江戸から出てきた叔母には、妹と一緒に甘えたいのだろう。

「三人で一緒に、お湯に入ろうか」

「うんっ」

なたねとやつでの声が重なり合った。

二三が勝山から江戸に出たのは、五歳の二月。姪のなたねは、あのときの二三よりもまだ小さいのだ。

五歳当時の二三は、なにかといえば姉のみさきに甘えていた。ところが四歳のなたねには、すでに妹がいた。江戸に出たときの二三よりも小さいなたねが、はやくも妹のことを先に考えていた。

「やつでが喜んでるから、あたいも嬉しい」

妹の喜びをわがこととするなたねを、二三は愛しく思った。そして二十年も昔に、自分がどれほど姉のみさきに大事にされていたかを、なたねの様子を見て思い知った。

湯殿の場所はこども時分と同じだった。

が、二坪ほど広くなっていたし、湯船も相応に大きくなっていた。

「みんなでいっぺんにはいれるように、おとうちゃんがおっきくしたの」

やつでが言った通りだった。分厚い杉板でできた大きな湯船は、姪っ子ふたりと二三が一緒につかることができた。

「おばちゃんの手って、すっごくすべすべしてる」

やつでは小さな手で、二三の手のひらに触れた。

ゴオオーーン……。

岬下の鐘撞き堂が、四ツの鐘を撞き始めた。重厚な音色は、二三がこどものころに聞いた音《ね》とまったく同じだった。

「なんかへんな音がする」

地震の前触れというべきか。低い地鳴りがしたのを、やつでは聞き逃さなかった。が、二三は懐かしい鐘の音に聞き入っていて、まるで気づかなかった。

最初の揺れは、まだ岬の鐘が四ツを撞いているさなかに襲ってきた。

湯船が上下に大きく動いた。湯につかって軽くなっている身体が、グイッと持ち上がった。

「きゃあっ」

「おばちゃん、怖いっ」

なたねとやつでが、湯船のなかで二三にしがみついた。上下の揺れはさほどに長くは続かず、激しい横揺れが取って代わった。

左右の揺れ方は、上下の揺れとは比べ物にならぬほどに激烈だった。

湯殿の明かりは、鴨居の上に載せてある菜種油だ。大皿にたっぷりと注がれた油には、いぐさをより合わせて拵えた太い灯心が浸されていた。

灯心が太ければ、それだけ明るい。

亮太は湯殿を明るくするために、もともと太い灯心を、さらに三本もより合わせていた。

横揺れに襲いかかられて、大きな油皿が鴨居から落ちた。

湯殿のスノコは、たっぷり湯を吸い込んで湿っている。スノコにぶつかって、薄い焼き物の油皿が割れた。が、ガチャッと湿った音がしただけだった。

明かりが消えて、山里の深い闇が湯殿におおいかぶさった。しかもまだ、左右に揺れ続けている。

なたねとやつでは、あまりの怖さに悲鳴をあげることすらできないでいた。右に左に、身体が大きく揺れている。

闇の湯殿に、太い柱が軋む音が響いた。

ギイッ、ギイッ、ギィッ……。

油の切れた櫓のような、耳障りな音だ。

声を失ったこどもふたりは、二三の両腕を命がけで摑んでいた。

ようやく揺れが収まったとき、母屋から亮太が駆け寄ってきた。

「平気か、なんともないか」

父親の声を聞いて、こどもふたりがようやく声をあげて泣き出した。

百十三

勝山湊を見下ろす場所から見れば、江戸は戌亥《いぬい》（北西）の遠い彼方にあった。隔たりがあり過ぎて、青空の高い日でも江戸を望むことはできない。

しかし十月二日の四ツ半（午後十一時）前には、江戸がどのあたりなのか、見当がつけられた。

「真っ赤になってるあたりが、江戸だべさ」

地震が収まって半刻（一時間）が過ぎようとしているのに、亮太はまだ気持ちの動転が収まらないらしい。物言いには、強い勝山訛りが出ていた。

「空があんなに赤いということは、きっと江戸が火事に襲われてるのね」

兄に余計な心配をかけまいとして、二三は努めて落ち着いた物言いを心がけた。が、声の震えは隠しようがなかった。

「こんなときに、おっかあひとりか」

亮太は右手をこぶしにして、左の手のひらに打ちつけた。バシッと湿った音がした。手のひらが、脂汗で濡れていたからだろう。

「おっかさん、ひとりじゃないから平気よ」

女ひとりでは物騒だということで、今夜は庄次郎がかつやまに泊まってくれる手はずだった。

「たとえご近所から火が出ても、庄次郎さんがついててくれるから」

平気よ、おにいちゃん……言いながら、二三は自分に強く言い聞かせた。

激しい地震に襲われたのは、岬の鐘が四ツの鐘を撞いているさなかだった。それを思い返した二三は、ほんの少しだけ安心した。

母親とふたりで営んでいるかつやまは、熱した油を使う生業《なりわい》である。もしも店を開いているときに地震に襲われたら、油がこぼれて大怪我を負ったかもしれない。

しかし四ツなら、その心配はなかった。

どれほど遅くても、五ツ半にはかつやまは店を閉めた。夜遅くまで油を使うのは、物騒きわまりないからだ。

二三は火の用心には、人一倍こころを砕いた。勝山屋が火事ですべてを失ったつらさは、二三の骨の髄に染み込んでいた。母親のよしも、熱いてんぷら鍋の扱いには充分に気を配っていた。

「庄次郎さんが一緒だもの。おっかさんに間違いなんか起きるわけがないわ」

何度も何度も、二三は同じことを口にした。平気だと言い切ることで、湧き上がる不安を押し潰そうとした。そして母と庄次郎の無事を願った。

地震から一刻（二時間）が過ぎても、戌亥の空の赤みは失《う》せなかった。

百十四

勝山湊には上総屋と下総屋の二軒の旅籠が、軒を連ねて建っていた。二軒とも、木更津の薪炭屋大店房州屋が営んでいる旅籠だ。

房州屋は、自前の廻船を十五杯も持っている。勝山湊の二軒の旅籠には、廻船の船乗りが多く泊まっていた。

みさきの嫁ぎ先乾物屋の浜屋《はまや》は、上総屋の隣である。地震が生じたのは四ツ（午後十時）過ぎだ。浜屋はへっついの種火だけを残して、火はすべて始末をしていた。

激しかった揺れが収まるなり、みさきが最初に声を出した。

「得さん、なんともないわよね？」

「ああ、平気だ。こどもも、なんともね」

「おとっつぁんとおっかさんは」

「わしらなら、しんぱいいらね」

奥の部屋から、男の返事があった。

「よかった……」

安堵の吐息を漏らしたみさきに、得ノ助がにじり寄ってきた。

「いまの揺れ方は、尋常なもんじゃねっからよ。おめは上総屋さ行って、弦蔵《げんぞう》さんに津波の心配はねっか、様子を訊いてみれ」

「はいっ」

みさきは寝巻きの前をぎゅっと合わせて、隣の上総屋に駆け込んだ。旅籠の土間も真っ暗だった。

「弦蔵さん……弦蔵さん……」

土間に立ったみさきは、木更津船の船頭の名を呼んだ。

「だれだ」

闇につつまれた二階から、男の野太い声が返ってきた。

「隣のみさきです」

「まってなせえ、いまおりる」

船乗りは、暗がりでも目が利くのだろう。返事とともに、階段を駆け下りてきた。

しかも旅籠に寝るときでも、備えには抜かりがない。

弦蔵は右手に、小型の龕灯《がんどう》を持っていた。

「津波は大丈夫なのか、弦蔵さんに訊いてみろって言われたもんで」

「分かった」

答えた弦蔵は、旅籠の調理場に向かった。戻ってきたときには、へっついの種火で龕灯に明かりを灯していた。

「おれについてきなせえ」

みさきを伴った弦蔵は船着場に向かい、龕灯で照らして潮の高さを見た。潮位に変わりがないことを見極めた弦蔵は、舫《もや》ってあった木更津船に乗り込んだ。みさきもあとを追って乗船した。

弦蔵は五大力船《ごだいりきぶね》と呼ばれる、帆船（木更津船）の船頭である。

木更津から江戸まで海岸伝いに走り、船客と荷物を運ぶのが五大力船だ。本来は海を走る船だが、江戸に着いたあとは市中の河岸までじかに乗り入れる。

川底の浅い堀川を走るために喫水《きっすい》が浅く、細長い船型をしている。船体が低いゆえ、みさきでも楽に乗船することができた。

五大力船が行き来するのは、おもに木更津と江戸の間だ。が、そのほかにも江戸前海を横断して、房州と武州の二国間を往来した。

「津波のしんぺえはねえが、江戸はえらいことになってるかもしれねえ」

舳先に立った弦蔵は、江戸の方角を凝視している。闇の彼方の空が、妖しい紅蓮色に焼けていた。

「江戸がどうかしたんかね」

土地の訛りを剝き出しにしたみさきは、差し迫った声で問いかけた。

「あの空が焼けてるあたりは、江戸の見当だ。さっきの地震で、大火事が起きてるにちげえねえ」

弦蔵は月に一度、木更津から対岸の相州観音崎まで、房州屋の薪炭を運ぶ船頭である。帰途は観音崎で仕入れた土地の雑貨を、勝山まで運んでくる。

それを一手に仕入れるのが浜屋だった。

今年で三十六歳の弦蔵は、十二歳の夏から五大力船に乗っていた。

船頭としてひとり立ちして、すでに十六年。

木更津〜観音崎、木更津〜江戸の航路は、湊の形も潮の流れも知り尽くしていた。

その男が、江戸が燃えていると言ったのだ。

「あたしの妹に、すぐに報せてやんねば」

みさきが漏らした声が、弦蔵に聞こえた。

「江戸からこっちに来てたのか？」

「十二月に祝言を挙げるもんでさ。その段取りを話しに、あにさんとこさ泊まってる」

「だったら、すぐにおせえてやんなせえ」

「すまねえけんどうちのひとに、あたしはあにさんの宿に向かったと伝えてくだっせ」

「まかせてくんねえ」

弦蔵は胸を叩いた。

「明日の朝早くに、この船は木更津に向かうからよう。妹さんが江戸にけえるなら、木更津まで乗っけていくぜ」

「あんがとさんです」

返事はしたものの、みさきは振り返りもせずに亮太の農家を目指して駆けていた。

星明かりしかないが、どこに小石が転がっているかまで知った道だ。

おっかさんが、なんともねえように……。

深川にひとりで残っている母親の無事を、みさきは言葉に出して願った。

月は糸のように細くても、星は無数に散っている。その夜空を、流れ星が横切った。

百十五

木更津船（五大力船）は船体が大きい割には、扱いはやさしい。そして晴天の江戸前海は、波はすこぶる穏やかだ。木更津〜観音崎〜勝山〜木更津の航路は、弦蔵はひとりで行き来をしていた。

「深川に着いたら、とにかくすぐに報せを出しますから」

船端の二三は、大声で兄に話しかけた。

「十二月の祝言で会うのが楽しみだと、おっかさんと庄次郎さんに伝えてくれ」

二三は兄と姉を交互に見詰めて、しっかりとうなずいた。二十年前にも二三たち三人は、この湊で手を振り合った。

おとなになったいまは、亮太にもみさきにも家族がいた。湊で手を振る人数が、二十年前よりも増えていた。

「すぐにまた、江戸で会えるからね」

甥っ子、姪っ子は、嬉しそうに顔をほころばせた。案じ顔のおとなは、船が入り江の外に出るまで手を振り続けた。

弦蔵の操る『永代丸』は、風と潮流に恵まれた。帆に追風《おいて》を受けた五大力船は、十月三日四ツ（午前十時）過ぎに、木更津湊の桟橋に横付けされた。

先におりた弦蔵は船を舫ってから、二三の下船に手を貸した。房州屋は河岸の南端に建っており、船着場からは一町半（約百六十三メートル）の隔たりしかない。

「番頭さんに断ったら、すぐにおめえさんを深川まで運ぶからよう」

「ありがとうございます」

二三があたまを上げたときには、弦蔵はすでに歩き出していた。

河岸にはこれから船積みされる、房州特産の薪炭と雑穀が山積みになっている。ひっきりなしに行き交うひとと車を巧みによけながら、弦蔵と二三は河岸の道を房州屋へと向かった。

木更津湊の喧騒は、二三に永代橋たもとの佐賀町河岸を思い出させた。

庄次郎が縁日で商う雑貨の蔵が、佐賀町河岸の外れにある。縁日が近づくたびに、庄次郎は二三と若い者を連れて佐賀町河岸に出向いた。

つい数日前の九月晦日にも、二三は佐賀町の蔵に入った。ひんやりとした蔵で握られた、庄次郎の手のひらのぬくもり……弦蔵のあとを追いながら、二三はふっと庄次郎に思いを走らせた。

「ばかやろう、どこに目えつけて歩いてんだ」

仲仕が怒鳴り声を二三にぶつけた。

「ごめんなさい」

詫びる二三のたもとを、弦蔵が強く引っ張った。荷車と積み荷で埋まった河岸では、不意に立ち止まるのはご法度だった。

「昨日の地震の後始末に追われて、仲仕たちは気が立ってるからよう」

二三のたもとを摑んだまま、弦蔵が耳元でささやいた。

「つい、うっかりしてました。気をつけます」

答えたときには、二三は庄次郎への思いを振り払っていた。

「おおい、弦蔵……お前の帰りを待っていたところだ」

弦蔵が土間に入るなり、番頭が手招きした。

「一緒にきなせえ」

五尺八寸（約百七十四センチ）もある弦蔵は、大股で番頭に近寄った。二三は足を急がせて従った。

「いまからすぐに……」

「ちょいと待ってくだせえ」

弦蔵は手を突き出して、番頭の口を封じた。

「よんどころねえわけがあるもんで、この娘さんを江戸の深川まで送ってやりてえんでさ」

弦蔵の後ろに立った二三は、番頭の目を見ながらあたまを下げた。

「あたしの指図をさしおいて、勝手なことを言うんじゃない」

番頭が気色《けしき》ばんだ。

「そんな、分からねえことを言わねえでくだせえ」

弦蔵の両肩が、ぴくぴくっと引きつった。

「よんどころねえわけがあってと、先にそう番頭さんに断ってるじゃねえか」

「それはちゃんと聞こえている。はばかりながら、まだ耳が遠くなる歳じゃない」

気の荒い船頭に、日々の指図を与える番頭である。大柄な弦蔵を相手にしても、いささかも臆するところがなかった。

「よんどころない事情というのは、大方、ゆんべの地震がらみだろうが、それならうちも同じだ」

番頭は土間に山積みになった荷を指差した。

「夜明けを待ちかねたかのように、これらの荷物が運ばれてきたんだ。どの梱包も、一刻も早く江戸に運んでほしいと、三十軒を超えるお得意先から頼み込まれた品ばかりだ」

深川まで勝手に船を走らせるなどは沙汰の限りだと、番頭は言葉を吐き捨てた。

「なんでえ、その言い草は」

「あたしに向かって、お前のその口ぶりこそ、なんだというんだ」

番頭は五尺（約百五十センチ）そこそこの背丈だ。弦蔵を見上げてはいるものの、グイッと胸を突き出した。

弦蔵の巧みな操船ぶりは、房州屋でも抜きん出ていた。しかも身体つきは大柄だが、滅多なことでは声を荒らげないことでも知られていた。

そのふたつが重なり合わさり、弦蔵は船頭仲間から一目おかれていた。そんな弦蔵が、こともあろうに番頭に食ってかかっているのだ。

積み荷の仕分けをしていた船頭たちが、手をとめて弦蔵と番頭に目を向けた。

「申しわけありません」

番頭と弦蔵の間に割って入った二三は、詫びながらあたまを下げた。

「自分のことだけに気が行ってしまって、勝手なことをお願いしてしまいました」

二三は番頭に深くあたまを下げた。気が治まらない弦蔵は、さらに口を開こうとした。その弦蔵のたもとを摑んで、二三は口を抑えた。

「尋常ではないことが起きたときには、なにより先にお得意様のことを考えろと、亡くなった父も常から申しておりました」

二三はもう一度あたまを下げて、番頭に詫びた。

自分の頼みごとがもとで、もしも弦蔵が房州屋をしくじることになったら……それを案じた二三は、ひたすら詫びを重ねた。

「あんたがそこまで詫びているんだ。あたしももう、余計なことは言わない」

矛を収めた番頭は、あんたのおとっつぁんはなにを商っていたんだと問いかけた。

「十年前まで江戸の深川で、菜種油の問屋を営んでおりました」

「十年前まで深川で？」

番頭の顔色が変わった。

「ぶしつけなことを訊くようだが、屋号は？」

「勝山屋と申しました」

「ならばあんたは、新兵衛さんの娘さんか？」

今度は二三の顔色が変わった。

「番頭さんは、父をご存知ですか？」

「知ってるもなにも、うちは勝山屋さんには大きなご恩を受けているんです」

番頭が、ていねいな口調になっていた。

「勝山屋さんに受けたご恩の話は、一刻や二刻では尽きないが、いまはそんなことを言ってるときじゃないでしょう」

知りたいことのあらましを二三から聞き出した番頭は、すぐさま弦蔵に船を出すようにと言いつけた。

「江戸の木更津河岸に着いたら、会所にこの書付《かきつけ》を届けてくれ」

永代丸の船足を速く保つために、番頭は積み荷を書付と米十俵に限った。

「こんなことぐらいでは、いくらのご恩返しにもならないが……」

番頭は船着場まで見送りに出張ってきた。

「おっかさんも許婚《いいなずけ》さんも、きっと無事で待っていなさるでしょうから」

気を落ち着けてと言い置いた番頭は、竹皮包みの握り飯を二三に手渡した。船出までのわずかの間に、店の者に言いつけて調えさせた弁当である。

「勝山屋さんに受けたご恩のあらましは、いずれまた文にして、弦蔵にでも持たせます」

番頭は、二三に向かって深く辞儀をした。新兵衛にあたまを下げているかのようだった。

百十六

「今朝の夜明けとともに三杯の船を江戸に差し向けているが、いまだに行ったままだ。あちらの様子は、まったく見当がついていない」

江戸の混乱を案じた房州屋当主徳十郎《とくじゆうろう》は、永代丸に若手を手伝いで乗せるようにと指図を与えた。二三の亡父勝山屋新兵衛に対する、房州屋の恩返しゆえの指図だった。

房州屋は当主も番頭も、並々ならぬ恩義を新兵衛に抱いている様子だった。しかし新兵衛がいかなる手助けを、いつのころ房州屋になしたのか……。

番頭の木三郎《きさぶろう》はなにひとつその中身を語らぬまま、永代丸の船出を見送った。

「とにかく一刻でも早く、江戸の木更津河岸に向かいやすから」

船が揺れても勘弁してくだせえと、弦蔵は二三に断りを告げた。

「身体中に潮水を浴びたとしても、一切気にしないでください」

二三もきっぱりとした口調で応じた。

「そう言ってもらえりゃあ、こっちにも段取りがあるてえもんでさ」

こども時分から、船乗りひと筋の道を歩んできた弦蔵である。三十六歳のいまでも胸板は分厚く、太ももはハガネのように堅く引き締まっている。

帆綱を操るたびに二の腕には力こぶが盛り上がり、血筋も浮き上がる。手元についた二十代の若者よりも、弦蔵の身体つきは若々しく見えた。

「風はうめえ具合に、江戸に向かって吹いてやす。この調子で海を滑ってられりゃあ、一刻半（三時間）で中川船番所に横付けできやすぜ」

弦蔵は、きれいな江戸弁をしゃべった。

十五の春から、木更津と江戸とを行き来してきた弦蔵である。江戸・木更津河岸の房州屋江戸店《だな》にも、三年の間寝起きしたことがあった。

若い時分に身についた物言いは、年を重ねたいまでも身体の芯に染み込んでいた。

「中川の船番所は、さぞかし込み合っているでしょうね……」

二三の語尾が下がっていた。

五歳の二月に、中川船番所を初めて通った。その折りに役人から吟味を受けたことの始終を、不意に思い出したからだ。

「なにしろ尋常じゃあねえ、途方もねえことが起きてやすんでね。今日はきつい吟味やら、足止めやらが待ち構えていることでやしょう」

先を急ぐ二三の気持ちは、弦蔵も胃に痛みを覚えるほど分かっていた。さりとて、半端ななぐさめは口にできなかった。

長らく木更津船に乗っている弦蔵である。世に異変が生じた折りの中川船番所が、どれほど吟味に厳しくなるか……房州屋の船頭のだれよりも、そのことには通じていた。

「足止めもあるんでしょうか？」

弦蔵が口にした見当を、二三はしっかりと聞き取っていた。

「ありやす」

「そうですか」

二三から、あとの言葉が出なくなった。

が、泣き言を言ったり、ため息をついたり、うろたえたりはしなかった。

「もしも足止めになっていても、案ずることはありやせん」

二三の気丈な様子を見て、弦蔵は深く思うところがあったのだろう。舵の長柄を摑んだまま、声音を明るくした。

二三の目が、真っ直ぐに弦蔵の黒い瞳を見詰めている。

うっと息を詰まらせた弦蔵は、まぶしげに目をしばたたかせた。

空のなかほどにいる天道は、穏やかな海面をキラキラと照り返らせている。そのキラキラが、弦蔵にはまぶしかったのかもしれない。

口を閉じた弦蔵のほうに、二三はわずかに身を乗り出した。長柄を握る弦蔵の手に、力がこもった。

「船番所のわきには、葦の茂った沼地みてえなところがありやす」

満ち潮どきでも、水深が五寸（約十五センチ）以下の葦沼である。

中川船番所では、江戸を離れようとする女を厳しく詮議するのを旨とした。

『江戸からの出女は不可』が、関所の建前だったからだ。中川船番所は、川の関所である。江戸から出る川船の女客吟味には容赦がなかった。

ところが江戸から船橋に向かう川船には、成田山詣での『成田講』が多く乗船した。一行には女人も少なからず加わっていた。

船番所の建前では『出女は不可』だ。が、明らかに成田山詣での女人は、目こぼしをした。

とはいえ、船番所通過の黙認はできない。

それら成田山講の女人は葦沼を通り抜けて、川船に拾われた。

もしも足止めを食らったときには……。

この葦原に二三をおろそうと、弦蔵は算段をしていた。

風向きは戌亥《いぬい》（北西）。江戸に向かう船には、願ってもない追風《おいて》である。帆をいっぱいに膨らませた永代丸は、八ツ（午後二時）前には江戸前海を渡り切っていた。

中川船番所は、四半里（約一キロ）先にまで迫っていた。

百十七

中川船番所まで五町（約五百四十五メートル）の位置で、弦蔵は船の帆柱を倒した。

木更津船は、江戸の河川や堀を航行できるように、喫水が浅く造られている。海は帆で走るが、川に入れば棹と櫓を使った。

しかし帆柱を倒せと指図をした弦蔵は、船番所を通過して小名木川に入ろうと考えたわけではなかった。それとはまったく逆で、中川船番所に永代丸を横付けする気は毛頭なかった。

中川船番所のはるか手前で、弦蔵は顔見知りの行徳浜の船頭の操る塩船《しおぶね》とすれ違った。

「船番所に行くのはよしたほうがええ。足止めを食らって、身動きできなくなるだけだでよう」

行徳浜の船頭は、船に塩の詰まった俵を何俵も積み重ねていた。

塩と米は、ひとの暮らしの根っこを支える食品である。いつもならば、行徳の塩船は一切の詮議もなしに船番所を通過することができた。

ところがいまは、行徳の塩船さえも通行を禁じられていた。

「江戸の町中は川も堀も、船で溢れ返っているでよ。外から江戸にへえるのは、猪牙《ちょき》舟《ぶね》一杯も駄目だってことだ」

「おせえてくれて、ありがとよ」

船頭に礼を伝えた弦蔵は、船番所に向かうのをやめにした。葦沼も避けた。

「どうしても江戸に行きてえ連中は、葦沼に群がってるにちげえねえ。そんなところにノコノコ行ったら、船が身動きできなくなる」

木更津船は、江戸湾の横断もできる大型船だ。うっかり船の群れに突っ込んだりしたら、進むも退《ひ》くもかなわなくなる。

「砂村の外れには、深さが三尺（約九十センチ）ほどの浅瀬がある。そこなら永代丸の錨を打っても、船底をこすることはねえ」

手伝いの若い者は、三人とも五尺六寸（約百六十八センチ）の大柄揃いだ。弦蔵の指図を受けて、三人は威勢よくうなずいた。

水深三尺の浅瀬には、他の荷物船は近寄れない。永代丸の周囲には、一杯の船影も見えなかった。

弦蔵が投錨するなり、若い者ふたりは船端から川におりた。上背があるだけに、川水はふたりのへそを隠しただけだった。

「おれにおぶさってくだせえ」

ひとりが二三を背負い、残るひとりは二三の足が川水につからないように足元を気遣った。

「二三さんを陸《おか》まで運びあげたあとは、あっしらはここで番待ちをしやす」

「小名木川を行くのですか？」

弦蔵は強くうなずいた。

「船があればなにかと都合がいいもんでやすから、小名木川を伝って江戸にへえりやす」

なにかあれば木更津河岸の会所か、房州屋江戸店をたずねてほしい……弦蔵はそれを二三に伝えた。

「たとえ江戸店が地震で平べったくなってても、あっしはその場所にけえりやす。この先幾日かかっても、二三さんの様子がはっきりするまでは、江戸にとどまってろと番頭さんに指図されやしたんで」

「分かりました。様子を見極めたあとは、かならず木更津河岸に出向きます」

二三は若い者に背負われたまま、弦蔵に答えた。

「おふくろさんと許婚《いいなずけ》さんが無事であるように、船のうえで祈ってやすぜ」

弦蔵は正味の気持ちで、よしと庄次郎の無事を願っている。その思いを受け止めた二三は、弦蔵の目を見詰めてあたまを下げた。

砂村のどこかで、犬が遠吠えをしていた。

百十八

夜の大地震に襲いかかられた江戸。

二三は砂村の外れで、戻ってきた江戸の地べたを踏んだ。

砂村の特産はだいこんと青菜、それにナスだ。村の真ん中には、何町歩もの水田もあった。が、背負われてきた二三が足をおろした場所には、野菜作りの畑しかなかった。

ひと切れの雲もない青空が広がっている。西空へと移り始めてはいたが、降り注ぐ陽光にはまだ勢いが残っていた。

見上げれば、まことに心地よさそうな十月の秋空だ。ところが地べたの様子は……。まともに形を残している畑の畝《うね》は、皆無だった。いたるところが崩れており、地べたには深い地割れが走っていた。

砂村には、十万坪と呼ばれる埋立地が何ヵ所もあった。さらに言えば、村全体が江戸開府のあとにできた埋立地のようなものだ。

地割れの走っていない場所は、地べたの底から水が湧き上がっていた。土と水が溶け合って、雨続きにできるぬかるみのようになっている。

ひび割れした地べた。

ぬかるみで、足をすくわれそうな地べた。

見渡す限り、どちらかでしかなかった。

生い茂っていた野草は、地震で生じた地割れが大地の底に呑み込んだのだろう。前を見ても振り返っても、緑色がまったく目につかなかった。

深く地割れをした、茶色だけの土地。色味が異なって見えるのは、ぬかるみになった場所である。

生まれて初めて見た、緑色がまるで見えない地べた。荒れ果てたその姿は、二三を不安のどん底へと突き落とした。

仲町の辻は、やぐら下は、いったいどんなことになってるの？

おっかさんは？

庄次郎さんは？

周囲に人影はなかった。

二三はその場にしゃがみ込み、嗚咽《おえつ》を漏らした。人目がないことで、張り詰めていた気にほころびが生じたのだ。

しゃがみ込んで、泣いているときじゃない。

すぐに立ち上がって、仲町に向かわなくては……。

気持ちはひどく焦っていた。行かなくてはと分かってはいたが、しゃがみ込んだ足は立ち上がる力を失っていた。

今日の今日まで、二三は強く生きてきた。

養女として江戸に出されたときも。

手古舞稽古で、いじわるをされたときも。

大火事で両親を失ったときでさえも、二三は自分を励まして踏ん張った。

いまはまだ、なにも答えが分かってはいなかった。

地震の爪あとはひどいものだ。しかしまだ、仲町のやぐら下の様子を見定めたわけではなかった。

よしも庄次郎も、息災かもしれないのだ。

そうだと思っても、しゃがみ込んだ両足に力は戻らなかった。

ひと筋の緑色もない、荒涼とした地べた。それを見たことで、二三は気力を失った。

五歳の二月まで、二三は菜種畑に囲まれて育った。まったく気づいてはいなかったが、菜の花の黄緑色は、二三のこころの奥底をしっかりと下支えしてくれる色だったのだ。

地べたの果てまで見渡しても、おおばこの一株すら生えていない。そのことが、二三の気力を木っ端微塵《こっぱみじん》に打ち砕いていた。

しゃがみ込んだ二三は、声を押し殺して泣いた。

「どうかしたかね」

背後から聞こえた女の声で、二三はびくっと身体を震わせた。泣いている姿を見られたのを、ひどく恥ずかしく感じたのだ。

いきなり両足に力が戻った。

「なんでもありません」

言い終わる前に、二三は立ち上がっていた。

「それならいいけど、こんなところでなにをしてるのさ」

砂村の外れで、周囲には一軒の農家もない。よそ者がしゃがみ込んでいるのは、奇異の極みだった。

「今朝早く、勝山から戻ってきました」

ここまでのあらましを聞かされた女は、砂村のおかねだと名乗った。

「早く仲町に行きたいだろうけど、うちは通り道だからね」

おかねは大きな伸びを身体にくれた。

「茶でもいっぱい呑んで、気を落ち着けてから行けばいいがね」

おかねは先に立って歩き出した。

二三が涙を拭えるように、振り返ることはしなかった。

百十九

砂村の農家で、二三は一杯の焙じ茶を振舞われた。

分厚い湯呑みのふちまで、溢れんばかりに注がれたぬるい茶。しかも何度も使った茶葉で、色味も香りもほとんどなかった。

が、二三には極上の煎茶よりも美味だった。

気が張り詰めていて分からなかったが、二三の喉はカラカラに渇いていた。

朝から船に乗り続けだった。

「風が強くても、船端で平気ですかい?」

「ここから先は四半刻(三十分)ばかり、波が高くなりやすぜ」

船頭の弦蔵は、あれこれと二三を気遣った。が、船にかわやはついていなかった。

男は海に向かって小便をすればいいが、二三にその真似はできない。

勝山を出たあとは、木更津湊で一度かわやを使っただけである。船で催したりしないように、二三はずっと飲み水を控えていた。

「薄い茶でも、水よりはいいからさ」

「とってもおいしいです」

二三の喉も身体も、ひどく渇いていた。おかねへの返事は、世辞ではなかった。

土間の広さだけでも二十坪はある農家に、おかねはひとり暮らしをしていた。大地震をなんとかやり過ごしたいまは、ひとが恋しいのだろう。

「出会ったばかりのあんたに、あれこれ話し込んだりしたら、迷惑なだけだろうけどさ」

断りを口にしながらも、蒸《ふ》かしたさつまいもを素焼きの皿に載せた。

「ありがとうございます」

礼を言った二三だが、いもには手を出さなかった。

「母と連れ合いの様子が気がかりですから」

先を急ぐ二三を、おかねは無理には引き止めなかった。その代わりにいも四切れを、二三が背負っていた葛籠《つづらこ》にいれた。

「茶もあったほうがいいからさ」

流し場の棚から取り出した竹の吸筒に、ぬるい茶をいっぱいに注ぎ入れた。

「そんななりじゃなしに、あたしの野良着に着替えたほうがいい」

仲町までの道はひどいことになっていて、着物姿では歩けないとおかねは言う。二三も得心した。

「お言葉に甘えます」

「そのほうがいいさ」

木綿の股引に刺子《さしこ》の綿入れを羽織った。刺子の綿入れ半纏は、尖ったモノにぶつかっても身体を守ってくれる。

履物も底の分厚い、麦踏みに使うわらじに履き替えた。着ていた長着、下着、履物、足袋は葛籠に畳んで詰めた。

「もしも行き先に困ったら、かならずここに戻っておいで」

おかねは強い力で二三の手を握った。

「よそなんかに行くんじゃないよ。きっと戻ってくるんだよ」

二三は、はいと答えた。

つい先刻初めて会った相手なのに、二三にそう返事をさせる情があった。

仲町の辻までは、一里（約四キロ）の道のりである。普段なら女の足でも、半刻（一時間）で行き着ける平らな道だ。ところが大地震に襲われた道は、地割れがひどくて歩きにくかった。二三はおかねに胸の内で礼を言いつつ、仲町の辻へと急いだ。

砂村を出たあとは、地割れした大路を西に向けて歩き続けた。三町（約三百二十七メートル）ほど先には、真ん中が大きく盛り上がった汐見橋が見えていた。

汐見橋を渡れば、仲町の辻までおよそ五町（約五百四十五メートル）の一本道だ。

あの橋を越えさえすれば……。

二三の足取りが速くなった。

強い向かい風を感じたのは、足取りを速めたのと同時だった。風には焦げ臭いにおいが詰まっていた。

二三の足が止まった。

同じにおいを、二三は十年前にかいでいた。

十年は遠い昔である。しかしそのにおいを、あたまの奥底はしっかりと覚えていた。

いやなにおいは、向かい風に乗っていた。

町が焼け爛《ただ》れている……。

二三はその場に崩れ落ちそうになった。

道の両側は、材木置き場である。ひどい地震に遭ったあとでも、堀に浮かんだ丸太に変わりはない。

西空からの陽を浴びた十人の川並《かわなみ》は、いつも通りに丸太の上を行き来していた。

しっかり歩きなさい。

おのれに強い口調で言い聞かせて、二三は汐見橋を目指した。橋が近くなると、風が運ぶ焦げ臭さが強くなっていた。

汐見橋東詰の両側には、小料理屋が並んでいる。看板や屋根が落ちてはいたが、焼けてはいない。

崩れた料理屋を目の当たりにしながらも、二三は安堵を覚えた。焼け落ちてはいなかったからだ。

しかし焦げ臭いにおいは強まるばかりだ。大きく盛り上がった橋の向こう側は、まだ見えない。

町の無事を祈りつつ、二三は橋を登った。

盛り上がった真ん中に立ったら、平べったくなった仲町が目の前に広がっていた。

形が残っているのは、富岡八幡宮ぐらいだ。

辻に立っていた火の見やぐらが消えていた。

十年前にも、二三は同じような町を見ていた。

あのときは、永代橋の東詰から東を見た。

いまは汐見橋の真ん中から、西を見ている。

焦げ臭くて、ほとんど建物の形が残っていない。見ている方角は正反対だが、町の

様子は似たようなものだった。

立っていられなくなった二三は、汐見橋の欄干に寄りかかった。

「あねさんっ」

庄次郎配下の若い者に呼びかけられても、二三には聞こえていなかった。

百二十

二三が砂村のおかねをおとずれたのは、十月十五日の四ツ（午前十時）過ぎだった。

母親と庄次郎の初七日法要を済ませてから、数日が過ぎていた。

腹掛けに股引、半纏姿の身なりは威勢がいい。しかし二三は、思い詰めたような顔つきだった。

「まだ泣きたいんだろう？」

二三の顔を見たおかねが、最初に口にした言葉である。静かにうなずいた二三の目から、大粒の涙がこぼれ落ちた。おかねは二三の右手を取り、土間に招き入れた。

屋根には明かり取りが拵えられている。四ツ過ぎの柔らかな陽が、土間を照らしていた。

おかねは無言のまま広い土間を横切り、囲炉裏の板の間に上がった。

「そこに座ればいいから」

おかねが示したのは、土間から見て左手の『客座』だった。

囲炉裏は座る場所ごとに『格』が決まっている。もっとも高い座は、土間から見て正面の『横座』。一番の格下は横座の向かい側、土間に近い『木尻《きじり》』である。

おかねは自分から木尻に座り、二三に客座を勧めた。勝山に暮らしていたこども時分、二三は囲炉裏の作法を父親からしつけられていた。

農家の戸口でおかねから、まだ泣きたいんだろうと、情のこもった言葉をかけられた。懸命に踏ん張ってきた気持ちが、その言葉でほぐされた。

涙を溢れさせたまま、二三は囲炉裏の客座を勧められた。こども時分にしつけられたことは、目を涙で濡らしながらも二三の動きを制した。

客座の向かい側は、下から二番目格の『嬶座《かかざ》』だ。二三はその座についた。

おかねの目は、二三の振舞いに感心していた。

「うちのばか息子に、あんたの爪の垢ぐれえのわきまえがあったら、もうちっと親孝行もできただろうにさ」

ひとりごとのあと、おかねは素早く立ち上がった。思わずつぶやきを漏らした顔を、二三に見られたくなかったのかもしれない。

おかねが茶を支度している間に、二三は涙を拭った。焙じ茶をいれたおかねが木尻に座ったときには、二三は普段の顔つきに戻っていた。

「あんたよりは長く生きてっから、ひとつふたつは分かったようなことが言えるけどさ」

茶をすすったおかねは、二三の顔を見詰めた。

「ひとに話をすることで、楽になるってこともあるんだよ」

二三の気を引き立てようとしたのだろう。わざと大きな音を立てて、茶をすすった。

「一緒に泣いてあげることしかできないけど、それでもよけりゃあ話してごらんよ」

「はい……」

二三も茶に口をつけた。新しい茶葉でいれた焙じ茶は、香ばしさに満ちていた。

「おっかさんと庄次郎さんは、焼け跡からお骨になって見つかりました」

二三の湯呑みから、淡い湯気が立ち昇った。

地震が起きたとき、よしはてんぷらを揚げていた。

「おっかさんのうめえてんぷらを、うちの若い者にも食わせてやってもらいてえんだ」

十月二日の五ツ半（午後九時）過ぎに、庄次郎は五人の男をつれてかつやまに顔を出した。本所回向院《えこういん》の出開帳《でかいちょう》で物売りを終えた、配下の若い者である。物売りが上首尾に運んだねぎらいで、本来ならば大和町の色里に真っ直ぐ繰り出すところだ。しかしこの夜は二三が不在で、よしはひとりである。

庄次郎は元気づけだと思い、この日の朝からよしにてんぷらの支度を頼んでいた。よしは若い衆たちが美味く食べられるようにと、鴨居から百目ろうそくを十本も吊り下げていた。ろうそくの明かりは、てんぷらの美味さを倍にした。

「こんなうめえもんは、食ったことがねえっス」

五人とも箸を置こうともしない。

「次はイカを揚げるから」

美味いを連発する若い者五人の声が、よしにはよほど嬉しかったのだろう。コロモをつける手つきが弾んでいた。

揚げ続けると、油の熱さが下がる。それを気遣うよしは時折り揚げ物の手を休めて、七輪の焚き口をうちわであおいだ。

炭火を真っ赤に熾して、油の熱を下げないように気を配っていたのだ。

大揺れが起きたとき、よしは七輪の前にしゃがみ込み、新しい炭をつぎ足そうとしていた。

地震は縦揺れが先に襲いかかってきた。最初の揺れで、よしは七輪の前に尻餅をついた。

動けなくなったよしに、油鍋が倒れ込んだ。

「ぎゃあ」

よしの悲鳴と同時に、庄次郎は流し場に駆けようとした。そのとき、凄まじい横揺れに見舞われた。かつやまの柱が、いやな音を立てて軋み始めた。

「おめえたちは逃げろ」

立っていられない庄次郎は、土間にしゃがみ込んで怒鳴った。

流し場の悲鳴は、さらにひどい声になっている。庄次郎は這《は》うようにして、よしに近寄った。

激しい横揺れは続いていたが、炭火の熾《おき》た七輪は、なんとか倒れずに持ちこたえていた。

煮えたぎった油を浴びたよしに、庄次郎が這い寄ったとき。さらに強い横揺れが襲いかかってきた。

棚から壺だの皿だのが、身動きできないよしを目がけて落ちてくる。油を全身に浴びたよしは、もはや悲鳴をあげることも、落ちてくるモノをよけることもできなくなっていた。

「おっかさん、しっかりしろ」

庄次郎は身体ごとよしにかぶさり、落ちてくるモノから守ろうとした。

ベキッと鈍い音を立てて、流し場の柱が折れた。鴨居が落ち、天井が崩れ落ちた。

鴨居に吊り下げていた百目ろうそくは、火のついたまま落ちた。

流し場には、樽に入った菜種油が置かれている。揺れで樽が横倒しになった。

七輪の炭火は、倒れても火が消えなかった。

強い火力のほしいよしは、堅い樫炭《かしずみ》を使っていた。火付きはわるいが、ひとたび熾ると容易には消えないのが樫炭だ。

土間にこぼれ出た炭は、地べたに流れている菜種油を餌食にした。

若い衆においしく食べてもらいたくて、よしは百目ろうそくを十本も奮発した。

美味いてんぷらを揚げるために、火力の強い樫炭だけを使った。

よかれと思って用意した、ろうそくと樫炭。そのふたつが、かつやま丸焼けの元となった。

門前仲町が丸焼けになった火事の火元は、遊郭の町大和町だった。

地震の起きた四ツには、商家・民家ともすでに寝静まっていた。が、遊郭が賑わうのは、まさに四ツ過ぎからである。

どの見世《みせ》も客に出す料理作りに、ふんだんに火を使っていた。見世には料理と明かりに使う、上物の油が大量に蓄えられている。

それらの油が一気に燃え上がった。

強い炎は風を巻き起こした。仲町は大和町遊郭からのもらい火で、町が丸焼けになった。

かつやまはもらい火ではなく、自家火で焼けた。

焼け跡で見つかった骨は、庄次郎がよしにおおいかぶさった形をとどめていた。

「あたしが勝山に行きさえしなかったら……」

二三の目から、また大粒の涙が落ちた。

おかねはひとことも口にせず、ただ涙のこぼれるままにしていた。

土間に座った飼い犬が、クウンとひと声を漏らした。黒い鼻が湿っていた。

百二十一

十月二日の大地震のあとは、二十日近くも雨はほとんど降らなかった。さりとて陽が照りつけるわけでもなかった。

地震でぺしゃんこに潰れた家屋は、屋根をどけるだけでも大仕事である。雨が降らず、ほどほどの日差しが降り注ぐ天気のよさは、片付けを進める者にはありがたかった。

「なんだか、春みてえだ」

「ちげえねえ」

黄色いお仕着せ姿の男が、腰に手をあてて背筋を伸ばした。

「桜でも咲きそうな陽気だぜ」

地震の後片付けには似合わない、のんびりした会話だ。黄色いお仕着せを着ているのは、石川島人足寄場《にんそくよせば》の無宿人たちである。

潰れた町の後片付けに、無宿人たちが駆り出されていた。が、深川の各町に、連中の身寄りの者がいるわけではなかった。

骨惜しみをせずに片付けを手伝っていた。それでも黄色いお仕着せ姿の男たちは、ついつい哀しみからは隔たりのある会話を交わしていた。

「なんだか、春みてえだ」

無宿人のこのつぶやきは、地震後のおかしな陽気をうまく言い当てていた。

小名木川に面した砂村の土手には、桜の古木が並木を拵えていた。同じ年に植えられた木は、幹回りも枝の太さも、よく似ていた。

八代将軍吉宗は百二十年以上も昔の享保時代に、桜の苗木を江戸の各地に植えさせた。

「数十年先には、育った桜が江戸の春を彩ることであろう」

吉宗の狙いは見事に当たった。

苗木を植えて八十年が過ぎた文化時代には、向島の土手、上野寛永寺周辺の山、飛鳥山などが江戸でも指折りの桜の名所となっていた。

小名木川土手の桜も、やはり享保時代に植えられた。が、この地の桜は、吉宗に命じられたわけではなかった。

百本の苗木が、中川船番所に下げ渡された。

植える場所がなくなった、いわば余り物である。公儀役人と中川船番所奉行が知己であったがゆえに、余った苗木百本が回ってきたのだ。

「小名木川の土手に植えよ」

奉行の下知で、砂村の農夫と漁師が土手に苗木を植えた。翌年からは近在の農夫が、肥しを与えて手入れを続けた。

百本は、他の名所と肩を並べるほどに育った。

船番所から高橋にかけての土手は、いまでは深川随一の桜の名所になっていた。

大地震は小名木川沿いの地べたも、もちろん大揺れさせた。川に面した商家の寮

（別宅）や武家屋敷などは、多くが屋根を落とした。

ところが植えられて百二十年を過ぎた桜は、地べたにしっかりと根を張っていた。古木の太い根が、土手のひび割れを防いだ。

地震から十日が過ぎたころ、この百本の桜が一斉につぼみを膨らませた。ひとたび膨らんだつぼみは、一気に咲き始める。

十月二十日には、土手の桜が満開となった。

後片付けの無宿人たちが口にした通り、まさに春の陽気だった。しかし時季外れの桜が咲いても、花見客が押し寄せるわけではなかった。

「土手の桜も、今度の地震ですっかりおかしくなったがね」

地震は、桜の調子まで狂わせたようだ。

「このうえさらに、わるいことが起きたりしねえでもらいてえやね」

土地の漁師や農夫は、満開の桜を疎《うと》んじた。

「ごめんください」

おかねの農家に若者がたずねてきたのは、十月二十一日の朝六ツ半（午前七時）過ぎである。

この日も夜明けから気持ちよく晴れた。秋も深いというのに、相変わらず春真っ只中を思わせるような、ぬくい朝だった。

「いま行きます」

返事から間をおかずに顔を出したのは、朝飯の支度を進めていた二三だった。

「二三おばちゃん、ですよね？」

若者からいきなり「おばちゃん」と呼びかけられて、二三は面食らった。

「おれ、勘太郎です」

名乗りを聞いたあとはさらに驚いた。目を大きく見開いた二三は、土間に棒立ちになった。

砂村までたずねてきた若者は、おみのの長男、勘太郎だった。

「おひさしぶりです」

勘太郎は前髪を落として、髷を結っている。月代《さかやき》のうえに、桜の花びらが舞い落ちた。

百二十二

勘太郎は炊き立てごはんを三膳もお代わりした。

「二三おばちゃんのごはんは、おっかさんが炊いてくれた味によく似ています」

「似ていて当たり前よ」

おみのが勝山屋に奉公をしていたときは、奥の賄いをすべて受け持っていた。おみのを姉のように慕っていた二三は、飯炊きのときも煮炊きを進めているときも、そばを離れなかった。

加治郎からてんぷらの手ほどきを受けたときは、おみのは二三と一緒だった。よしにもみさきにも、二三は料理のイロハを教わってはいた。が、勝山の在所で過ごしたのは、五歳までである。

二三はおみのから、きちんとした飯炊きを教わった。二三が飯炊きを学ぶことに、みふくはいささかも反対はしなかった。二三の炊いた飯の味は、まさしくおみのの味そのものだった。

「五合も炊いたから、いっぱい食べてね」

二三は姉のような物言いをした。

「はいっ」

勘太郎の返事は、歯切れがよかった。

朝飯の手前で二三と勘太郎は、存分に泣きあった。おかねは余計な口を挟まず、茶を入れ替えた。

二三と勘太郎は、地震でこうむった被害のあらましを話し合った。

二三は母親と許婚と、やぐら下のてんぷら屋を失った。

勘太郎はおみの・章一郎・加治郎の三人を一度に失っていた。

半刻（一時間）の語り合いで、泣きたいだけ泣いた。そのあとの朝飯である。二三との再会を果たせて、勘太郎はたまっていた鬱屈を吐き出せたのだろう。二三が炊き上げたほかほかごはんを、箸を休めずに食べていた。


十年前の弘化二（一八四五）年の大火事で、仲町は町が丸焼けになった。多くのひとが火事で命を落としたし、怪我人も数え切れないほど出た。

本郷には若手の医者が群れになって暮らしている、俗称『医者小路』があった。大火事のあと、医者小路から三人の若手医者が仲町まで治療に出張ってきた。なかのひとり三十三歳の宮入文悦《みやいりぶんえつ》は、外科を得手としていた。

腕白盛りだった勘太郎は、幸いにも大火事ではやけどひとつ負わなかった。若い医師が治療にあたるさまを見て、勘太郎は手伝いを申し出た。

「それは助かる」

勘太郎を手元においたのは文悦である。外科医者の文悦は、やけど・裂傷・骨折などの治療を受け持っていた。

「焼酎をひたした綿で、やけどの傷口をきれいに洗ってくれ」

傷口洗いをまかされた勘太郎は、張り切って綿を焼酎にひたした。ひたしすぎて、滴り落ちた焼酎が傷口にしみたことも一再ならずあった。

「いてえぞ、小僧っ」

気の荒い患者には、拳骨であたまを小突かれたりもした。それでも勘太郎は、臆することなく手伝いを続けた。

文悦の治療を受けた怪我人が、日に日に快復していく。目に見える治癒ぶりが、こどもの勘太郎にはたまらなく嬉しかった。

長屋暮らしのこどもは、八歳の正月から奉公に出されるのが決まりごとだった。

職人のこどもは、親方の手元小僧として。

担ぎ売りのこどもは、商家や材木問屋などの丁稚小僧に。

勘太郎はしかし、奉公には出されなかった。父親章一郎から、印判彫りの技を仕込んでもらう段取りだったからだ。

勘太郎の宿には、加治郎が同居していた。

大火事で焼け出された加治郎は、家財道具もなく、丸裸も同然となっていた。

二三にとってもおみのにとっても、加治郎は恩人である。しかも勝山屋のせいで、仲町が丸焼けになったと取り沙汰もされていた。

「加治郎さんの暮らしを、なんとかしないと……」

二三は加治郎の行く末を案じた。が、奉行所から何度も呼び出される身には、ひとの世話をする気持ちのゆとりがなかった。

「あたしにさせてください」

迷わずおみのが手をあげた。章一郎も勘太郎も強くうなずいた。とりわけ勘太郎は、おじいちゃんができると大喜びをした。

「よろしくお願いします」

二三は手元に残してあった蓄えのなかから、大金五十両をおみのに差し出した。

「加治郎さんのために使わせてもらいます」

おみのは両手で押し戴いた。

以来、加治郎はおみの・章一郎・勘太郎の三人と同居を続けていた。

勘太郎は印判職人ではなく、医者になりたいと思っていた。怪我治療を手伝ったことが、それを思うきっかけとなった。

両親にはとても話せないことを、勘太郎は加治郎に明かした。

「職人も医者も、人の役に立つことに変わりはねえ。おれが章一郎に話してやる」

勘太郎から打ち明けられた翌朝、加治郎は久しぶりに日本橋魚河岸に出向いた。そして目の下一尺もある真鯛を買い求めた。

身は刺身に。あたまはかぶと煮に。そして骨は潮汁《うしおじる》のダシに使った。

「勘太郎が医者になりてえと言うんだ」

　加治郎は自分で燗つけした徳利を、章一郎に差し出した。

「おめえの思うところは、このタイの身と一緒に飲み込んで、望みを聞き入れてやってくんねえな」

　酌をしたあとで、加治郎は章一郎とおみのにあたまを下げた。加治郎のわきで、勘太郎も畳に両手をついた。

　ひと息おいて、章一郎はずるるっと音をさせて、椀の潮汁を飲み干した。

　勘太郎が九歳となった弘化五（一八四八）年は、二月二十八日に嘉永と改元された。

　改元から間もない三月初旬、おみのは勘太郎を連れて二三をたずねた。

　当時の二三はまだなにも商いを始めておらず、借家にひとり暮らしをしていた。

「本郷の宮入文悦先生に、勘太郎をお預かりいただくことになりました」

　勘太郎は泣きべそ顔で、あたまを下げた。

　医者に見習い小僧として預かってもらえるのは、なにより嬉しかった。が、生まれてから一度も離れたことのない深川を出るのは、その日が迫るにつれて悲しかったからだ。

「しっかりね」

　二三は小粒銀六十粒（一両相当）の餞別を手渡して、門出を祝った。

　勘太郎が本郷に出て三年目の嘉永三（一八五〇）年に、おみの・章一郎・加治郎の三人は、蛤町から高橋近くの海辺大工町へと引越した。

それまで暮らしていた裏店が、建て替えとなった。が、新しく普請される長屋は、四畳半ひと間だけになるという。

「海辺大工町に、四畳半ふた間に、六畳の板の間つきが見つかりましたもので」

板の間は、章一郎の仕事場に使える。

「それはなによりでした」

二三は引越しを喜んだ。

住まいは離れるが、同じ深川のなかだ。そんなことより、仕事場と加治郎の部屋まである長屋は、願ってもない空き店《あきだな》だった。

さらに嬉しいことに、屋根には本瓦を使っていた。板葺き屋根がほとんどの長屋にあっては、本瓦葺きの屋根はきわめてめずらしかった。

「ほとんど雨漏りがしないから、うちのひとの仕事もはかどりがよくて……」

二三と顔を合わせるたびに、おみのは本瓦葺きの屋根を喜んだ。その屋根が、大地震では大きな仇《あだ》となった。

居職の章一郎は、夜明けとともに仕事を始める。海辺大工町の長屋は屋根も自慢だったが、日当たりもすこぶるよかった。

長屋の木戸の先は、小名木川である。陽光をさえぎるものがなく、一年中日当たりに恵まれた。

章一郎は明け六ツ直後に朝飯を摂ると、すぐに仕事を始めた。その代わり、夜は五ツ半（午後九時）には床についた。

地震の起きた四ツには、章一郎もおみのも加治郎も深く眠り込んでいた。

本瓦の屋根は重たい。三人とも瓦葺き屋根の下敷きとなって息絶えた。


「文悦先生のお供で、長崎に出向きます」

旅立ちは三日後だという。

「いまのあなたに一番大事なことは」

旅姿の勘太郎を見たことで、考えていなかった言葉が二三の口から溢れ出した。

「脇目も振らず、長崎での医術修行に打ち込むことに尽きます」

見詰められた勘太郎は、強い意志を込めてうなずき、「はいっ」と答えた。

「承知なら、これも言います」

二三の眼差しが和らいだ。

「江戸に戻ってきたときは、いつでもいいからうちに帰っておいでなさいね」

一瞬、勘太郎は息を詰めた。が、すぐさま表情が明るく弾けた。

「はいっ」

威勢よく答えて、二三の前から離れた。

後ろ姿を見詰めたまま、二三はひとつの深い感慨を覚えた。

いままでは勝山でも深川でも、だれかを訪ねる側、相手が待っていてくれる側にばかり立ってきていた。ところが……。

「いつでもうちに帰っておいで」

いま初めて、勘太郎にこれを言った。そして待つことの重さを、身体の芯で感じた。

待つを成就させるには、相手の息災を願うこころ、慈愛がいる。

肉親を失った勘太郎に、二三は生涯で初めて、そして自分では気付かぬまま、「待つことの重さ」を内に抱えて、働きかけていた。

身寄りを無くした勘太郎同様に、二三も大火事と大地震とで多くのひとを失っていた。

それらのひとたちが、いかなる思いで二三を待っていてくれたのか。

勘太郎を待とうと決めたいま、待つ気持ちの重さ、情愛の深さを思い知った。

勘太郎が息災でありますように。

辻を曲がった後ろ姿に、二三は手を合わせて衷心から願った。

遠い昔、江戸に向かう二三を見送ってくれた両親が。

実の親にも勝る慈愛を込めて、育ててくれた新兵衛とみふくが。

そして太郎が、治郎息が、おみのが。

息災を願ってくれた情愛の深きを、仲町の辻で二三はわが身で感じていた。

百二十三

二三が三十路を迎えた安政七（一八六〇）年は、正月早々から大きな出来事が続けざまに生じた。

一月二十一日の正午過ぎに、房州屋船頭の弦蔵が砂村をたずねてきた。

「おととい、ご公儀の軍艦がアメリカに向かいやしてね」

軍艦奉行等の乗船した咸臨丸《かんりんまる》は、一月十三日にアメリカを目指して出航していた。

「おかげで江戸前海のあちこちに役人の船がいたし、中川船番所は目いっぱいに詮議がきついしでねえ。江戸にへえるのに往生しやした」

弦蔵がげんなりした口調で、二三に話しかけた。しかし湯呑みに口をつけたあとは、焙じ茶の美味さゆえか、笑みを浮かべた。

茶をいれたのは二三だ。砂村でおかねと暮らし始めて、はや五年目を迎えている。

美味い焙じ茶のいれかたは、おかねの直伝だった。

茶を飲み干した弦蔵は、元の引き締まった顔つきに戻した。

「あにさんから預かってきた菜種油は、土間の隅に置いとくんでいいんですかい？」

「ありがとうございます」

板の間から土間におりた二三は、流し場の隅を手早く片付けた。菜種油の入った大《おお》瓶《がめ》の、据えつけ場所を空けるためだ。

二三に続いて土間におりた弦蔵は、半荷（約二十三リットル）の菜種油が詰まった瓶を両腕に抱えた。焼き物のふたが、瓶の口にピタリと嵌《はま》っていた。

勝山を出たあとで、木更津を経て江戸まで運ばれてきた大瓶である。途中の船路では、大きく揺らされた。それでも亮太が用意した大瓶は、一滴の油もふたのわきからこぼしてはいなかった。

「次の油は三月の初めごろに届けると、あにさんが言ってやした」

三月初旬に勝山から油が届き次第、また運んできやすと言い置いて、弦蔵は小名木川の船着場に戻った。

ところが弦蔵が砂村に顔を出したのは、三月二十日の午後だった。

「江戸の騒動のあおりは、木更津にまで飛び火してきやしてね。三月四日から昨日まで、あっしら船頭は寄り道ができなくなってやしたんでさ」

三月三日に、江戸では大事件が勃発した。房州屋の船頭は、そのあおりを真正面から受けた。

江戸の木更津河岸に積み荷をおろしたあとは、会所から一歩も出ることができなかった。

三月十八日に、万延へと改元された。

「本日より、船頭の動きは勝手次第である」

木更津船の船頭に外出の許しが出たのは、改元翌日の十九日だった。

「お正月早々から軍艦がアメリカに行ったと思ったら、雛祭の日に雪が降って、その挙句にあの騒動でやすんでね」

ご公儀が験直しの改元をしても、縁起がどうなるかは分かりやせん……弦蔵が茶をすする音が、板の間に響いた。

例年であれば桜も散ろうかという三月三日に、今年はあろうことか雪が降った。

「でえじょうぶかよ、こんなことで」

「たしかに今年は尋常じゃあねえ」

江戸の方々で、時季外れの雪を案ずる声が交わされた。江戸町民の憂いは、まんまと的中した。

御堀端の坂道に雪が積もった、三月三日。

大老井伊直弼は将軍家への桃の節句賀詞言上のために、乗物で桜田門に向かっていた。

その隊列を、水戸浪士と薩摩浪士が桜田門外で待ち伏せていた。先頭の警護役が桜田門に入ろうとした刹那、潜んでいた水戸浪士十七名と薩摩浪士一名が、抜刀して飛び出した。

大老の警護役は、武芸に秀でた偉丈夫である。ただちに鞘を払い、暴漢阻止へと動いた。

水戸浪士も薩摩浪士も、もとより命を捨てて襲撃に及んでいる。警護役との間で、凄まじい斬りあいとなった。

大老井伊直弼は、薩摩浪士に斬殺された。ありていに言えば、大老は首を斬り落とされたのだ。

しかし公儀は手立てを重ねて、大老の首が落ちた一件は伏せた。

幕閣最高位である大老が暴漢に襲われたことだけでも、公儀には受け入れがたい恥辱である。

まして首を斬り落とされたなどは、断じて知られてはならぬ極秘事項だった。

「江戸より出《い》でる者には、身分を問わずに徹底した吟味をいたせ」

「無用の者の江戸入りは、当面の間認可いたすべからず」

「他国より江戸に入りし水主《かこ》、船頭にあっては、無用の外出はすべて不可」

桜田門外の変が発生した当日から、公儀は各種禁止令を立て続けに発布した。

木更津船が搬入する薪炭や米は、江戸の暮らしには欠かせない物資ばかりだ。中川船番所はきつい吟味ののちに、小名木川航行を許した。

しかし船頭は木更津河岸の会所に足止めされ、一歩も出ることは許されなかった。

弦蔵は三月に入ってから、これまでに三度、江戸に来ていた。しかし中川船番所を出たあとは、木更津河岸に直行するほかはなかった。

十九日にようやく、船頭の外出許可が出た。仲間の船頭からそれを知らされた弦蔵は、船頭当番の入れ替わりを番頭に頼んだ。

「ほかならぬ、勝山屋さんのお嬢のことだ」

番頭は当番表を書き換えて、弦蔵の江戸行きを認めた。

すでに二十四年も昔の話だが。

二三が勝山屋の養女となった二年目に、房州屋は薪置き場から火を出した。

房州屋初代は、まことに用心深い男だった。万にひとつの失火を案じて、三千坪という途方もなく大きな空き地に薪置き場を構えた。その広さが幸いして、他の民家への延焼はまぬがれた。

しかし薪の在庫を焼き尽くした。

薪が燃え尽きたとき、たまたま勝山屋新兵衛は木更津に逗留していた。鎮火を見届けてから、新兵衛は房州屋当主に面談を申し入れた。

「去年も今年も菜種は豊作で、良質の油が蔵にたまっています」

儲け抜きの原価で、菜種油を回しましょうと新兵衛は申し出た。

江戸からの廻漕には、房州屋自前の木更津船を使えばいい。蔵の油の在庫が減れば、勝山屋も火事を案じなくてすむ。

原価で引き渡すのは、いわば困ったときの相身互い……こう言葉を続けて、新兵衛は房州屋の負い目を軽くした。

焼失した薪の代替品として、房州屋は上質の菜種油を活用した。そのことで商いの障りを、最小限に食い止めることができた。

以来、いまに至るも房州屋は、勝山屋には深い恩義を忘れずにいた。

「いっそのこと江戸で菜種を植えればいいのにと、あにさんはそう言っておられやしたぜ」

半荷の大瓶を据えつけつつ、弦蔵は亮太からの伝言を伝えた。

「そうですか……」

二三は土間の外に目を移した。農家の周りは、見渡す限りの畑である。

午後の陽を浴びた青菜が、そよ風を浴びてゆらゆらと揺れていた。

百二十四

囲炉裏の火が燃えている。二三は客座に座り、小枝をくべた。すっきりと芯まで乾いた杉の枝である。

乾いていても、脂は残っていた。杉はほとんど煙も出さずに炎が立った。

四ツ（午後十時）の鐘が鳴ってから、すでに四半刻近くが過ぎている。おかねはすでに寝息を立てているだろう。

小さな炎を見詰めながら、二三は過ぎた日々を思い返していた。

後ろを振り返ってあれこれと思い返すのは、二三の生き方ではなかった。なにが起きても懸命におのれを奮い立たせて、前へ前へと歩んできた。

そうすることで、悲しさやつらさをなんとかいやすことができた。

しかしいまは囲炉裏の炎を見詰めながら、あれこれと過ぎた日の出来事をあたまに思い浮かべていた。

今日の午後、農家の土間を出る直前に弦蔵が口にした言葉。

「いっそのこと江戸で菜種を植えればいいのに」

この亮太の言伝《ことづて》が、あたまのなかを走り回っている。それゆえ二三にしてはめずらしく、あれこれと昔のことを思い返す気になっていた。

あたしって、五年、十年ごとに大きな出来事に出遭う宿命《さだめ》なのかなあ……。

二三が漏らしたつぶやきは、杉枝の炎が放つぬくもりに乗ってゆらゆらと揺れた。


二三は五歳の二月に、在所勝山を離れた。遠縁の勝山屋に求められて、養女に出されたからだ。

勝山屋新兵衛とみふくから、尽きぬ慈愛を注がれて十年が過ぎたとき。二三は父親新兵衛の名代として、油商仲間の江島詣でに加わった。

その留守中に、門前仲町が丸焼けになる大惨事が起きた。養父母は焼死し、勝山屋は失火の責めを問われて上がり株（廃業）の沙汰を受けた。

二三は勝山屋の蓄えのほとんどを、火事の弁償金として差し出した。いさぎよい振舞いに接して、門前仲町のみならず、深川の多くのひとが二三の出直しを手助けした。

大火事から九年が過ぎた安政元（一八五四）年。二三は在所勝山にいた母を江戸に連れ出し、てんぷら屋かつやまを開業した。そして庄次郎との良縁にも恵まれた。

ところが二十五歳になった安政二年に、大地震に襲いかかられた。

母親よし。許婚の庄次郎。生涯の恩人、加治郎とおみの。

地震は二三にとってかけがえのない者を、根こそぎ奪い取った。もちろん、てんぷら屋かつやまの家作も押し潰した。

砂村でおかねと出会ったのは、江戸の町が平べったくなった翌日のことだった。門前仲町でひと通りの始末をつけてから、二三はおかねの農家をたずねた。大地震の翌日におかねからかけられた、ぬくもりに満ちた言葉に強く背中を押されてである。

「お願いだからさあ。ぜひともここに住んでおくれよ」

行くあてを失った二三に、おかねは本気で同居を求めた。

「ひとり息子はいたんだけど、農家なんぞを継ぐのはいやだと、飛び出しちまってねえ」

おかねは息子の善助を本勘当《ほんかんどう》にしていた。

口で勘当を伝えても、それはただの内証勘当でしかない。大声で勘当だといわれても、当人は好き勝手に家に出入りができた。

おかねは、まるで違うことをした。

「ご先祖さまの大事な畑を守らないようなモンは、うちには置いとけねえ。お前のことは勘当すっから、とっとと出てってくれ」

入り婿の連れ合いと死に別れて、まだ半年。おかねは尋常な状態ではなかった。村の肝煎が何度もとめたが聞き入れず、代官に勘当を願い出た。

代官は公事方《くじかた》勘定奉行へ届け出をし、勘定奉行は寺社と町の両奉行へ通達をした。

通達を受けた町奉行所は、おかねが提出した息子善助の勘当届けを言上帳に記入した。

「そのほうの願い出通りとあいなった」

町奉行所から送達されてきた書替《かきかえ》（謄本）を、代官はおかねに差し渡した。

善助の行方は、村の肝煎だけが知っていた。

「この地震で、あのバカもんはどうなったか、分かったもんじゃねっから」

ひとりで畑の世話をするのは大変だと、おかねは訴えた。

畑は小作農家に任せていた。それでも一町歩（三千坪）の畑地を、ひとりで守るのがいかに大変であるか……菜種栽培農家で育った二三には、容易に想像ができた。

いつの日にか、勘当された息子さんも戻ってくるかもしれない。その日までならと考えた二三は、おかねの頼みを聞き入れた。

母親と許婚を失った二三は、商いをする気にはなれなかった。が、畑仕事を手伝うのは、格好の気晴らしとなった。

勝山の兄は、いまでも菜種農家を続けている。油が切れる前に、房州屋の弦蔵を通じて、油を届けてくれた。

その兄が、江戸で菜種作りをしてみたらと言伝をしてきた。伝えてくれた弦蔵は、四十一歳のいまだひとり者である。

二三を憎からず想っているのは、隠そうとしても伝わってくる。

あたしも三十路を迎えたんだ……。

ふっと、ため息をついた。思いのほか、大きなため息だったらしい。

杉枝の小さな炎が、ふわっと揺れた。

百二十五

弦蔵が木更津に帰ったあとの数日、二三は過ぎた三十年の日々を何度も思い返してしまった。弦蔵から聞かされた兄亮太の言伝が、思い返しを繰り返すきっかけとなった。

「いっそのこと江戸で菜種を植えればいいのにと、あにさんはそう言っておられやしたぜ」

弦蔵は普通の口調でこれを二三に伝えた。

聞かされた二三は、その夜からこの言伝があたまを離れなくなった。

江戸で菜種を植えることなど、二三はかつて一度も考えたことはなかった。

菜種栽培農家に生まれながら。

しかも菜種栽培と深いかかわりのある油屋や、てんぷら屋などの稼業につきながら、である。

考えなかったわけは、突き詰めればひとつだ。

菜種栽培には広い土地が入用だが、江戸にはそれがなかったからだ。

御府内には膨大な数のひとが暮らしていると、庄次郎は何度も二三に聞かせていた。

「江戸には百万人を超える、途方もねえ数のひとが暮らしている。お武家様と町人とが半分ずつの人数だと、元締めはそう言っておいでだ」

人口は武家と町人が半々だが、土地は武家・僧侶が八割を使っている。町人は残りの二割しか使えない。だから江戸には長屋が多いし、寺だの神社だのがやたらと多い。

「おれっちがてきやを稼業にしてられるのも、神社や寺がいっぱいあって、毎日どこかで縁日があるからさ」

庄次郎からこれを聞かされた二三は、深川に長屋が多いことも、狭い土地しか使えないことにも深く得心した。

勝山には、すすきやよもぎしか生えていない空き地が、いたるところにあった。こども時分の二三は、姉のみさきと海を見た。菜種畑の外れに立つと、正面の彼方に海原が広がっていた。

眺めをさえぎる建家がなにもない、広々とした原っぱ。勝山では当たり前だったが、江戸では皆無に近い眺めだった。

ところが砂村は、門前仲町とは景観が大きく違った。十万坪と称される埋立地に、二三は勝山の菜種畑を重ねて思い描くことができた。

ここなら菜種畑ができそう……。

兄の言伝を聞いたあとで、二三は砂村なら菜種栽培ができるかもしれないと思った。おかねの畑地一町歩なら、大きさは充分だ。

しかし、二三はその話をおかねにすることを思いとどまった。

へっついに薪をくべながら、二三はふうっと小さなため息をついた。

「どうしたんだよ、こんな気持ちのいい朝からため息をついたりして」

おかねが問いかけても、二三はへっついの炎を見詰めたままである。あたまのなかでは、またもや過ぎた三十年の日々を思い返していた。

五年、十年という節目ごとに、二三の人生には大きな出来事が生じてきた。

五歳で養女にもらわれた。

十五歳で新兵衛とみふくを亡くした。

そして五年前の二十五歳の年に母親と、庄次郎と、死に別れる目に遭った。

五年、十年ごとに、二三には大事が生じていた。

「そうだっ」

ひとつの思いつきが浮かび、二三はしゃがんだまま小声を漏らした。

三十の今年は、なにもしないほうがいい。来年まで待って、ことを起こせばいいんだ。

そう思い定めたら、二三の気持ちが大きく軽くなった。

「はやくお正月がくればいいのに」

へっついに新しい薪をくべながら、二三は声に出してつぶやいた。

「なにをいきなり言い出すんだい。まだ四月にもなっていないじゃないか」

二三の胸の内を分かっていないおかねは、呆れ顔を拵えた。

「そう思うだろう、お前も？」

問われた飼い犬は、返事に困ったらしい。クウンと声を漏らして土間から出て行った。

百二十六

年が明けたら、おかねさんに菜種栽培の話をしてみよう。

三月には早々と思い定めた。しかし話を切り出したのは、翌年の二月下旬になってからだった。

二三が三十歳の節目を迎えた万延元（一八六〇）年は、師走に入るなり大騒動が起きた。

万延元年十二月四日。駐日アメリカ公使館の通弁官ヘンリー・ヒュースケンが、夜の路上で攘夷派の薩摩藩士伊牟田尚平らに襲撃された。

公儀は可能な限りの治療をほどこした。しかし当時の医療技術は拙く、翌日死去した。

オランダ生まれのヒュースケンは安政三（一八五六）年八月五日、アメリカ総領事ハリスの随員として下田に着任した。

ヒュースケンはオランダ語・英語・フランス語に加えて、日本語も習得。安政五年には、日米修好通商条約締結の事務方として、大いに力をふるった。

しかし開国を嫌う攘夷派には、ヒュースケンの活躍は目障りのきわみだった。薩摩藩士らによる襲撃の仔細は、翌日昼前には江戸中に知れ渡った。

十二月五日以降の御府内と本所・深川の辻には、武装した警護役人が立つようになった。

「しばらくはお役人の詮議がきついから、仲町にも出かけないほうがいいでしょう」

騒動から五日後に顔を出した弦蔵は、砂村から出ないようにと二三を足止めした。

二三もおかねも目立つ動きを慎んだまま、正月を迎えた。

三十一になった初詣でに、二三は久しぶりに富岡八幡宮をおとずれた。元日には警護役人が姿を消していた。おかねは二三と一緒に初春の賽銭を投げた。

＊

三十路の峠を息災に越えられたことで、二三は富岡八幡宮社殿前に立てていた。五歳、十五歳、二十五歳それぞれの年が、二三には大きな節目となってきた。ゆえに五年ごと、十年ごとに峠と向き合うことになると、二三は思い込んできた。

三十路を息災に越えられた御礼を、今日の二三は真っ先に捧げた。

深い辞儀のこうべを上げて周囲を見回したら、見慣れたはずの景色が真新しいものに感じられた。

「ありがとうございます」

胸の内で唱えるなり急ぎ社殿に振り返り、もう一度、二礼・二拍手・一礼をし、改めて御礼を捧げた。

今日から、新しい生涯が始まるんだ……。

深い喜びが湧きあがるのを、社殿前で二三は実感できていた。

＊

庄次郎の配下だった若い者が何人も、参道の屋台で物売りについていた。

「明けましておめでとうごぜえやす」

新年のあいさつをくれた若い者にも、足掛け六年の歳月はしっかりと流れている。ひたいの生え際が後退している者が、何人もいた。

二三はあらかじめお年玉袋を用意していた。中身は庄次郎が配ったのと同じで、一匁の小粒銀二粒である。

「去年は暮れになってから、ひでえ騒動が持ち上がりやしたんでね。どうやら御上は正月早々、またまた験直しの改元を思案している様子でさあ」

てきやは早耳である。改元が近そうだと聞かされた二三は、おかねに菜種栽培を話すのを控えた。

正月には改元はなかったが、二月十九日に文久と改められた。砂村のような農村でも、改元祝いの行事は幾つも執り行われた。

「おかねさんに相談ごとがあるんだけど……」

囲炉裏端で二三が切り出したのは、二月二十二日の夜だった。夜空には無数の星が散っていた。

終章

高さ一丈（約三メートル）の物見やぐらに立てば、一町歩の畑の隅々まで見渡すことができた。

丈の揃った菜の花が、ゆらゆらと揺れている。

はやく摘んで、おかねさんにてんぷらを拵えなくては……気持ちは急《せ》いていても、二三は物見やぐらから降りる気にはなれなかった。

二年前の十月から、この畑に種をまいてきた。悪天候にたたられて、強く勧めた菜種の栽培をしくじりそうになった。

しかし菜種は二三を裏切らなかった。

ゆらゆらとしたうねりを見せている、黄緑色の大海原。眺めに見とれてしまい、物見やぐらから降りて菜の花を摘むのを、二三は一寸伸ばしにしていた。

「ちょうど畑仕事をする手が、なくなりかけてたところだし、あんたがそうまで言うんならねえ」

おかねが菜種栽培を始める気になったのは、文久元（一八六一）年の四月過ぎだった。

おかねが畑地を貸している小作人は、全部で七軒あった。が、七軒とも畑地返上を申し出ていた。

わけはふたつあった。

ひとつは六年前の地震の影響で、畑の質が変わったことだ。どれほど肥しをくれても土は痩せる一方で、収穫は地震前の半分以下に落ち込んでいた。

もうひとつのわけは若者が小作農家を嫌い、砂村から出て行ってしまったことだ。江戸は毎日のように、町が大きくなっていた。町に出さえすれば、仕事は幾らでもあった。実入りも、小作人とは桁違いに大きい。

汗まみれ、土まみれになって野菜を拵えても、四人がかりで一ヵ月三分（三貫七百五十文）の実入りが精いっぱいだった。食うに困りはしないが、カネにはならない。ところが町に出て働けば、普請場の日雇い人足でも出面《でづら》（日当）で百五十文は稼げた。

いまの七軒の小作人は、いずれも五十過ぎの年配者ばかりだ。畑仕事は好きでも、身体がついてはいけなくなっていた。

二三の申し出は、おかねにとっても妙案に思えた。

「二三ちゃんが種まきから教えてくれるならと、小作のひとがそう言ってるんだけど、いいかい？」

「もとよりそのつもりですから」

初めての種まきは、文久元年の十月に行った。そのときは勝山から、亮太も手伝いにきた。

ところが文久元年は十月、十一月と続けざまに時季はずれの嵐が砂村を襲った。ようやく芽が出始めていた菜種が、根こそぎ流されて駄目になった。

妹の難儀を知った亮太は、弦蔵の船で苗を運んできた。自家栽培用の菜種の苗を、である。

「苗を植えりゃあ、すんぐにでっかく育つでよう」

兄の機転で、文久二年五月に最初の収穫はできた。が、一町歩には到底届かず、十分の一の三百坪で実ったに過ぎなかった。

「これじゃあ、とっても食ってけねっから」

迫りくる老いが小作人を短気にし、一軒、二軒と砂村から出て行った。

文久二年十一月の苗植えは、わずか二軒の小作農家とおかね、それに二三で行った。

「来年四月には、しっかりと菜の花が育ちます。収穫ができたらその油を使って、もう一度てんぷら屋を始めます」

氷雨が降るにつけ、木枯らしが吹くにつけ、そして雪が積もるにつけ、二三は畑をおとずれた。

寒さに凍えた土は堅い。その土をほぐし、小石を取り除いた。

二三の思いは、土にも菜種にも通じたのだろう。文久三年の冬を、苗は達者に潜り抜けた。

春の日差しが砂村に戻ってきたあとは、日ごとに菜種は丈を伸ばし、風に揺れた……。

ようやく二三は、物見やぐらの梯子《はしご》に足をのせる気になったらしい。風を浴びた二三の髪が、サワサワとなびいた。

物見やぐらを降りる前に、二三はもう一度、黄緑色の大海原に目を向けた。

いまは亡きなつかしい幾つもの顔が、菜種のなかから二三に微笑《ほほえ》みかけている。

あたしには、菜の花があるもんっ。

物言いは、五歳の二三そのものだった。

解説

末國善己

江戸時代は男尊女卑で、女性は「三従の教え《さんじゅう》」（幼い頃は父、結婚後は夫、老後は息子に従う）や「貞女二夫にまみえず」などの規範によって自由を制限されていたとのイメージが根強いのではないか。確かに現代ほど男女平等ではなかったが、最も規制を受けていそうな武家の女性も離婚率、再婚率は現代より高かったようだ。また尾張《おわり》藩の御用を務める呉服小間物問屋「伊藤屋」の七代目祐潜《すけゆき》と結婚したが死別、その後、八代目祐清、九代祐正と結婚するもいずれも死別し、再婚した祐恵《すけよし》に家督を譲るまで自ら十代目を継ぎ、祐恵と手を取り江戸の「松坂屋」を買収し江戸進出を果たした伊藤宇多《うた》のように、ビジネスの第一線で活躍した女性も少なくなかった。

山本一力は、卓越した料理の腕と経営能力を持つつばきが、一膳飯屋を大きくする『だいこん』と続編『つばき』、鰹節問屋の娘さちが、不幸を乗り越え絵師を目指す『ほうき星』などを発表しているが、こうした活動的な女性に着目した作品は、新しい歴史観から生み出されているのである。そして、菜種油の原料になる菜種を栽培する安房勝山の農家に生まれ、江戸深川の菜種油問屋・勝山屋の養女になる二三の成長を描く本書『菜種晴れ』も、明るく前向きなヒロインが登場する作品となっている。

自然豊かな勝山で、父親の亮助、母親のよし、兄の亮太、姉のみさきの愛を一身に受けて育った二三は、わずか五歳で、子供がいない勝山屋の主人・新兵衛、みふく夫妻の養女になる。幼い二三と兄妹には、二三が勝山を離れることは伏せられていたが、偶然、子供たちが知ってしまう。別れのつらさ、悲しさを心に秘めて、家族が二三の幸福を願い明るく別れようとする場面には、涙を誘うほど胸に迫るものがある。

新兵衛は、加賀藩の油御用を請負う田島屋の窮地を救ったことで商いを大きくするなど、堅実な経営を続けていた。田島屋の危機は、加賀藩に納める菜種油の調達を請負っていた田中屋が、天保五（一八三四）年二月の大火で類焼し、必要な量の油が集められなくなるというものだった。この大火は実際に起きた「甲午火事《きのえうまのかじ》」で、この後も勝山屋と二三は、水野忠邦の失脚、ペリー来航による混乱、安政の大地震といった激動の歴史に人生を翻弄されることになる。著者は、幕府が旗本、御家人に金を貸している札差に債権放棄を命じる棄捐令《きえんれい》を出したために貸渋りが起こり不況になった時代を舞台にしたデビュー作『損料屋喜八郎始末控え』以降、お上の無策が庶民の生活に与える影響を描いてきたが、本書でも虚実の被膜を操る手腕に驚かされるだろう。

二三を養女に迎えた新兵衛は、相場より二文高く菜種油を売っているが、扱っているのは最高の品ばかりで、原料の菜種が不作の年でも値上げをしないので顧客に喜ばれ、儲けた金は富岡八幡宮の祭礼に惜しみなく寄進するなど地域に貢献してもいるので近隣からの評判も高かった。新兵衛は理想化された商人に思えるかもしれないが、そのような判断は早急に過ぎる。

幕府や藩の財政基盤が農業だった江戸時代は、商品を仕入れ利潤を上乗せして売る商業や流通業は濡《ぬ》れ手《て》で粟《あわ》の仕事で、汗水流して働く生産者を搾取しているとして蔑まれていた。この状況を変えた一人が、江戸中期の思想家・石田梅岩《いしだばいがん》である。石田梅岩は『都鄙《とひ》問答』の中で「商人は、勘定委《くわ》しくして、今日の渡世を致す者なれば、一銭軽しと云うべきに非ず、是を重ねて、富をなすは、商人の道なり」とし、商人は経済を発展させて社会に貢献しているとして、蔑視されていた商業や蓄財を肯定した。その一方で、商人は「聖人の道」を知る必要があり、「不義」で「金銀」を儲けると信頼を失い「子孫」が絶えると述べ、正直に商売をし、倹約に励み、取引先や顧客の事情を踏まえて経営を行う商道徳の必要性を説いている。

梅岩は『孟子』が出典の「先義後利《せんぎこうり》」（道義を優先させ、利益を後回しにする）を商道徳の基本に置いており、これを家訓にしている老舗《しにせ》の商家もある。目先の利益に走らず、同業者と協調し、派手な遊興は慎み、取引先や顧客、地域社会に尽くしている新兵衛は、高い倫理観を持っていた江戸時代の商人の典型といえるのである。

念願の育児を始めた新兵衛は教育に力を入れるが、それは詰め込み式ではなく、二三の才能を伸ばし、心を豊かにするものだった。まず新兵衛は、名人だった実母に仕込まれた二三のてんぷらの美味《おい》しさに驚き、やはり二三の才能を認め自ら教えたいと名乗りでた加治郎を料理の師匠に選ぶ。そして二三の手習いと算盤の師匠になった元辰巳芸者の太郎は、三味線、踊りなど芸事も教えることになる。

二三のお稽古事の中でも、特にてんぷらの修業は重要な役割を果たしている。尾張藩士・朝日重章《あさひしげあき》の日記『鸚鵡籠中記《おうむろうちゅうき》』の元禄六（一六九三）年正月二十九日の項には、「酒之肴」として「てんぷら、嶋ゑび、とうふ」があり、これがてんぷらに関する古い記録の一つとされる。ただ喜田川守貞《きたがわもりさだ》が京、大坂、江戸の文化、風物を比較した『守貞謾稿《まんこう》』には「京坂にては半平を胡麻油揚げとなし名づけててんぷらと云」と、魚のすり身を油で揚げたものを「てんぷら」と呼んでいたとあり、『鸚鵡籠中記』に出てくる「てんぷら」が、水で溶いた小麦粉を具材につけ油で揚げた現代のてんぷらなのか、いわゆる揚げかまぼこなのかはっきりしていない。狐松庵養五郎《こしょうあんようごろう》『黒白精味集《こくびゃくせいみしゅう》』（一七四六年）には、「てんぷら　鯛をおろし切目にして　暫塩をあてあらいて　うんどんの粉を　玉子にてねり　右の鯛を入くるみ　油上にして　汁だし醤油にて塩梅して出す」とあり、同時期に刊行された冷月庵谷水《れいげつあんこくすい》『歌仙の組糸』（一七四八年）にも「てんぷらは何魚にても饂飩《うどん》の粉まぶして油にて揚げる也」とあるので、十八世紀の中頃には現在と変わらないてんぷらが作られていたことが分かる。

木造住宅が密集し火事が起こると被害が大きかった江戸では、高温の油を使うてんぷらの屋内営業が禁止されていたこともあり、てんぷらは屋台で気楽に食べる庶民の料理だった。だが、てんぷらは次第に高級化していき、幕末になると店を構えたてんぷら屋が現れ、料亭などでもてんぷらが供されるようになる。屋内での天ぷらを禁じる法令は継続していたが、事実上、黙認されていたようである。

実家で美味しいてんぷらを食べてきた二三が評判の屋台のてんぷらの味に不満を持ったり、新兵衛が油問屋の寄合で深川で獲れる新鮮な魚介を使ったてんぷらを出したり、てんぷらの専門店が登場したりする流れはてんぷらの歴史を踏まえているので、寿司、蕎麦《そば》、鰻《うなぎ》などと並ぶ王道の和食てんぷらの奥深さに触れることができる。

てんぷらは、小麦粉を水に溶いた衣を具材につけて揚げるだけなので、難しい料理ではない。だが小麦粉と水の混ぜ方、具材につける衣の量、揚げる時の油の温度が少し違うだけで味が大きく変わる。実母のよしと師匠の加治郎に丁寧な仕事をすることの大切さを叩き込まれた二三は、一つ一つの作業を手抜きなどせずこなしていく。

その意味で、二三がたどり着いた美味しいてんぷらを作るレシピは、真摯《しんし》に仕事に打ち込み、家族や地域の絆《きずな》を大切にした実の父母、養父母の背中を見て育ち、師の太郎、加治郎はもちろん周囲の大人たちから、豪商の娘として、料理人として、さらに人として正しいこと、間違ったことを学んだ結晶といえる。これは、権力を得たり、金儲けをしたりするためなら、嘘《うそ》をついても、有権者や顧客を騙《だま》しても構わないと考える政治家や企業家が多くなり、こうしたモラルハザードが広く浸透している現代日本の状況を、批判する役割を担っているのである。

哲学者で武道家の内田樹《たつる》と娘の内田るんの共著『街場の親子論　父と娘の困難なものがたり』には、「昔の人はある程度の年齢や社会的地位に達したら、必ずお稽古事（能楽や義太夫のようにシステマティックに失敗して、師匠に叱られ続ける芸事）を嗜《たしな》んだものですけれど、それは年を取って偉くなってきたせいで、『自分の欠点を思い知らされる』機会が減ることを警戒していたからだと思います」との一節がある。この内田樹の指摘は、晩年の豊臣秀吉が能を学び、近代に入っても、成功した経営者が必ずといっていいほど茶道を嗜んだことを考えるなら、納得がいく指摘である。

ところが現代では、物事の理非を糺《ただ》してくれる（象徴的な役割も含め）「師匠」を持つ人が減り、「自分の欠点を思い知らされる」機会もなくなりつつある。親や「師匠」の厳しくも心に響く教えを糧にした二三の成長物語は、なかなか二三のようになれない読者の「欠点」をあぶり出し、自分の価値観や倫理観が正しいのか否かを問い掛けるようにうながしてくれる「師匠」になっているといっても過言ではあるまい。

特に「しくじり」をした時はすぐに謝ることの大切さを教えた二三の実父・亮助の言葉は、間違いを指摘されても謝らず、いい逃れの言葉を重ね自分を正当化する日本人が増えている現状を踏まえるなら、最も心に刻まなければならないように思えた。

二三は、尊敬できる大人たちに導かれ勝山屋の次代を担うに相応《ふさわ》しい女性になるが、その人生は順風満帆ではなく、中盤以降は、次々と不幸に見舞われる。ただ二三が直面する危機は幕末の江戸に暮らす人たちだけの特殊な状況ではなく、四季折々の美しい自然に恵まれているが、地理的な条件によって地震、火山の噴火、水害といった災害が多い日本で生活している限り、現代人も無縁ではないものばかりなのだ。

本書の単行本は二〇〇八年三月に刊行されたが、これ以降も、二〇一一年三月の東日本大震災、同年九月の台風一二号、二〇一四年八月の広島市北部の土砂災害、二〇一四年九月の御嶽山噴火、二〇一六年四月の熊本地震、二〇一八年九月の北海道胆振《いぶり》東部地震、二〇一九年八月の九州北部豪雨、二〇二〇年七月の熊本県の豪雨など、毎年のように多くの犠牲者、被災者を出す災害が起きている。

科学が発達した現代でも人知が及ばない災害で親しい人たちを亡くすなど苦労された方々と同じ経験をした二三が、逆境の中にあっても自暴自棄にならず、時に周囲の人たちに助けられ、時に周囲の人たちを励ましながら新しい生活基盤を作るため奮闘する後半の展開は、災害の被災者へのエールになっているのである。

くしくも本書は、世界中が新型コロナウイルス（COVID-19）感染症のパンデミックに直面し、日本でも感染の先行きが見通せない中で文庫化された。藤原四兄弟の命を奪った奈良時代の天然痘の流行、幕末のコレラの流行など日本史をひも解くと何度もパンデミックが発生しているが、いつくるか分からないが定期的に繰り返されている感染症の流行は、自然災害と見なされている。それだけに、亡くなった人たちの想いを胸に数々の不幸を乗り越えていく二三の姿は、間違いなく新型コロナの時代も読者に勇気を与える希望の一冊になるだろう。

（すえくに・よしみ／文芸評論家）

本書のプロフィール

本書は、二〇一一年三月に中公文庫より刊行された同名作品に大幅に加筆修正を行った新装改訂版です。

小学館文庫

菜種晴《なたねば》れ

著者　山本一力《やまもといちりき》

二〇二一年四月十一日　初版第一刷発行

発行人　飯田昌宏
発行所　株式会社　小学館
〒一〇一-八〇〇一
東京都千代田区一ッ橋二-三-一
電話　編集〇三-三二三〇-五九五九
　　　販売〇三-五二八一-三五五五
印刷所——中央精版印刷株式会社

この文庫の詳しい内容はインターネットで24時間ご覧になれます。
小学館公式ホームページ　https://www.shogakukan.co.jp

ISBN978-4-09-407002-6